»Ein wunderbares, sonniges, mitreißendes Buch!« Daily Mail

In ihrem Haus in den andalusischen Bergen wartet Lucy auf ihre Geschwister Jo und Tom. An diesem Wochenende müssen sie sich von ihrem »Haus der Träume« verabschieden, dem Haus, in dem sie ihre Kindheit verbrachten und das nach dem Tod der Mutter nun verkauft werden soll.

Aufgeregt sitzt Jo in Malaga am Flughafen und wartet vergeblich auf den Koffer, in dem sich die Urne mit der Asche ihrer Mutter befindet, während ihre kleine Tochter ein Riesentheater veranstaltet. Tom hingegen kämpft sich mit seinen halbwüchsigen Söhnen und Ehefrau Belle im Mietwagen durch die Hitze, nicht ahnend, dass ihn an diesem Wochenende die Vergangenheit in Gestalt seiner Jugendliebe Maria einholen wird. Und Lucy? Gerade wieder Single, möchte sie am liebsten das Haus behalten, in dem so viele liebgewordene Erinnerungen stecken.

Die drei Geschwister erwarten ein paar Tage voller Entdeckungen, denn ihre Mutter hat jedem der drei etwas hinterlassen, das so manche Überraschung bereithält …

Fanny Blake studierte Romanistik in Edinburgh und arbeitete viele Jahre als Lektorin, Journalistin und Kritikerin, bevor sie selbst Autorin zahlreicher Romane wurde. Im insel taschenbuch erschien 2014 *Eine italienische Affäre* (it 4326). Fanny Blake lebt mit ihrer Familie in England.

insel taschenbuch 4584

Fanny Blake

Ein Haus voller Träume

FANNY BLAKE

EIN HAUS VOLLER TRÄUME

Roman

Aus dem Englischen
von Katharina Förs und
Sonja Schuhmacher

Insel Verlag

Die Originalausgabe erschien 2015 unter dem Titel
House of Dreams bei Orion Books, London

insel taschenbuch 4584
Deutsche Erstausgabe
Erste Auflage 2017

Vertrieb durch den Suhrkamp Taschenbuch Verlag
Umschlaggestaltung: zero-media.net, München
Umschlagfoto: Stefanie Neumann, plainpicture, Hamburg
Satz: Satz-Offizin Hümmer GmbH, Waldbüttelbrunn
Druck: CPI – Ebner & Spiegel, Ulm
Printed in Germany
ISBN 978-3-458-36284-5

EIN HAUS VOLLER TRÄUME

Für Julie – eine wunderbare Freundin,
Reisegefährtin und erstaunliche Chauffeurin

DONNERSTAG

Vorher ...

Alles war bereit. Unter dem Weinlaub der Pergola stand der Tisch gedeckt fürs Mittagessen. Der große cremefarbene Sonnenschirm warf seinen Schatten auf die Gartenstühle am anderen Ende der Terrasse. Drinnen sah es aus wie früher – nur ein bisschen aufgeräumter, vielleicht. Im ersten Stock waren die Betten gemacht und die Zimmer gelüftet.

Lucy rückte einen Krug mit weißen Rosen auf dem Tisch zurecht. Zufrieden bewunderte sie ihr Werk und ging dann in die Sonne, die warm auf ihre Haut schien. Sie räkelte sich. Heute war die Luft so klar, sie konnte die Küste im Süden sehen und jenseits der Meerenge den Felsen von Gibraltar. Bailey, die grau-weiße zottelige Promenadenmischung ihrer Mutter, tapste vor ihr die Steinstufen hinunter und ließ sich schnaufend im Schatten eines knorrigen Olivenbaums fallen.

Ein Distelfalter flatterte über den Töpfen mit weißen und roten Geranien, vorbei am Sonnenschirm und den Gartenstühlen, hinaus in den Garten. Im Lavendel unterhalb der Gartenmauer summten Bienen. Ein Bussardpärchen kreiste über den tiefer gelegenen Wiesen. Irgendwo krähte ein Hahn. Lucy schaute auf die Uhr. Ihre Schwester und ihr Bruder müssten nun gelandet sein. Bald würden sie eintreffen.

Obwohl sie schon seit ein paar Tagen wieder hier war, um alles für die Ankunft der anderen vorzubereiten, hatte sich Lucy noch nicht an die Abwesenheit ihrer Mutter gewöhnt. Hin und wieder glaubte sie, aus dem Augenwinkel

Hope zu sehen, wie sie in der Tür stand oder im Garten den Pflanzen gut zuredete. Manchmal saß sie auch am Klavier, die Brille in die grauen Locken geschoben, oder mit Handarbeiten beschäftigt in ihrem Nähsessel. Dann wieder verkündete sie, was sie für den Tag plante, überlegte, wo sie etwas hingelegt hatte, oder entkorkte eine Flasche Wein. Sie war da, auch jetzt noch, Wochen nach ihrem Tod.

Hope war in England gestorben, hatte aber darum gebeten, dass ihre Asche an dem Ort verstreut wurde, den sie auf der Welt am meisten liebte, wo sie am glücklichsten gewesen war. Ihre drei Kinder sorgten nun dafür, dass dieser Wunsch in Erfüllung ging, und Jo brachte sie, gemäß ihren letzten Verfügungen, nach Hause.

Und wenn alles vorbei war, sollte das Haus verkauft werden. Lucy sah sich um. Sie konnte einfach nicht glauben, dass ihnen all das irgendwann einmal nicht mehr gehören würde.

1

In der schlecht beleuchteten Ankunftshalle wiesen große grüne Schilder den Weg zu den Mietwagenschaltern im Untergeschoss. Die Passagiere hatten die farbenfrohen Plakate hinter sich gelassen, die sie in Südspanien willkommen hießen, und betraten eine auf Zweckmäßigkeit getrimmte Unterwelt. Hier herrschten, dank einer übereifrigen Klimaanlage, frostige Temperaturen. Von wem auch immer der Ausspruch stammte, die Hölle seien die anderen, er hatte Recht, überlegte Jo. In der Hand hielt sie eine Karte mit den Sehenswürdigkeiten der Umgebung, die ihr ein Fremdenführer überreicht hatte, als sie zur Gepäckausgabe ging. Sie vermisste die Wärme und den typischen Geruch der kratzigen spanischen Zigaretten, die vor Jahren die Landung hier zu etwas Besonderem gemacht hatten. Jetzt unterschied sich die Ankunft in Málaga kaum von der Ankunft an jedem beliebigen modernen Flughafen irgendwo auf der Welt.

Auf dem Karussell kreiste das Gepäck aus ihrem Flugzeug, aber Jos Koffer war noch nicht aufgetaucht. Sie drehte sich zu Ivy um, die auf dem leeren Trolley hockte. Ihre vierjährige Tochter, goldig in ihren pinkfarbenen Leggings und dem Blümchentop, rührte sich nicht vom Fleck. Sie hatte nur Augen für die Kinder einer Familie, deren Mutter bunte Lutscher austeilte. Eines der Mädchen, ungefähr in Ivys Alter, fing ihren Blick auf und kam, mit ihrem kleinen Rollkoffer im Schlepptau, auf sie zu. Die beiden musterten einander. Ivy blieb sitzen, machte aber ein finsteres Gesicht. Das war abzusehen gewesen. Jo wünschte, sie hätte die Packung Gummibärchen, die sie für solche Augenblicke gekauft hatte, nicht an der Kasse des Buchladens in Gatwick liegen lassen. Sie konzentrierte sich wieder auf das Gepäck. Mit Klebeband verstärkte Umzugskartons, Buggys und Koffer aller Art, Rucksäcke und Reisetaschen rumpelten an ihr vorüber – aber der weitgereiste grüne Koffer mit dem unverkennbaren violetten Vorhängeschloss war nicht dabei.

Rund um das Karussell hatten sich Familien in Ferienlaune geschart. Kinder rannten um ihre genervten Eltern herum. Teenager beugten sich über ihre Smartphones, ließen hastig den Daumen über das Display gleiten. Junge Frauen, die einen Junggesellinnenabschied feierten, auf dem Flug in Streit geraten und von der Crew getrennt worden waren, standen nun in zwei traurigen Gruppen da und kehrten einander den Rücken zu. Die glitzernden pinkfarbenen Bommeln an ihren Haarreifen hingen schlapp herunter. Verträumte Pärchen schauten einander in die Augen, ohne das Chaos ringsum zu bemerken. Ältere Paare mit Wanderschuhen und Stöcken hatten ihre Rucksäcke vom Laufband geholt und marschierten nun zielstrebig zum Ausgang.

Jo wurde von einem Mann zur Seite gedrängt, der sich einen großen, mit Aufklebern übersäten Karton griff und damit ihr Schienbein rammte. Sie fluchte leise. Er murmelte eine Entschuldigung, während sie ihr Bein rieb und hoffte, ihr Koffer würde endlich eintrudeln. Wieder wandte sie sich Ivy zu, überwältigt vom vertrauten Gefühl der Liebe, das sie in seiner Heftigkeit immer noch überraschte. Wer hätte gedacht, dass ein Kind so spät im Leben ihr so viel geben würde?

»Dauert nicht mehr lange«, sagte sie. »Gleich kommt unser Koffer, dann können wir los. Geht's dir gut?«

Ivy blickte noch missmutiger drein, murmelte, den Daumen im Mund, etwas Unverständliches und schaute ihre Mutter aus großen braunen Augen über den peinlich schmutzigen Kopf von Bampy hinweg an. Bampy, ein Stoffhase, war Ivys ständiger Begleiter.

»Wie bitte?« Jo beugte sich über ihre Tochter.

»Ich will einen Lutscher.« Ivys Blick wanderten zu den leuchtend bunten Lollis, an denen die Kinder der Familie nebenan lutschten.

»Kriege ich bitte einen Lutscher«, korrigierte Jo mechanisch, während sie in ihrem Rucksack wühlte und hoffte, die Gummibärchen würden wie durch Zauberhand auftauchen. Mein Gott, sie hatte gar nichts dabei, was als Ersatz taugte. Schließlich zog sie eine Tupperdose mit Karotten- und Apfelstücken heraus. »Die Kekse haben wir schon aufgegessen. Probier die mal. Lecker.« Wie halbherzig klang das selbst in ihren Ohren.

Nun wurde Ivy böse. »Nein, nein, nein, nein! Ich will einen Lutscher.« Bampy landete auf dem Boden, und Ivy sprang auf. Wahrscheinlich konnte man sie im ganzen Flughafen hören. Die Leute drehten sich zu ihnen um.

Mein Gott, bloß kein Trotzanfall. Bitte nicht jetzt. »Iss erst mal die. Wir kaufen später einen. Versprochen«, sagte Jo ruhig und deutlich, wenn auch zähneknirschend.

»Nein, je-e-e-etzt«, heulte Ivy, stieß Jos Hand weg und warf sich auf den Boden.

»Gleich, wenn wir unseren Koffer haben.« Jo widerstand der übergroßen Versuchung, Ivy mittels körperlicher Gewalt wieder auf den Trolley zu bugsieren. Alle Blicke waren jetzt auf sie gerichtet. Mit Vernunft war hier nichts auszurichten. Ivy war rot angelaufen, verdrehte die Augen und riss den Mund auf, um mit einem weiteren Aufheulen zu beweisen, welche Qualen sie litt. Allerdings ohne eine Träne zu vergießen.

Überzeugt, dass die Zuschauer sie für eine schlechte Mutter hielten, ging Jo in die Hocke, nahm Ivys Arm und versuchte sie laut flüsternd zu beruhigen. Aber Ivy, die mit den Füßen auf den Boden trommelte, wollte nicht hören. Unterdessen zogen Gepäckstücke vorüber; aber keines hatte ein violettes Vorhängeschloss.

»Vielleicht hilft einer von denen?«, sagte eine Stimme neben ihr. Jo blickte auf und sah die Mutter der Nachbarfamilie, die ihr einen runden, cremefarbenen Lutscher hinhielt, auf dem eine tiefrote Rose prangte. »Ich weiß, wie das ist. Die habe ich für Notfälle einstecken. Hilft immer.«

Jo warf einen Blick auf die drei kleinen Kinder ihrer Retterin, die, eifrig an ihren Lollis lutschend, Ivy aus großen Augen anstarrten.

»Vielen Dank.« Jo nahm den Lutscher. Im selben Moment hörte sie ihre Tagesmutter Sue, die sich über Unmengen an Zusatzstoffen und den Zucker ausließ, der ein Leben auf dem Zahnarztstuhl verhieß. Aber gleichzeitig versprach die Zuckerdröhnung Ruhe und Frieden. Was war wichtiger: die unmittelbare Gegenwart oder eine unbekannte Zukunft? Keine Frage. Ivys Geheul war bereits zu einem gelegentlichen Wimmern abgeflaut, während sie das Objekt ihrer Begierde fixierte. Jo konnte sich lebhaft vorstellen, wie Sue ihr Missfallen kundtat. Den hohen Maßstäben von Ivys Tagesmutter gerecht zu werden war nicht leicht. Vor allem seit Ivy sprechen, also die Fehltritte ihrer Mutter verraten konnte.

»Es ist meine Schuld«, bekannte die Frau. »Ich hätte ihr gleich einen anbieten sollen, als ich sie verteilt habe, damit meine Kinder Ruhe geben, aber das ist ja auch immer ein Problem: Nimm keine Süßigkeiten von Fremden, und so weiter.«

»Ach, nein. Sie können nichts dafür …« Jo bemerkte, wie erschöpft die Frau aussah, ihr Gesicht war blass, mit Ringen unter den Augen, Haarsträhnen lösten sich aus einem hastig zusammengebundenen Pferdeschwanz. »Ich hätte selbst welche besorgen …« Aber bevor Jo zu Ende gesprochen hatte, drehte sich die Frau zu ihrem Mann um, der gerade das letzte Gepäckstück vom Karussell geholt hatte und weiterwollte. Erfüllt von grenzenloser Dankbarkeit legte Jo den Lolli in Ivys ausgestreckte Hand und setzte sie neben den Rucksack auf den Trolley. Jo schob den Wagen nah an das Karussell heran, wo nur noch eine Handvoll Passagiere warteten, und hielt mit wachsender Sorge nach ihrem Koffer Ausschau.

»Wenn wir unser Gepäck haben, können wir gehen«, erklärte sie noch einmal, aber Ivy war so mit den wechselnden Farben ihres Lutschers beschäftigt, dass sie ihrer Mutter eine Antwort schuldig blieb.

Inzwischen rotierten bloß noch wenige Gepäckstücke auf dem Band. Jos Koffer war nicht darunter. Sie schloss die Augen und schickte ein Stoßgebet zum Himmel. Der Koffer durfte nicht verloren gehen. Nicht jetzt, und schon gar nicht mit diesem Inhalt.

Was hatte sie sich nur gedacht, als sie ihre Mutter einpackte? So praktisch die Lösung ihr auch erschienen war, wenn der Behälter mit der Asche nicht mehr auftauchen sollte, wären die Folgen verheerend.

Das Packen war wegen der Vorgaben der Billig-Airline ein Ding der Unmöglichkeit gewesen. Jo hatte versucht, die 20x30-Zentimeter-Box, die ihr das Beerdigungsinstitut ausgehändigt hatte, im Rucksack zu verstauen. Aber sosehr sie sich auch bemühte, sie brachte nicht alles unter. Etwas musste in den Koffer. Ivy natürlich nicht – obwohl der Flug ohne sie durchaus entspannter gewesen wäre – und deshalb auch nicht die Dinge, die ihr unterwegs die Zeit vertrieben: Bilderbücher, Malbücher und Stifte, das Tablet, wenn alles nichts mehr half, und natürlich Bampy. Unverzichtbar war auch eine Garnitur Wäsche zum Wechseln für den Notfall. Und der Proviant durfte ebenfalls nicht fehlen. Und Jos Laptop – zu wertvoll, zu empfindlich. Unwahrscheinlich, dass sie am Wochenende dazu kam, ihre E-Mails zu checken, aber sie fühlte sich besser, wenn sie die Möglichkeit hatte, es zu tun. Also blieb nur der Behälter mit der Asche.

Ursprünglich hatte sie geplant, ihre Mutter mit in den Passagierraum zu nehmen, obwohl ihr die Vorstellung, zumal Ivy mitreiste, unheimlich war. Sie hatte sich ausgemalt, wie sie bei der Sicherheitskontrolle aufgehalten würde und im Beisein ihrer Tochter erklären müsste, dass außer der Plastiktüte mit der feinen, blassen Asche nichts mehr von Oma Hope übrig war. Ivy wäre womöglich für immer traumatisiert worden. Natürlich wollte Jo das vermeiden. Das Thema Tod kam zwischen ihnen ohnehin zu oft zur Sprache, seit ihre Mutter gestorben war. Nein, die Lebenden waren wichtiger als die Toten – selbst wenn es sich bei der Toten um die eigene Mutter handelte.

Wahrscheinlich verlangten die Vorschriften der Airline, dass sterbliche Überreste im Handgepäck befördert wurden – aber wer sollte herausfinden, dass sie sich in ihrem Koffer befanden? Mit etwas Glück niemand. Ihre Mutter jedenfalls ganz sicher nicht. Und wenn, hätte Hope vermutlich nur gelacht. Sie hätte darüber gewitzelt, dass sie sich, in ihren algengrünen Pashminaschal gehüllt, in einem gemütlichen Koffer unendlich viel wohler fühlte als eingequetscht zwischen Kabinengepäck, den Siebensachen von allen möglichen Leuten. »Das entspricht mir viel eher, Schatz.« Jo konnte fast Hopes Stimme durch den Flughafen von Málaga hallen hören.

Noch eine Umdrehung, dann musste sie die Hoffnung aufgeben. Sie lächelte über die Ironie des Schicksals. Hope würde ein anderes Ziel ansteuern, sicher eingepackt in ihren Lieblingsschal, der sie im bitterkalten Gepäckraum warm hielt. Jo erinnerte sich an die Klagen ihrer Mutter: »Das Leben in Spanien hat mich verdorben. Ich wünschte, ich hätte mehr von der Welt gesehen.« Tja, vielleicht ging dieser Traum ja jetzt in Erfüllung.

So schwer sie sich mit den Tatsachen abfinden konnte, Jo hatte nur eine Möglichkeit. Sie musste den Verlust des Koffers melden und das Beste hoffen. Mit Ivy, die zufrieden auf dem ansonsten leeren Trolley ihren Lolli lutschte, trat sie den langen Weg zum Gepäckservice an. Als sie sich an die Spitze der Schlange vorgekämpft hatte, berichtete sie in fließendem Spanisch von dem fehlenden Gepäckstück. Dann verfolgte sie geduldig, wie das entsprechende Formular ausgefüllt wurde, wobei ihr nicht entging, dass von Ivys Lutscher fast nichts mehr übrig war und das kleine Mädchen allmählich wieder zappelig wurde. Während sie den entscheidenden Inhalt ihres Koffers verschwieg, eilten ihre Gedanken zu ihren Angehörigen voraus, die auf ihre Ankunft warteten. Verglichen mit der Leistung ihrer Schwester Lucy, die ihre kranke Mutter wochenlang gepflegt hatte, war es eigentlich keine schwierige Aufgabe, Hopes Asche nach Hause zu bringen. Aber sie hatte es gründlich vermasselt.

Der Rest der Familie würde erfahren, dass sie ihre Mutter unterwegs verloren hatte. Sie stellte sich das ungläubige Entsetzen ihres Bruders und ihrer Schwester vor: Lucys Verzweiflung, Toms Empörung und den vertrauten Gesichtsausdruck seiner Frau, der besagte: Ich hab dir ja gleich gesagt, was passiert, wenn du das ihr überlässt. Inzwischen waren sie vermutlich schon in dem Haus angekommen, in dem Hopes letzte Geburtstagsparty stattfinden sollte. Casa de Sueños – Haus der Träume – das Zuhause ihrer Kindheit. Jo war mindestens seit einem Jahr nicht mehr dort gewesen, und bis zu diesem Augenblick hatte sie sich auf den Besuch gefreut, so traurig der Anlass sein mochte.

Die Flucht ergreifen und den nächsten Flug nach Hause nehmen kam nicht in Frage. Außerdem würde der Koffer garantiert irgendwann auftauchen. Sie versuchte, die vielen Geschichten über verlorenes Gepäck, das für immer verschwunden blieb, zu verdrängen – was ihr nicht ganz gelang. Während sie in der Hosentasche ihrer abgeschnittenen Jeans nach einem Taschentuch suchte, um Ivys kirschroten Mund abzuwischen, schloss sich ihre Hand um ihr Handy, an dem ein angelutschtes Bonbon klebte. Na klar. Wenn sie Tom anrief und es ihm jetzt erklärte, musste sie wenigstens nicht mit ansehen, wie sich seine Miene verdüsterte, und Lucys entsetztes Stöhnen blieb ihr auch erspart. Tom konnte den anderen sagen, was passiert war, ehe Jo und Ivy ankamen. Immerhin ein Plan.

Sie löste das Limettenbonbon von ihrem Handy und steckte es mangels Alternative in den Mund, ehe sie ihren Bruder anrief. Ivy schleuderte einen ihrer Schuhe weg, der über den glänzenden Marmorboden schlitterte. Jo hob ihn wieder auf und steckte ihn, statt sich auf ein Spiel einzulassen, für das sie gerade keine Nerven hatte, in den Rucksack. Protestbereit öffnete Ivy den Mund.

»Schsch«, befahl Jo, als das Freizeichen erklang.

Erstaunt über die Bestimmtheit ihrer Mutter verstummte Ivy und beschäftigte sich damit, den anderen Schuh wegzukicken. Ebenso erstaunt über die Fügsamkeit ihrer Tochter konnte sich Jo darauf konzentrieren, die Situation möglichst gut zu erklären.

2

Ethan und Alex auf der Rückbank befanden sich ganz im Bann ihrer elektronischen Geräte. Ethans Tablet war zwar auf stumm geschaltet, aber er kommentierte grunzend seine Triumphe und Niederlagen bei dem Ego-Shooter, den er spielte. Alex lehnte, Stöpsel in den Ohren, den Kopf halb unter der schwarzen Kapuze versteckt, am Fenster und starrte auf sein E-Book. Beide bekamen von dem Drama, das sich vorne im Wagen abspielte, ebenso wenig mit wie von der vorbeiziehenden Landschaft.

Südlich der Autobahn erstreckten sich die Betonwüsten von Fuengirola, Marbella, Estepona mit ihren Hotelklötzen und Feriensiedlungen. In der Ferne lag das Mittelmeer: bis zum blassen Horizont ein schimmernder blauer Teppich, auf dem die Sonne glitzerte. Ein oder zwei Tanker lagen weit draußen vor der Küste, während weiße Segelyachten über das Wasser glitten. Im Norden erhoben sich die Berge der Sierra Bermeja vor einem klaren kornblumenblauen Himmel.

Tom, auf dem Beifahrersitz, beendete das Gespräch mit seiner Schwester und steckte das Handy in die Brusttasche seines kurzärmeligen karierten Hemds. »Kannst du dir das vorstellen?«, wandte er sich an seine Frau. Belle hatte, wie stets am Steuer, eine seltsam steife Haltung angenommen, den Körper leicht vorgeneigt, das Kinn gereckt, die Hände auf zehn vor zwei.

Sie wandte sich ihm zu. Ihr präzise geschnittener Bob, goldbraun wie Ingwerkekse, schwang mit und reflektierte das Sonnenlicht. »Ja, kann ich.« Einen Augenblick sah sie ihn aus großen dunklen Augen an, dann richtete sie ihre Aufmerksamkeit wieder auf den Tunnel, auf den sie zusteuerten. Sie war immer noch eine attraktive Frau, aber Tom hatte sie eigentlich noch besser gefallen, bevor sie ihre Naturwellen gnadenlos geglättet und die grauen Strähnen chemisch eliminiert hatte. Das gemeinsame Konto und ihre verdächtig faltenfreie Haut ließen ahnen, dass sie auch ihr Gesicht einer Verjüngungskur unterzogen hatte, allerdings ohne es je zu erwähnen, und ehrlich gesagt, wollte er es, zartbesaitet wie er war, gar nicht so genau wissen. Ihm ging es nur darum, dass Belle glücklich war.

Tom wusste, was sie dachte, aber auf eine Diskussion über die guten und schlechten Seiten seiner Schwestern wollte er sich nicht einlassen. Die hatten sie schon zu oft geführt, und er wusste genau, was Belle von Jo und Lucy hielt. Ihretwegen gab es häufiger Streit. Er selbst durfte seine Familie kritisieren, aber wenn irgendjemand sonst es wagte – und sei es seine liebe Frau –, verteidigte er sie wie eine Löwin ihr Junges. Belles Meinung musste er jetzt nicht noch einmal hören, zumal einige gemeinsame, zweifellos emotional belastende Tage mit seinen beiden Schwestern bevorstanden.

Der nächste Tunnel schluckte sie, aus dem Dunkel leuchteten die Scheinwerfer der entgegenkommenden Fahrzeuge und das harte Neonlicht der Deckenlampen. Tom spürte, dass sich in der gepolsterten Tasche auf seinem Schoß etwas rührte. Ferdie, Belles kleiner Dackel, machte es sich bequem. Das Tierchen war gechipt und besaß einen Impfpass, damit es Belle auf allen Wegen begleiten konnte, also reiste es mit – obwohl ihre Söhne spotteten. Tom suchte sich ebenfalls eine bequemere Position und regulierte die Klimaanlage, die eisige Luft ausspuckte.

»Was hat sie sich dabei gedacht?«, murmelte er und blinzelte der Sonne entgegen. Von den drei Geschwistern war Jo immer am wenigsten berechenbar gewesen – das sorgte häufig für Enttäuschungen. Dennoch hatte sie es geschafft, in der Werbebranche Karriere zu machen, und sogar gemeinsam mit Richard Fowler eine eigene Agentur gegründet. Tom war stolz auf sie, wunderte sich aber auch über ihren Erfolg – er konnte nur annehmen, dass sie bei der Arbeit ein ganz anderer Mensch war als privat, eine Art Persönlichkeitsspaltung. »Und wenn der Koffer nicht auftaucht?«, fragte er. »Das kann unter Umständen Wochen dauern.«

»Dann müssen wir die Asche eben ein andermal verstreuen. Hast du Kleingeld für die Maut?« Belle war und blieb eine Pragmatikerin. Sie tauschten einen Blick. Belles Gesicht war schmaler nach ihrer strengen Diät, die offenbar hauptsächlich aus Schüsselchen, gefüllt mit übelriechender, eklig aussehender Pampe bestand. Er wühlte in seiner Hosentasche nach Münzen. Kurze Zeit später ratterte das Kleingeld durch den Automaten und die Schranke hob sich.

»Aber es wäre Mums siebzigster Geburtstag gewesen. Alles ist so geplant, wie sie es sich gewünscht hat.« Es hätte ihn sehr geschmerzt, sie zu enttäuschen.

»Dann müssen wir eben umdisponieren.« Ein bitteres kleines Lächeln spielte um ihre Lippen, während sie das Lenkrad noch ein wenig fester umklammerte. »Dank Jo.«

»Das geht nicht. Alle kommen. Die Geburtstagsparty findet am Samstag statt, am Sonntag wird die Asche verstreut.« Er holte tief Luft und zwickte sich in die Haut zwischen Daumen und Zeigefinger seiner linken Hand, bis es wehtat. Eine Technik, die Frank, der Therapeut, den er hin und wieder aufsuchte, empfohlen hatte, um sich abzulenken.

»Hope wird es ja wohl kaum erfahren.«

»Darum geht es nicht.« Seine Panik ließ allmählich nach. »Vielleicht sollten wir umkehren?«

»Warum?«

»Wir könnten Jo helfen, den Koffer zu finden. Moralische Unterstützung leisten.«

»Nein.« Seine Frau reckte das Kinn. »Wenn sie ihn nicht findet, wird uns das auch nicht gelingen. Außerdem wartet Lucy im Haus auf uns. Wir sind sowieso schon spät dran.«

Natürlich hatte Belle Recht, aber er konnte das Thema einfach nicht fallen lassen. »Alles, was sie tun sollte, war, Mum mitzubringen. Viel Platz braucht sie ja wirklich nicht mehr.« Der Galgenhumor amüsierte ihn, obwohl Belle missbilligend den Kopf schüttelte.

Sie richtete den Blick starr auf die Straße. »Ich habe dir gleich gesagt, du sollst das übernehmen.«

»Aber Jo hat es angeboten, weil sie auch etwas beitragen wollte. Schließlich hat sich Lucy wochenlang um Mum gekümmert, und wir haben den Großteil der Rechnungen bezahlt.« Das verbitterte innere Kind, das er im Umgang mit seiner Familie manchmal schwer unterdrücken konnte, gewann wieder einmal die Oberhand.

»Welche Rechnungen?« Belle war sofort in Alarmbereitschaft. Wenn es um Geld ging, passte sie auf wie ein Schießhund. Beim Thema Finanzen hatten sie eine klare

Abmachung, die ihnen beiden taugte. Als Immobiliensachverständiger verdiente er das Geld, und Belle, die Buchhalterin, verwaltete es (und gab es aus). Er beklagte sich nicht darüber.

»Nichts, wovon du nichts weißt«, rechtfertigte er sich hastig. »Wenn noch was gewesen wäre, hätte ich es dir gesagt.«

Sie nickte zufrieden.

Hinter dem Casares-Tunnel nahmen sie die A-377 landeinwärts. Sie kamen an riesigen Windmühlen vorbei, die sich behäbig drehten, leuchtend weiß vor dem tiefblauen Himmel. Belle, deren Fingernägel makellos rosa glänzten, tätschelte sanft Toms Schenkel. Er legte seine Hand auf die ihre, aber nach einer Weile zog Belle die Hand weg und umfasste wieder das Lenkrad. »Du fragst doch die Mädels wegen des Rings?«

Tom nickte. »Mm-hmm.« Er wusste, welchen Ring sie meinte, und wünschte, sie würde nicht ständig darauf zurückkommen. Walter, Stiefvater von Tom und Jo, hatte ihn Hope geschenkt, als Lucy zur Welt kam. Es war ein Jugendstilring, den Walters Großmutter ihm »für die Richtige« hinterlassen hatte: zwei Bänder mit funkelnden Diamanten, die sich wie glitzernde Wellen um den Rubin in der Mitte schlossen. Tom und Jo hatten oft beobachtet, wie das Licht durch die Steine tanzte, wenn ihre Mutter in der spanischen Sonne die Hand drehte. »Schaut, was Daddy mir geschenkt hat«, sagte sie, dann lachte sie, wenn die beiden danach griffen, und scheuchte sie fort.

»Sie wollte, dass ich ihn bekomme«, beharrte Belle.

Tom konnte sich schwer vorstellen, dass Hope den Ring jemand anderem vermachen wollte als Jo, die ihn schon so lange bewunderte, oder Lucy, zu deren Geburt er verschenkt worden war. Aber seine Mutter hatte auf ihre Besitztümer so wenig Wert gelegt und war gegen Ende ihres Lebens immer unberechenbarer geworden, also hatte sie vielleicht ... »Hat sie das tatsächlich gesagt?«, hakte er nach.

»So gut wie.« Belle hob die Hand mit dem funkelnden Solitär an ihrem Ehering in die Höhe. »Als wir das letzte Mal alle hier zusammen waren.«

Im vergangenen Oktober hatten sie, gegen den Protest der Jungs, die Herbstferien hier verbracht. Obwohl Tom ihnen gut zuredete, konnte er sie nicht für die idyllische Umgebung begeistern, in der ihr Vater seine Kindheit verlebt hatte. Sie hingen in den Ferien lieber mit ihren Kumpels in geschlossenen Räumen ab. Das heißt, sie trieben sich im Einkaufszentrum herum, schauten sich die Premier League im Fernsehen an, spielten Computerspiele ohne Ende, hörten Musik und verplemperten ihre Zeit bei Facebook oder was sonst gerade in Mode sein mochte. Tom fand das zum Verzweifeln, obwohl Belle ihm versicherte, für Jungs von heute sei das völlig normal. Wenigstens las Alex. Oder Tom vermutete, dass sein Sohn las, obwohl er dank E-Book nicht wirklich beurteilen konnte, ob Alex' Lektüre etwas zu seiner Bildung beitrug.

Damals hatte keiner geahnt, dass Hope sechs Monate später tot sein würde, nach der Diagnose Darmkrebs mit Metastasen im ganzen Körper. Wenn sie es gewusst hätten, wie hätten sie sich dann wohl verhalten? Beschämt dachte Tom daran zurück, wie die lockere Einstellung seiner Mutter zum Alltag in ihm die Ängste seiner Kindheit wieder wachgerufen hatte; er war mit ihrer Spontaneität nicht zurechtgekommen. Bei ihr wusste man nie, worauf man sich gefasst machen musste. Wie ein so unzuverlässiger Mensch es schaffte, Gäste in sein Bed & Breakfast zu locken, war ihm ein Rätsel – wahrscheinlich lag es einfach an ihrer Ausstrahlung. Und natürlich sorgten Rosa und Luisa aus dem Dorf dafür, dass das Frühstück pünktlich auf dem Tisch stand und die Zimmer geputzt wurden. Angesichts seiner Stimmung hatte Belle zunehmend gereizt versucht, ein bisschen Struktur in Hopes Tagesablauf zu bringen. Gleichzeitig hatte sie Tom erklärt, es sei halb so schlimm, wenn sie erst nach zehn Uhr zu Abend äßen. Unterdessen hatten Ethan und Alex ihre Eltern auf Trab gehalten. Ethan reagierte mürrisch auf alle Vorschläge für Unternehmungen. Alex zeigte sich zwar versöhnlicher, war aber am glücklichsten, wenn er sich in Ruhe mit seinem E-Book oder seinem Smartphone beschäftigen konnte.

Wie aufs Stichwort wurde es auf der Rückbank unruhig. »Lass das!«

Aus dem Augenwinkel sah Tom, wie Alex nach Ethan schlug.

»Hört sofort auf! Sonst baut eure Mum einen Unfall.«

»Garantiert nicht!«, widersprach Belle halblaut, während sie über ein riesiges Schlagloch holperten.

»Scheiße«, fluchte Tom leise, der an das Fahrgestell dachte.

»Sag bloß nichts«, warnte ihn Belle, den Blick auf die Straße geheftet.

»Was ist los, Ethan?« Tom versuchte, seinen Ärger zu unterdrücken, als er sich zu seinen Söhnen umdrehte.

»Er hat mich getreten!«, protestierte Alex und rieb sich das Schienbein.

»Gar nicht wahr.« Ethan streckte sein langes Bein in den Spalt zwischen Fahrer- und Beifahrersitz und dehnte seinen nackten Fuß. »Ich hab einen Krampf. Das Scheißauto ist zu klein, das ist los.«

»Solche Ausdrücke will ich nicht hören«, sagte Belle. »Und zieh um Gottes willen deine Schuhe an.«

»Ist es aber.« Ethan streckte seine langen Arme und Beine so weit aus wie möglich. Also nicht sehr weit. Dabei riss er Alex die Kapuze vom Kopf.

»Flossen weg von mir!«, protestierte Alex und fuhr sich mit der Hand durch seinen braunen Haarschopf. »Lass mich in Frieden!« Er drückte sich in die Ecke, wie um sich zu verkriechen.

»Du bist so ein Nerd. Was liest du da eigentlich?« Ethan griff nach dem E-Book seines Bruders. Beim Versuch, sein Lesegerät zu retten, schlug Alex seinem Vater auf den Hinterkopf.

»Jungs!«, brüllte Tom und fasste sich an den Kopf. »Ist es zu viel verlangt, dass ihr euch wie zivilisierte Menschen benehmt, bis wir ankommen?« Er sah, dass Belles Knöchel am Lenkrad weiß wurden.

»Tut mir leid, Dad.« Alex stopfte sein E-Book vorne in seinen Kapuzenpulli, außer Reichweite von Ethan.

Ethan zog sein Bein zurück und versuchte umständlich, eine bequeme Haltung für seine schlaksige Gestalt zu finden. Dann wandte er sich wieder seinem Spiel zu.

»Du hast doch das neue Hemd und die Hose eingepackt, die ich Dir aufs Bett gelegt habe?«, fragte Belle, die ihren eigenen Gedanken nachhing.

Von hinten war nichts zu hören, dann ertönte ein »Ja!«, vermutlich weil jemand oder etwas gerade in Flammen aufging. War es gut, solche Freude an Gewalt zu fördern, überlegte Tom.

»Ethan?« Belle ließ nicht locker.

Er unterbrach sein Spiel und blickte auf. Tom sah so viel von Belle im Gesicht seines Ältesten, der Schwung seiner Lippen, das energisch vorgereckte Kinn. Sein Sohn schüttelte den Kopf. »Du hast nicht gesagt, dass ich die Hose einpacken soll. Hier trage ich nie lange Hosen. Ist zu warm.«

»Das ist etwas anderes. Es ist die letzte Geburtstagsparty deiner Großmutter. Dass man sich anständig kleidet, ist ein Zeichen von Respekt.« Belle fing Ethans Blick im Rückspiegel auf. Sie verlagerte ihre Hände am Lenkrad auf zwanzig vor vier. Vor ihnen flimmerte ein Hitzeschleier über dem glänzenden Asphalt.

»Ich denke nicht, dass es darauf ankommt«, meinte Tom. »Niemand wird sich darüber aufregen. Mums Freunde halten sich nicht gerade sklavisch an Konventionen.«

»Natürlich kommt es darauf an«, gab Belle zurück und hämmerte mit der Hand aufs Lenkrad. »*Ich* möchte, dass die Jungs anständig gekleidet sind. Dann müssen wir eben nach Ronda fahren und Sachen kaufen.«

»Ich kaufe da gar nichts ein«, murrte Ethan. »Oma würde es nicht stören. Wegen Klamotten hat sie nie ein Theater gemacht.«

Es hatte keinen Sinn, Belle irgendetwas erklären zu wollen. Das Erscheinungsbild war ihr wichtig. Tom schnappte jäh nach Luft und wedelte mit der Hand über der Tasche auf seinem Schoß. Für so einen kleinen Hund konnte Ferdie ziemlich üble Gerüche absondern. Sogar Belle verzog die Nase, als sie ihm einen Blick zuwarf.

»Belle! Pass auf, wo du hinfährst!«

Sie konnte das Steuer gerade noch herumreißen, um einem weißen Geländewagen auszuweichen, der auf sie zuraste. Eine Hand reckte sich aus dem Wagenfenster und zeigte ihnen den Stinkefinger.

»Verdammte Unverschämtheit! Was hat er mitten auf der Straße verloren?«

Tom starrte auf den gelben Ginster, der die Straße säumte, und seufzte.

Belle fuhr rechts ran, machte den Motor aus und stieg aus. Die Hitze legte sich wie eine warme Decke über den kühlen Innenraum. »Schalten wir alle einen Gang runter.« Sie schloss die Augen und nahm einen tiefen Atemzug, ein und aus, dann reckte sie die Arme zum Himmel und wandte das Gesicht der Sonne zu. »Warum steigt ihr nicht alle aus und vertretet euch die Beine?«

Froh, dem erstickenden Gestank zu entrinnen, schob Tom Ferdies Tasche über die heiße Motorhaube, damit Belle den Hund rauslassen konnte. Nun stieg Ethan aus, reckte seine langen Glieder und schüttelte sich. Alex machte weniger Aufhebens, er ging ein Stück, wollte für sich sein, bevor es weiterging. Während Ferdie das trockene Gras und die Wildblumen am Straßenrand beschnupperte, verzog sich Ethan zum Pinkeln ins Gebüsch. Belle schaute in die andere Richtung und holte schließlich ihren breitkrempigen Hut von der Ablage hinten im Auto.

Sie rückte ihn zurecht und prüfte ihr Spiegelbild im Seitenfenster. »Ich dachte, ich könnte mich auf ihn verlassen.« Mit einer Kopfbewegung wies sie auf ihren ältesten Sohn.

»Was er anzieht, ist nicht entscheidend, wichtig ist nur,

dass Mums Asche auftaucht. Mach dir da mal keine Sorgen.« Tom strich mit der Hand über seinen neuen Ultrakurzhaarschnitt, der von seiner Halbglatze ablenken sollte, und befürchtete, dass damit sein breiter Scheitel noch mehr auffiel. Die Sonnenhitze ließ seine Kopfhaut prickeln. Er holte den Safarihut aus dem Auto, den er vor ein paar Jahren in Australien gekauft hatte.

»Na gut.« Belle machte einen Satz nach hinten und schlug nach einem großen schwarzen Käfer, der daraufhin strauchelnd seine Flugbahn änderte. »Aber sie wird schon eintrudeln. Ihre Party lässt sich Hope bestimmt nicht entgehen.« An der rosafarbenen Flexi-Hundeleine zog sie Ferdie zu sich heran wie ein Jo-Jo, damit sie ihn wieder in die Transporttasche sperren konnte. Sie hielt ihn wie ein Baby an der Brust. Er leckte ihr das Kinn, und sie lächelte.

Tom schaute auf die Uhr. »Ich rufe lieber mal Lucy an. Sie wird sich fragen, wo wir bleiben.«

Er ging auf einen Telegrafenmast zu. Allmählich lief ihm der Schweiß den Rücken hinunter. In sicherer Entfernung holte er sein Handy heraus und rief im Haus an. Er ließ es eine Weile läuten. Als er schon auflegen wollte, meldete sich ein Mann. »*Dígame.*« Er klang außer Atem.

Antonio. Er war der letzte, mit dem Tom jetzt sprechen wollte. In seiner Anwesenheit fühlte er sich immer unwohl, weil er nie recht wusste, in welchem Verhältnis Antonio zu Hope gestanden hatte. Ihm war nur klar, dass Hope gern geflirtet und die Gesellschaft von Männern gemocht hatte – in der Hinsicht war sie unverbesserlich gewesen. Tom war nicht prüde, keineswegs. Aber die Vorstellung, dass ein Mann, der nicht viel älter war als er selbst, mit seiner Mutter im Bett lag ... offen gestanden, das passte ihm einfach nicht. Allerdings entzog es sich Toms Kenntnis, ob es wirklich so weit gekommen war, aber Antonio war so oft da gewesen, und die beiden hatten sich blendend verstanden. Antonio hatte die Stellung gehalten, seit Hope beschlossen hatte, nach England zu gehen, um im Kreis ihrer Kinder zu sterben. Sie konnten ja nicht alle ihre Arbeit ruhen lassen, um bei ihr in der Casa de Sueños zu sein, also waren sie Antonio wohl zu Dank verpflichtet, dass er sich, neben dem Hotel, das er an der Küste führte, um das Haus kümmerte. Aber trotzdem ...

»Antonio. Ich bin's, Tom.«

»Ah. Du möchtest mit Lucy sprechen? Ich hole sie.«

Tom hörte Schritte klappern, dann einen Ruf. Gleichzeitig vernahm er laut und klar Belles Stimme: »Vergiss es nicht – das mit dem Ring.« Er hob die Hand, als hinderte sie ihn, seinen Gesprächspartner zu verstehen.

Dann meldete sich Lucy. »Tom? Wo bist du?«

»Fast da. Wir haben angehalten, weil es im Auto ein bisschen hitzig wurde – du weißt schon.« Er wischte sich die Stirn. »Aber draußen ist es auch ganz schön heiß.«

Sie lachte. »Die Jungs?«

»Teilweise. Aber Jo ist auch nicht viel besser.«

»Jo? Ich dachte, ihr reist getrennt an. Ist ihr Flug nicht nach deinem gelandet?«

»Schon, aber sie ist noch am Flughafen. Ihr Koffer ist verloren gegangen.«

»Oh, nein. Die Ärmste. Aber wir essen kalt, ist also nicht so tragisch.« Sie wusste, dass Tom gern pünktlich aß.

Er zögerte. Vielleicht war es besser, es ihr gleich zu sagen. Dann konnte sie sich auf die Neuigkeit einstellen, bis Tom mit seiner Familie eintraf. »Nur eins noch.«

»Was denn?«

Er drehte sich zu Belle um. Die Jungs standen nebeneinander und wirbelten mit den Füßen scharrend graue Staubwölkchen auf.

»Die Asche war im Koffer.«

Schweigen. Dann: »Du meinst ...«

»Ja, Mum hat sich unentschuldigt von der Truppe entfernt.«

Vom anderen Ende der Verbindung kam ein Geräusch, als wäre Lucy in Tränen ausgebrochen.

»Tut mir leid«, sagte er. »Ich dachte nur, du solltest es wissen. Ich hätte die Asche selbst mitbringen sollen. Dass sie so idiotisch sein könnte, wäre mir nie in den Sinn ...«

Wieder wurde er von einem Geräusch unterbrochen. Plötzlich wurde ihm klar, dass es kein Weinen war, sondern ein hysterisches Lachen. »Das ist so komisch!«, brachte Lucy zwischen Lachanfällen heraus. »Die Familie und ihre alten Freunde kommen am Samstag, und ausgerechnet sie ist nicht da.« Unvermittelt heulte sie los.

Tom verzichtete auf den Hinweis, dass Hope ohnehin nicht *wirklich* da sein würde. Belle versuchte sich unterdessen mit Zeichensprache zu verständigen und tippte auf ihren Ringfinger. Warum konnte sie sich nicht gedulden? Manchmal dachte er, die Frauen in seiner Familie würden ihn noch ins Grab bringen.

»Luce, eins noch.«

»Ja?« Er hörte etwas, das wie ein Schniefen klang.

»Der alte Ring von Mum. Der mit dem Rubin. Anscheinend hat sie ihn Belle versprochen. Könntest du ihn für sie heraussuchen?«

Jetzt war es eindeutig ein Schniefen. »Hat sie das?«

»Ich glaube schon.«

»Na ja, gut.« Sie putzte sich die Nase. »Ich dachte eigentlich, wir machen das gemeinsam, wenn du und Jo da seid. Ich habe die Klebezettel besorgt, wie du gesagt hast. Aber wenn du meinst, dass Mum es so gewollt hat, suche ich den Ring für sie raus.«

Ihm fiel ein Stein vom Herzen. Jetzt musste er nur noch Jo überzeugen, dass ihre Mutter den Ring tatsächlich Belle versprochen hatte. Wichtig war allerdings, dass Belle sich aus der Diskussion raushielt, sonst würde es nur Tränen geben. Seufzend beendete er das Gespräch und ging zurück zum Wagen.

3

Lucy spürte die Träne, die ihr über die Wange lief, und machte sich nicht die Mühe, sie wegzuwischen. In den letzten Wochen hatte sie sich daran gewöhnt, dass unvermittelt Gefühle ans Licht drängten. Inzwischen ließ sie die Tränen einfach laufen, ohne ihr Tun zu unterbrechen, so als wäre das ganz normal. Sie setzte sich auf die niedrige Mauer, die die Terrasse begrenzte, streckte die Beine aus, legte das Telefon neben sich und gab sich Erinnerungen hin.

Ihr Leben lang hatte Hope es eilig gehabt, sie hatte Dinge rasch erledigt, aus dem Weg geräumt, abgehakt, und beim Sterben hielt sie es nicht anders. Sobald sie wusste, dass es unausweichlich war, wollte sie es schnell hinter sich bringen, so wie alles andere auch. Als auf der Hand lag, dass ihr nur noch wenig Zeit blieb, war sie heim nach England geflogen, »um bei meinen Kindern zu sein«. Die drei Geschwister hatten die nötigen Vorkehrungen getroffen. Alle waren sich einig, es sei das Beste, wenn sie bei Lucy wohnte, bis es notwendig würde, etwas anderes zu organisieren.

»Du hast doch nichts dagegen, mein Schatz?«, hatte Hope sie beschwatzt. »Jo hat so viel mit Ivy Rose zu tun. Und sie muss sich um die Agentur kümmern. Ich weiß nicht, wie sie das schafft.« Sie schauderte. »Und bei Tom ist kein Platz wegen Ethan und Alex. Außerdem kann Belle jede erwachsene Frau zur Verzweiflung treiben. Der Tod ist eine Sache, aber dass einem der letzte Nerv geraubt wird, ist nochmal etwas anderes. Außerdem ist Art doch so oft unterwegs bei seinen Filmaufnahmen, da kann ich dir doch Gesellschaft leisten.«

Was hätte sie einwenden sollen? Aber sie hatte nichts einzuwenden. Sie hätte alles getan, damit ihre Mutter so sterben konnte, wie sie es sich wünschte. Aber im Lauf der folgenden Wochen hielt Art ihr immer wieder vor, Jo und Tom würden sie ausnützen, und sie sei immer diejenige, die in die Bresche sprang, wenn ihre Mutter Hilfe brauchte. Sie hatte ja auch längst aufgehört mitzuzählen, wie oft sie in der Hochsaison nach Spanien geflogen war, um im B & B auszuhelfen, wenn Hope nicht zurechtkam. Lucy versuchte ihre Geschwister zu verteidigen, die beide voll berufstätig waren. Von ihnen konnte man nicht erwarten, dass sie Hals über Kopf alles liegen und stehen ließen, während sie, eine kinderlose selbstständige Köchin, sich Zeit freischaufeln und aushelfen konnte, solange Art arbeitete. Und das tat sie auch.

»Bailey! Komm her!«

Der Hund, der im Gras lag, hob kurz den Kopf, dann streckte er sich ächzend.

»Bailey!« Diesmal war sie strenger, schnippte mit den Fingern. »Komm rein, da ist es kühler. Los. Ich suche jetzt diesen Ring, bevor ich es vergesse. Wenn die anderen kommen, geht das Chaos los.«

Widerstrebend stand der Hund auf und folgte ihr ins Haus, schaffte es aber nur bis zu den kühlen Terrakottafliesen im Eingangsbereich. Dort legte er sich hin. Lucy ging nach oben.

Seit ihrer Ankunft hatte sie das Zimmer ihrer Mutter nur einmal betreten. Wie überall im Haus war auch hier alles so, wie Hope es zurückgelassen hatte. Luisa hatte zwar den gefliesten Boden geputzt, die Ziegenfellvorleger ausgeschüttelt und das Moskitonetz über dem breiten Doppelbett verknotet, aber alles Übrige wirkte unberührt. Mit einem Blick nach oben stellte Lucy fest, dass sogar die schweren Eichenbalken in dem weiß gestrichenen Raum abgestaubt worden waren. Bevor Luisa hier schaltete und waltete, hatte niemand die Spinnweben entfernt, aber zu guter Letzt hatte Hope eine pedantische Putzfrau gefunden.

Lucy trat ans Fenster und zog die geblümten Vorhänge zurück, deren Ringe in der Stille klirrten. Licht strömte herein. Auf der alten Frisierkommode stand eine eckige Flasche Chanel N° 5 neben der kleinen Glasschale, die Lucy ihrer Mutter vor Jahren zum Geburtstag geschenkt hatte und die seitdem Hopes Haarspangen barg. In der alten Haarbürste hatten sich ein paar graue Haare verfangen. Lucy griff nach dem Parfum, schraubte die Flasche auf und gab ein wenig davon auf ihre Handgelenke, dann tupfte sie mit dem Finger etwas von dem Duft hinter ihre Ohren und schloss die Augen. Es war, als hätte ihre Mutter gerade den Raum betreten. Ihr stockte der Atem, sie setzte sich aufs Bett und grub ihre Zehen in den Ziegenfellvorleger. Der Gedanke, dass sie Hope nie wiedersehen würde, schien ihr unerträglich. Ein Erinnerungsbild flackerte auf, wie sie mit vier oder fünf Jahren auf eben diesem Bett herumhüpfte und in die offenen Arme ihrer Mutter sprang.

Aber der Ring.

Lucy sah die Hände ihrer Mutter vor sich, an denen Silberschmuck glänzte, und die Ringe, die aufgereiht in der Küche auf dem Fensterbrett lagen, wenn sie kochte. Vor langer Zeit hatte Hope bei einem schwedischen Silberschmied gelernt, der ein paar Jahre in Gaucín gelebt hatte. Als er wegzog, verkaufte sie ihre Sachen über Läden in Ronda, Estepona und Marbella. Das ging eine Weile so. Dann hängte sie ihr Hobby plötzlich an den Nagel und trug auch ihre Ringe nicht mehr. Und jetzt steckten sie angelaufen an den Fingern von zwei hölzernen Händen, die als Ringhalter dienten. Perlenschnüre hingen an den Ecken des Frisierspiegels. Irgendwo hier musste auch die Schachtel mit den losen Perlen sein: ein perfektes Geschenk für Ivy. In einer grünen Keramikschale lagen haufenweise Silberarmreifen. Lucy griff nach der hölzernen Box für Räucherstäbchen, die seitlich Messingelefanten in Einlegearbeit zierten und deren Deckel ein Lochmuster aufwies. Darin fand sie schlichte Ohrringe, aber nicht das, was sie suchte. Auf dem Nachtkästchen lag ein zerlesenes Exemplar von *Die Giftholzbibel* neben ein paar Nagelknipsern. Während Lucy in dem Roman blätterte, flatterte ein Zettel zu Boden. In der schrägen Schulmädchenschrift ihrer Mutter waren Spülmaschinentabs, Tomaten, Zwiebeln, Schweinefilet und Weißwein aufgelistet.

Lucy schaute auf die Uhr. Die anderen würden bald hier sein. Sie trat zu der Mahagonikommode, öffnete einen Schub nach dem anderen, ohne Erfolg. Dass sie auch in dem Korb mit den Flipflops und Espadrilles unter dem Bett nichts fand, war wenig überraschend, aber bei Hope konnte man nie wissen. Die einzige Möglichkeit, die blieb, war der Schrank. Lucy sah sich in dem matten Spiegel – rotäugig und erschöpft. Als sie sich mit der Hand durch die widerspenstigen Locken fuhr, die sie von ihrer Mutter geerbt hatte, sah sie nur noch verstörter aus. Zögernd näherte sie sich dem Schrank, denn ihr war klar, dass eine

Flut von Erinnerungen herandrängen würde, sobald sie die Türen öffnete.

Als sie klein waren, hatte Tom behauptet, er hätte hinten im Schrank eine Tür entdeckt, die in eine andere Welt führte – »so ähnlich wie Narnia«. Lucy hatte bald festgestellt, dass es nicht stimmte. Sie musste sechs gewesen sein, als sie sich beim Versteckenspielen hier verkroch. Sie hatte die Tür zugezogen und Jos Zählen nur noch gedämpft wahrgenommen. Dann streckte sie die Hand aus und suchte nach der Geheimtür, tastete nach dem Knauf, drückte gegen das Holz, hoffte auf einen verborgenen Riegel, aber da war nichts. Enttäuscht kauerte sie sich zwischen die Schuhe und machte sich so klein wie möglich, die Knie ans Kinn gezogen, und wagte kaum zu atmen. Die Säume der Röcke ihrer Mutter streiften ihren Kopf, verströmten den vertrauten Duft, sodass sie sich im Dunkeln geborgen fühlte. Wenn sie sich bewegte, vibrierten die leeren Drahtbügel an der Stange. Sie hörte, wie die anderen beiden ins Schlafzimmer stürmten. »Ich komme!« Vorhänge wurden zurückgezogen, die beiden krochen unters Bett, dann ging die Tür zu und es wurde still. Die Minuten zogen sich in die Länge. Lucy wurde in der Wärme müde und konnte die Augen nicht mehr offen halten. Schließlich wurde sie von Hope geweckt. Die beiden anderen waren des Spiels sehr schnell überdrüssig geworden, beschäftigten sich mit etwas anderem und vergaßen ihre Schwester. Mindestens eine Stunde lang war niemandem aufgefallen, dass Lucy fehlte. Manchmal hatte sie das Gefühl, das sei typisch für ihr ganzes Leben.

Quietschend ließ sich die Tür öffnen. So viele vertraute Kleidungsstücke hingen da. Ihr Anblick rief die letzten

Jahre ihrer Mutter wach: die Jacke, die sie bei der Gartenarbeit trug, mit losen Fäden, die ihre englischen Rosen gezogen hatten; Walters Cordhosen, die sie im Winter gern anzog (»Es wäre Quatsch, sie wegzuwerfen, außerdem erinnern sie mich an ihn«), an der Taille gehalten von einem Gürtel oder einem Stück Schnur. Dazwischen die leichteren Hosen für den Vorfrühling. Sobald die Sonne schien, griff sie auf die Kleider und Röcke zurück, die noch aus ihrer Hippiezeit stammten. Lucy fühlte sich als Eindringling, während sie ein Kleidungsstück nach dem anderen abtastete und in die Taschen griff. Das war nicht richtig, es war, als würde sie das Vertrauen ihrer Mutter missbrauchen und sich in ihre Privatsphäre drängen. Aber es musste sein. Belle und Tom würden sich beklagen, wenn sie nicht nachsah. Sie entdeckte einige Taschentücher, Wäscheklammern, Korken, Samentütchen, Pflanzenschilder, aber keinen Ring.

Auf dem Schrankboden standen die eleganteren Schuhe, die Hope für besondere Anlässe bereithielt, die es allerdings nicht gerade häufig gab: Glitzersandalen, die marineblauen Pumps, die sie zu Ivys Taufe im herbstlichen London getragen hatte, Lederstiefel für den Winter. Im Regal darüber befanden sich ihre wenigen Handtaschen. Auch dafür hatte Hope kaum Verwendung, denn sie warf ihre Geldbörse meist einfach in einen der großen Einkaufskörbe, die auf der hinteren Terrasse an der Wand hingen. Lucy, die sich nicht geschlagen geben wollte, leerte das Regal, in dem auch ein, zwei formlose breitrandige Sonnenhüte und der aquamarinblaue Pillbox-Hut lagen, den Hope bei Lucys und Arts Hochzeit getragen hatte. Wie lange war das her!

Als sie in ein mit schwarzen Perlen besticktes Abendtäschchen griff, ertastete sie etwas Hartes. Sie öffnete ein Reißverschlussfach und fand inmitten von Kleingeld das Objekt der Begierde. So ging Hope also mit Walters Geschenk um! Ihre Mutter hatte den Ring doch bestimmt nicht Belle versprochen? Das war einfach nicht richtig.

Sie probierte den Ring an, merkte aber bald, dass sie ihn, wenn sie ihn über den Knöchel drückte, nie wieder würde abziehen können. Als sie ihn aufs Bett legte, funkelte der Rubin auf der weißen Bettdecke wie ein Blutstropfen. Sie räumte alles wieder an seinen Platz und machte, erleichtert, dass ihr weiteres Suchen erspart blieb, den Schrank zu. Dann ging sie mit ihrer Trophäe hinunter, um letzte Vorbereitungen fürs Mittagessen zu treffen. Belle hielt vermutlich wieder mal Diät – solange Lucy zurückdenken konnte, arbeitete ihre Schwägerin immer in irgendeiner Weise an ihrem Erscheinungsbild. Wenigstens hatten sich die beiden Jungs endlich von der Spezialdiät verabschiedet, die nichts außer Würstchen, Hühnchen und Pommes zuließ. Und Ivy – sie stutzte. Allein schon beim Gedanken an das kleine Mädchen spürte sie eine schmerzliche innere Leere. Nicht zum ersten Mal in ihrem Leben hatte Jo bekommen, was sie, Lucy, sich immer sehnlichst gewünscht hatte. Bei ihrer Hochzeit mit Art hatten sie einer gemeinsamen Zukunft mit einer großen Kinderschar entgegengeblickt – ihrer eigenen Familie –, aber das Schicksal hatte andere Pläne.

Sie ging in die Küche, um die letzten Handgriffe zu erledigen. Tom und Anhang würden bald da sein. Der Minutenzeiger der Küchenuhr rückte auf zwanzig nach eins vor. Wenn es später als zwei Essen gab, würde das ihrem

Bruder die Laune verderben. Sie griff nach der blau-weißen Schürze, die an der Tür hing. Als sie diese typische Geste ihrer Mutter nachahmte, spürte sie einen Kloß im Hals, und wieder stiegen ihr Tränen in die Augen. Sie nahm die gewürfelten grünen und roten Paprika, die geschnittenen Oliven und die zerkleinerten hartgekochten Eier aus dem Kühlschrank und füllte damit blau-weiße Keramikschalen. Anschließend gab sie Olivenöl aus dem Kanister in die Pfanne, machte den Gasherd an und wartete, bis das Öl heiß genug war, um die Brotwürfel zu rösten. Lucy schüttelte die Pfanne und wendete das Brot immer wieder, bis es schön gebräunt war. Nachdem sie die Würfel mit einem Schaumlöffel auf ein Geschirrtuch gegeben hatte, damit sie knusprig blieben, ging sie schließlich hinaus auf die Terrasse, um nach dem Tisch zu sehen.

Zwei dunkelgrüne Eidechsen huschten über die niedrige weiße Mauer, als Lucy einen Stuhl zurechtrückte. Sie hatte ein weißes Tischtuch mit passenden Servietten gefunden und gewaschen, Gläser poliert und die runden Schilfmatten herausgeholt. Es sah ganz anders aus als zu Hopes und Walters Glanzzeiten, als sich niemand um solche Feinheiten scherte und sich auf dem blanken Holztisch Platten mit Essen, Weinflaschen, Gläser drängten, dazwischen Aschenbecher gefüllt mit den Kippen der filterlosen Celtas oder Walters schwarzen Cheroot-Zigarren. Hope hatte immer gern Gesellschaft gehabt, je lauter und ausgelassener desto besser.

Nicht einmal Belle würde an dieser Tafel etwas auszusetzen finden. Lucy zupfte das Musselintuch auf dem Wasserkrug zurecht, sodass die bunten Perlen auf dem Glas klimperten. Sie würde ihn mit Eiswasser füllen, wenn sie sich zum Essen setzten. Über ihr bewegte sich das Weinlaub in der lauen Brise.

Zurück in der Küche arrangierte sie aufgeschnittenen Chorizo, Jamón Ibérico, Salchichón und Lomo auf einer Platte. Ein großes Stück Manchego erhielt zusammen mit einer Portion Quittengelee einen eigenen Teller. Dann holte sie den Salat aus großen Fleischtomaten aus dem Kühlschrank, gab eine kleingeschnittene Avocado zu dem Blattsalat in der Olivenholzschüssel und machte ihn mit Knoblauchsauce an. Siehe da. Kaum war sie fertig, knirschten draußen auf der Einfahrt Reifen.

Autotüren wurden geöffnet und wieder zugeworfen. Schritte hallten durchs Haus. »Lucy, wo bist du?«

»Hier«, rief sie und wischte sich die Hände an der Schürze ab. »Ich komme.«

Doch bevor sie hinausgehen und die Ankömmlinge begrüßen konnte, stand Tom vor ihr und schloss sie in die Arme. »Hey, Schwesterherz. Du kochst wieder mal groß auf, hoffe ich.«

Sie drückte ihn an sich – und schloss die Augen, um die Tränen zurückzudrängen. Als sie sie wieder öffnete, stand Belle hinter ihm, Ferdie bei Fuß. Lucy löste sich aus der tröstlichen Umarmung ihres Bruders.

»Belle. Schön, dich zu sehen. Schicke Frisur.« Sie umarmte ihre Schwägerin, was sich anfühlte, als hätte sie es mit einer Eisenstange zu tun – so wenig gab sie nach.

Belle wich einen Schritt zurück und tastete nach ihrem Bob. »Wirklich? Meine Farbberaterin hat mir die Tönung aufgeschwatzt. Ich war mir erst nicht so sicher.« Sie bückte sich und hob Ferdie auf, damit niemand auf ihn trat.

»Ja, es ist … na ja, ungewöhnlich.« Lucy suchte krampfhaft nach dem richtigen Wort für den goldbraunen Helm. »Und abgenommen hast du auch seit dem letzten Mal.« Das war ein Kompliment, das immer gut ankam.

»Ich bin dabei.« Stolz legte Belle die Hand auf die Wölbung ihres Bauchs, den sie offensichtlich mit übermenschlicher Anstrengung einzog.

»Bringt doch eure Sachen nach oben, und ich stelle schon mal das Essen auf den Tisch«, schlug Lucy vor. »Wir sollten einfach ohne Jo anfangen.«

»Gott weiß, wie lange sie noch braucht.« Kopfschüttelnd ging Tom zum Auto. »Ich hätte Mum selbst mitbringen sollen.«

»Genau das habe ich ihm gleich gesagt«, rief Belle Lucy über die Schulter zu, ohne Hilfe bei der Essensvorbereitung anzubieten.

Resigniert holte Lucy das Eiswasser aus dem Kühlschrank.

Sekunden später hallte ein scharfes Bellen durch den Flur, gefolgt von einem Schrei und dem Geräusch von Pfoten auf den Fliesen. Dann fiel etwas scheppernd zu Boden.

»Bailey!«, brüllte Tom. »Nein!«

Lucy eilte auf den Flur, wo sie zwei Hinterteile vor sich sah, ein großes und ein kleines, die sich vor der Eichenkommode in die Höhe reckten. Über Belles Hintern spannte sich ihre etwas zu enge pinkfarbene Caprihose, die in Gefahr schwebte, an der entscheidenden Naht zu reißen. Rechts von ihr wedelte Bailey eifrig mit dem Schwanz. Belle lag auf den Knien, die Nase buchstäblich auf dem Boden. Die pinkfarbene Leine, die sie hielt, führte unter die Kommode. Bailey hatte genau dieselbe Haltung angenommen wie Belle: die Vorderbeine auf die Ellbogen gestützt, die Nase unten, die Ohren gespitzt, und der zottelige Schwanz flatterte wie eine Fahne im Sturm. Der Läufer war zur Seite geschoben, die Zinnplatte für Briefe lag ebenso auf dem Boden wie die ungeöffnete Post. In der Tür standen breit grinsend Ethan und Alex und machten keine Anstalten zu helfen.

»Um Himmels willen bringt mal jemand den Hund nach draußen!«, kreischte Belle und blickte kurz zu ihnen auf. »Ferdie traut sich nicht raus. Komm schon, Baby«, lockte sie ihn und ruckelte ein wenig an der pinkfarbenen Leine. »Er hat eine Heidenangst, der arme Kleine.«

»Bailey denkt bestimmt, das ist eine Ratte. Wahrscheinlich frisst er ihn.« Ethan stupste Alex an, und sie kriegten sich nicht ein vor Lachen.

»Ist mir egal, was er denkt. Tut doch jemand etwas. Ferdie, Schätzchen, es ist alles gut …«

Als Lucy den größeren Hund energisch am Halsband packte und wegzerrte, zog Belle heftig an der Leine, Ferdie kam unter der Kommode hervorgeschossen wie ein Korken aus einer Flasche Cava und landete in Belles Armen. Bailey machte einen Satz vorwärts, schleppte Lucy mit sich und bellte aufgeregt.

»Aus, Bailey!« Lucy fand ihr Gleichgewicht wieder und riss ihn zurück.

Belle war nun wieder auf den Beinen und drückte ihren zwergenhaften Schatz an die Brust. »Dieser Hund kann nicht im Haus bleiben, solange Ferdie hier ist«, protestierte sie. »Du musst ihn draußen anbinden.«

»Ich werde nichts dergleichen tun«, widersprach Lucy. »Er ist hier zu Hause. Sitz!« Zu ihrem Erstaunen gehorchte Bailey, ohne sein erhofftes neues Spielzeug aus den Augen zu lassen. Lucy holte tief Luft. Das Wochenende fing ja gut an. Sie würde nicht zulassen, dass gleich alles schief ging. »Vielleicht ist es besser, wenn ihr in der *casita* übernachtet. Dort ist Ferdie in Sicherheit.«

»Ich dachte, wir würden, weil es das letzte Mal ist, alle im Haupthaus schlafen?«, warf Tom verunsichert ein, obwohl er bestimmt wusste, wie die Antwort seiner Frau ausfallen würde.

»Nicht, solange dieses Tier hier ist«, beharrte Belle. »Ich werde kein Auge zutun, wenn Ferdie in Gefahr ist.«

»Ach, Belle …« Tom klang verzweifelt.

»*Dieses* Tier ist Mums Hund«, erklärte Lucy. »Bailey wohnt hier, seit er ein Welpe war, seit sie Carlos davon abgehalten hat, den Wurf zu ersäufen. Das weißt du. Er wird keinesfalls ausquartiert.« Als sein Name fiel, versuchte Bailey, sich freizukämpfen, was ihn in Atemnot brachte, weil Lucy mit eisernem Griff sein Halsband festhielt.

»Bailey! Sitz!«, wiederholte sie.

Sein Schwanz klopfte auf den Boden, als er ihr für einen Sekundenbruchteil seine Aufmerksamkeit zuwandte.

»Lucy, bitte …«, flehte Tom. »Wir hatten es doch so ausgemacht. Weil es das letzte Mal ist.«

»Nein, ganz bestimmt nicht. Mit Ferdie könnt ihr nicht im Haus schlafen.« Wenn sie jetzt nicht hart blieb, würden sie am Wochenende keine ruhige Minute haben. Toms sentimentale Anwandlung musste eben hinter der Unterbringung des lächerlichen Haustiers seiner Frau zurückstehen. Schließlich hatte niemand sie gebeten, Ferdie mitzubringen. Hätten sie ihn nicht bei Freunden lassen können? »Es wird auch so verrückt genug, ohne dass wir alle fünf Minuten einen Hundekampf haben«, gab sie zu bedenken. »Und was ist, wenn jemand gebissen wird? Ivy zum Beispiel.«

Belle war bereits draußen und ging zum Auto. »Übernachten wir einfach in der *casita,* Tom. Es spielt doch keine Rolle, wo wir schlafen.«

Die beiden Jungs zockelten hinter ihr her, während Tom Lucy einen unglücklichen Blick zuwarf. Sie ignorierte ihren Bruder, sperrte Bailey ins Wohnzimmer, bis die Luft rein war, und widmete sich wieder dem Lunch.

4

Als Jo den Wagen in die Einfahrt lenkte, rief der Anblick des alten Hauses eine wahre Flut an Erinnerungen wach. Der Fensterladen oben rechts, über der tiefroten Bougainvillea, die oberhalb der weinumrankten Pergola am Haus emporkletterte, war so wie die anderen dunkelgrün gestrichen; dahinter hatte sie früher geschlafen. Sie kannte alle Geheimnisse des Zimmers: die Eigenart des Fensters, nach einem Gewitter zu klemmen – Tom hatte einmal mit dem Handballen die Scheibe eingeschlagen, als er versuchte, es für sie zu öffnen; das Dielenbrett, das sich anheben ließ und unter dem sie ihr Tagebuch und das Geld fürs Weglaufen versteckte; das wacklige Bücherregal, das nur eine bestimmte Anzahl Bücher verkraftete, sonst fielen alle auf den Boden; die Löcher in der Tür, wo sie einen Riegel anbringen wollte, bis Hope dahinterkam und ihn ihr wegnahm. Obwohl Hope schon vor langer Zeit renoviert hatte und die Spuren von Jos Postern und Ansichtskarten an der Wand verschwunden waren, hoffte sie, dass Lucy ihr und Ivy ihr ehemaliges Zimmer zugeteilt hatte.

Von unten betrachtet, verbarg sich das weiß gestrichene Bauernhaus teilweise hinter dem kleinen Olivenhain, den es gab, solange Jo zurückdenken konnte. Zur Erntezeit sammelte Walter, unterstützt von ein paar Einheimischen, die Früchte und brachte sie zu einer kleinen Presse in der Nähe von Ronda, wo man sein eigenes Öl erhielt. Aus diesem Blickwinkel sah man gerade noch die weißen Häuser von Gaucín auf dem Bergkamm, wo die Ruine einer maurischen Burg über den Ort wachte. Jo hielt und machte den Motor aus, um diesen friedvollen Augenblick zu genießen. Sie warf einen Blick in den Rückspiegel. Ivy im Kindersitz schlief tief und fest, schweißnasses Haar klebte ihr an der Stirn, die Wangen waren rosig von der Hitze, die Lippen leicht geöffnet. Bampy hing über den Rand ihres Sitzes. Wieder diese überwältigende Liebe. Sie war einfach nicht zu unterdrücken.

Jo richtete den Blick erneut auf das zweistöckige Haus, das in der Sonne leuchtete, die ockerfarbenen Dachpfannen auf dem leicht abfallenden Dach, die beiden weißen viereckigen Kamine, auf denen Vogelschutzgitter thronten. Sie sah gerade noch die vordere Terrasse, die Pergola, die dem gedeckten Tisch Schatten spendete. Links vom Haus lag der Garten ihrer Mutter. Hope erzählte gern, dass alle sie ausgelacht hatten, als sie ankündigte, sie wolle einen englischen Garten anlegen. *»Un jardin Inglés! Aquí?!«* Aber mit sorgfältiger Bepflanzung und Pflege hatte sie bewiesen, dass es ging. Das war Hopes kleines Stück England. Im Kontrast zu den Wildblumen, die ringsum überall wuchsen, blühten hier weiße Rosen neben Rittersporn, Akelei, Malven, Baldrian und silbrigem Wollziest. Jo konnte sich nicht erinnern, dass ihre Mutter irgendetwas anderem so viel Fürsorge und Aufmerksamkeit gewidmet hätte – einschließlich ihrer drei Kinder. Sie bemerkte jeden neuen Trieb, bewässerte und hegte die Pflanzen den ganzen Sommer lang, und im Winter konsultierte sie Saatgutkataloge und plante den neuen Look für das kommende Jahr, schickte ihre Bestellungen ab und wartete ungeduldig, bis die Päckchen eintrafen.

»Na los«, sagte sich Jo. »Fahr weiter. Sie warten bestimmt.« Doch ihr war klar, dass sie genau das nicht taten. Tom wartete nie auf jemanden, wenn das für ihn eine Verspätung bedeutete.

Sie drehte den Schlüssel im Zündschloss und fuhr langsam die Zufahrt hinauf, vorbei an der Wiese mit den leuchtenden Wildblumen und dem Olivenhain, und stellte ihr Auto neben Toms silbern glänzendem Mietwagen ab. Als sie ausstieg, blieb sie kurz stehen und ließ sich von der Hitze des Tages umfangen. Dann holte sie den Rucksack aus dem Kofferraum und stellte ihn neben dem Haus ab. Das Gepäck hatte Zeit. Ivy aus dem Sitz zu heben erwies sich als schwieriger. Ihre aus dem Tiefschlaf gerissene Tochter wehrte sich, verschwitzt und schlecht gelaunt, gegen jeden Versuch, sie aus dem Auto zu holen.

»Komm schon, Süße. Hilf ein bisschen mit. Lucy ist drinnen, sie freut sich schon auf dich. Nach dem Essen gehen wir schwimmen.« *Und wenn du jetzt keine Zicken machst, wäre das Leben so viel leichter.*

»Ich will nicht schwimmen!« Ivy versetzte ihrer Mutter einen Kinnhaken mit dem rechten Fuß.

Sie unterdrückte den Impuls, ihre Tochter anzuschreien, weil das alles nur noch schlimmer machen würde.

Während sie mit ihrem trotzigen Kind kämpfte, bemerkte sie, dass sie beobachtet wurde. Sie blickte auf. Tom stand lächelnd an der Ecke des Hauses und sah aus, als wüsste er, was sie dachte. Sie grinste ihn an, freute sich, ihn zu sehen. In seinem offenen Hemdkragen steckte eine Serviette. Lässig urlaubsmäßig. Sein Haar war kürzer denn je, aber mit den runden Brillengläsern stand ihm dieser Look à la französischer Philosoph ganz gut. Der Höcker auf der Nase, wo ihn bei einem Match mit Jo der Tennisball getroffen hatte, war ihm geblieben.

»Hast du sie gefunden?« Er ging einen Schritt auf das Auto zu. »Du hättest anrufen sollen.«

»Tut mir leid. Der verdammte Akku war leer. Und dann musste ich das Auto holen. Mit einer quengeligen Vierjährigen ein Albtraum.« Im Untergeschoss des Flughafens zu warten, während die Anwärter für einen Mietwagen vor einem in der Schlange endlose Formulare ausfüllten, war die Hölle gewesen.

Jetzt gab sie den Kampf mit Ivy auf und überließ es ihrem Kind, auszusteigen, wann es Lust hatte. Stattdessen ging sie, wohl wissend, dass Ivy sie beobachtete, auf ihren Bruder zu und küsste ihn auf beide Wangen.

»Du hast sie gefunden, oder?«

Jo machte einen Schritt rückwärts. »Nein. Leider nicht.«

Seine Anspannung war ihm anzusehen. »Du machst Witze?«, fragte er stirnrunzelnd.

»Sie haben meinen Koffer aufgespürt und versprochen, ihn heute Abend zu schicken«, versicherte sie ihm. »Das haben sie fest zugesagt.«

»Wir haben schon mit dem Lunch angefangen.« Tom wirkte nicht gerade beruhigt, zog es aber vor, das Thema zu wechseln.

»Geh du ruhig zurück zu den anderen. Ich werde Ivy erst einmal in der Küche etwas zu trinken geben. Dann geht es ihr bestimmt gleich besser.« In diesem Moment kletterte Ivy aus ihrem Kindersitz und aus dem Auto und kniff im hellen Sonnenlicht die Augen zusammen. Sie stellte sich neben Jo, umklammerte das Bein ihrer Mutter und spähte zu Tom hinauf, während sie Bampy an sich drückte und am Daumen lutschte.

»Hallo, Ivy.« Tom ging in die Hocke und begrüßte sie mit onkelhaftem Lächeln. »Wie war's im Flugzeug?«

Seine Frage quittierte sie mit einem misstrauischen Blick, dann drückte sie ihr Gesicht gegen den Schenkel ihrer Mutter.

»Magst du etwas essen?«, versuchte er es noch einmal. Diesmal erntete er ein Kopfschütteln und noch heftigeres Daumenlutschen.

»Wir kommen gleich«, versprach Jo und streichelte Ivys heißen Kopf. »Nicht wahr?«, wandte sie sich an ihre Tochter. Sie hob das Kind auf ihre Hüfte, während Tom um die Ecke verschwand. »Uff, dafür bist du aber bald zu groß.«

In der Küche weinte Lucy über einer halbleeren Schüssel Gazpacho. Sie schaute auf, als Jo mit Ivy hereinkam und wischte sich die Augen mit dem Schürzenzipfel. »Ich dachte schon, ihr schafft es nicht mehr.« Sie küssten sich über Ivys Kopf hinweg. »Hey, Ivy. Magst du was trinken?« Sie putzte sich die Nase.

Durch die neue Umgebung eingeschüchtert, nickte Ivy stumm und klammerte sich noch fester an Jos Hals. Lucy ging zum Kühlschrank und schenkte ihrer Nichte ein Glas Orangensaft ein. »Ist der okay?«

Wieder nickte Ivy und griff nach dem Glas, während Jo sie auf einen Stuhl setzte und ihr Top zurechtzupfte.

»Sag mir, dass du Mum gefunden hast«, flüsterte ihr Lucy zu. »Bitte. Ich könnte es nicht ertragen, wenn …«

»Sie müsste heute Abend hier sein. Das hat man mir versprochen.«

Lucy lächelte unter Tränen und seufzte erleichtert. »Gott sei Dank. Sie nun zu verlieren wäre schrecklich.«

Sie umarmte ihre Schwester. »Ich bin so froh, dass du da bist. Bisher war es grauenhaft.«

»Jetzt schon?« Aber Jo wusste, was ihre Schwester meinte.

»Sie hat ihr Mistvieh mitgebracht ...«

Jo legte einen Finger auf die Lippen und nickte in Ivys Richtung, die beobachtete, wie Bailey auf dem Boden nach vom Tisch gefallenen Leckerbissen suchte. »Die Wände haben Ohren.«

»Ich bin keine Wand!«, protestierte Ivy, bevor sie ihren Saft austrank.

»Ich wollte sagen, sie hat den Hund mitgebracht!« Lucy schnitt eine Grimasse. »Ich musste sie in der *casita* unterbringen, und dort muss er bleiben, damit Bailey ihn nicht zum Lunch verspeist. Weil wir gerade davon reden ...« Sie schöpfte Gazpacho in zwei Schalen und stellte sie auf ein Tablett. »Ivy, das isst du doch, oder?«

Das kleine Mädchen nickte. Sie musterte Lucy mit ernster Miene, dann fragte sie: »Wie alt bist du?«

Lucy lächelte. »Was meinst du denn, wie alt ich bin?«

Wieder warf die Kleine ihrer Tante einen prüfenden Blick zu und traf dann mit Bedacht eine Entscheidung. »Zehn«, sagte sie mit der gebotenen Feierlichkeit.

Lucy lachte und gab ihr einen Kuss auf die Wange. »Ich glaube, du und ich, wir werden an diesem Wochenende bestens miteinander auskommen. Das ist nämlich das Netteste, was bis jetzt jemand zu mir gesagt hat!«

Jo nahm sich ein Glas aus dem offenen Regal, ging zum Kühlschrank und goss für beide Wein ein. Die anderen konnten noch eine Weile warten, bis sie gehört hatte, was Lucy zu erzählen hatte. Sie zog sich einen Stuhl neben

Ivy heran und machte sich auf die Neuheiten im Katalog der Belle-bezogenen Klagen gefasst, der im Lauf der Jahre einen ungeahnten Umfang erreicht hatte.

»Ich habe diese phantastische Gazpacho gemacht. Sie fragt mich, was drin ist, und als ich Brot und Öl erwähne, hat sie sich aufgeführt wie von der Hornisse gestochen. ›Brot!‹« Lucy ahmte mit gedämpfter Stimme Belles schrillen Schreckensschrei nach. »›Die Kohlehydrate! Aber keine Sorge, ich habe etwas mitgebracht.‹ Sie verschwindet in ihrem Zimmer und kommt mit so einem Dreck von Nahrungsersatz zurück, der aussieht wie gekotzte Erdbeeren!«

»Na, jetzt sind *wir* da«, meinte Jo, »und wir sind am Verhungern, stimmt's?« Sie schaute Ivy an.

Wieder nickte Ivy zustimmend.

»Schön, dann stellen wir das alles auf ein Tablett und gehen raus. Sie werden sich schon fragen, wo wir bleiben.« Lucy trug das Tablett.

Sie gingen durch den Flur und die offene Terrassentür hinaus. Jo musste angesichts der ungewohnt fein gedeckten Tafel zweimal hingucken. »Ach, Lucy. Du hast uns alle Ehre erwiesen. Diese weißen Rosen sind wunderbar.«

»Freut mich, dass sie dir gefallen. Antonio hat sich um den Garten gekümmert. Die Rosen sind heuer besonders schön. Mum wäre stolz gewesen.«

»Jo! Endlich.« Belle blickte von ihrem Teller auf, das Gesicht halb verdeckt von einer riesigen Sonnenbrille. »Wir dachten, du kommst direkt nach uns. Was ist passiert?«

»Das weißt du doch genau«, schoss Jo zurück. »Hi, Ethan, Alex. Wie geht's?«

Beide murmelten etwas Nichtssagendes. Jo beschloss, sich damit zufriedenzugeben, und setzte Ivy auf einen Stuhl.

Belle legte den Kopf schief. »Hmm. Ich habe ja gesagt …«

Ethan stieß Alex den Ellbogen in die Rippen, dann schob er seinen Stuhl zurück. »Wir könnten jetzt schwimmen gehen«, sagte er.

Froh über den Vorwand, sprang Alex auf – offensichtlich war er genauso erpicht darauf, sich zu verdrücken, wie sein Bruder.

»Nicht direkt nach dem Essen, Jungs.« Belle schüttelte den Kopf, sodass der goldbraune Helm flatterte. Sie schob sich das Haar hinters Ohr.

»Mum, das ist doch überholt«, erwiderte Alex. »Daran glaubt heute kein Mensch mehr.«

»Tom!«, appellierte Belle an ihren Mann, aber er zuckte nur die Schultern, schnitt sich eine Scheibe Manchego ab und ignorierte die hochgezogenen Brauen seiner Frau: ein wortloser Kommentar zu der Größe des Käsestücks.

Jo probierte die kalte Suppe, die, wie sie geahnt hatte, absolut köstlich war: üppig, mit reichlich Tomaten, Knoblauch und Brot. »Die ist phantastisch«, verkündete sie. »Findest du nicht auch, Ivy?«

Ivy, noch ganz überwältigt von der neuen Umgebung, nickte nur. Unterdessen hatten sich die beiden Jungs davongeschlichen, um sich in ihrem Zimmer umzuziehen.

»Ich dachte, wir könnten heute Abend darüber reden, was wir mit den Möbeln machen oder was davon noch übrig ist«, kam Tom zur Sache. »Für Montagmorgen habe ich einen Immobilienmakler bestellt.«

»Das hast du mir gar nicht gesagt.« Lucy stiegen schon wieder Tränen in die Augen.

»Tom ist dafür zuständig, das Testament eurer Mutter zu vollstrecken«, betonte Belle.

»Aber wir sind alle ihre Kinder«, erwiderte Jo knapp.

Belle presste die Lippen zusammen, wandte sich ab und streckte ihre nackten Beine in der Sonne aus.

»Ich versuche bloß, die Sache in den Griff zu kriegen. Wir sind nur bis Dienstag hier, also habe ich angenommen, ihr möchtet, dass wir vorankommen.« Tom strich über seine Stoppelfrisur.

»Ich dachte lediglich, du redest zuerst mit uns, das ist alles«, sagte Jo, während sie Fleisch und Salat auf Ivys Teller gab und dabei die Gurken aussortierte, die ihre Tochter seit letzter Woche aus unerfindlichen Gründen verabscheute.

Lucy nickte zustimmend.

»Mum wollte, dass wir das Haus verkaufen, damit wir nicht darüber streiten, was damit geschehen soll«, rief Tom seinen Schwestern in Erinnerung. »Also fangen wir jetzt nicht damit an. Wir sind ja gerade erst angekommen.« Er kniff sich in die Haut zwischen Daumen und Zeigefinger.

Stolz auf das diplomatische Geschick ihres Mannes legte Belle ihre Hand auf seine. Vielleicht wollte sie aber auch verhindern, dass er sich noch einmal Käse abschnitt. Er entzog ihr die Hand und nahm sich ein weiteres Stück Manchego mit einem Klecks Quittengelee, was Belle mit einem Räuspern kommentierte.

Ivy zupfte an Jos Ärmel. »Gehen wir schwimmen?« Offenbar kehrte allmählich ihr Mut zurück.

»Später, Süße. Ich muss erst etwas Wichtiges mit Tom und Lucy besprechen. Wie wär's, wenn du so lange ein Bild malst, und dann gehen wir schwimmen.«

Ivy zog eine wunderschöne Schnute. »Aber du hast es versprochen!«

»Ich kann dich mitnehmen«, erbot sich Belle und streckte die Hand aus. »Wenn das in Ordnung ist?«, wandte sie sich an Jo, die schuldbewusst nickte, weil sie über das Hilfsangebot grenzenlos erleichtert war. Sie würde es nicht ausschlagen, nicht einmal, wenn es von Belle kam.

Ivy betrachtete fasziniert den funkelnden Diamanten und die pinkfarbenen Fingernägel – mit den Arbeiterhänden ihrer Mutter hatte diese Hand nicht viel Ähnlichkeit. Sie schien unschlüssig.

»Wir bleiben im Flachen, und dann besuchen wir meinen Hund«, schmeichelte Belle. »Du darfst ihn auch an der Leine führen. Er hat genau die richtige Größe für dich.« Sie streckte die Hände aus, als prahlte sie mit einem Fisch, den sie gerade an Land gezogen hatte. Das gab den Ausschlag. Ivy warf ihrer Mutter einen fragenden Blick zu, die wortlos die Erlaubnis erteilte, rutschte von ihrem Stuhl und reichte Belle die Hand. »Ist er jetzt kein Mistvieh mehr?«

Belle machte ein ratloses Gesicht. »Wie meinst du das?«

Die beiden Schwestern hielten den Atem an. Jo, die mühsam das Lachen unterdrückte, trat Lucy unter dem Tisch ans Schienbein.

»Lucy hat gesagt, der Hund ist ein Mistvieh«, verkündete Ivy mit glasklarer Stimme.

»Ach so?« Belle warf Lucy einen bösen Blick zu.

»So war das nicht gemeint, Ivy.« Lucy begann die Teller

einzusammeln. »Das war nur ein dummer Witz, den ich deiner Mutter erzählt habe.«

Belle verzog missbilligend den Mund. Oder enttäuscht? Jo wusste es nicht.

»Ferdie ist ein lieber Hund«, fuhr Lucy fort. »Er wird dir gefallen, und du wirst ihm gefallen.«

Jo warnte sie mit einem Blick, als wollte sie sagen: »Übertreib es bloß nicht.« Dann wandte sie sich an Ivy. »Mal sehen, ob wir irgendwo Schwimmflügel finden. Dann kannst du Belle zeigen, wie gut du schon schwimmen kannst.«

Zwanzig Minuten später war der Mittagstisch abgeräumt und Jo, Tom und Lucy machten es sich im Wohnzimmer bequem. Aus der Ferne wehte Lachen durch die offenen Türen herein. Tom hatte sich in Walters altem Ohrensessel niedergelassen, der wie eh und je an seinem Platz vor dem Kamin stand, während Lucy und Jo auf dem verschossenen roten Sofa saßen, wodurch die cremefarbene, mit großen roten Blumen bestickte Mantilla verrutschte, die über der Lehne hing. Rußflecken von den Feuern vergangener Winter waren auf der Kaminbrüstung zurückgeblieben.

Jo lehnte sich zurück, trotz der Umstände freute sie sich, daheim zu sein. Hier waren sie von Walters Gemälden umgeben, abstrakte Landschaften, die sich durch mutige Farbakzente und eine selbstbewusste Pinselführung auszeichneten; sie hatte diese Bilder immer geliebt und bewundert. So etwas hatte er gemalt, bevor er, als das Geld zur Neige ging, mit der Produktion von touristentauglicher Ware begonnen hatte. In den Regalen drängten sich zerlesene Taschenbücher, die sie nur allzu gut kannte.

Zwei Schwalben huschten durch die weit offene Terrassentür herein und wieder hinaus und ließen sich beim Anflug zu ihrem Nest, das unter einem Deckenbalken klebte, von den menschlichen Besuchern nicht stören. Hope hatte sie nie vertrieben, denn sie hielt ihre alljährliche Wiederkehr für ein gutes Omen. Lucy sah das genauso, und Jo verstand warum, als sie zum ersten Mal die rundlichen kleinen Köpfe sah, die, in Erwartung von Papa oder Mama mit Futter, aus dem Nest auf sie herabspähten.

»Was ist, wenn sie deinen Koffer nicht finden?«, sprach Lucy endlich aus, was alle dachten.

»Die finden ihn schon. Sie haben es versprochen. Er ist versehentlich in einem Flieger nach Barcelona gelandet – sie brauchen ihn nur hierher zurückzuholen«, erklärte Jo zuversichtlicher, als sie sich fühlte.

»Bis dahin können wir ja schon mal anfangen.« Tom nahm die Schreibunterlage vom Kaffeetisch und verteilte Post-it-Blöckchen in unterschiedlichen Farben: gelb für Jo, blau für Lucy und rot für sich selbst. Er klopfte mit seinem Kuli auf den Tisch, als wolle er seine Schwestern zur Ordnung rufen. Plötzlich begriff Jo, dass ihm diese militärische Effizienz eine Möglichkeit bot, mit seiner Trauer fertig zu werden. Sie wurde nachdenklich. Für sie alle, so unterschiedlich sie ihre Vergangenheit hier interpretieren mochten, ging mit dem Abschied von der Casa de Sueños vieles zu Ende. Es war das letzte Mal, dass sie die Plätze ihrer Kindheit besuchen, all diese Erinnerungen noch einmal durchleben konnten. Aber so hatte Hope es gewollt, und sie war eine Frau, die es gewohnt war, dass man ihren Wünschen folgte.

Jo sah sich die Klebezettel an, die sie in der Hand hielt. »Und jetzt?«

»Wir teilen alles auf. Beschließen, wer was bekommt, und entsorgen den Rest. So einfach ist das.«

Sie starrte ihren Bruder an. Das war ein bisschen wie die Psychospielchen, die sie früher gespielt hatten, wenn sie um die Aufmerksamkeit ihrer Mutter buhlten. Jo hatte das Gefühl, dass die Aufteilerei alles andere als einfach sein würde. Und sie vermutete, dass auch Tom das wusste, aber keiner wollte es als Erster zugeben. »Was?«, fragte sie. »Du meinst, wir sollen durchs Haus gehen und Zettel an die Sachen kleben, die wir haben wollen?«

»Genau«, erwiderte er, zufrieden mit seinem Plan. »So hat es ein Freund von mir gemacht, als sein Vater starb, und er sagt, dadurch sei alles viel leichter gewesen.«

»Was ist, wenn zwei von uns dasselbe wollen?«

»Dann verhandeln wir.«

So wie Tom es sagte, klang es ganz einleuchtend, aber die Vorstellung, um die Besitztümer ihrer Eltern zu feilschen, war Jo unangenehm. Allerdings konnte sie auch nicht mit einer besseren Idee aufwarten.

»Ihr wisst ja, dass sie Geschenke für uns vorbereitet hat?« Lucy zog ein Taschentuch heraus und putzte sich die Nase.

»Geschenke?« Tom schien beunruhigt. Geschenke passten nicht in seinen Plan.

»Mhm. Als ich im Januar hier war, um sie nach England zu begleiten, hat sie sich vor unserer Abreise eine kleine Ewigkeit damit beschäftigt, Sachen zu verpacken. Etwas für jeden von uns und etwas für jeden der Partygäste. Sie wusste, dass sie nicht mehr hierher zurückkehren würde.«

»Was für Sachen?« Tom wurde sofort misstrauisch. Wie seine Geschwister wusste er, wie launisch und maßlos ihre Mutter sein konnte. »Ist das überhaupt legal? Darf sie so etwas außertestamentarisch verfügen?«

»Keine Ahnung. Aber sie hat es getan. Sie hat die Päckchen in die Truhe in ihrem Zimmer gesperrt und Antonio den Schlüssel gegeben. Er hat strikte Anweisung erhalten, ihn erst am Samstag mitzubringen.«

Tom schlug die Hände vors Gesicht. »Mein Gott.«

»Vielleicht ist es ja gar nicht so schlimm.«

Jo und Tom tauschten einen Blick. Dass sich Lucy bei Streitigkeiten immer auf die Seite ihrer Mutter schlug, hatte die beiden zusammengeschweißt: der Halbbruder und die Halbschwester gegen das Nesthäkchen der Familie.

»Sie musste immer im Mittelpunkt stehen, und sie regelt auch noch aus dem Jenseits den Ablauf. Warum hat sie es nicht einfach uns überlassen, wie wir das anpacken?« Tom sprach für beide.

»Du weißt doch gar nicht, was für Geschenke das sind, oder? Vielleicht sind es Dinge, die wir wirklich gerne haben möchten. Manchmal hat sie so etwas ja ganz gut hinbekommen.« Jo erinnerte sich an Geschenke aus all den Jahren, die Freude, aber auch an solche, die Enttäuschung bereitet hatten. Sie würde nie vergessen, wie Tom die Steinschleuder erhalten hatte, die sich beide so sehnlich gewünscht hatten, während sie mit einem mickrigen mädchenhaften Morgenmantel bedacht worden war. Monatelang hatte sie gelitten, obwohl Tom sie, sooft sie wollte, im Wald mit der Schleuder üben ließ. Sie hatte sich doch so sehr eine eigene gewünscht.

»Wenn es um jemand anderen gehen würde, wäre ich

deiner Meinung. Aber ihr wisst doch, wozu sie fähig war. Erinnert ihr euch noch an die Geschichte mit dem Fahrrad? Die riesige Schachtel?«

Das waren Pfade in die Vergangenheit, die Jo seit langem nicht mehr betreten hatte. In der Schachtel war eine andere Schachtel gewesen, und darin wieder eine. Jos freudige Erregung verflüchtigte sich mit jeder Schicht, bis sie in der letzten Schachtel ein Exemplar von *Alice im Wunderland* fand. Sie hatte das Buch ins Regal gestellt und aus Protest nie gelesen. Hope hatte ihren Scherz köstlich gefunden, während Jo ihre Gefühle verbarg und einen subtilen Zermürbungsfeldzug begann, bis sich ihre Mutter geschlagen gab. »Aber im Jahr darauf hat sie nachgegeben.« Es war ein leuchtend blaues gebrauchtes Jungenfahrrad gewesen, mit einem Wimpel am Lenker. Es war toll, und es gehörte Jo. Hope hatte den Versuch, ihren Wildfang zu zähmen, vorläufig aufgegeben. »Wer kommt überhaupt zur Party?«, fragte Jo jetzt. »Hast du eine Liste?«

»Ja. Die habe ich irgendwo oben.«

Lucy hörte sich an, als würde sie gleich durchdrehen, also kam ihr Jo zu Hilfe. »Nehmen wir uns doch eins nach dem anderen vor«, regte sie an. »Bringen wir das erst mal hinter uns und konzentrieren uns dann auf die Party? Wo fangen wir an?«

Tom blickte auf. »Wie wär's mit dem Schmuck? Luce – hast du den Rubinring gefunden, den sie Belle versprochen hat?«

»Den Ring, den Walter ihr geschenkt hat?«, fragte Jo erstaunt. »Den kann Belle nicht kriegen. Mum hat immer gewollt, dass Lucy oder ich ihn bekommen. Das weißt du genau.«

»Tja, vielleicht hat sie es sich anders überlegt. Anscheinend hat sie bei unserem letzten Besuch hier zu Belle gesagt, sie könne ihn haben.«

»Hast du das mit eigenen Ohren gehört?« Jo ignorierte den Blick, den Lucy ihr zuwarf: eine stille Bitte, den Mund zu halten.

Tom schüttelte den Kopf.

»Dann glaube ich es einfach nicht.« Jo schlug auf die Armlehne des Sofas. »Sie hätte nie so etwas Unüberlegtes getan.«

»Jo! Belle würde niemals lügen.« Niemand durfte seine Frau beleidigen. »Sie weiß, wie schwer das für uns alle ist.«

»Dann hat sie sich verhört. Mum hätte das nie gesagt.« Jo hatte nicht vor, kampflos aufzugeben. »Walter hat ihr den Ring zu Lucys Geburt geschenkt. Weißt du noch, wie sie ihn herumgezeigt hat? Wenn ihn jemand bekommen sollte, dann Lucy.«

»Es macht mir gar nichts aus. Wirklich nicht«, warf Lucy ein.

»Mir schon«, beharrte Jo, die ein solches Unrecht empörend fand. »Dir steht er rechtmäßig zu. Wenn du nicht selber dafür eintreten willst, dann mache ich es. Wo ist er überhaupt?«

Jo und Tom sahen Lucy an, die in ihrer Schürzentasche wühlte. »Ich habe ihn in Mums Kleiderschrank gefunden, aber dann musste ich noch rasch das Essen für euch vorbereiten und dachte, ich stecke ihn in die Tasche.« Sie schüttelte den Kopf. »Anscheinend habe ich ihn in der Küche irgendwo hingelegt.«

Tom und Jo tauschten einen gut eingeübten resignierten Blick und fanden in die Rolle ihrer Kindheit als überlegene ältere Geschwister zurück.

»Machen wir einfach weiter?«, fragte Tom. »Das können wir später klären, wenn Luce das verdammte Ding gefunden hat. In der Zwischenzeit wartet ein Haus voller Zeug auf uns. Wenn wir bei jedem Stück diskutieren, werden wir nie fertig.«

»Warum? Was hat unsere Mutter Belle denn noch alles ›versprochen‹?«, ging Jo gleich wieder zum Angriff über.

»Nichts«, erwiderte Tom aufgebracht. »Ich meine, wenn wir um alles streiten.«

»Ich habe nicht vor, um alles zu streiten«, erwiderte Jo friedfertig. »Ich möchte gar nicht viel.«

»Na, dann ist es ja gut.« Tom lehnte sich auf seinem Sessel zurück.

»Aber, Jo, du musst etwas nehmen«, bat Lucy. »Es gibt hier so viele Sachen, die du bekommen solltest.«

»Ich brauche wirklich nicht noch mehr Sachen. Ich möchte nur ein paar Andenken. Glaub mir, ich habe so viele Erinnerungen, die kann mir keiner wegnehmen.« Bevor noch jemand etwas sagen konnte, hörte man von draußen lautes Weinen. Jo sprang auf. »Ivy!«

Belle kam von der Terrasse herein, auf dem Arm das kleine Mädchen, rot angelaufen und tränenüberströmt. Kaum sah Ivy ihre Mutter, streckte sie die Arme nach ihr aus.

Belle gab ihr das Kind. »Sie ist auf eine Biene getreten, und nur du kannst helfen.«

»Schsch.« Jo strich Ivy das Haar aus dem Gesicht. »Lucy, haben wir etwas im Haus?«

»Backnatron und Speiseeis. In der Küche. Ich komme mit«. Sie nahm Ivys Hand und drückte ihr einen Kuss auf die Handfläche. »Soll ich dir die Geschichte erzählen, wie sich deine Mum einmal auf eine Wespe gesetzt hat? Sie hat gebrüllt wie am Spieß, und sie war damals viel älter als du.«

Damit hatte sich die Sache mit den Klebezetteln fürs Erste erledigt.

5

Lucy werkelte zufrieden in der Küche herum. Sie schnippelte Zwiebeln und Paprika für das Abendessen mit ihrer Schwester. Tom und Belle wollten mit Ethan und Alex nach Gaucín fahren, und Lucy freute sich auf den Abend mit Jo. Sosehr sie sich bemühte, es gelang ihr einfach nicht, mit ihren Neffen ins Gespräch zu kommen, und sie hatte das Gefühl, dass die beiden Teenager jedem Raum, in dem sie sich aufhielten, die Energie entzogen.

Als Lucy Tom mitteilte, dass sie für den folgenden Tag einen Tisch im Mirador bestellt hatte, sah sie, wie Belle und Tom einen Blick tauschten. In letzter Zeit war das El Lateral Hopes Lieblingsrestaurant gewesen, aber ohne Hope wollte Lucy lieber in ein anderes Lokal gehen. Das würde Belle doch hoffentlich verstehen? Sie versetzte der Zwiebel auf dem Schneidebrett einen Stich. Bestimmt wollten sie das Mirador jetzt ausprobieren, um zu prüfen, ob es gut genug war. Wenn sie sich doch nur entspannen und ihr vertrauen würden. Das Einzige, wovon sie wirklich etwas verstand, waren gute Restaurants und exquisite Mahlzeiten. Schließlich war das ihr Beruf. Zum Glück würden sie sich bald auf den Weg ins Dorf machen. Aber vorher wollte Tom unbedingt mit seinen Klebezetteln anfangen. Sobald Ivy im Bett war, würden sie einen nächsten Versuch starten. »Nur ein Zimmer, dann haben wir morgen immerhin eins weniger.« Ungeduldig tippte er auf die Zettel, die er in der Hand hielt.

Die Vorstellung, das Zuhause ihrer Kindheit aufzuteilen, beunruhigte Lucy mehr, als sie vermutet hatte. Die anderen stellten sich ihrer Aufgabe anscheinend sehr viel gelassener. Kaum waren Tom und Jo angekommen, hatte sie das Gefühl, wieder in die Rolle der kleinen Schwester zurückzufallen, deren Meinung am wenigsten zählte. Sie musste sich zusammenreißen.

Sie unterbrach kurz ihre Tätigkeit. Eine erfrischende Abendbrise wehte durchs offene Küchenfenster herein. Bei ihrer Ankunft war das Haus genauso gewesen, wie sie es seit jeher in Erinnerung hatte. Manches war umgestellt oder aufpoliert worden, als Hope begonnen hatte, den Sommer über Zimmer zu vermieten, aber im Kern hatte es sich nicht verändert. Die Möbel mit Klebezetteln zu versehen war einfach ungut. Da steckte Belle dahinter. Von sich aus wäre Tom nie auf so eine Idee gekommen.

Jo kam herein, das Haar noch nass vom Duschen. »Puh! Endlich ist sie eingeschlafen. Wenn mir jemand gesagt hätte, wie anstrengend es ist, ein Kind zu haben, hätte ich nicht …«

Lucys Wunsch, Jo möge nicht weitersprechen, stand ihr offenbar ins Gesicht geschrieben.

»Ach, Luce, tut mir leid.« Jo trat neben sie und legte ihr den Arm um die Schulter. Einen Moment schwiegen beide. »Das war gedankenlos von mir«, brach Jo schließlich das Schweigen.

»Nicht so schlimm.« Lucy schüttelte Jos Arm ab. Natürlich war es schlimm. Schrecklich schlimm. Jeder wusste, dass sich Lucy seit Jahren nichts sehnlicher wünschte als eine eigene Familie. »Keine Sorge.« Nun wandte sie sich ganz von ihrer Schwester ab. »Wirklich. Es gibt Dinge, die sollen eben nicht sein. Was möchtest du trinken?«

»Im Moment nur Wasser. Ich mach das schon.« Jo holte eine der großen Plastikflaschen, die in der Speisekammer am Boden standen, und schenkte für beide ein. »Versuchst du es noch?«

»Nicht wirklich. Es hat keinen Sinn. Wir haben ja alles probiert. Monatelang geht es einem schlecht für nichts und wieder nichts. Und ehrlich gesagt, komme ich langsam drüber weg. Art spricht nicht mehr darüber. Im Grunde reden wir überhaupt sehr wenig miteinander.« Entschlossen, nicht schon wieder zu weinen, gab sie die Zwiebeln in die Pfanne. »Das hätte ich nicht sagen sollen. Es läuft halt gerade nicht so gut. Vergiss es.«

»Wie könnte ich?« Jo sah sie voller Sorge an. »Ist er deshalb nicht hier?«

»Er kommt morgen. Momentan hat er am Set in Bristol viel zu tun, aber sie haben es so arrangiert, dass er den Freitag und das Wochenende freinehmen kann.«

Jo nahm ihr den Holzlöffel aus der Hand und rührte die Zwiebeln um. »Das ist doch gut, oder? Ich hab die Serie schon seit einer Ewigkeit nicht mehr gesehen, haben sie ihn etwa umbesetzt? Mir war nicht klar, dass er so wichtig ist.«

»Nein, er ist nach wie vor Steve, der Stationspfleger, aber sie filmen gerade eine wichtige Episode, in der ein Bombenanschlag auf das Krankenhaus verübt wird.« Art hatte ihr die Geschichte ausführlich erklärt, aber es war zum einen Ohr hinein und zum anderen hinaus gegangen, denn gleichzeitig hatte sie die Speisenfolge für das, wie sich herausstellte, letzte private Dinner ihres kleinen Catering-Betriebs geplant. Jahrelang hatte er versucht, als Schauspieler Fuß zu fassen, nebenher unterrichtet und Gartenarbeiten erledigt. Dann hatte er seine Chance bei

Emergency bekommen, einer beliebten Fernsehserie. Am Tag, an dem er die Rolle erhielt, waren sie überglücklich gewesen, aber das war jetzt schon vier Jahre her. Vier Jahre, in denen Art die Woche über in Bristol drehte, während sie, Lucy, zu Hause in einem Vorort von Cambridge ihren Catering-Service auf die Beine stellte und ihren Kundenstamm aufbaute. Jahrelang hatte sie für Restaurants gearbeitet und schließlich beschlossen, sich selbstständig zu machen. Und das war ein Problem. Jeder führte sein eigenes Leben, sie waren nicht mehr so aufeinander angewiesen und das Interesse an der Arbeit des anderen nahm ab.

»Es ist bestimmt schwierig, wenn er immer nur ein, zwei Tage die Woche zu Hause ist.«

»Was? Unsere Beziehung oder dass wir keine Kinder haben?« Als Lucy die Frage stellte, spürte sie den vertrauten Herzschmerz. Dass ihr die Familie, die sie sich so sehr wünschte, verwehrt blieb, während ihre Schwester ungeplant schwanger wurde, war einfach ungerecht. Noch dazu hatte Jo so oft behauptet, sie wolle keine Kinder, mit ihrer Arbeit hätte sie genug zu tun.

»Beides.« Jo zog sich einen Stuhl heraus und setzte sich. »Am Anfang war alles super. Wir haben es getrieben wie die Kaninchen! Aber ich wurde einfach nicht schwanger, und dann hat er die Rolle bekommen, und jetzt ... tja, man kann sagen, das Feuer ist aus.« Sie drehte die Gasflamme unter der Pfanne ab.

»Vielleicht hilft es, wenn ihr hier Zeit miteinander verbringt.«

Jo glaubte das genauso wenig wie Lucy.

»Da bräuchten wir wohl mehr als ein paar Tage«, erwiderte Lucy. Was sie in dieser Zeit erreichen konnten, würde nicht viel mehr bringen als ein Pflaster auf einer klaffenden Wunde. »Wahrscheinlich war das alles irgendwie unvermeidlich und wir können uns nur schwer damit abfinden. Wir müssen eben das Beste draus machen.«

»Ach, Luce, das tut mir so leid. Was hast du vor?«

»Das muss dir nicht leid tun. Mir geht's gut. Art wird die Serie nicht aufgeben. Er hat zu viel zu verlieren. Und ich habe mein Geschäft in den letzten Monaten wegen Mum schleifen lassen, also werde ich vielleicht etwas Neues anfangen. Ich würde ganz gern selber ein Bed & Breakfast eröffnen und Kochkurse geben – dann habe ich etwas zu tun.« Als sie es aussprach, fragte sie sich, ob sie das wirklich anpacken würde. Pläne machen war nur eine Methode, ihren Schmerz zu verdrängen, das Gefühl, ein absoluter Versager zu sein, weil sie nicht schwanger werden konnte. Dass sie ihrer Mutter geholfen und sie schließlich gepflegt hatte, erfüllte dieselbe Funktion. Aber Pläne waren eine Sache, sie durchzuführen eine ganz andere.

»Schön! Seid ihr beiden so weit?«, rief Tom vom Flur aus. »Gibt es in der Küche etwas, das ihr möchtet? Wenn nicht, fangen wir hier an.«

Lucy und Jo tauschten einen Blick, dann lachten sie. Plötzlich hatte sich die Atmosphäre verändert – und sie waren wieder zwei Schwestern, die für einen Moment zusammenhielten und sich stark fühlten.

»Dann machen wir mal. Damit der alte Junge zufrieden ist.«

Lucy warf einen Blick auf die vielgenutzten Pfannen und Töpfe, die an Haken über dem Herd hingen, auf die Kollektion »praktischer« Körbe auf dem Kühlschrank, auf die Stapel glänzender Steingutteller und -tassen auf der Anrichte und den Regalen. »Die Küche können wir später machen. Hier gibt es Sachen, die ich auf jeden Fall gebrauchen kann. Erfüllen wir Tom erst einmal seinen Wunsch.«

Sie fanden ihn im Wohnzimmer, wo er ein Gemälde begutachtete. »Das hat mir schon immer gefallen. All die Grau-, Blau- und Grüntöne im Hintergrund lassen ahnen, dass sich ein Gewitter zusammenbraut. Belle gefällt es auch«, sinnierte Tom.

»Aber ich möchte mich nicht einmischen.« Belle senkte den Blick und betrachtete Ferdie, der auf ihrem Schoß schlief. Anscheinend hatte er sich von seinem traumatischen Erlebnis bei der Ankunft erholt. »Ich meine ... Wenn keine von euch es möchte, die Farben passen perfekt zu unserer Speisezimmereinrichtung.« Belle wusste nie, wann es genug war. »Wir könnten dem Bild ein schönes Zuhause geben.«

»Na klar«, sagte Jo so leise, dass nur Lucy es verstand. Sich Walters Tobsuchtsanfall vorzustellen, wenn er gehört hätte, dass jemand seine Gemälde danach beurteilte, ob sie farblich zur Wohnungseinrichtung passten, entlockte Lucy nur ein Lächeln.

Sie brachte es nicht fertig, sich jetzt mit den Bildern zu beschäftigen, also trat sie an den Tisch am Fenster und nahm ein bauchiges blau-weißes Keramikgefäß mit einem gewölbten Deckel in die Hand.

»Ich dachte, da könnten wir ihre Asche reinfüllen.«

»Wenn wir sie hätten, könnten wir das«, murmelte Tom, der darauf bestanden hatte, persönlich bei der Airline anzurufen und sich zu erkundigen, ob der Koffer aufgetaucht sei. Er hatte sich keine Mühe gegeben zu verbergen, dass er Jo nicht vertraute oder wie frustriert er war, als er hörte, dass der Koffer noch nicht in Málaga eingetroffen war.

»Jo hat es Mum irgendwann einmal zum Geburtstag geschenkt, und sie hat es sehr gemocht«, fuhr Lucy fort. »Seitdem steht es hier. Wisst ihr noch, wie wir alle nach Marokko gefahren sind? Unser letzter Urlaub als Familie. Hast du es nicht dort gekauft?«

»Stimmt, und dann musste ich es zurückbefördern, ohne es zu zerbrechen.« Jo ging quer durch den Raum zu ihr. »Wir haben in diesem Hotel mit Pool im Atrium und Kerzen drum herum übernachtet. Weißt du noch, wie wir da im Dunkeln geschwommen sind? So schön. Und die Party in dem Jahr, als sie alle nackt gebadet haben? All die alten runzligen Körper! Von Mum und Dad war ich es ja gewöhnt, aber die anderen – und alle auf einmal!« Sie lachte. »Damals fand ich es entsetzlich – furchtbar peinlich. Heute denke ich, es war gut für sie. Mein Gott, schau dir das an. Ich hatte vergessen, dass es hier steht.« Sie nahm ein gerahmtes Foto vom Tisch. »Mum und Walter.«

Lucy schaute ihr über die Schulter und spürte schon wieder, das ihr die Tränen kamen. Aufgenommen im Olivenhain vor zwanzig Jahren zeigte das Bild Walter, der in die Sonne blinzelte. Der Sarong, den er beim Malen immer trug, und seine braungebrannte Brust waren mit Farbe bekleckst. Sein graumeliertes Haar hatte er zu einem Pferdeschwanz zusammengebunden und einen Pinsel hinters Ohr geklemmt. Aus einer weit heruntergebrannten Zigarette in seiner Hand stieg Rauch auf. Das war der spleenige, fordernde, aber liebevolle Vater, wie sie ihn in Erinnerung behalten wollte. Neben ihm stand ihre viel jüngere, sonnengebräunte Mutter, die den Arm um ihn gelegt hatte. Damals sah sie so gut aus. Sie trug ein Bikinioberteil und einen breitkrempigen Strohhut zu einem langen Rock. Das von der Sonne gebleichte Haar hatte sie zurückgekämmt. Das Gesicht wandte sie Walter zu, ihr Lächeln war für die Ewigkeit eingefangen. »Sie haben sich wirklich geliebt.«

»Auf ihre Art«, ergänzte Jo. »Wenn man die Streitereien nicht zählt, die sie hatten. Weißt du noch, wie sie von unten gegen das Tablett geschlagen hat, das er trug, und die Getränke durch die Luft gesegelt sind?« Sie lachte. »Wahrscheinlich bin ich deswegen solo geblieben. Wenn ich von ihnen etwas gelernt habe, dann dass Bindungen eingehen viel zu schwierig ist.«

Belle räusperte sich.

»Jede richtige Beziehung hat ihre Höhen und Tiefen«, meinte Lucy. »Man braucht die schlechten Zeiten, damit man die guten zu schätzen weiß.« Sie spürte Jos Blick, der auf ihr ruhte. »Das ist so. Jedenfalls haben sie sich immer wieder versöhnt.«

»Das hat wohl dazugehört«, sagte Jo. »Obwohl ich das damals nicht so gesehen habe.«

»Wir sollten nicht vergessen, dass er uns ein wunderbarer Vater war«, unterstrich Tom. »Wenn man bedenkt, dass Jo und ich gar nicht seine eigenen Kinder sind.«

»Immer wenn wir gefragt haben, wer denn unser leiblicher Vater war, hat sie nur geantwortet: ›Ach, Schatz, das ist sooo lange her‹.« Jo imitierte die lässige Art, mit der Hope auf peinliche Fragen reagierte. »›Erwartest du wirklich von mir, dass ich das noch weiß?‹«

»Aber ihr habt ihn gemocht, oder?« Als Lucy die Frage stellte, wurde ihr klar, dass sie die Einzige sein wollte, die ihn wirklich liebte: Er gehörte ihr, nicht ihnen, und dieses Wissen hatte sich tief in ihrer Seele eingenistet. Es verlieh ihr Sinn und Bedeutung.

»Natürlich haben wir das«, erwiderte Jo und stellte das Foto zurück. »Er hat mir meine erste Staffelei geschenkt. Wenn es ihn nicht gäbe, hätte ich nie Kunst studiert. Stundenlang habe ich bei ihm in einer Ecke des Ateliers gehockt …« Sie verstummte, den Blick in die Ferne gerichtet.

Lucy starrte ihre Schwester an. Jo täuschte sich. Die kleine Staffelei hatte ihr gehört. Sie war diejenige gewesen, die in der Ecke des Ateliers malen durfte, umgeben vom Chaos ihres Vaters: Leinwände lehnten an der Wand, auf dem Boden verstreut lagen verkorkste Entwürfe auf Papier, leere Farbtuben, Paletten. Hier mischte sich der Geruch von Terpentin, Leinöl, Ölfarben mit dem Duft von Zigarettenrauch. Und mitten im Raum stand die größere Leinwand und davor Walter, der einen Schritt zurücktrat, nachdenklich sein entstehendes Werk musterte, unzufriedene Laute von sich gab, während er ein Detail, einen Farbton perfekt hinzukriegen versuchte … Zwischendurch kam er zu ihr und schaute sich an, was sie malte, zeigte ihr, wie sie die Linienführung verbessern, die Perspektive wechseln, eine andere Farbe ausprobieren konnte. Sie sonnte sich in seiner Aufmerksamkeit.

»Können wir jetzt weitermachen?«, riss Tom sie aus ihren Gedanken.

Belle schaute auf die Uhr. »Wir müssen in einer halben Stunde los.«

»Also«, ermunterte Tom seine Schwestern. »Gibt es hier noch etwas, was ihr haben möchtet? Zum Beispiel das Klavier?«

Jo ging hin, hob den Deckel hoch und schlug ein paar Tasten an. Das ramponierte alte Instrument war schon seit Jahren nicht mehr zum Einsatz gekommen. Es hatte Zeiten gegeben, da war kein Fest denkbar, ohne dass Hope in die Tasten und Walter zur Gitarre gegriffen hätten, um die alten Lieblingslieder zu begleiten. »Wenn ich nur Platz hätte«, sagte sie und klimperte noch ein wenig. »Aber ich kann es mir sowieso nirgendwo anders vorstellen als hier.«

»Ich auch nicht«, meinte Lucy, die bemerkte, wie Belles Blick zum Schreibtisch wanderte, an dem Hope an Winterabenden gesessen, Briefe geschrieben oder ärgerlich in letzter Minute Rechnungen bezahlt hatte. Belle nickte Tom kaum merklich zu.

»Ich hätte gern den Schreibtisch«, sagte Lucy, ohne weiter darüber nachzudenken. »Und alles, was darin ist.« Zufrieden sah sie, wie Belle eine Schnute zog. Unterdessen warf Jo ihrer Schwester einen überraschten Blick zu, die erneut die Fassung verlor. »Tut mir leid«, sagte Lucy, der die Tränen übers Gesicht liefen. »Ich kann nicht anders.«

Zwei Stunden später hatten es sich Lucy und Jo auf der Terrasse unter dem großen Sonnenschirm bei einem Glas Weißwein und einer Schale Pistazien gemütlich gemacht. Inzwischen war es kühler geworden. Die Sonne war bereits verschwunden, und die Silhouetten der Hügel zeichneten sich vor dem orange schimmernden Horizont ab, während der Himmel allmählich dunkler wurde. Lavendelduft erfüllte die Nachtluft. Mauersegler zogen zwitschernd ihre Bahnen.

»Ich wollte den blöden Schreibtisch gar nicht«, gab

Lucy zu. »Aber ich ertrage die Vorstellung nicht, dass Belle sich Sachen aussucht. Sie ist so ein geldgieriger Raubritter.«

»Sogar mit neuem Helm ausgerüstet!«

Beide lachten.

»Wenigstens haben wir es bloß mit ihr zu tun. Das ist noch die Ruhe vor dem Sturm. Wart nur ab, bis morgen alle eintrudeln, dann werden wir uns einen Tag wie heute zurückwünschen.«

»Das glaube ich auch. Und wenn sie noch so schwierig ist, sie macht Tom glücklich – so seltsam uns das vorkommen mag.« Lucy streckte die Beine aus und stützte die Füße auf der niedrigen Mauer ab.

»Wahrhaftig seltsam. Aber immerhin haben wir jetzt ein Zimmer durch. Ich schlage vor, dass wir das morgen jeder für sich machen. Dir geht es ja ziemlich nahe.«

»Es ist weniger die Aufteilung der Beute, sondern mehr, wofür das alles steht. Es hat so etwas Endgültiges. Es ist das Ende von Mum und Walter. Das Ende unserer Kind heit. Das Ende von allem, was ich hier erlebt habe, nachdem ihr beiden weggegangen wart, auf die Oberstufe oder die Uni …« Das Telefon klingelte.

»Ich geh schon.« Jo stand auf. »Hoffen wir, dass es die Airline ist. Tom bekommt noch einen Herzinfarkt, wenn Mum nicht bald hier auftaucht.«

Lucy lehnte sich auf ihrem Stuhl zurück, die Hände hinter dem Kopf verschränkt. Bailey gab ein hohes Jaulen von sich, als er auf dem Boden neben ihr eine bequemere Lage suchte. Seine Beine zitterten, während er im Schlaf Kaninchen jagte. Oder Ferdie. Lucy streichelte ihn. Er hob den Kopf, dann legte er sich beruhigt wieder hin. Rundum zirpten die Zikaden. An Abenden wie diesem gab es keinen Ort auf der Welt, wo sie lieber gewesen wäre. Jetzt, da ihre Eltern nicht mehr da waren, strahlte das Haus eine Ruhe aus wie lange nicht. Gemeinsam hatten sie Gäste bewirtet, gefeiert, gestritten, sich wieder versöhnt. Allein hatte Hope Gäste bewirtet, gefeiert, gestritten, sich wieder versöhnt. All das war jetzt vorbei. Nur die letzte Geburtstagsparty stand noch bevor.

Jo kam zurück. »Das war Adam. Sie treffen morgen ein, kommen aber erst gegen Abend zu uns. Ich habe ihnen gesagt, dass wir sie zwischen halb neun und neun im Mirador treffen können. Passt das?«

»Ja. Nach all den Jahren weiß er, wie der Hase läuft.« Lucy nahm eine Pistazie und öffnete die Schale mit dem Daumennagel. Jedes Jahr, solange sie denken konnte, war ihr Cousin mit seiner Familie übers Wochenende angereist, um, als Auftakt für seinen Jahresurlaub, Hopes Geburtstag zu feiern. Am Freitagabend hatten sie sich immer in einem Restaurant am Ort getroffen. Das war das Vorspiel zur Party am Samstag gewesen: die Party, die Hope stets sorgfältig vorbereitete. Und dieses Wochenende würde keine Ausnahme darstellen.

»Ich setze mich jedenfalls nicht neben ihn, und wenn die einzige Alternative der Platz zwischen Ethan und Alex ist. Letztes Jahr bin ich vor Langeweile fast gestorben.«

»Mit mir kannst du auch nicht rechnen. Ich bin genauso allergisch gegen ihn. Wie kommt es nur, dass die andere Seite von Dads Familie so trostlos bürgerlich ist? Jedenfalls habe ich mir garantiert schon alles angehört, was Adam zum Thema Versicherungen zu sagen hat.«

»Und was ist mit Tom? Viel konservativer als er kann

man nicht werden. Vermutlich hängt es davon ab, wie man auf die Erziehung reagiert, die man genossen hat.«

»Kann sein. Aber ein, zwei Gene müsste man doch gemeinsam haben.« Lucy konnte beinahe ihre Eltern und deren Freunde hören, wie sie auf der Terrasse um den Tisch saßen und lebhaft diskutierten. Dabei wurde laut gelacht. Flaschen und Gläser klirrten. Und aus der Küche drang der Duft schlichter bäuerlicher Gerichte. Ihre Mutter, stets im Mittelpunkt des Geschehens, liebte Gesellschaft und hieß alle willkommen, die nicht wussten wohin – »Je mehr, desto besser«, erwiderte sie auf jeden Einwand. »Eigentlich wollte ich dich etwas fragen, solange Tom und Belle weg sind.«

»Schieß los.« Jo nippte an ihrem Wein und blickte zum Himmel auf.

»Mums Zimmer.« Damit hatte sie sofort die Aufmerksamkeit ihrer Schwester. Hopes Zimmer befand sich im selben kleinen Gebäude wie Walters Atelier. Hope hatte gemeint, wenn Walter einen eigenen Raum habe, dann wolle sie dasselbe Privileg, also hatten sie eines der Wirtschaftsgebäude des einstigen Bauernhofs so umgebaut, dass jeder sein Reich bekam. Früher hatte sie ihres zur Meditation genutzt – das behauptete sie jedenfalls. Und später fand sie dort Zuflucht, wenn ihr, was immer im Haus los war, zu viel wurde. Auf jeden Fall hatte niemand Zutritt zu diesem Zimmer, nicht einmal Luisa, die Putzfrau. »Ich kann da nicht allein reingehen. Das fühlt sich nicht richtig an.«

»Hat Tom etwas gesagt?«

»Nein.«

»Warst du schon mal drin? Ich habe mich nie getraut.«

Lucy war überrascht, das zu hören. Jo war die Mutigste der drei, und wenn es jemand gewagt hätte, sich ohne Hopes Erlaubnis in das Zimmer zu stehlen, dann Jo. »Nein, nie«, erwiderte Lucy. »Ich habe nur versucht, durchs Fenster hineinzuschauen, aber die Vorhänge waren immer zugezogen.«

»Ehrlich gesagt habe ich den Schlüssel nicht gefunden, sonst wäre ich wohl reingegangen«, gab Jo zu. »Hast du ihn?«

»Ich weiß, wo er ist.«

»Wollen wir?« Jo schenkte beiden noch ein Glas Wein ein.

Lucy zögerte. Irgendwann mussten sie es tun. Aber war jetzt der richtige Zeitpunkt?

»Komm schon.« Jo stand auf. »Morgen haben wir keine Zeit dafür, und Belle würde uns vermutlich nachspionieren. Stell dir vor, was Walter gesagt hätte, als sie über sein Gemälde gesprochen hat, als wäre es ein Wohnaccessoire?« Sie lachte. »Wir sollten das gemeinsam machen. Mum hätte es gut gefunden.«

6

In Hopes kleines Reich einzubrechen gab Jo das Gefühl, wieder ein unartiges Kind zu sein. Als sie den Schlüssel im Schloss drehte, rechnete sie schon fast damit, dass Hope mit ausgestreckten Armen den Eingang blockieren würde. »Ihr wisst, dass ihr hier nicht rein dürft, Mädels. Das ist mein Zimmer. Niemand betritt es außer mir.« Jos Herz klopfte heftig, als die Tür ins Dunkel aufschwang. Dicht hinter ihr stand Lucy und nahm nervös einen Schluck von ihrem Wein, während sie nach dem Lichtschalter suchend die Wand abtastete. Schemenhaft zeichneten sich immer mehr Gegenstände ab, während sich die Augen der Schwestern an die Dunkelheit gewöhnten.

Als dann plötzlich das Licht anging, verschlug es ihnen fast den Atem. Statt der Unordnung, die im Leben ihrer Mutter fast allgegenwärtig gewesen war, sahen sie hier einen aufgeräumten, gepflegten Raum. Ein marokkanischer Lampenschirm malte geometrische Muster aus Licht und Schatten an die Decke. An der Wand zur Linken stand ein Sofa mit einem rostbraunen Überwurf aus Wolle und haufenweise Kissen. Davor lag ein Sisalteppich, der den gefliesten Fußboden fast ganz bedeckte, die Wand dahinter zierte eine verblichene indische Batik mit Seerosen. Eine Stehlampe war so aufgestellt, dass sie Licht zum Lesen spendete. Lucy schaltete sie an. Eine leere weiße Tasse stand auf dem Kaffeetisch mit der Mosaikplatte: Glänzende rote Achtecke waren von Mustern aus smaragdgrünen Rechtecken und Rauten eingefasst. Neben der Tasse lagen ein Füller ohne Kappe – ein Sheaffer – und, mit dem Gesicht nach unten, ein aufgeschlagenes Taschenbuch.

Es war, als hätte Hope gerade eben den Raum verlassen. Jo fand es traurig, dass ihre Mutter nie herausfinden würde, wie der Roman ausging.

Links neben den verglasten Türen am anderen Ende des Raums hing ein hoher Spiegel. Rechts davon stand ein alter Korbstuhl mit einem Polster, dessen Blumenmuster von der Sonne verblichen war. An der Wand zur Rechten befand sich ein breites, niedriges Bücherregal. Drei dicke weiße Kerzenstummel thronten darauf. Aber es war das darüber hängende Gemälde, das Jo und Lucy in den Bann zog. Ein reich verzierter Rahmen umgab das Porträt einer jungen Frau, das den Raum beherrschte. Sie posierte nackt auf einem ungemachten Bett, eine Zigarette in der einen Hand, die andere lag an ihrer Brust und berührte die Brustwarze. Neben ihr auf dem Tisch sah man eine Flasche Wein, ein Glas, einen Aschenbecher und ein Buch. Ein Lächeln umspielte ihren Mund, die Zungenspitze zeigte sich an ihrer Unterlippe. Aber das Interessanteste an dem Porträt waren ihre Augen: Augen, die den Betrachter neckend, aufreizend, verführerisch anblickten.

»Wow!« Jo war es, die das Schweigen brach. »Keine Ahnung, was ich erwartet habe, aber jedenfalls nicht das.«

Lucy durchquerte den Raum und stellte sich vor das Bild. »Das ist sagenhaft! Es fängt wirklich einen Moment ein. Sie ist schön. Wer es wohl sein mag?«

»Ist das nicht sie?« Jo schlug nach einem Moskito, kratzte sich am Arm und gesellte sich zu Lucy. »Schau dir die Augen an. Mums waren genauso grünlichblau. Aber das Bild stammt nicht von Walter, so viel steht fest.«

Sie betrachtete es von Nahem, suchte nach einer Signatur. »Nichts, merkwürdig.«

»Wer immer es gemalt hat, kannte sie ziemlich gut. Wollen wir es mit ins Haus nehmen? Der bläuliche Hintergrund könnte gut zu Belles Einrichtung passen.«

Jo lachte. »Vielleicht sollten wir das tun. Meinst du, Tom möchte es?«

»Das glaube ich kaum. Warum? Willst du es?«

»Mir gefällt die Idee, Mum so in Erinnerung zu behalten – schau, wie entspannt sie ist. Sie sieht richtig glücklich aus. Ich frage mich, wer der Maler ist.«

»Hat sie dir jemals etwas über ihr Leben vor Walter erzählt?«

»Nur ganz wenig. Ich weiß nur, dass wir aus England weggegangen und nach Ibiza gezogen sind, als ich ein Baby war. Die Insel haben wir dann verlassen, als ich vier war. Genauso alt wie Ivy heute. Tom war damals zwei, und sie hatte Walter kennengelernt. Er hat uns nach Dorset mitgenommen, wo wir in der Nähe seiner Eltern wohnten, aber sie fand es bedrückend. Als das Familienunternehmen dann verkauft wurde, hatte Walter genug Geld, um uns für eine Weile über Wasser zu halten.«

»Und dann seid ihr alle hierher gekommen?«

»Zuerst haben wir im Haus eines Freundes gewohnt, weiter unten an der Küste. Doch dann haben sie dieses Haus gefunden – Casa de Sueños – Mums Haus der Träume –, wo du zur Welt kamst und alles sich zum Besten entwickelte.«

»So war es.«

»Ja.« Jo blickte wieder zu der jungen Frau auf, die ihre Mutter einmal gewesen war, voller Hoffnungen und Träume für ihre Zukunft. »Wahrscheinlich.«

»Art hat mich ermuntert, sie ein bisschen auszufragen, als sie bei uns war«, sagte Lucy. »Er meinte, es sei die letzte Chance. Und ich solle für die Nachwelt aufzeichnen, was sie sagt. Aber mir war klar, dass sie ausflippen würde, wenn ich das vorgeschlagen hätte. Jedenfalls war sie inzwischen ohnehin zu schwach.« Lucy sank aufs Sofa. »Ich habe versucht, mit ihr zu reden, aber das hat nichts gebracht. Es war, als hätte sie einen Schlussstrich unter ihre Vergangenheit gezogen und alles, was vor Walter war, aus ihrem Gedächtnis gestrichen. Was glaubst du, was da passiert sein könnte?«

»Ich habe keinen Schimmer, wüsste aber gerne mehr. Es beschäftigt mich schon so lange. Schließlich konnte sie Tom und mich nicht loswerden – so wie alles andere, das sie, aus welchem Grund auch immer, hinter sich gelassen hat. Ich glaube, ihr war nicht klar, wie unfair das uns gegenüber war.«

»Was war unfair?« Tom kam zur Tür herein. »Ich habe das Licht gesehen und bin rübergekommen.« Er sah sich um. »Damit hatte ich nicht gerechnet.«

»Mums Schweigen darüber, wer wir sind. Du und ich. Unsere Väter. Jetzt, wo sie tot ist, werden wir nie etwas über sie erfahren.«

»Aber sie fand, dass Walter genug war. Und er hätte alles für sie getan, also hat er uns aufgenommen. Er ist sogar aus England weggezogen, weil sie sich dort nicht wohl gefühlt hat. Er wollte sie glücklich machen. Und uns auch. Und schau uns an – wir haben überlebt. Mir genügt das.« Tom tätschelte Jos Schulter. »Und dir sollte es auch genügen, nach so langer Zeit. Lass es los.«

Er hatte keine Ahnung, was in ihr vorging, wie sehr

sie wissen wollte, wer sie war. War das etwa zu viel verlangt?

Tom ließ die Hand sinken, als sein Blick auf das Gemälde fiel. »Mein Gott! Ist sie das?«

»Ja.« Jo griff nach seiner Hand und drückte sie. »Wir dachten, du möchtest sie vielleicht bei dir aufnehmen.«

»Ich bin mir nicht sicher, was Belle dazu sagen würde.« Er lachte leise. »Meine Mutter, nackt, in unserem Wohnzimmer …?« Er ließ den Gedanken wirken. »Ich glaube eher nicht.«

Sie tauschten ein Lächeln, stellten sich Belles Verlegenheit vor.

»Ich dachte eigentlich eher ans Speisezimmer«, sagte Lucy. »Ich sehe schon vor mir, wie ihr alle vor ihrer Nase esst.«

»Hör auf!«, bat Tom. »Es ist nicht ihre Nase, die mir Sorgen macht.«

»Tja, wenn ihr beide es nicht wollt, dann nehme ich es«, verkündete Jo, holte die Klebezettel aus der Tasche und heftete einen gelben Punkt auf den Rahmen. »So. Wenigstens eines ihrer Kinder nimmt sie auf.« Gemeinsam blickten sie zu der Frau auf, die ihre Mutter einmal gewesen war, und jeder hing seinen Gedanken nach.

»Warum konntest du es uns nicht sagen, Mum?«, brach Jo schließlich das Schweigen.

Tom seufzte. »Vielleicht wollte sie uns vor irgendetwas schützen?«

»Oder war es Selbstschutz?« Jo verzichtete auf weitere Spekulationen, stand auf und ging zur Glastür. »Werfen wir mal einen Blick auf die Terrasse und sehen nach, was da noch ist?«

Lucy rückte den Stuhl weg, während Jo den Schlüssel umdrehte, die Doppeltür aufzog und den Riegel der Fensterläden öffnete. Draußen befand sich eine kleine, von außen unzugängliche Terrasse, die durch einen Sichtschutz aus Holz von Walters Teil getrennt war. Jo konnte sich vorstellen, wie Hope hier draußen unter dem Himmelszelt saß und, allein mit ihren Gedanken, die Sterne betrachtete. Der Himmel glich einem dunklen, mit Sternen bestickten Kissen. Einer von ihnen schoss mit einem kurzen hellen Schweif auf den Horizont zu. Ohne nachzudenken, summte Jo »Catch a Falling Star«, ein Lied, das Hope oft mit ihnen gesungen hatte, als sie klein waren.

Lucy stimmte ein. »Save it for a rainy day.«

Eine Fledermaus flatterte über ihre Köpfe hinweg und verschwand dann in der Dunkelheit.

»Wie wär's mit einer Tasse Tee?«

Der Frieden war dahin. Belles Schritte hallten über den gepflasterten Hof auf der anderen Seite. »Seid ihr hier drin?«

Wortlos gingen die drei Geschwister wieder hinein.

Jo blieb im Zimmer ihrer Mutter zurück, während die anderen beiden in den Hof hinaustraten, um Belle abzufangen. Seltsam, dass sie sich instinktiv einig waren, das kleine Reich ihrer Mutter abzuschirmen – wenigstens vorläufig. Ihr Eindringen hier war eine Sache, aber sogar Tom begriff, dass erst einmal niemand anderer Zutritt haben sollte.

»Was habt ihr gefunden?« Jo, die Belles Frage hörte, konnte sich vorstellen, wie die Nase ihrer Schwägerin vor Neugier zuckte.

»Nicht viel«, antwortete Tom. »Mum hat das Zimmer anscheinend ausgeräumt, bevor sie nach England gegangen ist.«

»Ach so.« Belle verlor sofort das Interesse. »Lucy, ich wollte mit dir über das Mirador reden. Bist du sicher, dass es groß genug ist?«

»Auf der Terrasse im ersten Stock können bequem zwanzig Leute sitzen. Das passt.« Jo hörte, dass ihre Schwester um Selbstbeherrschung rang.

»Und wenn es regnet?«, gab Belle zu bedenken.

»Tut es nicht. Der Wetterbericht ist gut bis Sonntag. Und falls es zu kühl sein sollte«, nahm Lucy den nächsten Einwand vorweg, »liegen Decken bereit.«

»Vielleicht möchten ja einige Leute lieber drinnen sitzen. Tom?« Belle war offenbar felsenfest davon überzeugt, dass nicht alle mit dem Arrangement zufrieden sein würden, und wollte keine Ruhe geben, bis sie ihre Vorstellungen durchgesetzt hatte.

»Das ist vollkommen in Ordnung«, fiel ihr Lucy ins Wort. »Wer gerne drinnen sitzen möchte, kann das tun. Kein Problem. Es geht um ein ganz entspanntes Familientreffen – das Übliche eben. Bestimmt hat niemand etwas gegen freie Platzwahl einzuwenden. Wenn ihr beide also drinnen sitzen wollt, nur zu. Obwohl es natürlich viel netter wäre, wenn wir alle zusammen sind.«

Eins zu null für Lucy! Hut ab, sie wusste, wie man mit Belle fertig wurde.

»Aber ich …«

»Hast du nicht etwas von Tee gesagt?«, schaltete sich Tom ein. »Wollen wir reingehen?« Ihre Schritte entfernten sich in Richtung Haus.

Wie sich Tom verändert hatte. Als Teenager war bei ihm leicht die Sicherung durchgebrannt: ein Junge, der ausflippte, wenn irgendetwas schiefging. Aber die Heirat mit Belle hatte ihn verändert. Wahrscheinlich gewann man im Laufe einer Ehe Übung darin, Kompromisse zu schließen. Eine Erfahrung, auf die Jo vorläufig verzichten wollte. Oder vielleicht befriedigte etwas in Belle bei ihm ein Bedürfnis, das er insgeheim immer schon gehegt hatte. Die Beziehungen anderer Menschen gaben ihr oft Rätsel auf.

Lucy wandte sich ihr wieder zu. »Kommst du nicht mit?«

»Das hast du gut gemacht!« Sie klatschten sich ab. »Aber ich denke, ich bleibe noch ein wenig hier und schließe dann ab. Ich brauche nicht lange.«

Lucy runzelte die Stirn. Einen Moment hatte es den Anschein, als wollte sie noch etwas sagen, doch sie überlegte es sich anders. »Dann bis gleich.«

Endlich allein. Jo kehrte in Hopes Zimmer zurück. Die Tür zur Terrasse ließ sie offen, schaltete das Deckenlicht aus und setzte sich aufs Sofa. Ein Nachtfalter kreiste um die Lampe, schlug mit den Flügeln gegen den Schirm. Sie starrte auf das Porträt, drehte die Lampe so, dass sie im Dunkeln saß und die junge Hope beleuchtet wurde. Die Augen der Frau auf dem Gemälde fixierten sie.

»Warum hast du immer so geheimnisvoll getan?« Jos Stimme hallte laut durch den leeren Raum. »Warum ist es dir so schwer gefallen, uns zu sagen, was wir wissen wollten?« Sie ging zu dem Bild und betrachtete das lebhafte junge Gesicht ihrer Mutter von Nahem, als könnte es ihr etwas verraten.

»Wie ich dich manchmal hasse!«, rief sie unvermittelt.

Kaum hatte sie die Worte ausgespuckt, fühlte sie sich schuldig und nahm sie zurück. »Nein. Natürlich nicht. Tut mir leid. Ich wünsche mir nur, du hättest mit uns geredet, als noch Zeit war.«

Nach ein paar Momenten der Stille kniete sich Jo vor das Bücherregal. Anders als in den Regalen im Haus, auf denen es drunter und drüber ging und manche Bände quer auf den anderen lagen, waren die Bücher hier nach Themen geordnet. Jo ließ den Blick über die Reihen gleiten. Es waren hauptsächlich Selbsthilfebücher, die Hope mit ihrem inneren Selbst in Kontakt bringen und sie körperlich und geistig fit machen sollten. Manche von ihnen hatte sie wohl immer wieder zu Rate gezogen, denn sie waren zerlesen und abgegriffen.

»Hilft das Zeug wirklich? Hat es dir geholfen?« Sie nahm ein Taschenbuch heraus und blätterte darin. »*Die unbändige Seele: Ein Weg der Befreiung*«, las sie laut und stellte es kopfschüttelnd an seinen Platz zurück. »Ich nehme dir nicht ab, dass du an das alles wirklich geglaubt hast.«

Das Porträt ließ sie nicht aus den Augen.

Dann griff sie zu einem kleinen Hardcover und wendete es hin und her. *Der Prophet*, las sie laut. Auf der ersten Seite stand eine Widmung: »Besos, *R.*« R.? Ganz hinten im Buch steckte ein Foto, das auf der Rückseite braune Altersflecken aufwies. Jo betrachtete das Bild einer jungen Frau, die einen Strand entlangging, ein Kleinkind an der Hand. Ihr weites Kleid flatterte im Wind. Das Kind war Ivy wie aus dem Gesicht geschnitten. Die Frau lachte den Fotografen an, sagte etwas, winkte ihm. Jo hielt das Foto ins Licht, um es genauer zu inspizieren. Die Frau war

Hope – die Locken und die Augen verrieten es, und das kleine Mädchen konnte nur sie, Jo, sein. Die Aufnahme musste irgendwo auf Ibiza entstanden sein, aber sie wusste nicht wo. Einen Moment lang sah sie dunkle Algen vor sich, die einen langen Strand bedeckten, ein einstöckiges weißes Bauernhaus, eine große blaue Spülschüssel, Staub. Dann verblasste die Erinnerung, wenn es denn eine war.

Soweit Jo wusste, besaß Hope aus dieser Zeit keine Fotos. Oder sie hatte sie irgendwo versteckt. »Ich dachte, ich könnte mich, wenn nötig, an alles erinnern«, sagte sie oft. »Was für ein Irrtum.«

Jo hatte immer ihre Freunde beneidet, deren Eltern Alben aus dem Regal ziehen konnten, die jedes Stadium ihrer Entwicklung dokumentierten, was den Kindern nicht selten peinlich war. Diese Orientierungs- und Anhaltspunkte dienten als Gedächtnisstützen: Solche Erinnerungen gab es für sie nicht.

»Das bewahre ich jedenfalls auf«, sagte sie laut und legte es neben eine der Kerzen. Vielleicht verbargen sich ja noch mehr Fotos zwischen den Seiten anderer Bücher. Sie nahm eines nach dem anderen heraus und schüttelte die Seiten. Nach zwei der drei Regalbretter war sie auf eine gepresste Butterblume und ein Sträußchen Vergissmeinnicht gestoßen, zusammengehalten von einem blauen Band – nicht aber auf weitere Fotos.

»Jo!«, hallte Lucys Stimme über den Hof. »Dein Tee wird kalt.«

Sie würde ihre Suche morgen früh fortsetzen. Aber wonach? Und würde sie es erkennen, selbst wenn sie es fände? Und welche Rolle spielte das alles heute noch? Vielleicht hatte Tom Recht, wenn er sich mit der Lage der Dinge abfand. Was brachte es schon, in der Vergangenheit herumzuwühlen?

Sie schloss die Läden und die Terrassentür. Als sie hinter sich abgesperrt hatte, warf sie unter der Hoflampe noch einen Blick auf die Aufnahme.

»Was ist das?« Lucy war gekommen, um sie zu holen.

Jo reichte es ihr. »Mum und ich, würde ich sagen.«

Lucy nahm das Foto und betrachtete es. »Das ist richtig süß.« Sie nahm Jo am Handgelenk. »Belle kocht Tee und spricht davon, ins Bett zu gehen. Aber ich würde ganz gern noch ein bisschen draußen bleiben und ein Glas trinken. Und du?«

»Gute Idee.« In den nächsten Tagen würden sie die Terrasse wohl nicht mehr so schnell für sich haben. »Das sollten wir ausnützen.«

FREITAG

7

»Ich komme nicht mit nach Ronda.« Beide waren im Badezimmer und machten sich für den Tag fertig, deshalb musste Tom schreien, um sich über die Dusche hinweg bemerkbar zu machen.

»Sei nicht so ein Miesepeter.« Belle streckte den Kopf hinter der Glastrennwand hervor. »Wir brauchen nicht lange.«

»Ich bin kein Miesepeter. Ich habe nur etwas anderes zu tun. Und Ethan braucht wirklich keine neue Hose. Also brauchst du auch nicht zu fahren.« Aber wenn Belle sich etwas in den Kopf gesetzt hatte, war es schwierig, es ihr auszureden. Das war einer der anstrengenderen Charakterzüge seiner Frau. Er lehnte sich vor und betrachtete sich im Spiegel. Nicht ganz schlecht, fand er: einigermaßen schlank, aber die Augenringe standen ihm ebenso wenig wie die tiefen Falten zwischen seinen Brauen und an seinem Mund. Dasselbe galt für sein schütteres Haar. Was hielt das Alter wohl sonst noch für ihn bereit? Wenn er hin und wieder, selten genug, sein Spiegelbild inspizierte, überlegte er, ob es irgendjemanden auf der Welt gab, der ihm ähnelte: einen Vater, einen Halbbruder? Allerdings hielt er sich mit dieser Frage nie lange auf. Jo hatte seine Gedanken auf Pfade gelenkt, die er nicht mehr einschlagen wollte. Wohl wissend, dass Belle ihn immer noch beobachtete, seufzte er, holte seinen Rasierer aus dem Kulturbeutel und spritzte sich etwas Rasierschaum in die Hände.

»Ich finde nur, dass er anständig aussehen sollte.« In

der Annahme, ihr stehe das letzte Wort zu (wieder so ein spezieller Charakterzug), zog sich Belle in die Duschkabine zurück. Der Duft ihres Duschgels breitete sich im Badezimmer aus. Hyazinthe? Glockenblume? Tom beobachtete ihre rosige Silhouette durch die Trennwand, dann führte er den Rasierer von seinem Adamsapfel bis unters Kinn. Seiner Mutter ähnelte er nicht, also musste er – nein, er *konnte möglicherweise* – wie sein leiblicher Vater aussehen.

»Nein, findest du nicht.« Wieder sprach er laut, um gehört zu werden. »Es geht für dich ums Prinzip, weil er nicht eingepackt hat, was du wolltest. Die Jungs müssen sich nicht in Schale werfen. Mum hätte das ganz bestimmt nicht erwartet. Ihr war nur wichtig, dass die Leute kommen, nicht was sie tragen.« Falls Belle ihn verstanden hatte, reagierte sie nicht, sondern wusch sich weiter die Haare. Er fluchte, als er sich schnitt. Auf seiner Wange erschien ein Tropfen Blut. Er hörte, wie das Wasser abgedreht wurde und schaute auf die Uhr. Halb acht. Es war Zeit, dass sie fertig wurden.

In ein großes gestreiftes Badetuch gehüllt, tauchte Belle auf. »Ich möchte, dass sie gut aussehen, auch wenn deine Familie es nicht bemerkt.«

»Wenn das so ist, müsst ihr den Zug nehmen. Ich bringe euch zum Bahnhof und hole euch später wieder ab.« Das war doch ein vernünftiges Angebot.

»Glaubst du, Jo und Lucy brauchen meine Hilfe, wenn sie das Haus für die Party vorbereiten?«

Er versuchte, die Frage zu übersetzen. Wollte sie sagen, dass sie sich wünschte, gebraucht zu werden, oder brannte sie darauf, sich aus dem Staub zu machen? Tom wusch sich die Reste des Schaums ab, während er über eine Antwort nachdachte. Er hätte sich gefreut, wenn seine Frau besser mit seinen Schwestern ausgekommen wäre, musste sich jedoch eingestehen, dass es meist Missverständnisse gab, wenn sie zusammentrafen. Kein Wunder, dass sie Belle meistens die kalte Schulter zeigten. Wahrscheinlich hätte sie jetzt gern ein Ja gehört, aber er wusste, was seine Schwestern sagen würden, wenn er sie gefragt hätte. »Nein«, erwiderte er und trocknete sich das Gesicht ab. »Mach dir darüber keine Gedanken. Es ist ja nicht das erste Mal.«

»Ich weiß, aber es ist das letzte Mal, also ist es wichtig, dass alles klappt. Schließlich soll uns nicht wie letztes Jahr die Paella ausgehen. Ich frage mich, ob Lucy genügend Getränke geordert hat?«

»Ich glaube, das überlässt du am besten ihr.« Tom überlegte, ob es für ihn schon zu spät wäre, in den diplomatischen Dienst zu gehen. Zwischen seiner Frau und seinen Schwestern zu vermitteln, wenn sie alle zusammen waren, glich jedenfalls einem Hochseilakt, bei dem ihm meist das Herz bis zum Hals schlug. Ein falscher Schritt, und der Tag war gelaufen. Aber er hatte ja Übung.

»Ich dachte nur, es wächst ihr vielleicht über den Kopf. Es hat sie so mitgenommen.« Belle küsste ihn auf den Nacken, als sie an ihm vorbei ins Schlafzimmer ging.

»Sie kommt schon zurecht. Wenn sie kocht, kommt sie wieder ins Gleichgewicht.« Sogar er konnte sich so weit in seine jüngere Schwester einfühlen. Weder Lucy noch Jo trauten ihm zu, dass er sie verstand, aber er war es gewohnt zu erfassen, was in dieser Familie unter der Oberfläche vor sich ging. Er wusste besser Bescheid, als sie ahnten. Er hörte, wie Belle leise mit Ferdie sprach, wie sie ihre Gymnastikmatte einrollte, wie der Föhn ansprang. Er putzte sich die Zähne, fuhr sich mit der Hand über den Kopf, die Borsten fühlten sich immer noch ungewohnt an. Der Streifen von einem Kosmetiktuch, mit dem er das Blut von seiner Wange getupft hatte, blieb, wo er war. Wieder sah Tom auf die Uhr. Zeit fürs Frühstück.

Im Schlafzimmer zog er sich rasch an. Das war hier draußen so unkompliziert. Shorts, Hemd, Sandalen. Fertig. »Frühstücksei?«, rief er über den Lärm des Föhns hinweg. Aber Belle konzentrierte sich ganz auf ihr Haar. Er nahm ihr Schweigen als Ja. Mit dem Kulturbeutel bewaffnet, in dem sich die Pillen befanden, ging er zum Haus hinüber. Die Jungs würden erst aufstehen, wenn sie geweckt wurden. Dieses Vergnügen überließ er Belle. Wenn sie so darauf erpicht war, Ethan eine überflüssige Hose zu kaufen, konnte sie auch für den Rest des Tages das mürrische Schweigen ihres Sohnes ertragen. Tom suchte keinen Streit mit den Kindern, wenn es sich vermeiden ließ. Und Konflikte gab es in letzter Zeit häufig genug, warum sie noch öfter heraufbeschwören?

In der Küche war Lucy dabei, eine große Kanne Kaffee zu kochen. Das Brot war geschnitten und lag zum Toasten bereit. »Morgen.«

Tom fand in einer Ecke der Arbeitsfläche einen Winkel für das Arsenal an Vitamintabletten, pflanzlichen Präparaten, Wellwoman- und Lebertran-Kapseln sowie das hochwichtige Glucosamin für die Gelenke. Er wusste, dass die Familie hinter seinem Rücken über seinen und Belles Gesundheitstick lachte. »Wenn du dich vernünftig ernährst, brauchst du das Zeug nicht.« Er hatte noch im Ohr, wie

Hope das sagte. Wer mochte bei diesem Streit Recht haben? Tom nahm seine Pillen und legte sie in einen Eierbecher. Er ging lieber kein Risiko ein.

Als er Wasser für die Eier aufsetzte, kamen Jo und Ivy herein.

»Wir haben heute schon einen Spaziergang gemacht.« Jo hielt einen verwelkenden Strauß aus Glockenblumen und Witwenblumen in der Hand. »Zeig Tom, was du gefunden hast, Ivy.«

Ivy streckte die Hand aus, in der sie die zerbrochene getupfte Schale eines Vogeleis hielt.

Er ging in die Hocke. »Ich glaube, das ist von einer Mönchsgrasmücke«, sagte er. »Früher habe ich die auch gesammelt …«

Bevor er weitersprechen konnte, knirschten draußen im Hof die Reifen eines Wagens. Eine Tür wurde zugeschlagen, dann folgten Schritte. »Belle!«, hörten sie eine vertraute Stimme rufen. »Schwägerin! Du bist vor mir hier eingetrudelt. Wo sind die anderen?«

Lucy füllte gerade Milch in einen Krug. Tom bemerkte, wie sie, als sie aufblickte, die Zähne zusammenbiss, die Stirn runzelte. Doch ihre Miene entspannte sich sofort wieder. Auch Jos wachsamer Blick, mit dem sie ihre Schwester beobachtete, entging ihm nicht. Auf der Hut? Fürsorglich? Was ging da vor, was sie ihm verschwiegen hatten? Nachdenklich ging er zur Tür.

»Art!«, rief er. »Willkommen! Du kommst gerade recht zum Frühstück. Tritt ein.«

Art erschien in der Tür, ließ dabei Belle den Vortritt. Er war ein paar Jahre jünger als Tom und sah gut aus. Als er lächelte, leuchteten gut gepflegte weiße Zähne aus seinem sonnengebräunten Gesicht. Das Haar fiel ihm jungenhaft in die Stirn. Sein T-Shirt war eng genug, um zu zeigen, dass er regelmäßiger Gast im Fitnessstudio war. Tom zog instinktiv, und solange es ging, den Bauch ein. Aber er konnte nichts tun, um an seinen Armen solche Muskeln sprießen zu lassen, wie sie sein Schwager zur Schau stellte. Art sah aus wie ein Hollywoodstar, obwohl er noch nie dort gewesen war – und wahrscheinlich auch nie in der Traumfabrik landen würde. *Emergency* war, trotz gelegentlich hoher Quoten bei Weihnachtsspecials, nicht das richtige Sprungbrett dafür.

»Lucy?« Art machte aus ihrem Namen eine Frage.

Lucy stellte den Krug ab, ging auf ihn zu und gab ihm einen Kuss auf die Wange. »Du hast es also geschafft. Schön.« Was immer sie vorhin beunruhigt hatte, war verflogen.

»Ich bin um drei in Bristol gestartet und habe den ersten Flug hierher genommen. Das hatte ich doch versprochen.« Er strich mit beiden Händen sein T-Shirt glatt, wie um zu prüfen, ob sein Waschbrettbauch nicht verrutscht war, und nickte zufrieden.

»Ja klar, aber ich war nicht sicher, ob es tatsächlich klappt.« Sie stellte den Kaffee zu den Tassen und Untertassen auf das Tablett und ging damit durch den Flur hinaus auf die Terrasse.

Art zuckte mit den Schultern. »Welche Laus ist ihr über die Leber gelaufen?«

Jo griff ein, bevor Tom sich eine Antwort überlegt hatte. »Dieses Wochenende sind wir alle ein bisschen aufgewühlt. Das kannst du dir ja vorstellen. Aber für Lucy ist es besonders arg. Sie hat mehr Zeit hier verbracht als jeder andere von uns.«

Wieder zuckte Art die Schultern, seine Miene verriet nichts. Er folgte Lucy nach draußen. Tom zögerte. Sollte man ihnen einen Augenblick zu zweit gönnen? Aber bevor er sich diese Frage beantworten konnte, war Belle schon vorgeprescht.

Nach dem Frühstück war die Familie zwar vollständig versammelt, aber die Atmosphäre war alles andere als entspannt. Art und Lucy hatten kaum ein Wort gewechselt, die Jungs waren einsilbig, und zum Ausgleich plapperte Belle übertrieben fröhlich vor sich hin, um holterdiepolter Gesprächspausen zu füllen. Noch dazu hatte sie wieder einmal eine Schale mit gelblicher Diätpampe mitgebracht, die künstlich nach Banane roch. Lucy hatte bei dem Anblick eine Grimasse gezogen und eine große Scheibe Toast dick mit Butter und Marmelade bestrichen.

Ethans missmutige Miene hellte sich angesichts von Toast und einem zu lange gekochten Ei auf. Toms Vorschlag, beim Essen seinen Porkpie-Hut abzunehmen, ignorierte er. Ihn den ganzen Tag aufzubehalten fand Tom ziemlich albern, egal, was die Mode gerade diktieren mochte. Sein Bruder Alex sah aus, als könnte er noch eine Mütze Schlaf vertragen. Sein schmales Gesicht zeigte Falten vom Kontakt mit dem Kopfkissen, seine Augen waren verquollen, aber wenigstens brachte er ein trübes »Guten Morgen« heraus, was Ethan nicht geschafft hatte.

Schließlich lotste Belle die beiden ins Auto, und Tom fuhr sie zum Bahnhof von El Colmenar. »Es dauert nicht lange, die Hose zu kaufen, dann können wir ein bisschen bummeln.« Belles Vorfreude auf mögliche Unternehmungen in Ronda stieß auf eisiges Schweigen. Ethan und Alex waren ungefähr so begeistert wie zwei Strauße mit dem

Kopf im Sand. Tom empfand fast so etwas wie Mitleid für seine Frau.

Sie warteten auf dem grünlichen Asphalt des Bahnsteigs, bis der Zug kam. Als Tom seiner Familie nachgewunken hatte, überquerte er den Dorfplatz, setzte sich vor dem Mesón Las Flores unter die Markise und bestellte einen Cortado. Als der Kaffee serviert wurde, verrührte Tom in aller Ruhe den Zucker, den Belle missbilligt hätte, gab extra noch einen Löffel hinein und ließ sich alle Zeit der Welt, während er das Treiben auf dem Platz beobachtete.

Nach einer erholsamen halben Stunde war er so weit, zurückzufahren und sich dem Tag zu stellen. Auch wenn es Jo und Lucy nicht gefiel, die Sachen im Haus aufzuteilen, es musste erledigt werden. Hope hatte ihn aus gutem Grund als Testamentsvollstrecker eingesetzt, und er war entschlossen, ihr zu beweisen, dass er der Verantwortung gewachsen war. Der alte Kindheitswunsch, seiner Mutter zu gefallen, erhob wieder sein Haupt. Als Junge war es ihm kaum gelungen, jedenfalls schien ihm das so. Im Lichtkegel von Hopes Aufmerksamkeit zu stehen, ihr eine Freude zu machen, war ein unvergleichliches Erlebnis. Aber sie war wie ein Leuchtturm: das strahlende Licht wanderte weiter, weg von ihm, und ließ ihn bis zum nächsten Mal im Dunkeln zurück. Halbe Sachen gab es nicht. Hope hatte nie wirklich verstanden, warum er Belle geheiratet hatte und dass ihm ein so ungeordnetes Leben wie in seiner Kindheit nicht behagte. Er mochte das ruhige – nein, das *normale* Leben, das er nun führte. Anders als seine Mutter hatte er nichts für Überraschungen übrig. Er wusste gern, wann und wo sich Dinge ereignen würden. Dass die Asche seiner Mutter vermisst wurde, beunruhigte ihn zutiefst. Natürlich war sie am vergangenen Abend nicht eingetroffen. Wenn er zurückkam, würde er noch einmal die Airline anrufen müssen. Und dann musste er den richtigen Augenblick finden, um das Geld zu erwähnen, das Hope ihm schuldete, ein Punkt, den er schon viel früher hätte ansprechen sollen.

Wieder im Auto fuhr er die Straße hinauf, die sich serpentinenartig aus dem Tal schlängelte, vorbei an Olivenhainen, verbuschten Weiden, auf denen Pferde und Maultiere grasten, und üppig grünen Eichenwäldern. Über ihm wölbte sich weit der blaue Himmel. Er suchte und fand einen Klassiksender. Weil niemand da war, der sich über ihn lustig machte, wenn er den Ton nicht traf, summte er mit.

Als er ankam, herrschte Ruhe im Haus. Alle Türen standen offen. Bailey döste auf der Terrasse im Schatten eines Stuhls. Anscheinend hatte jemand die Pflanzen gegossen und eine Wasserspur zwischen den Töpfen hinterlassen. Summende Bienen besuchten den Lavendel, der unterhalb der Terrassenmauer wuchs. Tom ging durchs Haus und schaltete in der Küche das Radio an.

Er sah, dass die Tür zu Walters Atelier auf der anderen Seite des Hofs offen stand. Jo blickte auf, als er eintrat. »Art hat sich hingelegt. Lucy ist mit Ivy nach Gaucín auf den Spielplatz gegangen. Die beiden verstehen sich blendend – da bin ich wirklich froh. Und ich lungere auch nicht nur so herum. Ich dachte, ich verteile mal ungestört ein paar Klebezettel, aber es ist gar nicht so leicht, wie ich es mir vorgestellt habe.« Sie deutete mit ihrem Zettelblock auf die Gemälde. »Was machen wir mit all den Bildern? Wir können sie doch nicht einfach wegwerfen?«

Tom warf einen Blick auf die Leinwände, die an der Wand lehnten. »Sind sie denn etwas wert?«

»Ich glaube nicht. Der ›Touristenmüll‹ jedenfalls nicht ...«

»Halt dich zurück!«

»So hat Dad sie doch selber genannt. Oder ›Malen nach Zahlen‹. Weißt du nicht mehr, wie er geklagt hat, er müsse sein Talent verschwenden, um Geld zu verdienen, als sein Erbe verbraucht war?«

Tom schüttelte den Kopf. »Du warst doch diejenige, die so viel Zeit mit ihm im Atelier verbracht hat.« Er wusste nur noch, wie ausgeschlossen er sich fühlte, wenn Jo und Walter sich zum Malen zurückzogen. Er hatte nie das Gefühl gehabt, in dieser Weise ermutigt worden zu sein.

»Aber du hast dich doch nie dafür interessiert«, wies Jo seine Klage spontan ab. »Erst warst du immer damit beschäftigt, Eier oder Federn oder Knochen zu sammeln – weißt du noch, wie böse Mum war, als du den Schafskopf in der Küche gekocht hast und das ganze Haus danach gestunken hat? Und später warst du dauernd beim Fußballspielen oder bist mit Fernando und der ganzen Bande rumgezogen.«

»Es hat mich nie jemand gefragt.« Er merkte selbst, wie gereizt er klang.

»Ach, Tom!« Jo blickte von einem weiteren Gemälde auf, das ein weißes Dorf zeigte. Die Leute liebten kräftige Farben, kitschige Darstellungen weißer Dörfer unter einem spektakulären Himmel, die sie an ihre Ferien erinnerten. Walter mochte sie nicht. Der erzwungene Kompromiss gab immer wieder Anlass für wütenden Streit zwischen ihm und Hope. »Du hast nie etwas gesagt.«

»Und jetzt klingt es lächerlich. Es ist so lange her. Was soll's?«

»Trotzdem … ich wusste das nicht.«

Verlegen tat Tom ihre Sorge ab. »Jetzt ist es zu spät. Wahrscheinlich hätte ich sowieso nichts zustande gebracht. Lucy und du, ihr seid die künstlerisch Veranlagten.«

Sie sahen die Bilder durch, sortierten die gefälligen Landschaften und weißen Dörfer aus.

»Anscheinend hat er noch mehr Ansichten des Viadukts von Rondo gemalt, als er Streitereien mit Mum hatte. Sie sind besser als jedes Foto«, Tom legte noch ein weiteres Gemälde auf den Stapel, »und wenn er sie noch so ungern gemalt hat.«

»So kam wenigstens Geld in die Kasse«, meinte Jo. »Und er hatte etwas zu tun. Aber schau dir das an.« Sie zeigte ihm ein abstraktes Bild in Blau und Grau mit einem welligen karminroten Streifen, der sich durch die Mitte der Leinwand zog. »So etwas war wirklich sein Ding. Ich finde es toll.«

»Dann nimm's. Kleb den gelben Punkt drauf.« Tom ergriff ein weiteres kleineres Viadukt und zog eine Grimasse. »Jo …?«

»Hmm?« Sie konzentrierte sich auf ihre Aufgabe.

»Geht es Lucy gut?« Kaum hatte er die Frage gestellt, bereute er es auch schon.

Jo blickte von einem der Bilder auf. »Warum? Wie kommst du darauf, das zu fragen?«

Offensichtlich wusste sie mehr als er. Aber wie weit wollte er sich darauf einlassen? Nach kurzem Zögern fuhr er fort. »Sie hat sich nicht gerade gefreut, Art zu sehen, und die Atmosphäre beim Frühstück …« Er verstummte und beobachtete, wie seine Schwester die Leinwand abstellte. Während er sich wappnete für das, was sie sagen würde, wünschte er, er hätte das Thema nicht angeschnitten. Schließlich sollte er sich aus dem Liebesleben seiner Schwestern heraushalten. Die Rolle des Beobachters am Spielfeldrand passte besser zu ihm. Jahrelang hatte ihn Jo ins Vertrauen gezogen, als sie beide nach dem Studium ihr Leben in London anfingen. Sie hatte ihm die qualvollen Einzelheiten ihrer verwickelten Affären erzählt, die eine nach der anderen mit Trennung endeten, bis sie Jake kennenlernte, ihre große Liebe. Damals hatte Tom geschworen, sich in Zukunft nicht mehr zu engagieren. Schließlich war es schwierig genug, in seinem eigenen Leben den Überblick zu behalten.

»*Hola!* Jemand zu Hause?«, rief eine Frau draußen. Sie kam von der Vorderseite des Hauses und ging zum Pool hinunter.

Kopfschüttelnd sahen sie sich an. Keiner von beiden erkannte die Stimme. Aber unerwartete Besucher waren in der Casa de Sueños an der Tagesordnung, vor allem, wenn eine von Hopes Partys bevorstand.

Jo lächelte. »Gerade noch mal davongekommen. Du wolltest es doch sowieso nicht wissen, oder?«, fragte sie voller Zuneigung. Sie hatte schon immer seine Gedanken lesen können.

»Wir sind hier«, rief Jo, ging nach draußen und schlug den Weg zum Pool ein. Dann verschlug es ihr den Atem. »O mein Gott! Maria? Was machst du denn hier? Wir haben uns ja schon *Jahre* nicht mehr gesehen. Du siehst phantastisch aus.«

Tom blieb wie angewurzelt stehen. Maria. Das konnte

nicht wahr sein. Diese Stimme – sie war voller, als er sie in Erinnerung hatte. Sie klang weniger spanisch und eher amerikanisch. Er ging in die Hocke, um sein Gleichgewicht wiederzufinden, während es in seinem Magen rumorte. Wer hätte gedacht, dass nach all den Jahren allein schon ihr Name reichte, um so eine Reaktion bei ihm auszulösen? Sie war doch nach Amerika gegangen – was machte sie also hier?

»Stimmt«, sagte sie. »Sehr lange her. Ich war so traurig, als ich das mit Hope erfahren habe.«

»Danke«, erwiderte Jo. »Es ist wirklich schnell gegangen. Wie wär's mit einer Tasse Kaffee? Ich wollte gerade welchen kochen.«

Es musste über zwanzig Jahre her sein, seit er sie zuletzt gesehen hatte. Der Augenblick, als er sich am Abflug-Gate umgedreht hatte, war für immer in sein Gedächtnis eingebrannt. Stocksteif hatte sie auf der anderen Seite der Absperrung gestanden, eine Hand zum Abschiedsgruß erhoben, das Gesicht tieftraurig. Ihr langes schwarzes Haar hatte sie aus der Stirn gekämmt, sodass ihre Verzweiflung für alle Welt sichtbar war.

Er sah sie so deutlich vor sich, als wäre es gestern gewesen. Sie trug ein verschossenes grünes T-Shirt, eine gemusterte Pluderhose, ein Fußkettchen, lederne Flipflops. An einer Kette um ihren Hals hing der silberne Vogel, den er ihr in Sevilla gekauft hatte. Die vergangene Nacht hatten sie zusammen verbracht, verzehrt vom letzten Aufflammen einer Leidenschaft, wie Tom sie nie zuvor erlebt hatte – und seitdem auch nicht mehr. Noch jetzt konnte er heraufbeschwören, wie es gewesen war: ihre Beine, um ihn geschlungen, ihr Rücken durchgedrückt, während sie ihm entgegendrängte, ihr Kopf in den Nacken geworfen, als sie kam, die Intensität der Lust, als sie sich zum letzten Mal liebten. Am folgenden Morgen waren sie wie betäubt vor Schmerz durch die Casa de Sueños geschlichen, bis es Zeit für die Abreise war. Hope war ihnen aus dem Weg gegangen. Maria fuhr ihn zum Flughafen, fast ohne ein Wort. Es gab nichts mehr zu sagen. Nichts mehr zu erklären. Sie hatten zum letzten Mal Abschied genommen.

Als er durch die Absperrung ging, spürte er, wie sie ihn beobachtete. Es war noch nicht zu spät. Er konnte es sich anders überlegen. Er blieb stehen. Er musste sie noch einmal sehen. Er musste einfach. Also drehte er sich um. In diesem Augenblick war er versucht, zurückzulaufen und für immer einen anderen Weg einzuschlagen. Aber eine innere Stimme sagte ihm, es sei richtig, jetzt zu gehen. Er winkte ihr zu, dann riss er sich los. Eine nicht ergriffene Möglichkeit.

Diese Erinnerungen hatte er vor Jahren begraben. Tief, tief begraben.

Er hatte gehört, dass Maria kurze Zeit später nach Amerika gegangen war, nach Boston, wo ihr Onkel lebte. Tom hingegen war nach Großbritannien zurückgekehrt, wo ihn Belle mit offenen Armen erwartete, und mit ihr begann ein neues, ganz anderes Leben. Sein Zuhause und Belle: die zwei Ecksteine seines Lebens. Maria hätte ihm nie den Seelenfrieden geben können, den er bei Belle fand. Sie war zu sprunghaft, zu gefährlich, zu unkonventionell. Seither hatten sie keinen Kontakt mehr gehabt, und nun fragte er sich zum ersten Mal, ob womöglich Jo mit Maria in Verbindung geblieben war, ohne ihn einzuweihen. Ihre Affäre lag ein halbes Leben zurück, aber die jähe Eifersucht, die ihn packte, gehörte eindeutig in die Gegenwart.

»Tom!«, rief Jo von draußen herein und riss ihn aus seinem Gedankenkarussell. »Maria ist da. Komm und sag hallo.«

»Bin gleich da«, antwortete er. Er musste erst sein inneres Gleichgewicht wiederfinden, bevor er Maria gegenübertrat.

»Tom?«, fragte Maria erstaunt. Aber zu seiner Erleichterung kam sie nicht ins Atelier. Stattdessen schlugen die beiden Frauen den Weg zum Haus ein.

Tom überlegte. War das eine von Hopes »Überraschungen«? Hatte sie Maria eingeladen? Er hätte es ihr zugetraut, noch einmal mutwillig Bewegung in die Sache zu bringen. Aber warum? Er legte noch einige weiße Dörfer auf den Stapel, während sein Herz allzu heftig pochte. Noch mehr Stress war nicht gut für ihn. Schon jetzt fragte er sich besorgt, wie er die Sache mit Maria Belle erklären sollte. Selbstverständlich hatte er seiner Frau nie gestanden, dass er ihr untreu gewesen war, als er zaudernd mit seiner Zukunft haderte, unfähig, sich zwischen den beiden Frauen zu entscheiden. Unvorstellbar, dass er sich so verhalten hatte, aber wahr. Er schämte sich, wenn er daran dachte, wie er mit beiden umgesprungen war, aber er war überzeugt gewesen, sie würden es nie herausfinden. Und vielleicht musste das auch gar nicht sein. Schließlich war Maria einmal Jos beste Freundin gewesen. Vielleicht reichte das. Jo würde ihn niemals verraten.

Er traf sie auf der Terrasse unter dem Sonnenschirm an. Jo hatte Kaffee gekocht und Kekse auf den Tisch gestellt. Maria wandte Tom den Rücken zu, als er durch die Tür trat. Ihr glattes schwarzes Haar, an das er sich so gut erinnerte, trug sie nun ähnlich wie Belle, aber ihre Frisur war nicht ganz so streng. Im Übrigen sah sie von hinten noch genauso aus wie bei ihrer letzten Begegnung: dieselbe aufrechte Haltung, dieselbe schlanke Gestalt.

Als sie seine Schritte hörte, drehte sie sich um und stand sofort auf, ein breites Lächeln auf dem Gesicht. Er starrte sie an wie gebannt. Natürlich sah sie älter aus. Die weiße Strähne an ihrer Schläfe war neu, und die Zeichen eines gelebten Lebens, aber ihr Gesicht war dasselbe. Diese vollen Lippen, die hohen Wangenknochen, die blitzenden dunklen Augen. Was sich verändert hatte, war die Kleidung. Ein schickes Sommerkleid und hochhackige Sandalen statt der Hippieklamotten von einst. An ihrer Hand funkelte ein Edelstein an einem goldenen Ring. Sie war weltgewandt, gepflegt – und verheiratet. Neben ihr fühlte er sich wie der unbeholfene Engländer, der er war. Verzweifelt wünschte er, er hätte anstelle der Shorts eine lange Hose angezogen.

»Tom! Es ist so lange her.« Sie kam auf ihn zu und küsste ihn auf beide Wangen.

Halbwegs gefasst, erwiderte er die Küsse. Ihr Parfum war betörend exotisch, eine teure Version des Patchulidufts, den sie früher getragen hatte.

»Lass dich anschauen.« Sie trat einen Schritt zurück. »Du hast dich nicht verändert.«

Tom, der in der Sonne stand, spürte, wie ihm der Schweiß über den Rücken lief. Er holte seine Sonnenbrille aus der Tasche und setzte sie auf.

Jo hustete. »Ach, komm, Maria. Übertreib es nicht mit den Nettigkeiten!«

Alle lachten.

»Aber ich dachte, du wärst in Amerika. Verheiratet?« Tom hörte seine Stimme wie von weit, weit her.

»War ich auch.« Sie schenkte ihm dieses Lächeln, mit dem sie immer so freigiebig gewesen war. »Ich meine, ich bin immer noch dort. Aber im Moment besuche ich unsere Tochter Christina, die in Madrid studiert. Und als ich die Einladung von Hope bekommen habe, sah ich, dass ihre Party mit unserem Besuch bei Fernando zusammenfiel – erinnerst du dich an meinen Bruder? Na klar. Jedenfalls wollte ich Christina zeigen, wo wir aufgewachsen sind. Außerdem wollte ich Hope die letzte Ehre erweisen. Eure Mutter war eine großartige Frau, und wir sind immer gern hergekommen.«

»Das hast du sehr nett formuliert«, erwiderte Jo. »Und wir sind aus dem umgekehrten Grund so gern zu euch gekommen. Eure Mum wirkte immer so ruhig und beherrscht, während wir nie wirklich wussten, woran wir waren.«

Maria lachte. »Wisst ihr noch, als wir über eine Stunde im Regen am Bahnhof gewartet haben, weil uns Hope über dem Versuch, ein Huhn einzufangen, komplett vergessen hatte?«

»Das bringt es auf den Punkt.« Als Tom einen Stuhl neben die beiden in den Schatten zog, stieß er sich das Schienbein an dem Geranientopf. Er zischte vor Schmerz, war aber froh, dass die beiden so taten, als hätten sie nichts gemerkt. Er widerstand dem Drang, sein Schienbein zu reiben, wo sich zweifellos bereits ein blauer Fleck bildete. Als er saß, streckte er seine Füße in den Sandalen außer Sicht unter dem Tisch aus und nahm sich einen Keks:

galletas Maria, seine Lieblingssorte. Lucy hatte es nicht vergessen.

Während die beiden Frauen plauderten, hörte er nur mit halbem Ohr zu. Also hatte Hope es darauf angelegt, noch aus dem Jenseits Unfug zu treiben, obwohl doch nichts damit gewonnen war, wenn sie Maria wieder in ihr Leben holte. Nervös überlegte er, was sie sonst noch auf Lager haben mochte ... Er würde Lucy, wenn sie wiederkam, sofort nach der Gästeliste fragen.

8

Tom drehte mit dem Daumen seinen Ehering, während er sprach, und vermied Blickkontakt mit Maria. Seine Körpersprache verriet, wie unbehaglich ihm zumute war. Im Gegensatz zu ihm fühlte sich Maria anscheinend ganz wohl in ihrer Haut. Jo beobachtete die Szene fasziniert. Ihre stürmische – ein Wort, das man heutzutage kaum mit Tom in Verbindung bringen konnte – Affäre war vor Jahren zu Ende gegangen, und Belle hatte den Sieg davongetragen. Jo erinnerte sich an die langen Abende mit ihrem Bruder in der gemeinsamen Londoner Wohnung, als sie sich geduldig sein Dilemma anhörte: Maria oder Belle? Belle oder Maria? Eine Ewigkeit war er hin- und hergerissen gewesen, bis er schließlich seine Entscheidung traf. Irgendwie verstand sie es zu diesem Zeitpunkt sogar. Ob Jo sie nun mochte oder nicht, sie sah, dass ihr Bruder damals die Liebe und Stabilität brauchte, die er bei Belle fand; und das galt wahrscheinlich auch jetzt noch. Würde er heute dieselbe Entscheidung treffen? Sie verwarf den Gedanken sofort wieder. Die Wahl, die man zwischen zwanzig und dreißig traf, hatte bleibende Folgen. Maria war seine erste große Liebe gewesen.

Jo hingegen freute sich, ihre Freundin zu sehen. Sie hatten sich zwar aus den Augen verloren, aber jetzt überkam sie das Gefühl, als hätten sie sich gestern zuletzt gesprochen. Den Tag ihrer ersten Begegnung hatte sie überdeutlich in Erinnerung. Damals war die achtjährige Jo auf einen Platz in der letzten Reihe in der Grundschule von Estepona geschlüpft. Sie fühlte sich verloren unter all den spanischen Kindern. Schon ihre blonden Haare reichten, um sie zum Außenseiter zu stempeln. Ihr miserables Spanisch machte es nicht besser. Während sie darauf wartete, dass die Lehrerin erschien, wünschte sie sich sehnlich, wieder in ihrer alten Schule in Dorset bei ihren englischen Freundinnen zu sein. Vor allem Rosie vermisste sie schmerzlich. In der ersten Pause stand sie in einer Ecke, wusste nichts mit sich anzufangen und kaute, fest entschlossen nicht zu weinen, auf ihrer zitternden Unterlippe herum.

Dann: »Komm mit.« Ein Mädchen mit olivenfarbener Haut, strahlenden Augen und einem glänzenden schwarzen Zopf, der ihr über den Rücken fiel, nahm sie am Handgelenk, zog sie zu den Schränken und zeigte ihr, wo sie ihre Sachen verstauen konnte. Auch in der nächsten Pause leistete sie ihr Gesellschaft, experimentierte unsicher mit ihrem Englisch, während Jo sich im Spanischen versuchte. Die Saat ihrer Freundschaft war gelegt.

Was sie verband, waren ihre englischen Mütter. Aber anders als die schusselige Hope besaß Sally echtes Organisationstalent. Obwohl mit einem Spanier verheiratet, war ihr die spanische Einstellung des *mañana* fremd. Auf Las Almendras kam das Essen pünktlich auf den Tisch, es ging selten hoch her, die Kinder erhielten Aufmerksamkeit und Ermunterung und wurden niemals ignoriert oder vergessen. Während Maria die freundliche Nachlässigkeit und Freiheit liebte, die die Casa de Sueños zu bieten hatte, fanden Jo und Tom Gefallen an der beruhigenden Ordnung im Leben von Marias Familie.

Die Freundschaft von Jo und Maria hielt die gesamte Schulzeit lang, und sogar noch, als Jo auf Walters Betreiben nach England geschickt wurde, um dort Abitur zu machen. Als sie in den Ferien heimkam, stellte sie fest, dass Tom und Maria unzertrennlich geworden waren, und als auch er die Oberstufe in England absolvieren sollte, verband die beiden mehr als nur Freundschaft. Sie unternahmen oft zu dritt etwas, bis Jo merkte, dass sie das fünfte Rad am Wagen war. Nach der Uni ließ sie sich in London nieder. Tom fiel der Neuanfang schwerer. Nach nur zwei Semestern in Manchester schmiss er sein Studium und kehrte zu Maria zurück. Es dauerte eine Weile, bis Walter ihn endlich überredete, es in Edinburgh noch einmal zu versuchen. Dort lernte er Belle kennen. Jo dachte an die qualvollen Monate zurück, in denen er versuchte, sich zwischen zwei sehr unterschiedlichen Frauen zu entscheiden. Aber das alles war so lange her und eigentlich nicht mehr wichtig. Damals waren sie jung gewesen.

»Ich habe gehört, dass du verheiratet bist?« Jo richtete den Blick auf den protzigen Ring.

Maria nickte.

»Ist er hier?«, wollte Jo wissen. Sie hoffte, sie würden den Mann kennenlernen, den sich Maria geangelt hatte. Schließlich hatten die beiden viele Stunden damit verbracht, die Vorzüge diverser Jungen zu diskutieren und zu überlegen, wie sie am besten mit ihnen anbandeln könnten. Wenn Maria in der Casa de Sueños übernachtete, bekam Sally nicht mit, dass die Freundinnen abends in Strandbars herumhingen oder sich in dunkle Diskotheken wagten, wo die Musik so laut dröhnte, dass man das eigene Wort nicht verstand. Hope ging einfach davon aus, sie seien alt genug, um selbst auf sich aufzupassen – sofern sie überhaupt bemerkte, dass die Mädels nicht da waren.

»Nein, er hat zu viel zu tun.« Maria richtete den Blick in die Ferne. »Er leitet eine Firma für Molekulardiagnostik in Boston und konnte nicht weg.« Sie legte eine Pause ein, während Jo und Tom hinlänglich ratlos und beeindruckt guckten. »Und wie steht's bei dir?«

»Einmal dachte ich, es könnte klappen, war aber nicht so. Und danach habe ich einfach nicht den Richtigen kennengelernt.«

»Und sie hat einige durchprobiert«, ergänzte Tom.

»Was dagegen?« Jo schlug spielerisch nach seinem Arm, verfehlte ihn jedoch. »Aber ich habe eine Tochter. Der beste Fehler, den ich je gemacht habe.«

»Ich werde sie dann morgen kennenlernen.« Maria stellte ihre Tasse ab und griff nach ihrer Handtasche.

»Willst du schon gehen? Es gibt noch so viel zu erzählen.« Wirklich? Ihre Freude über das Wiedersehen mit Maria wich der Erkenntnis, dass sie inzwischen wohl nur noch wenig gemeinsam hatten außer ihrer Vergangenheit und den damit verbundenen Erinnerungen.

Maria stand auf und gab ihr einen Abschiedskuss. »Ihr beiden habt bestimmt viel zu tun. Wir können nach der Party reden. Ich wollte nur hallo sagen und sichergehen, dass ihr mit mir rechnet. Es wäre mir unangenehm, wenn ich unangekündigt – oder womöglich unerwünscht – hier aufgetaucht wäre.« Sie sah Tom an, aber Jo antwortete für ihn.

»Natürlich bist du erwünscht. Und warum bringst du nicht auch Christina mit? Wir würden sie gerne kennenlernen. Sie kann mit Toms Jungs abhängen.« Vielleicht wäre Christina ja ein Lichtblick für die beiden.

»Teenager?«, fragte Maria. Zum ersten Mal sah Tom

ihr in die Augen, wandte aber rasch wieder den Blick ab. »Wie konnte das so schnell gehen? Waren wir nicht erst gestern selbst noch in dem Alter?«

Tom schaute auf seine Füße und rollte die Zehen in den Sandalen ein.

Arm in Arm gingen Jo und Maria zu ihrem Auto. Sie erkundigten sich nach gemeinsamen Freunden, hingen Erinnerungen nach, lachten. Als Jo wieder auf die Terrasse kam, saß Tom immer noch auf seinem Stuhl und starrte auf die Sierra Crestellina. Der Gipfel des Berges hüllte sich in ein leichtes Wolkenkleid. Tom runzelte gedankenverloren die Stirn.

»Ich dachte, du widmest dich schon wieder den Klebezetteln«, sagte sie und griff nach dem Tablett, um es ins Haus zu tragen.

Tom tauchte aus seiner Trance auf. »Wusstest du, dass sie kommt?«

»Wer? Maria? Nein. Aber ich freue mich, dass sie hier ist, du nicht? Es ist lange her.« Sie beäugte ihren Bruder. »Tom?«

»Mhm.«

»Du bist doch nicht immer noch in sie verliebt? Das kann doch nicht sein.«

Tom schüttelte sich. »Natürlich nicht! Das ist doch lächerlich. Es ist Jahre her. Ich war nur überrascht, sie zu sehen, das ist alles.«

Aber die Begegnung mit Maria hatte auch für Jo die Geister der Vergangenheit geweckt. Tom war nicht der Einzige, der in Spanien sein Herz verloren hatte. Als er und Maria ein Paar wurden, hatte sie sich in einen der vielen jungen Männer verguckt, die in jenem Sommer die Strandbars bevölkerten. Kristian – blond, blauäugig, ein Körperbau wie ein Gott. Es stand nie zur Debatte, dass es auf Dauer etwas werden würde mit dem norwegischen Studenten, der zweimal hintereinander die Sommer- und die Osterferien hier verbrachte – jeder wusste, was es mit Urlaubsromanzen auf sich hatte. Aber ihre Beziehung war so intensiv gewesen, dass es beiden schwerfiel loszulassen. Einmal hatte sie ihn sogar übers Wochenende in Bergen besucht, bevor sie sich eingestanden, dass es keinen Sinn hatte weiterzumachen. Sagte man das nicht über die erste Liebe? Sie ist unvergesslich.

Der Vormittag war fast vorbei, als sie im Atelier fertig waren. Jetzt war Eile geboten. Die Gemälde wurden sortiert: die Bilder, die sie behalten wollten, auf einen Stapel, die Landschaften auf einen zweiten und den Rest daneben. Tom beanspruchte nichts weiter, aber Jo konnte nicht widerstehen und klebte einen Punkt auf die Kinderstaffelei, die sie in einer Ecke entdeckte. »Ivy wird begeistert sein. Ich habe Stunden davor verbracht und alles kopiert, was Walter gemalt hat. Er hat mir auch einen Tisch hingestellt, auf dem ich meine Farben und ein Wasserglas aufstellen konnte.«

»Glaubst du nicht, dass Lucy sie vielleicht …«, gab Tom zu bedenken.

»Wofür braucht sie eine Staffelei? Vielleicht hat sie sie geerbt, als ich zu groß dafür war – weiß ich nicht mehr, aber ich bin mir sicher, dass sie einverstanden ist. Wenn nicht, kann sie ja protestieren.« Was sie nicht tun würde. Davon war Jo überzeugt. Sie griff nach einer Metalldose und schraubte sie auf. Darin befand sich ein vollständiger

Satz unbenutzter Rotmarderpinsel. Das waren die Dinge, derentwegen sie hierhergekommen war. Walter hätte gewollt, dass Jo sie bekam. Sie klebte einen gelben Punkt auf den Deckel. »Weißt du noch, wie er uns losgeschickt hat, ihm neue Pinsel und Pigmente bei Cornellisens zu besorgen?« In dem Laden für Künstlerbedarf in Bloomsbury gab es alles, was das Herz begehrte. Wie gern hatte sie dort nach den Dingen gestöbert, die Walter bestellt hatte. Sie verweilte lange über den Schubladen mit Pigmenten und suchte die heraus, die er mit seinen eigenen Farben mischen wollte. Fasziniert studierte sie die Tuben mit Öl- und Acrylfarben: Alizarinrot, Gebrannte Umbra, Viridiangrün, Ultramarin. »Dir ist es doch recht, wenn ich die nehme? Vielleicht fange ich wieder an zu malen, wer weiß?«

»Nur zu.« Trotz, oder womöglich wegen seiner Herkunft hatte Tom keinerlei künstlerische Neigungen, daran war nicht zu rütteln. »Aber der Rest von dem Müll kann weg. Einverstanden?«

»Sobald Lucy sich umgesehen hat, ja.«

»Gehen wir ins Haus.« Er schaute auf die Uhr. »Sie ist bestimmt gleich wieder da und kann das Atelier inspizieren. Wann kommt Antonio?«

»Er holt Brad am Spätnachmittag vom Flughafen ab.«

Tom stöhnte beim Gedanken an Hopes Halbbruder. »Warum kommt er überhaupt?« Er schloss die Ateliertür ab, und sie überquerten gemeinsam den Hof. »Schließlich ist Hope ja nicht hier, um ihn zu begrüßen.«

»Fang doch nicht so an! Wir haben ihn schon nicht zur Einäscherung eingeladen, also hat er jetzt die Möglichkeit, Abschied zu nehmen. Sie wollte ihn dabeihaben.«

»Aber sie haben sich doch kaum gekannt.«

»Das ist nicht fair. Du weißt, wie viel Mühe er sich gegeben hat, sie aufzuspüren, als sein Vater vor ein paar Jahren starb.«

»Ja, und sie wollte eigentlich gar nichts damit zu tun haben. Weißt du noch, die panischen Anrufe, als sie gebeten hat, dass wir uns Ausreden für sie überlegen? Sie hat alles probiert, bis es unumgänglich wurde, sich mit ihm zu treffen. Er gehörte zu einem Abschnitt ihres Lebens, den sie hinter sich gelassen hatte.«

»Aber neugierig war sie anscheinend schon. Sonst hätte sie sich nicht darauf eingelassen, ihn zu treffen. Letztlich ist sie eigens deswegen nach London geflogen. Jedenfalls kommt er, also müssen wir das Beste draus machen. Und er übernachtet hier«, fügte sie hinzu wie ein Zauberer, der das Kaninchen aus dem Hut zieht.

»Das auch noch!« Tom war entsetzt. »Warum kann er nicht im Casablanca absteigen? Weshalb bist du so fürsorglich? Du kennst ihn doch nicht mal.«

»Tom! Er gehört zur Familie. Er hat gefragt, ob er übernachten kann, und Luce und ich fanden das in Ordnung. Komm schon, die paar Nächte.«

Stöhnend hängte er den Schlüssel wieder an den Haken neben der Küchentür.

Hope hatte Jo praktisch gezwungen, sie in das Londoner Hotel zu begleiten, in dem sie sich mit Brad traf. Es dauerte nicht lange. Bei einer Tasse Tee in einem stillen Winkel der Lounge konnte sich Hope keine Sekunde lang entspannen, denn sie war nicht bereit, sich der Vergangenheit zu stellen und über ihren Vater zu sprechen. Am liebsten wäre sie sofort wieder gegangen. »Das war ein Fehler«, sagte sie, als sie zu Jos Wagen auf dem Parkplatz gingen. »Ich bin überzeugt, dass er ein anständiger Kerl ist, aber das Treffen mit ihm war ein Stich ins Wespennest. Er erinnert mich an alles Mögliche, was ich lieber vergessen möchte.«

Jo hätte gern mehr erfahren, aber nach dieser Bemerkung war aus ihrer Mutter nichts mehr rauszukriegen. Solange Hope noch lebte, hätte sie niemals Kontakt zu Brad aufgenommen, aber sie hatte ihre eigenen Gründe, warum sie ihn jetzt hier haben wollte. Jo würde schon eine Gelegenheit finden, ihm die Fragen zu stellen, die sie beschäftigten. Sie wollte ihn über Hopes Eltern – Jos Großeltern – aushorchen. Zum Beispiel interessierte sie, wie und warum sie in Australien gelandet waren. Warum hatte Hope ihre Eltern nicht begleitet? Wenn Hope ihr Schweigen nicht hatte brechen wollen, vielleicht ließ sich das Rätsel jetzt lösen, nachdem ihre Mutter sie nicht mehr daran hindern konnte, der Sache auf den Grund zu gehen.

Art war in der Küche und stöberte in der Speisekammer. Nur mit Badeshorts bekleidet, kam sein perfekter Körperbau gut zur Geltung. Dieser Waschbrettbauch und diese Brustmuskeln waren zweifellos das Resultat echter Hingabe. Während Jo sich kaum vom Anblick seines Körpers losreißen konnte, schaute Tom gezielt anderswohin.

»Wo ist der Kaffee?« Art klang so erschöpft, wie er aussah. »Ich brauche schnell ein Tässchen, dann eine Runde schwimmen, und ich bin wieder auf dem Damm.«

»Lass mich das machen.« Jo kochte Kaffee, während Art dekorativ an der Arbeitsfläche lehnte und ihr zusah. Tom ging unterdessen in den ersten Stock. Eine Tür wurde geöffnet und wieder geschlossen, dann hörte man oben Schritte.

»Danke. Wo ist Lucy?«, fragte er, als er seine Kaffeetasse entgegennahm. »Mmm, riecht gut.«

»Unterwegs, sie besorgt noch ein paar Kleinigkeiten. Sie hat Ivy mitgenommen, die beiden verstehen sich blendend.«

Er wandte sich ab. Dass sie kein Kind bekommen konnten, tat offensichtlich auch ihm weh.

»Bestimmt sind sie gleich wieder da. Jemand muss zum Flughafen nach Gibraltar fahren und Elaine abholen.« Lucys Patin traf am Nachmittag aus London ein. Jo spülte den Milchtopf. »Es wundert mich, dass so viele Leute die weite Reise auf sich nehmen. Hope wäre begeistert.«

»Das ist wahrscheinlich der Grund. Sie war einfach ein Naturereignis, sogar noch am Ende.«

Jo war überrascht. So hatte sie Art noch nie über ihre Mutter reden hören. Anscheinend war ihr Erstaunen unverkennbar.

»Ich habe sie natürlich selten gesehen. Wegen meiner Arbeit in Bristol und so weiter ...« Er hielt inne. »Aber wenn, dann hat sie immer noch aus allen Rohren gefeuert, obwohl sie die meiste Zeit müde war. Meine trockenen Martinis hat sie jedenfalls bis kurz vor Schluss noch geschätzt!« Er lächelte. »Das Rezept hab ich von einem amerikanischen Kollegen.«

»Ja, sie war schon eine Nummer für sich.« Jo verkniff es sich, zu erwähnen, wie Hope einen auf die Palme bringen konnte. »Deshalb sind die Urlauber auch immer wieder hergekommen. Obwohl ihr das B & B eine Menge Arbeit gemacht hat, fand sie es immer super, Gäste zu haben. Für sie war es ein nicht enden wollendes Sommerfest.«

»Aber Antonio hat ihr doch geholfen?«

»Er und Luisa und Rosa. Wir sind ihm etwas schuldig, egal was Tom denkt.«

Art grinste. »Klar. Waren sie nicht ein Paar? Das muss man ihr lassen.«

»Wer weiß?« Dieses Thema wollte sie mit Art nicht unbedingt erörtern. »Ich habe da meine Zweifel, obwohl sie sicher nichts dagegen hatte, wenn jemand es vermutete. Jedenfalls habe ich nie gefragt. Ich wollte keine falsche Antwort hören!« Nicht zum ersten Mal nahm sie sich vor, für Ivy eine möglichst normale Mutter zu sein.

Art trank seinen Kaffee aus und verzog sich, ein Handtuch über der Schulter und bewaffnet mit seinem E-Book und Sonnenmilch, an den Pool. Jo ging nach oben. Nachdem Tom mit Familie in der *casita* untergebracht war, wollte sie sichergehen, dass das freie Zimmer im Haupthaus für Brad hergerichtet war. Aber ihre Sorge war unbegründet. Lucy war ihr immer einen Schritt voraus. Hätte Jo es nicht gewusst, sie hätte nicht geahnt, dass es einmal Toms Zimmer gewesen war. Nichts gab einen Hinweis auf seine Vorgeschichte. Auf dem weiß bezogenen Bett stapelten sich vor dem blau-weiß gestreiften Kopfteil Kissen. Die Wände zierten Bilder der Umgebung. Über dem weißen Frisiertisch hing ein mit Muscheln eingefasster Spiegel. Auf der Kommode stand ein Strauß Wildblumen. Alles war untypisch sauber und ordentlich und schön aufeinander abgestimmt: nicht gerade die für Hope typische Atmosphäre. Jo öffnete die Tür, die auf den kleinen Balkon hinausführte und sog die Sommerluft ein. Irgendwo bellte Bailey.

Zufrieden, dass alles bereit war, ging sie hinaus und steckte den Kopf ins Schlafzimmer ihrer Mutter. Hopes vertrauter Duft machte sie traurig und rief ihr in Erinnerung, dass sie ihre Mutter nie wiedersehen, nie wieder mit ihr über Politik streiten würde, auch nicht über Kunst oder darüber, wie sie ihr Leben führen sollte. Hope weigerte sich zu begreifen, warum Jo allein lebte. »Was soll das heißen, du hast nicht den Richtigen gefunden?«, fragte sie oft ungläubig. »Finde einen, der infrage kommt, und mach aus ihm den Mann, den du willst.«

Das mochte bei Hope funktioniert haben, nicht aber bei Jo. Außerdem hatte sie ja ihren Traummann gefunden, und sie hatte ihn gehen lassen. Hope begriff nicht, dass ihre Tochter die meiste Zeit gern allein war. Dass eine Frau ohne Mann glücklich sein konnte, überstieg ihr Vorstellungsvermögen. Sogar dass sie ohne Mann überhaupt existieren konnte. Aber Jo fühlte sich weder einsam noch benachteiligt. Seit Jake fort war, hatte sie nie mehr einen Mann kennengelernt, mit dem sie ihr Leben verbringen wollte. Und dem Beispiel von Hope und Walter mochte sie nicht folgen. Vielmehr stellte sie fest, dass ihr die Beziehungen, die sie einging, gerade deshalb mehr Freude machten, weil sie einen Ort hatte, an den sie sich jederzeit zurückziehen konnte. Im Laufe der Jahre wurde ihr ihre Privatsphäre immer wichtiger. Inzwischen waren ihre Gewohnheiten so fest verwurzelt, dass sie nichts mehr daran ändern wollte. Aber mit Ivys Geburt war alles anders geworden.

Sie meinte, ein Auto zu hören, und rannte die Treppe hinunter, weil sie hoffte, Ivy, die sie bereits vermisste, käme zurück. Aber das Geräusch war wohl von der Straße heraufgekommen. Im Hof war niemand.

Tom saß im Wohnzimmer am Schreibtisch und kramte

in den Schubladen. »Lucy kann das alles haben, wenn sie will, ich möchte nur sichergehen, dass hier nichts Wichtiges ist, über das wir Bescheid wissen sollten.«

»Was zum Beispiel?« Jo streifte ihre Schuhe ab, um die kühlen Fliesen unter den Fußsohlen zu spüren: ein himmlischer Kontrast zu der Hitze draußen. »Sie sagt es uns schon, wenn sie etwas entdeckt.«

»Und wenn sie es nicht erkennt?« Tom zog eine weitere Schublade auf und kippte ihren Inhalt auf den Tisch.

»Bist du da nicht ein bisschen zwanghaft? Für mich sieht das aus wie ein Haufen alter Rechnungen und Briefe.«

Tom überhörte ihre Bemerkung und blätterte weiter in den Unterlagen. »Schau dir das an.« Er reichte ihr ein Blatt Papier. Sie erkannte Walters Schrift.

»Whoopsy-Doo, ich liebe Dich. Ich kann mir ein Leben ohne Dich nicht vorstellen. Alles Liebe, liebste Hope«, las sie. »Der alte Romantiker. Wer hätte das gedacht? Ist ja echt süß.«

»Und hier ist eine Ansichtskarte, die Du ihr mal aus Dublin geschickt hast.«

»Lass mal sehen.« Ein Mini-Guinness-Plakat. »Mein Gott, das ist ja ewig her. Nett, dass sie sie aufgehoben hat.« Sie hatte die Karte in der Nähe der Uni eingeworfen, während Enda, ihr Liebhaber, im Hotelzimmer auf sie wartete. Sie war nur kurz rausgegangen, um eine Strumpfhose und Zigarettenpapier zu kaufen – und die Karte abzuschicken. Das war ein Wochenende gewesen! Aber als Enda anfing, mehr zu wollen als eine Fernbeziehung, hatte es keinen Spaß mehr gemacht, und sie beschlossen, sich zu trennen.

»Sie hat alles Mögliche aufbewahrt.« Er wies mit einem

Nicken auf einen kleinen Stapel. »Die habe ich aussortiert. Das war nicht die einzige Karte von dir.«

»Wirklich? Das ist komisch. Ich hätte nie gedacht, dass sie die Karten aufhebt.«

»Natürlich hat sie das getan. Sie hat sich immer gefreut.« Tom überlegte kurz. »Lucy wird doch nichts dagegen haben, wenn ich die nehme, die von mir sind? Das sind lustige kleine Andenken, wie Schnappschüsse aus der Vergangenheit.«

Jo warf ihm einen Blick zu. Gerade drehte er eine Karte um, und sie erspähte die fröhlichen Farben eines asiatischen Straßenmarkts. »Bestimmt nicht, aber du kannst sie ja fragen. Das müssen sie sein.«

Man hörte Autotüren knallen, dann ein Rufen und eilige Schritte. Ivy stürmte ins Zimmer und auf Jo zu, die sie durch die Luft schwang und auf die Wange küsste. »War es ein schöner Ausflug?«

»*Magnifico!* Das ist mein erstes spanisches Wort.« Ivy befreite sich aus den Armen ihrer Mutter und lief zu Lucy, die gerade durch den Flur ging. »Wo ist es? Wo ist es?«

»Moment, ich stelle das nur erst in die Küche.« Lucy schleppte diverse Einkaufstüten.

»Lass mich helfen.« Jo schloss sich ihr an. »Ich dachte, Antonio besorgt alles, was wir brauchen, bei Mercadona unten an der Küste?«

»Tut er auch.« Lucy packte Brotlaibe, Reis, Kurkuma und Spülmittel aus. »Aber du weißt ja, wie das ist. Ich dachte, ich bräuchte nur Spülmittel, und dann habe ich noch ein paar andere Sachen gefunden!« Neben ihr umklammerte Ivy die Tischkante und hüpfte auf und ab. »Hier ist es.« Lucy reichte ihr eine große braune Papiertüte.

»Ach, Luce, das sollst du doch nicht.«

»Was? Meine einzige Nichte verwöhnen? Wann habe ich denn sonst die Chance?« Sie ging in die Hocke und half Ivy, eine Schachtel aus der Tüte zu ziehen.

»Schau, Mummy.« Ivy hielt ihr die Schachtel vor die Nase. »Ein Prinzessinnenkleid!« Sie riss den Karton auf. Heraus fiel ein Kleid aus purpurfarbenem Netzstoff mit einem goldenen Oberteil, auf dem das Bild einer Disney-Prinzessin prangte, sowie eine glitzernde, kitschige Tiara. »Ich muss das jetzt anziehen.« Sie setzte sich auf den Boden und streifte die Schuhe ab.

Jo half ihr. »Das ist schön. Aber vielleicht ein bisschen zu warm?« Eigentlich mochte sie diese Rollenklischees nicht, aber andererseits wollte sie Lucys Gefühle nicht verletzen. Und außerdem, was konnte es schaden, wenn es Ivy glücklich machte? »Ich dachte, wir gehen jetzt schwimmen.«

Doch Ivy ließ sich nicht ablenken. Schon hatte sie ihre Shorts und ihr T-Shirt ausgezogen und das Kleid übergestreift. Die Tiara hielt sie Lucy entgegen. »Kannst du das?«

»Na klar. Komm, wir holen eine Haarbürste. Du wirst sooo hübsch aussehen.« Die beiden gingen Hand in Hand hinaus. Jo hörte, wie sie die Treppe hinaufstiegen. Nein, Ivy würde nicht sooo hübsch aussehen, sagte sich Jo. Sie würde lächerlich und mädchenhaft aussehen, und man würde sie jetzt nicht mehr dazu bewegen können, irgendetwas anderes zu tragen. Aber was sollte sie machen? Auch wenn sie sich eine idealisierte Kindheit alter Schule für Ivy wünschte, mit pädagogisch wertvollen Spielsachen, gesundem Essen und frei von Fernsehen und Internet, sie konnte ihr Kind nicht gegen die Einflüsse des 21. Jahrhunderts abschirmen. Sie hatte für sich beschlossen, dass das gemeinsame Leben viel unbeschwerter wäre, wenn sie es spielerisch angingen. Wenn es Ivy Freude machte, sich wie eine Disney-Prinzessin zu kleiden, dann war das eben so. Und wenn Sue, ihrem Kindermädchen, das nicht gefiel – tja, wer war Ivys Mutter, Jo oder Sue?

9

Das Wageninnere glich einem Backofen. Lucy spürte, wie sich der Schweiß an ihrem unteren Rücken sammelte, und schaltete die Klimaanlage ein. Sie hatte nicht die geringste Lust, zur Küste hinunterzufahren, freute sich aber darauf, ihre Patentante wiederzusehen. Außerdem war Tom so versessen auf die Zettelkleberei – sollte er doch haben, was er wollte, wenn es ihn glücklich machte – und Jo wollte offenbar Zeit mit Ivy verbringen. Lucy konnte das nachempfinden. Als berufstätige Mutter waren für Jo die Stunden mit ihrer Tochter besonders kostbar. Lucy selbst hatte sich immer vorgestellt, sie wäre der ganz erdige, großzügige Muttertyp, der ruhende Pol inmitten eines turbulenten Familienlebens – doch darüber brauchte sie nun nicht mehr nachzudenken. Sie musste ihr Leben so akzeptieren, wie es jetzt war, anstatt dem nachzutrauern, was hätte sein können. Art hatte sie beim Pool zurückgelassen, nachdem er es abgelehnt hatte, sie zu begleiten. Ja, sie versuchte schon wieder, eine gute Ehefrau zu sein. Doch er hatte nur träge die Hand gehoben, während er ein Sonnenbad nahm.

»Man muss sich doch auch mal erholen«, sagte er. »Ich helfe dir dann, wenn du zurück bist. Und ich habe noch etwas mit dir zu besprechen.«

Dann hatte er die Hand sinken lassen und sein Gesicht der Sonne zugewandt.

Besprechen? Warum nicht gleich? Und überhaupt, was gab es denn noch zu besprechen? Früher einmal hatten sie alles gewusst, was es über das Leben des Partners zu wissen gab. An den Wochenenden hatten sie viel Zeit damit verbracht, einander zu erzählen, was während der Woche so passiert war. Jetzt nicht mehr. Inzwischen war ihr Wissen höchst lückenhaft. Wann hatte Art sich eigentlich zuletzt erkundigt, wie ihr Ein-Frau-Betrieb lief? Doch sie war auch nicht besser. Wann hatte sie ihn zuletzt gefragt, was am Set oder hinter den Kulissen vor sich ging? Über seine Schauspielerkollegen wusste sie nur das, was sie über das Fernsehen oder die Klatschrubrik von Mail Online mitbekam. Sie fragte nicht mehr nach, weil sie irgendwie in den Randbereich seines Lebens geraten war. So, als führte sie eine Schattenexistenz. Schlimmer noch, irgendwie hatte sie Angst davor zu erfahren, was wirklich ablief, wenn er in Bristol war. Sein Leben dort spielte sich in einer Welt ab, die mit ihr nichts zu tun hatte. Und sie hatte das zugelassen. Als er die Rolle des Steve bekam, hätte keiner von beiden sich träumen lassen, dass er in der Serie eine so zentrale Rolle spielen würde. Zwar war er vielleicht noch nicht ganz der Liebling der Nation, als den er sich gern sah, aber jedenfalls populär genug, um die Paparazzi anzulocken. Von denen verfolgt zu werden, so mutmaßte sie, verdrehte wohl jedem den Kopf.

Bei der Tankstelle in Gaucín angelangt, bog sie gerade auf die Hauptstraße nach Gibraltar ein, als ein Motorrad an ihr vorbeiraste. Der Fahrer trug rot-weiß-blaue Rennkleidung und saß ganz tief über den Lenker geduckt.

»Wahnsinniger!«, schrie sie. Natürlich konnte er sie nicht hören, aber sie fühlte sich danach gleich besser. »Idiot!«, fügte sie hinzu und wandte das Gesicht von den Menschen im Straßencafé ab, die sie anstarrten und lachten.

Während der Fahrt nahm sie die Musik im Radio kaum wahr. Sie war zu beschäftigt mit den Gedanken, die durch ihren Kopf jagten, zu durcheinander und hektisch, um die Lieder aufzunehmen. Der Zustand ihrer Ehe; die entzückende Ivy, die, ohne es zu wollen, ihre Trauer über das, was nie sein würde, verstärkte; die Casa de Sueños, Hopes »Traumhaus« und das Zuhause ihrer Kindheit, in dem viele ihrer eigenen Träume herangereift waren; ihre Zukunft – sie hatte auf keine der Fragen eine Antwort. Und dann war da noch Antonio.

Seit der Ankunft der übrigen Familienmitglieder hatte sie sich nicht mehr erlaubt, über Antonio nachzudenken. Aber ohne ihn wären die vergangenen Tage die reinste Tortur gewesen. Dank seiner Gesellschaft hatte sie es im Haus besser ausgehalten und das Gefühl gehabt, nicht allein zu sein. Die Verbundenheit, die sie ihm gegenüber empfand, überraschte sie genauso wie sie Tom und Jo überraschen würde, wenn sie es je erfuhren. Als sie sich Toms Gesicht vorstellte, musste sie lächeln. Antonio schien Ähnliches zu empfinden. Sie bremste sich. Wie kam sie bloß dazu, in dieser Weise an ihn zu denken? Den lieben Freund ihrer Mutter! Doch er und sie waren die beiden Menschen, die Hope das Ende ermöglicht hatten, das sie sich gewünscht hatte. Hopes Tod hatte sie beide zusammengeschweißt. Und altersmäßig war er ihr näher als ihrer Mutter. Sie schüttelte den Kopf. Schluss damit! Schließlich war sie verheiratet und Treue war für sie nicht nur ein Wort.

Sie war sehr erleichtert gewesen, als Antonio tags zuvor unter dem Vorwand, er wolle der Familie nicht im Weg sein, hätte im Hotel zu tun und müsse ja außerdem noch in den Supermarkt gehen, verschwunden war. Zu viele

Vorwände waren das gewesen! Doch Tom machte keinen Hehl daraus, dass er Antonio nicht mochte. Ganz plötzlich kam Lucy zum allerersten Mal der Gedanke, dass die Beziehung zwischen den beiden vielleicht platonischer gewesen war, als sie alle vermutet hatten. Ihre Mutter hätte es genossen, alle im Glauben zu lassen, es sei mehr als Freundschaft zwischen ihnen. Und auch Antonio war zuzutrauen, dass er Theater spielte, um sich gemeinsam mit Hope zu amüsieren.

Am Flughafen angekommen parkte Lucy und machte sich wie ferngesteuert auf den wohlbekannten Weg zum Ankunftsterminal. Dort reihte sie sich unter die wartenden Feriengäste, Reiseleiter und Chauffeure ein, die auf Karton geschriebene Namen von Reisenden in die Höhe hielten. Jedes Mal, wenn die Türen sich öffneten, hielt sie nach Elaines wilder blonder Mähne Ausschau.

Als sie sich allmählich fragte, ob sie die Ankunftszeit falsch im Kopf hatte, hörte sie eine laute Stimme. »Lucy!« Die Leute drehten sich nach der Frau um, die durch die Tür kam. Elaines blondgesträhntes Haar, inzwischen drahtig von zu viel Chemie, war mit Hilfe großer Kämme einigermaßen stilvoll hochgesteckt. Die runde dunkle Sonnenbrille, die ihr Gesicht fast ganz verbarg, hatte einen breiten schwarz-weißen Rahmen. Ihre Lippen leuchteten karminrot. Lange Ketten, Armreifen und Ringe peppten das locker geschnittene schwarze Kleid auf, das sie trug. Lucy merkte, dass etliche Männer ihre Patentante anstarrten, die wie ein exotischer Schmetterling aussah. Ihre Handtasche und der Fotoapparat waren ihr von der Schulter gerutscht und baumelten nun neben dem Griff ihres Koffers. Unter ihrem Arm klemmten ein paar Zeitschriften, und in der freien Hand hielt sie eine Duty-Free-Tüte mit mehreren Flaschen Champagner.

Lächelnd ging Lucy ihr entgegen, um ihr etwas abzunehmen. Sobald sie übernommen hatte, was sie konnte, tauschten sie Küsschen.

»Wie geht es dir, mein Schatz?« Doch noch bevor Lucy antworten konnte, sprach Elaine schon weiter. »War das ein Flug! Ehrlich, ich hatte schon geglaubt, wir würden über dem Golf von Biskaya abstürzen. Turbulenzen! So was habe ich noch nie erlebt.« Sie zog eine Grimasse. »Egal, jetzt ist es vorbei. Also, was ist passiert? Geht ihr einander schon an die Kehle? Ich weiß, wie sehr der Tod entzweien kann. Ich spreche heute noch nicht mit meinem Bruder – er hat ein solches Trara darum gemacht, was ihm angeblich alles zusteht, dass wir fast vor Gericht gelandet wären.«

Als sie zum Auto hinausgingen, prasselte ein derartiger Wortschwall auf Lucy ein, dass sie keine Chance hatte, selbst den Mund aufzumachen.

Sie stapelten Elaines Gepäck im Kofferraum und stiegen ein. »Alle freuen sich darauf, dich zu sehen.« Irgendwie gelang es Lucy, diese Information in einer der winzigen Pausen in Elaines Monolog zwischenzuschieben.

»Ist es nicht furchtbar?« Elaine entwirrte ihre Halsketten und ordnete sie über ihrer Brust neu an. »Als wir das Haus unserer Eltern ausräumten, hatte ich das Gefühl, das wir das unmöglich schaffen können. All dieses Zeug! Mehr ist es ja eigentlich nicht. Doch alles, jede kleinste Kleinigkeit, gewinnt plötzlich solche Bedeutung, weil es einem bestimmten Menschen gehört hat. Etwas wegzuwerfen ist so endgültig.«

Lucy lenkte den Wagen aus dem Parkplatz auf die Straße. »Na ja, um das alles kümmert sich Tom.«

»Das tut er zweifellos. Ich kenne niemanden, der besser organisiert ist. Bestimmt hat er dafür gesorgt, dass ihr mit Klebezetteln arbeitet.«

»Woher weißt du das?«

Elaines Armreifen klimperten, als sie die Hand hob, um ihre Sonnenbrille gerade zu rücken. »Ich kenne ihn lange genug.«

Das war allerdings richtig. Auch sie zählte zu jenen Freundinnen Hopes, die Tom stets als den kleinen Prinzen der Familie behandelt hatten – was Jo und Lucy maßlos ärgerte. Als er mit sechzehn Jahren in England zur Schule ging, nahm ihn Elaine unter ihre Fittiche, wie Jo auch. Wenn sie nicht die Verwandten in Dorset besuchten oder heimfuhren nach Spanien, holte sie die beiden ab und verwöhnte sie in London nach Strich und Faden: Kino, Shopping, Essen in Restaurants. Als Lucy so weit war, hatte Elaine sich auch um sie gekümmert. Sie war nicht wegzudenken gewesen, solange sie noch in der Casa de Sueños gelebt hatten – sie gehörte einfach zur Familie.

Während der Fahrt entspannte sich Lucy und lauschte Elaine, die anschaulich schilderte, was in ihrem Leben vor sich ging. Nachdem sie Ted kennengelernt hatte, einen Engländer, für den es ebenso wenig in Frage kam, sich außerhalb seines Heimatlandes niederzulassen, wie zum Mond zu fliegen, hatte sie vor Jahren Andalusien verlassen und führte nun in London ein angenehmes Leben. Sie war Journalistin geworden und gab inzwischen ein kleines, aber erfolgreiches Modemagazin heraus. Doch ihre Freundschaft mit Hope hatte alles überdauert. Wann immer sie konnte, kam sie zu Besuch und brachte Ted sowie ihre Kinder Chloe und Jonathan mit. »Sie sind beide traurig, nicht hier sein zu können, aber bei Chloe kann es jede Minute so weit sein – das dritte Kind, stell dir vor! Und Jonno ist geschäftlich in New York. Ich hätte nie geglaubt, dass er ein Musikmogul wird, aber so ist es. Natürlich lassen sie ganz herzlich grüßen.«

»Sie haben geschrieben …«, setzte Lucy an.

»Natürlich haben sie das. Sie haben Hope genauso sehr geliebt wie ich. Ich kann den Gedanken, dass sie nicht mehr da ist, kaum ertragen.« Sie nahm die Sonnenbrille ab, wischte sich über die Augen und setzte sie wieder auf. »Aber das Leben geht weiter. Muss es wohl. Ich hätte auch nie geglaubt, dass ich über Teds Tod hinwegkommen würde, doch am Ende habe ich mich erholt.« Sie sah Lucy von der Seite an. »So viel zu tun und so wenig Zeit. Habe ich dir schon erzählt, dass ich Fotografiekurse besuche – an der Seniorenuniversität, sagt dir das was? Großartig – so ein netter Mann, der sich bemüht, uns die Technik nahezubringen. Also bei Photoshop …«

Als sie vor dem Haus vorfuhren, war Lucy über so ziemlich alles auf dem Laufenden, was in Elaines Leben passierte. Trotz ihrer Redseligkeit hatte Elaine bestimmt gespürt, dass Lucy nicht über ihre Sorgen sprechen wollte, während sie Auto fuhr. Irgendwann würden sie schon einen ruhigen Ort finden, wo nichts sie ablenkte, und dann würde sie sich entspannt zurücklehnen und zuhören.

Antonios klappriger weißer Lieferwagen parkte abseits von den anderen Autos neben der Garage. Brad musste also auch schon angekommen sein. Lucy fragte sich, wo sie alle steckten, doch dann fiel ihr ein, dass Art mit ihr reden wollte. Für sie war nun vor allem wichtig, ihre Ehe zu retten. Elaine hatte Recht. Das Leben musste weitergehen und die Zeit blieb nicht stehen. Sie war Art gegenüber nicht fair gewesen. Vielleicht lag auch Jo richtig: ein paar Tage hier konnten Wunder wirken, egal unter welchen Umständen. So oft machte allein die Sonne alles einfacher.

Lucy spürte wieder die verdammten Tränen aufsteigen. Eine Berührung am Ärmel veranlasste sie, sich umzudrehen. Elaine nahm ihre Sonnenbrille ab, um zu zeigen, dass sie die emotionalen Schwankungen nachfühlen konnte, die ihre Patentochter durchmachte. »Sie hätte nicht gewollt, dass du traurig bist«, erklärte sie, was Lucy noch trauriger stimmte. »Ihr hätte die Vorstellung gefallen, dass wir alle hier ihren Geburtstag feiern. Wie in alten Zeiten.« Sie seufzte schwer und öffnete die Wagentür. »Lass nur. Wir machen das gleich zusammen.«

»Bloß ist sie nicht mehr da.« Lucy wischte sich mit dem Handrücken über die Nase. »Und sie war immer der Mittelpunkt jeder Party.«

»Wir schaffen es auch ohne sie. Wir müssen einfach. Das ist es, was sie gewollt hätte.« Elaine stieg aus und wurde von Bailey, der schon auf das heranfahrende Auto gewartet hatte, stürmisch begrüßt.

»Elaine! Schön, dich zu sehen.« Tom kam auf sie zu. »Lass mich dir mit dem Gepäck helfen. Bailey, du Clown. Sitz!« Er schnappte sich einen halb zerkauten Tennisball und warf ihn in den Olivenhain.

Der Hund legte den Kopf zur Seite und sah Tom an, als wollte er sagen: »Was? Ich? Da hinterherlaufen? Bei der Hitze? Du spinnst wohl.«

»Du wohnst mit uns in der *casita*, fürchte ich. Wir werden versuchen, so wenig Lärm wie möglich zu machen, aber die Jungs … na, du weißt ja. Ich muss gleich los, sie vom Zug abholen. Sie waren mit Belle in Ronda.«

»Bei dieser Hitze?« Elaine fächelte sich begeistert mit der Hand Luft zu, während Lucy den Kofferraum öffnete. »Sie muss verrückt sein. Aber wie geht es dir, mein lieber Tom?« Sie umarmte ihn und begann ihn mit Einzelheiten ihrer Reise zu überschütten. Gleichzeitig bemühte sie sich, eine ihrer Halsketten freizukriegen, die sich an seinen Hemdknöpfen verfangen hatte.

Lucy verbarg ihr Lächeln, als sie den beiden zu ihren Zimmern folgte. Keiner beachtete sie, und so stellte sie einfach Elaines Zeitschriften und Duty-Free-Artikel ab. Vielleicht blieb Zeit für eine Runde im Pool und eine Dusche, bevor der Abend begann?

Im Haus unterhielt sich Jo mit Brad. Lucy war bisher entgangen, wie gut Hopes Halbbruder immer noch aussah. War er damit eigentlich ihr Halbonkel? Er sah aus, wie man sich einen Australier vorstellte: ein fit wirkender Outdoor-Typ mit blitzenden blauen Augen in einem wettergegerbten Gesicht, gekrönt von vollem grauem Haar. In der einen Hand hielt er sein Smartphone, in der anderen einen verbeulten alten Kricket-Hut.

»Hallo, Brad. Kann ich irgendwie helfen?«, schaltete sie sich ein.

»Brads Moskitonetz hat ein Loch«, erklärte Jo mit einem Blick, der grenzenlose Dankbarkeit ausdrückte.

»Und die kleinen Biester lieben mich«, fügte Brad lachend hinzu.

Lucy ließ sich umarmen, atmete seinen würzigen Sandelholzduft ein. Sein Zimmer war das einzige mit Moskitonetz. Sie hatte das Loch noch stopfen wollen, war aber nicht mehr dazu gekommen. Außerdem verwendete hier fast niemand ein Netz. »Ich flicke es dir, bevor wir heute Abend ausgehen. Versprochen. Allerdings kommen die Mücken eigentlich erst später im Jahr. Hattest du eine gute Reise?«

»Gut, aber lang. Ich wollte eigentlich vor dem Abendessen noch ein kurzes Nickerchen halten, wenn es euch recht ist.«

»Ja, natürlich. Ich mache es jetzt gleich, dann störe ich dich später nicht.« Sie ging ins Wohnzimmer, wo Hopes Nähkästchen neben ihrem Lieblingsstuhl stand. Unwillkürlich zog Lucy die Klebezettel aus der Tasche und markierte sowohl den Stuhl als auch den Nähkasten. Jeden Winter hatte ihre Mutter, eine Decke auf dem Schoß, auf diesem Stuhl gesessen und gestopft oder genäht. Manchmal hatte sie sich sogar trotz des lodernden Kaminfeuers zusätzlich eine Wärmflasche gegönnt. Auf dem Nähkästchen stand dann ein Glas mit ihrem Lieblings-Rioja und, in den bösen alten Tagen, ein Aschenbecher. »Nur eine, meine Schätzchen. Das kann mir keinesfalls schaden.«

Lucy klappte den Deckel auf: ein Durcheinander von farbigen Nähseiden und Wollen. Sie entwirrte ein Maßband und eine kleine blaue Blechdose mit Stecknadeln. Irgendwo zwischendrin fand sie eine Rolle weißes Baumwollgarn und ein Päckchen Nähnadeln, in dem nur noch eine einzige Nadel mit einem roten Faden steckte. Der flüchtige Gedanke, dass ihre Mutter der letzte Mensch gewesen sein musste, der sie berührt hatte, war fast unerträglich. Sie zog den Faden heraus, steckte ihn in die Tasche und befestigte die Nadel oben an ihrem T-Shirt.

Brad wartete schon. Auf dem Bettrand sitzend studierte er erneut sein Smartphone. »Kricketergebnisse«, erklärte er.

»Wir freuen uns riesig, dass du gekommen bist ...«, begann sie.

»Das ist das Mindeste, was ich tun konnte.« Er stand auf. »Obwohl wir Hope überhaupt nicht gut kannten, so ist sie doch meine Schwester gewesen. Ich wollte unbedingt dabei sein.«

Lucy fragte sich, warum Hope nicht das gleiche Bedürfnis gehabt hatte, mit ihrer weitverzweigten Familie Kontakt zu halten. Fragte man nach diesen Verwandten, so hatte sie stets geantwortet: »Nach dem Tod meiner Mutter heiratete mein Vater eine sehr viel jüngere Frau. Ich habe sie gehasst. Sie ließen mich in England zurück und baten seine Schwester, meine Tante Jean, ein Auge auf mich zu haben. Ich war sechzehn – einsam, starrsinnig, voller Angst – und entschlossen zu beweisen, dass ich auch ohne sie zurechtkomme! Ich war damals unglücklich und kannte mich nicht aus. An mehr mag ich mich nicht erinnern, und mehr braucht ihr nicht zu wissen.« Damit war für sie die Sache erledigt, und sie war nicht bereit gewesen, mehr zu erzählen.

»Hast du deinen Vater je wiedergesehen?«, hatte Lucy schockiert nachgehakt.

»Niemals. Er hat mir geschrieben und mir Geld geschickt, weil er sich schuldig fühlte – jahrelang hat er mich finanziell unterstützt. Ohne diese Hilfe hätte ich gar nicht überlebt. Das muss ich ihm anrechnen. Aber ich werde ihm nie verzeihen, dass er mich im Stich gelassen hat. Hätte er nicht noch ein paar Jahre warten können, wenigstens bis ich mit der Schule fertig war? Frag nicht weiter. Ich will wirklich nicht mehr daran denken.« Mehr bekam man nicht aus ihr heraus, und sie weigerte sich, sonst noch etwas über ihn oder ihre Stiefmutter verlauten zu lassen.

»Zum Glück konnte ich eure Party mit einer Geschäftsreise nach England verbinden«, erzählte Brad, während Lucy das Fadenende anleckte, um es durchs Nadelöhr zu führen. »Wir haben in Sydney zwei Restaurants, die auf australisches Essen spezialisiert sind, und jetzt wollen wir eines in London eröffnen. Meine Frau Amber fliegt am Montag nach Heathrow. Sie konnte wegen der Kinder nicht eher weg, aber ich wollte unbedingt erst zu euch kommen. Wir werden uns dann dort treffen.«

»Also ein richtiges Familienunternehmen«, kommentierte sie, während sie an dem Loch im Moskitonetz arbeitete.

»Na ja, wenn man in der Richtung Talent hat, sollte man es auch nutzen.« Er lachte schallend. »Bist nicht du die Köchin?«

»Doch, das bin ich.«

»Vielleicht findet sich für dich etwas in London. Amber sucht jemanden, der den Laden leitet, wenn er erst einmal läuft.«

War das die Gelegenheit, auf die sie gewartet hatte? Lucy versuchte sich vorzustellen, wie sie Känguruhoden schmorte, Alligatorensteaks grillte oder Emu-Pies zubereitete – vielleicht ein bisschen zu erlesen für sie. »Klingt, als könnte es Spaß machen«, sagte sie, biss das Fadenende ab und schüttelte dann das Netz aus, um sich zu vergewissern, dass es kein weiteres Loch gab.

»Ja, sprich mit Amber. Es würde mich freuen, dich mit im Team zu haben.« Er knotete seine Turnschuhe auf und zog sie mitsamt den Socken aus. »Und jetzt muss ich den Jetlag überwinden.«

»Na klar.« Sie warf einen Blick auf die Uhr. »Und ich gehe rasch schwimmen. Es ist noch Zeit, bis Tom und die anderen zurückkommen.« Sie war sich bewusst, dass sie die Aussprache mit Art vor sich herschob, aber das Wasser lockte sie zu sehr. Nur ein paar Minuten ganz für sich allein, das war alles, was sie jetzt brauchte. Aber vielleicht waren Jo und Ivy auch am Pool. Sie gestattete sich einen kleinen Seufzer.

10

Als das Licht weicher wurde, wich die Hitze des Tages angenehmen Abendtemperaturen. Ivy saß im Schatten der Bäume am Pool, vertieft in ein kompliziertes Spiel, in dem eine Plastikkuh und ein Pferd, die ein Feriengast zurückgelassen hatten, eine Rolle spielten. Das Schwimmen hatte sie rundheraus verweigert. Nichts hätte sie dazu bringen können, das Prinzessinnenkleid auszuziehen, das, selbst mit einem T-Shirt darunter, ein bisschen zu groß war. Ihre Tiara saß inzwischen in einem verwegenen Winkel über ihrem Ohr. Hin und wieder wurden ein paar Worte in Jos Richtung geweht, die ihr genügten, um zu wissen, dass ihre Tochter sich nicht vom Fleck gerührt hatte. So konnte Jo sich mit halbgeschlossenen Augen zurücklehnen und, wenngleich immer auf Abruf, das Gefühl der Sonne auf ihrem Körper und die Kühle des Wassers an den Zehen genießen.

Ein Geräusch ließ sie aufblicken. Lucy kam auf sie zu. Als sie ihre Schwester in dem dunkelblauen Badeanzug sah, registrierte Jo zum ersten Mal, wie viel dünner sie seit dem vergangenen Sommer geworden war. Ihre Schlüsselbeine traten hervor, die Oberarme waren mehr als schlank. Eine hochgeschobene Sonnenbrille hielt die dunklen Locken aus ihrem Gesicht, was ihre Wangenknochen betonte.

Ivy entdeckte sie gleichzeitig, ließ ihre Tiere stehen und kam herbeigerannt, wobei sie fast über ihren purpurfarbenen Rock gestolpert wäre. »Luciiieee! Komm und schau, wie ich schwimme!«

Lucy hob ihre Nichte in die Luft und wirbelte sie herum. Beide lachten. »Prinzessinnen schwimmen nicht in ihren Kleidern, oder? Also lass mich kurz schwimmen, während du dich umziehst. Dann schaue ich dir zu.«

Ivy rannte zurück zu Jo. »Ich muss das ausziehen. Jetzt gleich.« Sie zappelte vor Aufregung.

Das war typisch. Den ganzen Nachmittag lang hatte Jo versucht, Ivy dazu zu überreden, das leidige Kleid auszuziehen, aber Ivy hatte sich standhaft geweigert. Jo fragte sich, wo sie diesen Starrsinn herhatte – von ihr bestimmt nicht! Auf den Vorschlag, in ihre Crocs zu schlüpfen, hatte Ivy gejammert: »Nein! Die passen nicht über meine Glaspantoffeln.«

»Nur, damit du dich nicht schneidest oder gestochen wirst«, hatte Jo beharrt.

»Ich habe schon meine Glaspantoffeln an.« Ivy hatte ihren bloßen Fuß ausgestreckt, damit Jo es sehen konnte. »Sei vorsichtig«, hatte sie gekreischt. »Sie sind so zerbrechlich!« Am Ende war ihr nichts anderes übriggeblieben, als Ivy ihren Willen zu lassen. Den Insektenstich vom Tag zuvor hatte sie vollkommen vergessen.

Anders als ihre Tochter vergaß Jo niemals, wie sie hier einmal gestochen worden war. Es war eines der Ereignisse, die sich aus verschiedenen Gründen in ihr Gedächtnis gegraben hatten. An jenem Abend waren die Erwachsenen so in ihr Kartenspiel vertieft gewesen, dass sie Jos Schreien ignoriert hatten, bis es nicht mehr ging. Walter hatte dann darauf bestanden, dass Hope ihm ihre Karten überließ und sich der Krisenbewältigung widmete, was sie aber nur äußerst widerstrebend tat. Sie nahm Jo mit ins Haus, holte Backpulver, tupfte es auf den Stich und umarmte sie, vergaß jedoch in ihrer Eile, an den Spieltisch zurückzukehren, das Eis, das eigentlich der wichtigste Aspekt der Behandlung war. Stattdessen überließ sie es Tom, Jo zu trösten, und rannte wieder hinaus. Um ihr Trostpflaster betrogen nahm Jo Tom mit in die Küche, wo sie den Gefrierschrank plünderten. Sie aßen alles an Eis, was sie finden konnten, direkt aus der Packung, und stellten die leeren Schachteln dann zurück. Anschließend teilten sie sich hinter der Garage eine Zigarette, die Jo aus einem Päckchen geklaut hatte, das im Flur lag. Sie husteten sich die Seele aus dem Leib, und es wurde ihnen erbärmlich schlecht. Jo hatte nie wieder geraucht, und sie nahm es Hope heute noch übel, dass sie damals kein Eis von ihr bekommen hatte.

Es platschte, als Lucy hineinsprang, die transparente blaue Fläche durchbrach; kleine Wellen schlugen gegen den Rand. Sie tauchte wieder auf, schwamm ein Weilchen entspannt im Bruststil, drehte sich dann auf den Rücken und wälzte sich herum wie ein Seehund. Ein paar türkis schillernde Libellen schossen, im Sonnenlicht glitzernd, über ihren Kopf hinweg.

»Schnell!« Ivy wartete mit in die Luft gereckten Armen darauf, dass ihr das Kleid ausgezogen wurde.

»Du brauchst noch Sonnencreme.« Jo kramte nach der Tube, die irgendwo unter ihrem Handtuch lag.

»Nein, nein, nein – ich gehe schwimmen.«

»Dann zieh lieber dein T-Shirt an. Sonnenbrand kannst du trotzdem bekommen.«

»Ich will nicht, dass es nass wird.« Ivys Kinn zitterte.

Nicht laut werden, ermahnte Jo sich selbst. Alle Geduld der Welt aufbringen.

»T-Shirt und Shorts sind doch cool«, erklärte Lucy vom nahen Ende des Pools aus. Zu sehen war von ihr nur der schmale Kopf, die großen Augen und die Finger, mit denen sie sich am Beckenrand festhielt. »Ich würde das anziehen, wenn ich du wäre.«

Ivy blickte zweifelnd drein. Jo nutzte den Moment, um ihr die alten Schwimmflügel überzustreifen, die sie in einem Schrank gefunden hatte. Nun ließ sich das T-Shirt nicht mehr so schnell ausziehen. Eins zu null für sie!

»Lucy!« Art erhob sich von dem Liegestuhl an der Poolseite, den er sorgfältig so platziert hatte, dass er ein Maximum an Sonne abbekam. »Hast du einen Moment Zeit?« Er schlang sich ein Handtuch um die sonnengebräunten Schultern.

»Klar, gleich. Ich habe es Ivy versprochen. Dann bin ich ganz für dich da.« Lucy packte das kleine Mädchen um die Taille und hob es ins Wasser. »Sind das deine Schwimmflügel?«

»Die sind im Koffer«, erklärte Jo. Ihre Stimme klang gequält. Der verdammte Koffer, von dem Jo langsam befürchtete, dass er nie wieder auftauchen würde. Die Angestellte der Airline, mit der sie zuletzt gesprochen hatte, war alles andere als zuvorkommend gewesen. In ihren Augen handelte es sich bloß um ein verloren gegangenes Gepäckstück, nicht wichtiger als irgendein anderes. Sie ahnte nichts von der Bedeutung des Inhalts, und erklären konnte Jo es ihr auch nicht. Sie lächelte Ivy zu, die sich an Lucy festhielt. »Sie ist wie ein Fisch im Wasser, stimmt's, Ivy?« Das war das stolze Ergebnis der Stunden, die sie zusammen mit anderen Müttern, die ihren Kindern alles Machbare ermöglichen wollten, im nahegelegenen

Schwimmbad verbracht hatte. »Sie weiß auch, dass sie nie allein reingehen darf, stimmt's, Ivy?«

Ivy nickte und hing immer noch wie eine Klette an Lucys Hals, die Beine fest um ihre Taille geschlungen. Lucy lächelte selig. Aus dem Augenwinkel beobachtete Jo, wie Art die Szene verfolgte. Er hatte sich auf die Seite gerollt und stützte sich, ein Bein angebeugt, auf den Ellenbogen. Wegen seiner schicken Sonnenbrille konnte sie seinen Gesichtsausdruck nicht richtig einschätzen, auf jeden Fall aber sah er nachdenklich aus.

»Ach, da steckt ihr alle.« Elaine kam durch das Tor. Sie hatte ihr schwarzes Kleid und den Schmuck gegen einen grellen limettengrünen Badeanzug eingetauscht, über den sie eine weite, durchsichtige zitronengelbe Tunika geworfen hatte. »Wie warm ist das Wasser?« Sie tauchte einen Zeh hinein. »Lieber Himmel, es ist eiskalt!«

»Wenn man erst mal drin ist, ist es himmlisch«, ermunterte Lucy sie. »Na los!«

»Das habe ich schon mal gehört.« Doch ohne eine weitere Sekunde zu verlieren hatte Elaine sich entkleidet, war hineingesprungen und wieder aufgetaucht. Nun schüttelte sie den Kopf. »Brrrr! Und ich habe dir vertraut! Ein Wunder, dass mein Herz nicht stehengeblieben ist.« Ohne weiteres Trara kraulte sie los, eine Länge nach der anderen. Die übrigen Anwesenden sahen amüsiert zu. Jedes Mal, wenn sie sich Lucy und Ivy näherte, verlangsamte sie ihr Tempo, um sie nicht vollzuspritzen, dann machte sie kehrt und zog wieder schnell davon. Als Elaine aus dem Pool kletterte, ihre Haare etwas trockenrubbelte und sich dann in ein Handtuch hüllte, hatte Jo schon aufgehört mitzuzählen. Elaine ließ sich auf der Liege neben ihr nieder und stellte einen Sonnenschirm so ein, dass die Sonne den Rest erledigen würde.

»Gut für die Seele, da wette ich drauf«, erklärte sie, als sie sich mit einem langen Seufzer niederließ. »Jetzt erzähl mir alles von dir und Ivy, und was in eurem Leben so los ist.«

Während sie einander auf den neuesten Stand brachten, sahen sie Lucy und Ivy beim Plantschen im flachen Wasser zu. Die beiden quietschten vor Vergnügen. Das Pferd und die Kuh waren jetzt auch im Spiel, und Lucy tauchte immer wieder hinab, um sie zu retten, wenn Ivy sie fallen ließ.

»Ich gehe rein, Lucy. Wir treffen uns drinnen.« Art, das war deutlich zu spüren, war es leid, auf sie zu warten. Er stand auf und schnappte sich sein Handtuch, das Sonnenöl und das E-Book. Mit Jo hatte er, während sie gemeinsam am Pool lagen, fast kein Wort gewechselt. Kaum hatte er sich hingelegt, hatte er zu lesen begonnen und damit klar zu verstehen gegeben, dass er nicht gestört werden wollte. Etwas später hatte er vor der Hitze kapituliert, sich zurückgelehnt, die Augen geschlossen und sich nicht mehr gerührt, bis Lucy auftauchte. Jo beschloss, ihm den Vertrauensbonus zu geben – der arme Kerl hatte sicher schwer gearbeitet und war erschöpft. Sie hatte ihn in Ruhe gelassen.

Kurz darauf stiegen Lucy und Ivy tropfnass aus dem Pool.

»Ich werde wohl reingehen müssen. Bis später, Ivy Rose.« Lucy beugte sich vor, schüttelte ihre Haare aus und spritzte Jo und Ivy nass. Ivy lachte und probierte es ebenfalls aus.

»Wir sollten auch reingehen«, meinte Jo. »Elaine, du lechzt doch bestimmt nach einem Drink.« Sie wickelte Ivy in ein Handtuch und begann sie zu kitzeln, bis sie beide nicht mehr konnten vor Lachen. Als sie aufhörten, lachten auch Elaine und Lucy.

»Na ja, so würde ich es nicht ausdrücken, aber ... wie wär's mit dem Champagner, den ich mitgebracht habe?«

»Ja, prima.« Zu viert machten sie sich auf den Weg ins Haus, als Ivy einfiel, dass sie ihre Tiere beim Pool vergessen hatte. Sie warf das Handtuch zu Boden und rannte zurück, um sie zu holen. Jo wartete auf sie. Als sie auf der Terrasse ankamen, war Lucy nach oben gegangen, um Art zu suchen, während Elaine noch draußen blieb und den englischen Garten bewunderte.

»Schön wie immer. Hope würde sich freuen.«

»Alles Antonios Werk.«

Elaine nickte. »Ganz schön geschickt, sich einen jüngeren Mann anzulachen, der sich um Haus und Garten kümmert. Wie hat sie das bloß geschafft?«

»Weiß ich auch nicht.« Jo pflückte eine weiße Rose ab, die bald verblühen würde, und gab sie Ivy. »Wie bist du denn so zurechtgekommen?«

»Seit Teds Tod? Es geht mir ganz gut allein. Manchmal fühle ich mich ein bisschen einsam, aber es gibt Schlimmeres als Einsamkeit, und diese Momente gehen vorbei. Ich treffe mich mit den Kindern, sooft sie mich sehen wollen, und natürlich mit den Enkeln. Sie sind das Licht in meinem Leben. Und jetzt ...« Sie hielt inne. »Der Drink?«

»Na klar. Komm mit.« Jo blieb im Flur stehen, als sie hörte, dass Tom im Wohnzimmer telefonierte. Die anderen waren also zurück aus Ronda.

»Was soll das heißen, er ist verloren gegangen?«, brüllte er. »Gestern haben Sie mir gesagt, er sei irrtümlich nach Barcelona gebracht worden und würde heute hier eintreffen! Was? Mallorca? ... Na, vielleicht könnten Sie mir den Gefallen tun, das so schnell wie möglich herauszufinden. In dem Koffer befinden sich ein paar unverzichtbare Dinge, die wir unbedingt morgen Abend brauchen! Danke. Ja, ich bin da. Ja, ich warte. Auf Wiederhören.« Es herrschte Stille, während er wohl sein Telefon in die Tasche schob. »Diese Idioten! Es wäre das reinste Wunder, wenn sie ihn finden und herbringen.«

»Beruhige dich.« Belles Stimme war gelassen. »Sich zu echauffieren bringt überhaupt nichts. Es ist allein Jos Schuld, und du solltest es ihr überlassen, sich darum zu kümmern. Und jetzt atme mal tief durch.«

Elaine sah Jo, die sich das Lachen kaum verkneifen konnte, an und hob dabei eine Augenbraue.

»Ich glaube ihnen einfach nicht.«

Das Sofa quietschte, als er sich setzte.

Jo legte einen Finger auf die Lippen und gestikulierte in Richtung Küche. Bloß jetzt nicht ihrem Bruder begegnen! Klar war es ihre Schuld, dass ihre Mutter abhanden gekommen war, aber sie war ganz genauso fähig wie Tom, einer Airline auf den Wecker zu gehen. Sie wünschte, er hätte es ihr überlassen. Sie und Elaine schlichen auf Zehenspitzen in die Küche. Dann ließ Ivy das Pferd fallen und stieß einen schrillen Schrei aus.

»Jo! Dachte ich mir doch, dass ich jemanden gehört habe.« Belle kam aus dem Wohnzimmer herüber, Ferdie im Schlepptau. Diese Frau besaß offenbar Ohren wie ein Luchs. »Ach, und Elaine, du bist auch schon da.«

Ivy begann mit Ferdie zu spielen, während Jo sich nach Bailey umsah. Offenbar hatte er sich in den Wald verzogen, oder Lucy hatte ihn in die Garage gesperrt.

»Ja«, sagte Elaine und küsste Belle auf die blassen Wangen. »Bin heute Nachmittag angekommen. Wo wart ihr?«

»Ich war mit den Jungs in Ronda. Wir waren einkaufen und in der Stierkampfarena.«

»Aha, da seid ihr ja.« Tom tauchte hinter seiner Frau auf. »Ich habe gerade mit der Airline …«

»Ich weiß«, sagte Jo. »Ich habe es gehört. Und ich wünschte, du würdest das mir überlassen.«

Elaine sah sie an. »Kannst du dir nicht irgendwas von Lucy oder von mir ausleihen? Man braucht hier doch nicht viel. Was ist denn so Besonderes in diesem Koffer?«

Und das von einer Frau, die sich für jede Gelegenheit ein neues Outfit zulegt, dachte Jo amüsiert. Tom, dem sie einen Seitenblick zuwarf, schüttelte den Kopf: bloß nichts sagen! Zorn durchflutete sie. Warum musste er immer alles unter Kontrolle haben – als seien seine beiden Schwestern unfähig, ihren Teil der Verantwortung zu tragen?

»Na ja, Mum ist drin.« Sie verkündete es im Bühnenflüsterton und deutete auf Ivy, um zu signalisieren, dass ihre Tochter nicht Bescheid wusste. Toms eindeutigem Wunsch zuwiderzuhandeln erfüllte sie mit kindlicher Freude.

Tom sah aus, als würde er gleich explodieren. Belle legte ihm beschwichtigend eine Hand auf die Schulter.

»Hope?« Elaine kam nicht ganz mit.

Jo nickte. »Ja. Ich habe den Behälter mit ihrer Asche da reingepackt, weil ich nicht alles schleppen konnte.«

»Wirklich? Das heißt, wir haben gar nichts zum Verstreuen?«

»Genau.«

Elaine musste lachen. »Das ist echt unbezahlbar! Da versammeln wir uns alle hier, um die bestmögliche Abschiedsfeier für sie auszurichten, und sie ist gar nicht da. Das ist so typisch für sie!« Sie fuhr sich mit dem Handrücken über die Augen. »Ach Tom, komm schon! Nimm's locker! Merkst du nicht, wie lustig sie selbst das gefunden hätte?«

Er rang sich ein Lächeln ab, das aber nicht lange währte. »Ich wäre sehr viel glücklicher, wenn sie da wäre. Ich will, dass sie da ist.« Einen Augenblick lang klang er wie der kleine Junge, der, wie Jo in Erinnerung hatte, vollkommen außer sich geriet, als Hope bei einem Schulkonzert nicht aufgetaucht war. Es war, wie sich zeigte, eine einmalige Chance. Er war untröstlich gewesen, so verzweifelt hatte er ihr beweisen wollen, dass sie stolz auf ihn sein konnte. Doch Hope war aufgehalten worden: Sie musste ein Kätzchen retten, dass auf einem Baum festsaß, und kam in der Schulaula erst an, als schon alle gingen.

Elaine riss sich zusammen. »Tut mir leid, Tom. Das hätte ich nicht sagen sollen. Natürlich ist es wichtig, und ich bin sicher, dass sie noch kommt. Eine anständige Party würde sie sich nie entgehen lassen.«

»Hoffen wir, dass du Recht behältst.« Eine scheppernde Version von Beethovens Fünfter dröhnte durch den Flur. Er zog das Telefon aus der Hosentasche und blickte auf das Display. »Sie rufen zurück.« Er hielt einen Finger in die Höhe. »Eine Sekunde.«

Keiner rührte sich, alle warteten und lauschten gespannt. Toms Stirnfalten glätteten sich, während er hörte, was die Person am anderen Ende der Leitung zu sagen hatte.

»Wirklich? Gott sei Dank.« Sein Gesichtsausdruck hellte sich auf. »Morgen? Um diese Zeit, ganz sicher? ... Gut. Und der Koffer wird ins Haus geliefert? Die Adresse haben Sie? Ja ... Ja ... Ja, genau, nach der Brücke rechts, ja. Schön. Danke.« Er legte auf. »Sie haben ihn gefunden und werden ihn definitiv morgen zustellen.« Seine Erleichterung war deutlich spürbar.

»Na, darauf müssen wir jetzt aber anstoßen.« Elaine reagierte als Erste. »Wie wär's mit einem Gläschen Blubberwasser?«

Belle hob eine perfekt gezupfte Augenbraue. »Für mich nur Wasser. Ich muss heute Abend fahren.« Sie wandte sich an ihren Mann. »Oder fährst du?«

»Du«, erklärte er entschieden und entzog sich ihrer beschwichtigenden Hand. »Lass mich einschenken, Elaine.«

»Ich nehme mein Glas mit in mein Zimmer, ich will mich umziehen«, erklärte sie.

»Und Brad?«, überlegte Jo laut. »Sollten wir ihn nicht wecken?«

»Es ist erst sechs. Gönnen wir ihm noch ein paar Minuten.« Tom folgte Elaine in die Küche. »Oh!« Er blieb wie angewurzelt stehen.

»Hola. Qué tal?« Antonio tauchte aus der Speisekammer auf. »Ich wollte nachsehen, ob genug Fisch für die Paella da ist. Ich habe schon etwas gekauft, könnte aber morgen früh noch mehr besorgen.«

»Danke«, entgegnete Tom, »überlass das mal mir.«

Jo sah ihn stirnrunzelnd an. Es gab keinen Grund, so unhöflich zu sein. Zum Glück schien Antonio es nicht zu bemerken. »Wir wollten gerade einen Drink nehmen. Dürfen wir dich einladen?«, fragte sie.

Tom starrte sie wütend an, um zu signalisieren, dass es ihm nicht passte.

»Sind das alle, die sie hat?«, fragte Elaine, die gerade ein paar Sektgläser herausholte.

»Nein, nein. Lass mich mal.« Belle ging zum Gläserschrank und schenkte dann ein.

Aber Antonio war Toms Reaktion nicht entgangen. »Ich muss noch einiges im Garten vorbereiten«, erklärte er. »Und dann gehe ich vor dem Abendessen nochmal nach Hause.«

»Danke, Antonio«, sagte Jo, als er den Raum verließ. »Ich weiß nicht, was wir ohne dich täten.«

»Musst du ihm wirklich so schöntun?«, murmelte Tom.

»Ich bin nur höflich zu dem Mann, der sich um Mum gekümmert hat.«

»Wenn du das so formulieren willst ...« Toms Miene verriet, wie ihm der Gedanke missfiel.

»Tom, hör jetzt auf damit. Du weißt gar nichts. Wie ihre Beziehung wirklich aussah, geht uns überhaupt nichts an, und seit Mum nach England gefahren ist, hat er sich wirklich großartig um das Haus gekümmert. Es gibt keinen Grund, ihn so zu behandeln.«

»Kinder, Kinder.« Elaine stellte sich zwischen sie. »Sollen wir nicht wenigstens den Versuch machen?«

»Entschuldige, wie peinlich. Du hast Recht.« Jo beugte sich zu Ivy hinunter, die in ihr Handtuch gewickelt neben ihr stand. »Komm, Prinzessin, wir suchen was zum Anziehen für dich.« Kaum waren ihr die Worte herausgerutscht, wusste sie, dass sie einen Fehler gemacht hatte.

»Mein Prinzessinnenkleid.« Ivy grabschte nach dem Rock, den ihre Mutter in der Hand hielt.

»Lass uns das oben entscheiden. Und dann kommen wir runter und trinken was. Dauert nur einen kleinen Moment.« Fairer konnte sie sich ja wohl nicht verhalten. Und ausnahmsweise einmal hatte Ivy nichts einzuwenden, sondern stapfte ihr voraus die Treppe hinauf.

Auf dem Flur kam Jo an Brads Zimmer vorbei. Sie klopfte an. »In ein paar Stunden fahren wir. Ich dachte, du willst vielleicht noch duschen und dann mit uns etwas trinken.«

Ein Grunzlaut und das Geräusch quietschender Bettfedern waren zu hören. Dann: »Danke. Ich komm dann runter.«

Als sie sich abwandte, meinte sie die Stimme eines Sportreporters aus dem Radio zu hören.

Auf dem Flur hörte sie, wie Lucy und Art hinter verschlossener Tür lautstark stritten. Nicht auch noch die beiden! Sie verstand nicht, was gesagt wurde, aber ein freundlicher Ton war das nicht. Was da wohl schiefgegangen war? Plötzlich erschien ihr der Gedanke, sich für den Rest des Wochenendes unter der Bettdecke zu verkriechen, ungeheuer verlockend. Aber wer sollte sich dann um Ivy kümmern? Nicht einmal das Verschwinden unter dem Vorwand, sie müsse arbeiten, war eine Option. Ivy rannte voraus in ihr Zimmer. Jo trödelte, versuchte etwas von dem Gespräch zwischen Lucy und Art mitzubekommen, ohne den Eindruck zu erwecken, sie würde lauschen. Sie blieb bei der Truhe stehen, in der immer noch die Klamotten verstaut waren, mit denen die Enkel sich kostümieren konnten – obgleich Ethan und Alex nie Interesse daran gezeigt hatten. Auf dem Deckel prangte ein roter Zettel. Auf keinen Fall! Tom hatte sich immer über sie und Lucy mokiert, weil sie sich so gern mit den alten Kleidern ihrer Mutter verkleidet hatten. Er hatte kein Anrecht darauf. Mit einer raschen Handbewegung entfernte sie den Aufkleber und pappte umgehend einen gelben darauf.

Anschließend quälten Schuldgefühle sie so sehr, dass sie Ivy fast widerstandslos erlaubte, das Prinzessinnenkleid anzuziehen.

11

Als sie Art ins Haus folgte, bereute Lucy mehr denn je, dass sie ihn nicht so willkommen geheißen hatte, wie er es verdiente. Warum war sie bloß so abweisend gewesen? Doch als er durch die Küchentür hereingekommen war, hatte sein Anblick genügt, um all ihre Zweifel und Befürchtungen, ihre Ehe betreffend, wieder an die Oberfläche zu spülen. Er sah nicht einmal mehr aus wie der, den sie geheiratet hatte. Damals war er einfach ein normaler Mann gewesen, recht gutaussehend und nachdenklich. Ab und zu hatte er Tennis gespielt oder war joggen gegangen. Inzwischen war er nicht mehr wiederzuerkennen – aufpoliert und durchtrainiert. Jedenfalls soweit ein über Vierzigjähriger das sein kann. Im Fernsehen, wenn er im Krankenpflegerkittel steckte, merkte man allerdings nichts davon.

Als sie sich bei einem Abendessen bei einer gemeinsamen Freundin kennengelernt hatten, war er gerade dabei gewesen, an der »ruhenden« Seite seiner Karriere zu feilen, denn er hatte seit Jahren nicht mehr als Schauspieler gearbeitet. Sie selbst hatte gerade bei Corrigan Catering angefangen, einer großen, auf Hochzeiten spezialisierten Cateringfirma. Das war, so fand sie, doch sehr viel besser als die Hotelküche, in der sie bisher geschuftet hatte. In der Zeit danach hatte er als ambitionierter Schauspieler ein Vorsprechen nach dem anderen absolviert und reihenweise amüsante Knapp-daneben-Geschichten gesammelt, während sie auf Hochtouren arbeitete, die Position des Chefkochs fest im Visier. Er finanzierte sich mit Kellnern oder als Stadtführer, also mit allem, was legal war, ihm aber Zeit fürs Vorsprechen ließ. Wie sich die Dinge änderten. Jahre später brach ihre Karriere zusammen, während er ständig beschäftigt und stets um sein Erscheinungsbild besorgt war. Sein bisschen Freizeit füllte er mit Aufträgen als Synchronsprecher und fürs Radio. Sie konnte sich gar nicht mehr erinnern, wann sie zuletzt einen richtigen Urlaub zusammen verlebt hatten. Für ihn stand seine Karriere im Vordergrund – er stellte sie sogar vor ihren gemeinsamen Wunsch, eine Familie zu gründen. Selbst Lucys Zyklus sollte sich nach seinen Terminplänen beim Film richten.

Auf dem Weg ins Zimmer bemerkte sie den roten Klebezettel an der alten Truhe mit den Sachen zum Verkleiden. Sie fühlte sich versucht, ihn gegen einen der ihren auszutauschen, aber das hätte gegen die Regeln verstoßen. Als sie die Tür öffnete, war sie seltsam nervös. Als Erstes stach ihr Arts leere lederne Reisetasche ins Auge, die neben ihrem Koffer stand. Alles, was er dabeihatte, war ausgepackt und weggeräumt. Um seine Garderobe kümmerte er sich genauso akribisch wie um seinen Körper. Auf der Kommode lagen sein Kamm, das Haargel und die Sonnenbrille. Als sie die etwas zerknautschte Bettdecke glatt strich, hörte sie, wie die Dusche abgedreht wurde.

Sie zog ihren Badeanzug aus, hängte ihn wie gewohnt aus dem Fenster und schlüpfte in einen der Baumwollbademäntel, die Hope konsequent an den Türen sämtlicher Gästezimmer deponiert hatte. Nachdem ihre Kinder alle aus dem Haus waren und Walter gestorben war, hatte Hope ihre bisher unterentwickelten hausfraulichen Fähigkeiten entdeckt. Um zu überleben, hatte sie zahlende Gäste aufgenommen und für gewisse Annehmlichkeiten gesorgt.

Diese unspektakulären Eigenheiten waren es, die die Menschen wiederkommen ließen. Sie mochten die kleinen Gesten, den Blick und die Gegend ebenso wie ihre unkonventionelle Gastgeberin.

Lucy streckte sich auf dem Bett aus und wartete, bis Art, in eine Wolke von Zitrusduft gehüllt, aus dem Bad kam. Als er sie erblickte, blieb er wie angewurzelt stehen. »Ich habe dich nicht hereinkommen hören.«

»Ich bin nur ein paar Minuten nach dir gekommen. Ich musste einfach noch ein bisschen mit Ivy spielen.«

Er griff nach seiner Uhr und befestigte sie am Handgelenk. »Ich dachte schon, wir würden gar keine Zeit für uns finden.«

»Tut mir leid.« Sie klopfte auf das Bett neben sich. Er ignorierte die Geste. »Es ist alles so schwierig, und es gibt so viel zu tun.«

»Ich dachte, darum bist du schon vorausgefahren.«

Es klang wie ein Vorwurf. Sie hatte ein wenig mehr Verständnis von ihm erwartet und ging zur Verteidigung über. »Ich habe Essen eingekauft und das Haus aufgeräumt und Antonio im Garten geholfen, aber mit dem Rest musste ich auf Tom und Jo warten. Tom ist absolut überzeugt, dass alles an diesem einen Wochenende erledigt werden kann. Wie er darauf kommt, wo wir doch ein Fest feiern und Gäste erwarten, ist mir rätselhaft.«

»Du hättest es mir sagen können. Dann wäre ich gar nicht erst angereist.« Er bückte sich, sodass sie sein Spiegelbild sehen konnte, und fuhr sich mit dem Kamm durch die nassen Haare. Dann sah er sie an. »Immerhin habe ich Hope ja bei der Trauerfeier bereits die letzte Ehre erwiesen.«

»Sei nicht albern. Du weißt, dass ich nicht dich meine.« Offenbar hatte ihr Verhalten von vorhin diese seltsame Stimmung bei ihm aufkommen lassen.

»Aber du wirkst nicht besonders erfreut, mich zu sehen.«

»Doch, natürlich.« Himmel, war das alles kompliziert. Langsam wusste sie gar nicht mehr, was sie fühlte, und er machte es auch nicht besser.

Er setzte sich in den Sessel in der Ecke. »Lou, wir kennen einander lange genug. Ich habe es dir angesehen, als ich heute Morgen durch die Tür kam. Es war, als könntest du es kaum ertragen, mit mir im gleichen Zimmer zu sein.«

Sie setzte zu einem halbherzigen Protest an, doch er sprach weiter, zählte ihre Vergehen an den Fingern ab.

»Und dann bist du in die Stadt gefahren. Und dann bist du verschwunden, um Elaine abzuholen.« Drei Finger waren jetzt in der Luft. »Wir sollten zumindest die Höflichkeit besitzen, ehrlich zueinander zu sein.«

So wichtig es sein mochte, ihre Beziehung in Ordnung zu bringen, jetzt war keine Zeit für unbequeme Wahrheiten. Das Wochenende war auch so schon schwierig genug. Lucy starrte ihn an, versuchte, die Gefühle zu finden, die sie einst für ihn gehegt hatte. Doch so tief sie auch grub, sie hatte nichts in Reserve. Mit plötzlicher, blendender Klarheit erkannte sie, dass sie es mit einem Mann zu tun hatte, der sich selbst mehr liebte als sie. Es hatte lange gedauert, bis sie das begriffen hatte, weil sie es nicht hatte sehen wollen. Seine langen Abwesenheiten und ihr verzweifelter Versuch, Kinder zu kriegen, hatten das verzehrt, was einmal zwischen ihnen gewesen war. Jetzt blieb kaum mehr etwas übrig. Beide hatten sie sich, so gut es ging, geschützt, indem sie sich in die Arbeit stürzten.

Schauspielerte er jetzt?, fragte sie sich. Spielte er für sie eine Rolle?

»Nun?«, sagte er schließlich. Es war klar, dass er etwas zu sagen hatte, aber nicht wusste, wie er es anstellen sollte. Stattdessen versuchte er sie zu provozieren, damit hinterher alles, was gesagt wurde, ihre Schuld war.

»Ja, wir sollten ehrlich miteinander sein«, sagte sie, plötzlich erschöpft. »Tatsache ist, dass wir schon längst hätten ehrlich miteinander sein sollen.«

»Wie meinst du das?« Er runzelte die Stirn, stand auf und setzte sich zu ihr auf die Bettkante. Mit betroffener Miene auf Bettkanten zu sitzen hatte er in all den Jahren *Emergency* gelernt. Oder war seine Betroffenheit echt? Sie wusste nicht mehr, was real war und was nicht.

»Egal, was wir einander zu sagen haben, ich glaube nicht, dass jetzt der richtige Zeitpunkt ist.« Sie merkte, dass sie auf Zeit spielte. »Die anderen sind alle unten, und um halb neun müssen wir im Mirador sein.«

»Wenn wir nicht jetzt reden, wann dann? Es ist einfach unumgänglich.« Art betrachtete seine Finger und sah sie dann an, mit ungewöhnlich strahlenden Augen. »Wir sehen uns ja kaum mehr. Das entspricht nicht meiner Vorstellung von Ehe.«

Das war nicht gespielt. Das war der wahre Art.

»*Deiner* Vorstellung von Ehe?« Fast glaubte sie, sich verhört zu haben. »Und was ist mit *meiner* Vorstellung von Ehe? Es geht nicht nur um dich, Art. Es geht auch um mich. Ich habe mich nie darüber beschwert, dass dein Job dich so in Anspruch nimmt. Ich habe mich für dich gefreut, weil du deinen Durchbruch geschafft hast. Aber hast du dir auch mal überlegt, was ich alles durchgemacht habe? Hast du dich mal eine Sekunde lang gefragt, wie es für mich ist, ohne dich zu leben, damit fertigzuwerden, dass ich wieder nicht schwanger geworden bin, damit, dass die IVF wieder nichts gebracht hat – ganz zu schweigen davon, dass ich gleichzeitig mein Unternehmen am Laufen halten musste? Wo warst du, als das alles passiert ist? Wir hätten das gemeinsam bewältigen müssen.«

Sein Mund wurde schmal, und er schloss die Augen. Sein Kiefer spannte sich an und entspannte sich wieder. Dann: »Ich habe das Geld verdient, damit wir uns all die medizinischen Behandlungen leisten konnten.«

Lucy hatte das Gefühl, gleich zu explodieren. »Und gleichzeitig hast du dir zumindest einen deiner Träume erfüllt, während meine in Stücke gingen. Du Glückspilz!« Sie sprang vom Bett auf und rannte ins Bad. Auf keinen Fall wollte sie vor seinen Augen in Tränen ausbrechen.

»Warte!« Er folgte ihr und blieb im Türrahmen stehen. »Lass mich nicht so stehen. Du weißt, dass es nicht so war. Ich wünschte – ich *wünsche* – mir genauso sehr eine Familie wie du.«

»Ja, natürlich. Ich weiß. Es tut mir leid. Wirklich.« Sie hatte nicht so grausam sein wollen. Als sie die Hand nach ihm ausstreckte, wich er zurück. Noch nie hatten seine Augen einen so unversöhnlichen Ausdruck gehabt. Sie probierte es erneut. »Lass uns nicht streiten. Bitte. Dieses Wochenende soll etwas Besonderes sein. So schwierig es sein mag, machen wir nicht alles noch schlimmer. Verschieben wir das Gespräch auf unsere Rückkehr. Dann unterhalten wir uns richtig, versprochen.«

Art ließ sein Handtuch zu Boden fallen und zog sich an. »Hör mal, ich bin hier, weil ich deine Familie mag, und Hope mochte ich richtig gern – aber da ist noch etwas ...« Er hielt inne.

Lucy verschlug es den Atem. Wo blieb sie selbst bei diesem Gefühlsausbruch? Warum sagte er nicht »und ich liebe dich«? Sie ging zurück ins Zimmer und setzte sich auf das Fußende des Bettes. »Was möchtest du mir sagen, Art? Schieß los.«

»Es fällt mir schwer, und ich weiß, dass es nicht der richtige Moment ist, aber ...« Sein Blick fiel auf sein Bild im Spiegel, und er besah sich sein Gesicht näher, vergewisserte sich seiner Makellosigkeit.

»Was?«

»Ich musste dich sehen. Ich musste mit dir sprechen. Als Hope im Sterben lag, warst du zu aufgewühlt, damals habe ich es nicht fertig gebracht. Aber jetzt ...«

»Ich bin jetzt auch aufgewühlt«, erklärte sie verständnislos. »Merkst du das nicht? Was auch immer du mir zu sagen hast, es hat bestimmt ein paar Tage Zeit.« Lucy wollte den Moment hinauszögern, in dem sie sich anhören musste, was er ihr sagen wollte.

»Nein, kann ich nicht. Ich wollte ja warten. Natürlich wollte ich das. Ich bin nicht so herzlos, also wollte ich warten, bis all das ...« Er machte eine Geste, die die von der Terrasse hereindringenden Stimmen umfasste, »... bis das alles vorbei ist. Aber dann ist etwas passiert.«

Seine Ausflüchte erfüllten sie mit einer schrecklichen Ungeduld – sie wollte wissen, was los war, doch gleichzeitig fürchtete sie sich davor. »Was ist passiert, Art? Was ist so wichtig, dass es nicht warten kann?«

Er räusperte sich und drehte dabei an dem Ehering an seinem Finger. Jetzt war es so weit. Sie hielt den Atem an.

»Es gibt eine andere Frau.«

Schweigen.

Sie starrten einander an. Unsicher wartete Art auf eine Reaktion.

Lucy saß wie angewurzelt, unfähig, sich zu rühren, vollkommen taub. Obwohl sie immer gewusst hatte, dass diese Möglichkeit bestand, fühlte es sich an, als hätte man ihr den Boden unter den Füßen weggezogen. »Wer ist es?«, brachte sie schließlich flüsternd heraus.

»Carrie. Carrie Flanagan.«

Mehr brauchte er nicht zu sagen. Lucy erinnerte sich noch daran, wie Carrie Flanagan für die Serie gecastet worden war. Die Neuigkeit hatte für Schlagzeilen gesorgt. Erst Anfang dreißig, hatte die Schauspielerin ihren Durchbruch mit einer äußerst populären historischen Fernsehserie geschafft, ehe sie in der Welt des Theaters gefeiert wurde. Lucy hatte sie auf den Titelblättern einiger Frauenzeitschriften gesehen – mit unschuldigen Augen, vollen Lippen und einem hübschen Häubchen brauner Haare. Ihre Schönheit war die einer Elfe und extrem fotogen. Dass sie für *Emergency* gewonnen werden konnte, war für die Serie ein Riesenglücksfall gewesen (das zumindest hatte Art damals behauptet), der im Hinblick auf die Einschaltquoten wahre Wunder bewirkte.

»Ist sie nicht eine Nummer zu groß für dich? Und ein bisschen zu jung?« Sie konnte nicht an sich halten, als ihre Betäubung langsam nachließ.

Art ging hoch. »Sie ist jedenfalls nicht dieser Meinung.«

Ehe sie merkte, was sie da tat, sprang Lucy auf und

schlug ihn hart ins Gesicht. Sie selbst war darüber mindestens ebenso überrascht wie er. Gewalt jeder Art war ihr ein Gräuel, aber das hier fühlte sich richtig an. Während er seine Hand ans Gesicht hob und sich die gerötete Wange rieb, trat sie einen Schritt zurück.

»Du Mistkerl! Wie lange geht das schon?« Der Genugtuung, die der Schlag ihr verschafft hatte, folgte die Wut. Wie konnte er es wagen, ihr das anzutun, nach allem, was sie durchgestanden hatten?

»Seit ungefähr neun Monaten.«

Sie holte tief Luft, während ein jäher, schrecklicher Schmerz sie beinahe überwältigte. Neun Monate. Während der ganzen Zeit, in der Hope im Sterben gelegen hatte. Kein Wunder, dass er nicht nach Hause gekommen war, um ihr die Unterstützung zu geben, die sie so dringend benötigt hätte. Neun Monate. Seit vor Weihnachten, als er bereits am zweiten Feiertag zurückgefahren war, angeblich, weil er arbeiten musste. Jetzt war alles schlüssig. Neun Monate. Die gleiche Zeit, die eine Schwangerschaft dauert. Der Gedanke kreiste in ihrem Kopf.

»Neun volle Monate, und du hättest es mir jederzeit sagen können. Aber nein, du hast dich entschieden, es mir im Haus meiner Mutter zu eröffnen, an dem Wochenende, an dem wir im Rahmen einer letzten Geburtstagsparty ihre Asche verstreuen wollen. Der beste denkbare Moment. Toll gemacht. Äußerst sensibel für die Gefühle anderer, wie gewöhnlich.«

»Es tut mir leid.« Immerhin besaß er den Anstand, sich zu entschuldigen. Und ein beschämtes Gesicht zu machen.

»Warum jetzt?« Es schockierte sie, wie sehr sie ihn hasste. »Warum jetzt?«

Er hob sein Handtuch auf und nestelte daran herum, unfähig, ihrem Blick standzuhalten. »Weil es bald in der Zeitung stehen wird.«

Lucy drehte es den Magen um.

»Wir waren so vorsichtig …«

»Na, schön für euch.« Sie konnte es sich nicht verkneifen.

Er ignorierte sie. »Aber wir wurden erwischt, als wir aus ihrer Wohnung kamen. Man hat mir geflüstert, dass das Bild irgendwann an diesem Wochenende abgedruckt werden wird. Ich musste es dir sagen, ehe es jemand sieht.«

»Wie umsichtig von dir.« Lucys Gedanken fuhren Karussell. Das konnte einfach nicht wahr sein. Nicht nach so langer Zeit, in der sie so viel gemeinsam durchgestanden hatten. Fast bemerkte sie nicht, dass er sich neben sie setzte und ihre Hand nahm. Sie entzog sie ihm.

»Ich wollte es dir schon seit Monaten sagen. Wirklich. Aber du warst so beschäftigt mit Hope und deinem Geschäft, dass ich nicht alles noch schlimmer machen wollte.«

»Ach? Dann ist es also meine Schuld? Aber du hättest bis kommende Woche warten können. Selbst das wäre besser gewesen als jetzt. Du hättest irgendeine Geschichte erfinden können, warum du bei ihr warst und dass die Presse es so gedreht hat, dass es aussieht, als ob …« Sie schluckte. Jetzt kamen die Tränen. »Du hättest …« Doch dann versagte ihr die Stimme.

»Ich konnte nicht.« Er begann ihren Handrücken zu streicheln, eine Geste, die einst etwas bedeutet hatte. Jetzt nicht mehr.

Sie entzog ihm ihre Hand erneut. »Warum nicht? Nur vier Tage. Nur vier Tage lang hättest du lügen müssen. Was hätte das schon für einen Unterschied gemacht?«

»Ich hätte alles darum gegeben, es dir nicht so sagen zu müssen. Doch offenbar halten wir einander an den Händen, und vielleicht küsst auch einer den anderen ...« Seine Stimme erstarb.

Lucy wurde schlecht. »Du hättest dir was einfallen lassen können.«

»Nein, konnte ich nicht.«

»Warum nicht?«

Schweigen.

In diesem Moment wusste Lucy schon genau, was nun kam. Sie wartete, ihre Nägel gruben sich in ihre Handflächen und sie wäre überall lieber gewesen als in diesem schlichten weißen Schlafzimmer. Sie konzentrierte sich auf das herzförmige Lavendelkissen, das am Kopfende des Bettes hing, und wartete.

»Sie ist schwanger.«

Keiner von ihnen rührte sich. Von draußen drang ein Ruf herein, dann das Geräusch eines Balles, der auf einen Schläger trifft. Aber im Zimmer blieb es still. Lucy hatte das Gefühl, als sei die Zeit stehengeblieben. In ihren Ohren rauschte es, und alles um sie herum versank im Nebel. Erst als sie merkte, dass sie sich übergeben musste, kam sie zu sich. Sie sprang auf und rannte ins Bad. Vor der Toilettenschüssel kniend würgte sie, bis sie nichts mehr in sich hatte. Einen Augenblick lang verharrte sie noch so, den Kopf auf die Arme gestützt. Dann spürte sie Arts Hand auf dem Rücken.

»Alles in Ordnung?«

Sie schüttelte ihn ab. »Nein, natürlich ist verdammt nochmal gar nichts in Ordnung.«

Er ging neben ihr in die Hocke. »Ach, Lou. Wenn ich es dir auf irgendeine andere Weise hätte sagen können, hätte ich es getan.«

»Ach ja? Du hattest neun Monate Zeit dazu. Neun volle verdammte Monate! Und der einzige Grund, warum du es jetzt getan hast, ist, dass ein Bild in der Zeitung erscheint. Tja, da werden die Einschaltquoten von *Emergency* ja in die Höhe schnellen.«

»Du glaubst ja wohl nicht, dass es Absicht war?« Er wirkte schockiert.

»Keine Ahnung, Art. Mich überrascht gar nichts mehr.«

»Was sollen wir nun tun?« Einen Moment lang sah er unschlüssig drein.

»Das weiß ich auch nicht.« Sie setzte sich hin, spürte die kalte Wand der Dusche im Rücken. »Was willst du denn tun? Du bist ja derjenige, der das Sagen hat.«

»Ich will dieses Wochenende so wenig wie möglich stören.«

»Das ist reizend von dir.«

»Lucy, bitte. Ich versuche es so einfach wie möglich zu machen.«

Lucy verspürte den unerträglichen Impuls zu lachen. Wo kamen bloß all diese Sätze her? Aus einer schlechten Folge von *Emergency*? Stattdessen stand sie auf und drehte die Dusche an. Langsam klärten sich ihre Gedanken. Dieses Wochenende stand die Familie an erster Stelle.

»Ich werde dir sagen, was geschehen wird.«

Er sah sie erwartungsvoll an, wie ein Hündchen, das nicht sicher ist, ob es etwas angestellt hat. »Ich werde jetzt duschen. Dann gehen wir runter und tun, als wäre nichts geschehen. Du wirst dieses Wochenende nicht ruinieren.«

Fast wäre es Art gelungen, seine Erleichterung zu verbergen, aber nur fast. »Und wenn jemand von den anderen die Zeitung sieht?«

»Werden sie nicht. Hier sind wir in unserer eigenen kleinen Welt. Und wenn, dann spielt es auch keine Rolle. Dann lügen wir eben. Aber du reist ab, sobald du einen Flug bekommst. Wir werden sagen, du wärst ans Set gerufen worden oder du hättest ein Vorsprechen. Dann fährst du heim, packst deine Sachen und kommst niemals wieder.« Sie presste ganz fest die Hände ineinander, damit er ihr Zittern nicht bemerkte.

»Aber …«

»Tut mir leid, aber ich geh jetzt duschen.«

Er sah aus, als wollte er protestieren, doch Lucy schüttelte den Kopf und machte deutlich, dass sie ihm nicht mehr zuhören würde. Schließlich verließ er das Bad und schloss die Tür hinter sich. Lucy ließ ihren Bademantel zu Boden fallen, ging um die Trennwand herum und stellte sich zitternd unter den Wasserstrahl. Sie hob ihr Gesicht dem Duschkopf entgegen, den Mund zu einem stummen Schrei geöffnet.

Als sie wieder ins Schlafzimmer kam, war Art nirgends mehr zu sehen.

12

Tom linste verstohlen auf seine Armbanduhr. Sie planten für seinen Geschmack ein bisschen sehr wenig Zeit ein. Anders als der Rest seiner Familie hatte er mit dem spanischen Gedanken des *mañana* nie etwas anfangen können. Etwas, das man heute tun konnte, auf morgen zu verschieben, war für ihn undenkbar. So zu leben erschien ihm vollkommen absurd. Er klopfte mit der rechten Faust gegen die Handfläche seiner Linken, während er im Stillen einen Anwesenheitsappell durchführte. Nur Lucy und Art fehlten noch. Er gab ein missbilligendes Geräusch von sich. Pünktlich herunterzukommen war doch das Mindeste, was man von ihr erwarten konnte – schließlich waren alle anderen schon da. Jetzt wurde an Deck jede Hand gebraucht. Amüsiert von dem Gedanken hielt er inne. Wann immer Lucy als Kind mit ihm segeln gegangen war, hatte sie sich als hoffnungsloser Fall erwiesen. Nur Gott wusste, wie oft sie nahe daran gewesen war, vom Baum ins Meer gefegt zu werden. Sie hatte nie so recht begriffen, dass sie tun musste, was der Kapitän sagte, und zwar sofort. Folglich hatten sie mehr Zeit im Wasser verbracht als auf dem Wasser. Er wusste noch, wie erleichtert er gewesen war, als sie entschieden hatte, ihre Rettungsweste an den Nagel zu hängen. Von da an war er allein gesegelt.

Brad hatte Tom die Details seiner letzten Europareise mit Amber erzählt, ein Highlight nach dem anderen. Als sie in Wien angelangt waren, hatte Tom sich ausgeklinkt. Er war hineingegangen und im Wohnzimmer stehengeblieben, halb versteckt durch die Wand, sodass niemand ihn entdeckte. Gott sei Dank hatte Elaine mit Ivy zusammen die Rolle der Gastgeberin übernommen. Sie bewegten sich zwischen den Gästen, verteilten Oliven und Pistazien, schenkten Champagner und Weißwein aus. Wieder blickte er auf die Uhr.

»Wir sind in Spanien, Tom.« Hinter ihm hatte Jo sich angeschlichen. Sie deutete auf seine Uhr. »Zeit hat keine Bedeutung mehr. Hier gilt das Gesetz des *mañana*. Entspann dich.«

Tom verkrampfte sich. Gab es etwas weniger Entspannendes als gesagt zu bekommen, man solle sich entspannen? Draußen lachte Belle über etwas, das Ivy zu ihr sagte. Sie hätte auch gern ein kleines Mädchen gehabt, doch sie hatten gemeinsam entschieden, dass zwei Kinder genug waren. Immerhin waren sie eine richtige Familie – was seine beiden Schwestern nicht geschafft hatten. Auf der Wiese spielten Ethan und Alex ein Spiel mit Ball und Schlägern, das für ein entsprechendes Hintergrundgeräusch sorgte.

»Hast du Lucy gesehen?«, fragte Jo.

»Nein. Sie hätte wenigstens pünktlich runterkommen können.« Tom verkniff sich einen weiteren Blick auf die Uhr.

»Da kommt Art. Dann ist sie bestimmt auch nicht mehr weit. Frag ihn, wenn du wirklich beunruhigt bist.«

Tom beobachtete, wie Art sofort auf Belle zusteuerte und sich unterwegs eine Flasche Bier von einem Tisch schnappte. Belle würde die Aufmerksamkeit genießen, die er ihr schenkte, da war sich Art ziemlich sicher. Als großer Fan von *Emergency* genoss sie das Ansehen, das ihr die Verwandtschaft mit einem der Darsteller einbrachte. Lucy würde zweifellos herunterkommen, sobald sie so weit war –

und schließlich hatte sie ja, was das Essen betraf, durchaus ihren Beitrag geleistet. Er ging hinaus und rückte sich einen Stuhl neben Brad zurecht. »Soll ich dir irgendwas holen?«

»Ja, du kannst diese Aussicht hier einpacken, damit ich sie mit nach Hause nehmen kann.« Brad lachte, tief aus dem Bauch. »Wie ich Hope darum beneide, dass sie einen Großteil ihres Lebens mit diesem Blick gelebt hat! Das muss sich wunderbar auf ihren Seelenfrieden ausgewirkt haben.«

Tom räusperte sich. »Ja, sie war sehr gern hier. Darum hat sie es ja Haus der Träume genannt. Aber du willst doch nicht etwa behaupten, du wärst in Sydney arm dran?«

»Da ist es einfach vollkommen anders. Du musst mich mal besuchen.«

Tom schüttelte den Kopf. Er war nicht bereit zuzugeben, dass ihn in letzter Zeit Angst vor Langstreckenflügen plagte. Dank der ihm von Belle verordneten Hypnosetherapie hatte er es bis nach Spanien geschafft, doch bei dem Gedanken, länger als drei Stunden zu fliegen, brach ihm nach wie vor der kalte Schweiß aus. Er hätte sich dafür ohrfeigen können, dass er klein beigegeben hatte, als sie ihn unter Druck setzte, weil sie im kommenden Frühling unbedingt nach Sri Lanka wollte, eine Reise, von der sie schon lange träumte. So blieb ihm nichts anderes übrig, als mit den Sitzungen fortzufahren. »Wer weiß, eines Tages vielleicht«, meinte er.

»Worüber redet ihr?« An der Terrassentür erschien Lucy, hinreißend schön in ihrem lavendelblauen Kleid. Hinter ihr tauchte Antonio auf. »Sollten wir nicht langsam fahren?«

»Ich denke, wir sollten alle gemeinsam aufbrechen, oder?« Belle machte einen Schritt weg von Art, aber nur einen, wie Tom bemerkte.

»Wir haben jede Menge Zeit«, erklärte Jo und bot Brad noch Wein an.

Er schüttelte den Kopf. »Nein, danke, Liebes. Ich würde jetzt lieber fahren, denn ich möchte das Dorf noch sehen, bevor es zu dunkel wird.«

»Also, dann starten wir mal besser. Ethan! Alex!« Tom war erleichtert, dass eine Entscheidung gefallen war. Bis zum Aufbruch verging ohnehin noch genug Zeit. Die Jungs mussten zusammengetrommelt werden, Ferdie musste eingepackt und Bailey eingesperrt werden, die Türen verschlossen und dann wieder geöffnet werden, weil jemand etwas vergessen hatte. Man musste sich auf die Autos verteilen und die Fahrer festlegen. Er seufzte.

Sie parkten oben in der Calle del Convento und gingen von dort aus zum Mirador hinunter. Als sie am Kloster vorbeikamen, begann Ivy zu zetern, denn sie wollte auf den Spielplatz nebenan. Zu Toms Verärgerung gab Jo nach. Einmal rutschen, dann müssten sie zum Abendessen. Tom beschleunigte seinen Schritt. Sie waren jetzt schon spät dran. Jo ignorierte das.

Auf dem Weg durch die lange Straße hörte man aus den dicht gedrängten Häusern die Stimmen der Bewohner. Hunde bellten. Von irgendwoher wehte Musik herüber oder das Geräusch eines Fernsehers. Ein paar Leute saßen vor der kleinen Bar an einer Kreuzung.

Elaine und Brad bildeten die Nachhut. Brad ließ sich über die malerische Eigenart, den Zauber des weißen Dorfes und seiner gewundenen Straßen aus, über das Farbenfeuerwerk einer Bougainvillea oder einer Reihe von Geranientöpfen. Sie lachten zusammen über die riesigen, bunten Eidechsen, die als Gemälde die Hausmauern zierten. Die beiden hielten sich auch bei den Vogelbestimmungstafeln an einem Gebäude auf, sprachen über die Unterschiede zwischen Mauerschwalben, Schwalben und Mehlschwalben und sinnierten darüber, ob er wohl während seines Aufenthalts einen Habichtsadler oder einen Geier zu sehen bekommen würde. Sie studierten gemeinsam die Plakate, die das Art Gaucín ankündigten, ein Wochenende, an dem ortsansässige Künstler ihre Ateliertüren für das Publikum öffneten. Sie blieben vor den Bars stehen, spähten in das Halbdunkel hinein, grüßten Barmänner und studierten die Speisekarten.

Ethan und Alex hielten sich dicht bei Tom. Das taten sie immer, wenn ein gutes Essen winkte – darauf war Verlass. Belle bummelte mit Art hinterher. Tom hörte, wie sie jedes Mal, wenn Art den Mund aufmachte, laut lachte. Worüber sie wohl sprachen?

»Bist du sicher, dass das der richtige Weg ist?« Ethan holte ihn ein. Er war schon fast größer als sein Vater: eine Tatsache, die garantiert, dass ein Mann sich alt fühlt.

»Ja. Ich kenne diese Stadt wie meine Westentasche. Und außerdem, sind wir hier nicht auch gestern Abend entlanggekommen?« Er stupste den Rand von Ethans Hut etwas heftiger an als beabsichtigt, und der Hut flog in den Rinnstein.

»Zum Teufel nochmal, Dad! Alex, lass das!«

Alex hatte den Hut auf seinen Fuß geflippt und versuchte nun, ihn so lange wie möglich in der Luft zu halten.

Grinsend gab er schließlich auf und reichte ihn seinem Bruder. »Nur dreimal gekickt«, sagte er.

Ethan nahm den Hut, brachte ihn wieder in Form und setzte ihn auf. »Nein, hier sind wir nicht langgekommen«, erklärte er. »Wir sind nach dem Platz rechts gegangen.«

Tom wandte sich um und stellte fest, dass der Rest der Gruppe verschwunden war. Himmelherrgott! Wo waren sie nur abgeblieben?

Noch eine Rechtskurve, und sie standen vor dem Restaurant. Aus der Bar an der gegenüberliegenden Ecke erklang Gesang. Der Eingang des Mirador, das nur durch ein bescheidenes Schild gekennzeichnet war, ließ auf nichts Besonderes schließen. Drinnen stand man sofort vor der Rezeption, hinter der in einer glänzenden Küche – alles Edelstahl und Weiß – auf Hochtouren gearbeitet wurde. Dampf stieg aus Töpfen auf, Pfannen klapperten und der Duft nach gegrilltem Fisch erfüllte den kleinen Raum.

Tom ließ sich einen Augenblick Zeit, und die Jungs stürmten vor ihm her die Treppen hinauf. *Atme*. Er wollte nicht gestresster ankommen als nötig. Schließlich bestimmte er als »der Mann in der Familie« (wie Belle zu sagen pflegte) die Stimmung des Abends, er musste dafür sorgen, dass es gut lief. Ihn amüsierte diese Sichtweise. Jo war viel eher der Mann in der Familie als er selbst. Seine eigenwillige, zielstrebige ältere Schwester wusste genau, was sie mit ihrem Leben anfangen wollte. Was andere darüber dachten, spielte für sie keine Rolle.

Er schnappte sich einen der Art-Gaucín-Flyer, die auf der untersten Stufe der gefliesten Treppe lagen, und ging hinauf. Die anderen hatten sich bereits auf der Dachterrasse versammelt und umschwärmten die Bar. Wie konnte das bloß sein? An den beiden großen Tischen, die gedeckt auf sie warteten, hätten weit mehr Menschen Platz gefunden, als seiner Meinung nach eingeladen waren. Er sah sich nach Lucy um.

Sie stand mit Antonio an der Bar. Sie und Jo hatten darauf bestanden, dass er mitkam. »Ob es dir passt oder nicht, er war ein lieber Freund von Mum.« Antonios Hand lag auf Lucys Arm, und mit seiner Aufmerksamkeit war er ganz und gar bei dem, was sie gerade erzählte. Mit seinen spanischen Zügen, der Sonnenbräune und den mit Gel zurückgekämmten schwarzen Haaren stach er aus dem Haufen Briten heraus. An seinem weißen Hemd war für Toms Geschmack genau ein Knopf zu viel geöffnet. Seine dunklen Augen ruhten in einer Weise auf Lucy, die in Tom Unbehagen weckte. Er bahnte sich durch die Menge einen Weg zu ihnen.

»Da seid ihr ja! Ich wusste gar nicht, dass wir so viele Leute eingeladen haben.«

Lucy blickte zu ihm hoch. Ganz offensichtlich hatte sie wieder geweint. Er legte ihr den Arm um die Schulter und zog sie an sich. Antonio verstand den Wink und ging, um sich mit jemand anderem zu unterhalten. Lucy legte die Hand auf die Brust ihres Bruders und schenkte ihm ein feuchtes Lächeln.

»Haben wir nicht. Den anderen Tisch hat Bernhard für seine neue Wandergruppe gebucht. Schau sie dir bloß an! Wie Angehörige einer Kommandotruppe!«

Tom sah hinüber zu den Wanderern, ausschließlich Männer, die sich um Bernhard, einen ortsansässigen Führer, scharten. So wie sie aussahen, schafften sie sicher ein ziemliches Pensum am Tag. »Aber ich dachte, wir wären hier oben alleine.«

»Genau wie ich. Ich hatte keinen Schimmer. Er schließt jede Wanderwoche mit einem großen Abendessen für alle Teilnehmer ab, aber davon, dass er hierher kommt, hat er nichts gesagt.«

»Sollen wir nachsehen, ob es drinnen einen Tisch gibt, der groß genug ist?« Das war ganz sicher nicht der Fall. Der Innenraum des Restaurants war bereits überfüllt.

»Aber auf der Terrasse ist es so schön.« Über ihnen hing der Mond wie ein Bonbon am dunkelnden Himmel. Jasmin, Passionsblumen und Bleiwurz rankten sich an den Betonsäulen empor. Die Mauerschwalben schossen blitzschnell über sie hinweg und zogen ihre Kreise am Himmel. »Ich hätte mich vergewissern sollen, aber auf die Idee bin ich nicht gekommen.«

Tom fand sich mit dem Abend ab, der vor ihm lag. Belle hatte wie immer Recht behalten. Wenn er wollte, dass die Dinge nach seinem Geschmack liefen, hätte er das Abendessen selbst organisieren müssen. »Gibt es eine Sitzordnung?«, fragte er, immer noch von Hoffnung erfüllt.

»Nein. Aber ich denke, wir drei sollten lieber nicht nebeneinander sitzen, oder?«

Er hätte es wissen müssen. »Sind schon alle da?« Er blickte sich um. Genau in diesem Augenblick ertönten vom Treppenhaus her ein Scheppern und ein Aufschrei. Auf der Terrasse erschienen zwei ältere Männer, von denen einer eine Frau stützte, die nicht sehr sicher auf den Beinen war. Tom erkannte sie sofort. Bill, Ian und Daphne waren die engsten von Walter und Hopes alten Freunden. Ian war ebenfalls Maler und trug schäbige Klamotten voller Farbflecken. Seine Gesichtsfarbe, die seine Trinkfreudigkeit verriet, kontrastierte mit dem vollen weißen Haar. Tom rieb sich den Kopf, eine Spur neidisch. Neben Ian wirkte Bill fast wie ein Skelett, groß und dünn wie eine Pflanze im Dickicht, die sich nach der Sonne reckt. Sein eindrucksvoller Schnauzbart hätte einem Kampfpiloten aus dem Weltkrieg Ehre gemacht. An seinem Arm hing Daphne, überlebensgroß und korpulent. Ein weites, buntes Kleid hing wie ein Zelt von ihrem ausladenden Busen. Die Augen in ihrem Gesicht, das ebenso rot war wie Ians, strahlten. Wenn sie lachte – und das tat sie bei jeder sich bietenden Gelegenheit – wackelte sie wie ein Berg Götterspeise.

»Da bist du ja, Tom.« Daphne watschelte auf ihn zu und umarmte ihn. Er erreichte kaum ihre Wange, um sie zu küssen, so ausladend war ihre Gestalt. Und er wurde in einer ihm viel zu intimen Weise gegen ihren Körper gedrückt. Ihr üppiger Leib war überraschend fest. So schnell er konnte entzog er sich ihr und wandte sich von ihrem alkoholgeschwängerten Atem ab.

»Schön, dich zu sehen, Daphne. Bill. Ian. Wie geht's?« Eine Antwort war unnötig, denn ganz offensichtlich hatten sie sich, bevor sie kamen, schon ein paar Drinks genehmigt. Er sah sich nach Jo um und hoffte, sie würde ihn retten. »Wollen wir uns setzen?«

Bill und Ian murmelten freundliche Worte über Hope, ehe sie sich an der Bar Getränke holten. Genau solche Gefährten hatte Hope geliebt – unberechenbar, der Flasche nicht abgeneigt – und genau diese Sorte Leute machte Tom nervös. In ihrer Gesellschaft hatte er ständig das Gefühl, dass gleich etwas Unvorhergesehenes passieren würde.

Entschlossen, die Gästeschar zum Hinsetzen zu bewegen, dirigierte Tom sie schließlich zum Tisch, während sich die wachsende Gruppe der Wanderer um die Bar drängte. Als er selbst den Tisch erreichte, waren kaum mehr Plätze frei. Belle saß zwischen Alex und Art und ließ stolz zu, dass Art eine der Decken um ihre Schulter drapierte. So kühl war der Abend nun wirklich nicht, dachte Tom insgeheim. Lucy saß mit Elaine am anderen Ende des Tisches, während Jo, gegen ihren bekundeten Willen, mitten unter die Familie von Cousin Adam geraten war.

Für Tom war nur noch Platz am Tischende, wo es noch vier freie Stühle gab. So hatte er keine andere Wahl, als sich zu Bill, Ian und Daphne zu setzen. Er griff nach der nächstbesten Weinflasche und schenkte sich ein. Wenn du sie nicht schlagen kannst, verbünde dich mit ihnen, dachte er. Nicht dass er je im Übermaß getrunken hätte. Aber der heutige Abend brachte ihn möglicherweise dazu.

»Langsam!« Daphne legte ihm die Hand auf den Arm. »Das ist ein Glas und kein Eimer.«

Da merkte er, was er angestellt hatte. Das Glas war beinah randvoll. »Oh, Mist.«

»Ich helfe dir«, sagte sie und schüttete, ohne auf seine Zustimmung zu warten, die Hälfte des Inhalts in ihr eigenes Glas. »Den süffle ich schon.«

Als sich am Nachbartisch die Wanderer versammelt hatten, übertönten ihre Stimmen bald die Unterhaltung am Familientisch. Tom blickte hoch zu den Sternen, sah dem endlosen Abend entgegen und nahm einen großen Schluck Wein.

13

Zu Jos Bestürzung hatte Ivy sich entschlossen, sich weiter unten am Tisch neben Lucy zu setzen. Sie beobachtete ihre Tochter voller Stolz. Trotz des schmuddeligen purpurfarbenen Prinzessinnenkleids sah Ivy mit ihrem in zwei ungleichen Büscheln gebändigten Haar bezaubernd aus. Lucy hatte in Hopes Nähkasten ein paar Bänder gefunden – eines davon blau, das andere mit Schottenmuster. Für sie selbst blieb nur ein Platz neben Cousin Adam, einem reaktionären Besserwisser, der einen zu Tode langweilen konnte.

»Wein?« Adam hielt eine Flasche Rioja in die Höhe. Das Licht glitzerte auf den fuchsroten Haaren auf seinen Armen.

»Danke.« Jo streckte ihr Glas aus. Alles, was ihr helfen konnte, diesen Abend zu überstehen, war willkommen. Dann fiel ihr ein, dass sie fahren musste, und sie zog ihr Glas ohne Vorwarnung weg, als Adam schon einzuschenken begann. Der Rotwein spritzte auf die Tischdecke und, schlimmer noch, auf die cremefarbene Hose mit den feinen Bügelfalten, die ihr Cousin trug.

»O Gott, es tut mir so leid.« Sie ergriff ihre Serviette und drückte sie auf seinen Oberschenkel.

Merklich erschrocken über den unerhörten Körperkontakt riss er ihr die Serviette aus der Hand und tupfte die dunkelroten Flecken selbst ab. »Kein Problem, so was kommt vor«, stieß er bemüht zwischen den Zähnen hervor.

»Salz? Wasser? Weißwein?«, bot sie an und griff nach

dem Wasserkrug. »Ich weiß nie so recht, was am besten wirkt.«

»Ich glaube, ich bleibe bei Rot«, erwiderte er, hob mit der einen Hand sein Glas und hinderte sie mit der anderen daran, etwas zu unternehmen. »Bloß nicht! Ich bin schon nass genug. Prost.«

Sie lachte und stellte das Wasser wieder ab. Immerhin zeigte sich hier ein Ansatz von Humor. Aber der regte sich nur ganz kurzfristig, und anschließend quälten sich die beiden über ihren Tapas durch ein schleppendes Gespräch über Wetter, Urlaub, die spanische Wirtschaft und Schwierigkeiten bei der Wohnungssuche im Ausland. Sie hätte sonst was dafür gegeben, um ihre Langeweile zu lindern. Sie blickte den Tisch entlang, um festzustellen, ob Tom und Lucy mehr Glück hatten. Für sie musste all die erzwungene Heiterkeit genauso schwer erträglich sein.

Tom, am Ende des Tisches, wirkte genauso verzweifelt wie sie sich fühlte. Ian und Daphne diskutierten an ihm vorbei über britische Politik und ließen ihn überhaupt nicht zu Wort kommen. Die Engländer, die sich hier niedergelassen hatten, liebten es, große Reden darüber zu schwingen, wie Großbritannien regiert werden sollte, obwohl sie selbst schon lange nicht mehr dort lebten. Jo wusste ganz genau, wie ihm das auf die Nerven gehen musste. Selbst wenn alles gut lief, fühlte sich Tom bei großen Zusammenkünften unwohl. Er streckte die Hand nach dem Teller mit Fleischbällchen aus, den Daphne an Ian weiterreichte, ohne abzuwarten, ob Tom vielleicht auch etwas wollte.

»Das Problem mit David Cameron …« Ian schlug auf den Tisch. Der Rest des Gesagten entging Jo, denn Brad bot ihr ein Stück Tortilla an und bat sie, ihm die anderen Tapas zu erklären.

»Der National Health Service ist am Ende.« Daphnes Stimme schallte über den Tisch und erstickte jedes andere Gespräch. Sie füllte ihr Glas noch einmal.

»Mach dich nicht lächerlich. Das läuft seit 1948. Eine Regierung, die ihn abschafft, wäre nicht ganz dicht. Das Land würde auf die Barrikaden gehen. Jede Regierungspartei, die das Gesundheitswesen privatisiert, würde sofort haufenweise Stimmen verlieren.« Bill schnappte sich, während er sprach, die nächstbeste Flasche und goss sich großzügig ein.

»Merkt ihr denn nicht, was vor sich geht?«

Tom fing Jos Blick auf. Er zuckte die Schultern und machte mit resigniertem Blick mehrmals hintereinander eine schnelle Geste mit dem Finger, als würde er sich die Kehle durchschneiden. Was konnte er schon tun, außer zu hoffen und zu beten, dass der Abend schnell vorüberging? Diese drei konnte, wenn sie einmal in Fahrt waren, nichts und niemand stoppen. Sie lächelte ihm mitleidig zu und rollte die Augen. Lärm vom Nachbartisch lenkte sie ab. Begleitet von Lachsalven über Witze in einer Sprache, die sie nicht identifizieren konnte – irgendwas Osteuropäisches vielleicht – versuchte einer der Wanderer seine Freunde für ein Erinnerungsfoto aufzustellen.

Da ertönte an ihrem Familientisch ein schrilles Lachen. Belle warf, entzückt über irgendeine Äußerung von Art, den Kopf zurück. Sichtlich zufrieden mit seiner Wirkung, wartete er, bis sie sich beruhigte. Er liebte ein dankbares Publikum. Jo beobachtete die beiden und fragte sich, was er im Schilde führte. Seitdem sie das Haus verlassen hatten, hatte er mit kaum jemandem außer Belle gesprochen. Und sie sonnte sich in seiner Aufmerksamkeit. »Das ist nicht wirklich wahr, oder?«, zwitscherte sie, als sie sich erholt hatte. »Oder?« Sie legte Ferdie, der die Schnauze aus der Tragetasche auf dem Stuhl neben ihr reckte, beschützend eine Hand auf den Kopf und kraulte ihn dann zwischen den Ohren.

»So wahr ich hier sitze«, behauptete Art und legte die Hand aufs Herz.

»Nein, wirklich? Und was hat der Regisseur gesagt?«

Art beugte sich zu ihr hinüber und begann zu erzählen, aber sie saßen zu weit weg und Jo verstand nicht, was der Regisseur gesagt hatte. Jedenfalls etwas Lustiges, nach Belles Reaktion zu schließen. Die anderen starrten sie an, als sie sich die Augen mit der Serviette abtupfte. Selbst Ian, Bill und Daphne schwiegen einen Moment. Tom schoss wütende Blicke über den Tisch. Als Belle aufhörte zu lachen, gab Art wieder etwas zum Besten, woraufhin Belle Stielaugen machte. »Nein! Aber ich fand immer, dass sie so nett aussieht!«

Schließlich erschien die Kellnerin, um die Vorspeisen für Art und Belle zu servieren. Sie hatten auf die Tapas, die Lucy für alle anderen bestellt hatte, zugunsten eines kleinen Salats mit einem Hauch von Lachs und Avocado verzichtet. Belle ergriff eine Gabel und schob ihr Essen auf dem Teller herum, um sich dann wieder Art zuzuwenden, der gerade zu einer weiteren Anekdote ansetzte.

Art und Lucy hatten einander den ganzen Abend über nicht angesehen. Nicht ein einziges Mal. Gewöhnlich kommunizierten sie mit kleinen Berührungen, Blicken oder einem Lächeln – wie das Paare eben tun. Doch seit Lucy in ihrem blauen Kleid heruntergekommen war – nichts dergleichen. Er klammerte sich an Belle, sie an Ivy, als hinge ihr Leben davon ab. Mit den übrigen Anwesenden sprachen die beiden kaum ein Wort.

Als hätte sie Jos prüfenden Blick bemerkt, hob Lucy, die ins Gespräch mit Ivy vertieft war, den Kopf und lächelte. Aber es war ein freudloses Lächeln. Ihre Augen wirkten traurig und noch stärker gerötet als zuvor. Sie sah erschöpft und resigniert aus. Jo beschloss, herauszufinden, was los war, sobald sie nach Hause kamen.

Die Wanderer am Nachbartisch wurden von Minute zu Minute lauter. Bernhard ließ eine traditionelle *bota de vino* kreisen. Ein Mann nach dem anderen hob das lederne Gefäß in die Luft und spritzte sich Wein in den Mund, bemüht, den perfekten Bogen nachzuahmen, den Bernhard vorführte. Der Wein benetzte nicht einmal seinen Schnurrbart. Bei manchen floss der Wein überhaupt nicht, andere trafen total daneben, was Lachsalven auslöste, während der Erfolg der Geschickteren mit lautem Jubel und Getrampel belohnt wurde.

An Lucys Tisch musste man sich unterdessen fast schreiend verständigen. Gerade als Jo vollkommen die Lust verlor, schrillte ein Schrei durch das Restaurant. Sie wusste ohne hinzusehen, wer ihn ausgestoßen hatte. Plötzlich war es ganz still und alle Anwesenden sahen sich um. Und tatsächlich, Ivy saß nicht mehr auf ihrem Stuhl, und sie hielt ein tropfnasses Band mit Schottenmuster in der Hand. Es musste heruntergefallen und in einer Weinpfütze vom Nachbartisch gelandet sein. »Meine Schleife«, jammerte sie.

Lucy versuchte erfolglos, sie zu trösten. Der Vorschlag,

das verbliebene trockene Band auseinanderzuschneiden, löste einen hysterischen Anfall aus. Ivy schnappte es sich und brüllte: »Mein Band! Mu-m-my!«

Jo entschuldigte sich bei Adam und Brad und ging zu ihrer Tochter. »Ivy, gib mir das Band.« Sie streckte die Hand aus. »Wir waschen es, und morgen früh ist es trocken und du kannst es wieder anziehen.«

»Ich will es aber JETZT anziehen!« Ivy schnappte es sich wieder und warf es auf den Tisch.

»Sie ist erschöpft«, entschuldigte sie Jo bei der Tischrunde, während sie die Hände unter Ivys Arme schob und sie sich auf die Hüfte schwang. Ivy brachte sie beinahe beide zu Fall, als sie sich vorbeugte, um das Band zu erwischen. Lucy gab es ihr gerade noch rechtzeitig. Ivy drückte ihre Wange an Jos. Jo entspannte sich. Sie passten zusammen wie zwei Teile eines Puzzles. Dann traf eine kleine Faust ihren Kopf.

»Au!« Jo ergriff die Hand ihrer Tochter, damit sie es nicht noch einmal tat. »Wir schauen mal, ob du dich irgendwo hinlegen kannst.« Sie bemühte sich, ruhig zu bleiben.

Der Nebentisch hörte auf zu glotzen und gab sich wieder dem zügellosen Essen und Trinken hin.

»Neeeeein!« Ivy kleines, gerötetes Gesicht war wutverzerrt.

»Komm mit«, sagte Lucy und stand auf. »Ich weiß einen Platz, wo wir dir ein ganz besonderes Lager bauen können. Und vielleicht gibt es da sogar ein Eis.«

Die Bestechung funktionierte. Jo schalt sich, weil sie nicht selbst auf die Idee gekommen war, dann fiel ihr ein, dass ihre Tagesmutter Sue Bestechung strikt ablehnte. Vielleicht sollten sie es lieber lassen? Ivy hörte schlagartig auf zu weinen und sah Lucy aus großen Augen an. »Eis?«

Jo dankte Gott für ihre Schwester.

»Ja, Erdbeer oder Schokolade.« Lucy führte sie in eine ruhige Ecke der Bar, während Jo sich wünschte, ebenso mit Kindern umgehen zu können wie sie. Lucy war, im Gegensatz zu Jo, ein Naturtalent. Einer der Kellner half ihnen, vier Stühle zusammenzurücken und daraus mit Kissen ein Bett zu bauen, über das eine dicke gemusterte Decke gebreitet wurde. Das Eis kam, Ivy aß es, und dann fielen ihr auch schon die Augen zu. Erleichtert und dankbar holte Jo Bampy aus ihrer Tasche – das Tüpfelchen auf dem i. Ivy kuschelte sich unter der Decke zusammen, während Jo ihr die Haarsträhnen zurückstrich, die an ihrer schweißnassen Stirn klebten.

»Normalerweise ist sie um diese Zeit längst im Bett«, flüsterte sie, um das Verhalten ihrer Tochter zu entschuldigen.

»Eine Ausrede, die in unserer Familie nicht oft benutzt wurde!«, flüsterte Lucy und tätschelte Ivys Schulter.

»Weißt du noch? Als du in diesem Alter warst, habe ich dich einmal fest schlafend in einem der Hundekörbe gefunden! Wer weiß, wie spät es gewesen ist, als du einfach da hineingekrochen bist.«

»Ja, aber so war Mum eben. Sie hat uns immer zu unserer eigenen Musik tanzen lassen.«

»Routine? Was ist das?« Jo hörte sich fast an wie Hope.

Sie lächelten einander an, einig in der Einschätzung ihrer Mutter.

»Nun, wir sind ohne Routine aufgewachsen und haben keinen bleibenden Schaden davongetragen. Sie hat uns eben so großgezogen, wie es für sie gepasst hat. Was uns in den Weg geraten ist, waren andere Dinge.«

»Alles in Ordnung mit dir?«, fragte Jo, die immer noch Ivys Kopf streichelte, obwohl ihre Tochter bereits tief und fest schlief.

»Natürlich. Das ganze Wochenende ist einfach ein bisschen anstrengend, das ist alles.« Lucy fuhr, den Blick auf den Boden gerichtet, mit der Schuhspitze eine Fuge zwischen den Fliesen entlang.

Jo spürte, dass mehr dahintersteckte. »Das ist doch nicht alles, oder?«

»Wirklich, mir geht es gut. Ganz ernsthaft. Abgesehen von der Tatsache, dass Ian während des ganzen Essens die Hand auf meinem Oberschenkel hatte.«

»Mann, ist das ein alter Schwerenöter! Warum hast du nichts gesagt?«

»Ich wollte keine Szene machen. Immerhin soll das heute doch das traditionell fröhliche Abendessen vor der Party sein.« Sie hob eine Augenbraue.

»Ist das dein Ernst? Ich hätte ihm eine geschmiert.«

»In Mums Anwesenheit hätte er sich das nicht getraut, da wette ich drauf. Würdest du vielleicht mit mir den Platz tauschen?«

»Willst du lieber zwischen Adam und Brad sitzen? Vom Regen in die Traufe!«

»Hauptsache, ich sitze nicht neben Art.« Lucy verzog das Gesicht, als würde sie sich am liebsten auf die Zunge beißen.

Es war also doch etwas los.

»Ich meine das nicht so«, korrigierte sie sich rasch. »Ich meinte bloß, dass man nicht neben der Person sitzen sollte, mit der man gekommen ist. Du weißt, Mum wollte immer, dass wir uns ein bisschen mischen.«

Jo war noch nicht überzeugt, aber man würde sie allmählich bei Tisch vermissen. Die Wahrheit würde sie später herausfinden müssen. »Also gut. Dann mal zurück ins Gefecht«, sagte sie und lud Lucy mit einer Geste ein vorauszugehen. »Du solltest sowieso mit Adam sprechen – viel Spaß dabei.« Sie täuschte ein Gähnen vor.

Wieder am Tisch, nahm sie wie besprochen Lucys Platz ein, bereit, Ian eine zu verpassen, wenn er aufdringlich wurde. Doch er merkte kaum, dass die beiden Schwestern getauscht hatten. Stattdessen war er mit der Kellnerin beschäftigt, die ihm einen Teller Sardinen gebracht hatte.

»Diese knochigen Dinger würde ich nicht mal bestellen, wenn es das letzte Essen auf Erden wäre«, protestierte er.

»Ian, ich finde, du könntest …«, begann Tom.

Doch Ian wollte nichts davon hören. Zum Zeichen seines Widerstands wedelte er mit dem Arm und traf unbeabsichtigt den Teller, den die leidgeprüfte Kellnerin auf der Höhe seines Kopfes hielt. Die armen Sardinen flogen hoch in die Luft. Ein paar davon landeten auf dem Fliesenboden und schlitterten darauf noch weiter, eine andere schoss an Jos Kopf vorbei. Sie duckte sich gerade noch rechtzeitig, aber die Sardine, gegrillt und mit der Tomatensauce serviert, die das Markenzeichen des Restaurants war, klatschte gegen Elaines Kopf, rutschte hinunter und landete schließlich in ihrem Schoß.

Mit einem schrillen Schrei sprang sie auf. »O mein Gott!« Das Fischchen fiel zu Boden und hinterließ auf ihrem blassgrünen Kleid eine ölige Tomatenspur. Sie griff nach einer Serviette, um den Schaden einzugrenzen. »Echt super!«

Ian stammelte über den Rücken der Kellnerin hinweg, die die Fische vom Boden auflas, eine Entschuldigung.

Ethan, der neben Elaine saß, lachte sich halb tot, obwohl ihm Belle über den Tisch hinweg wütende Blicke zuwarf. Er schenkte sich Wein ein. Was ihm erneut finstere Blicke eintrug.

Antonio füllte ein Glas mit Wasser. »Hilft das vielleicht?« Gerade als er es über Ethans Kopf hinweg Elaine reichte, richtete Ethan sich in Reaktion auf Belles Geste, er solle nicht weitertrinken, zu seiner vollen Größe auf. Dabei stieß er mit dem Kopf gegen das Glas, das Wasser entleerte sich über seinem Hut und tropfte von der Krempe auf sein T-Shirt. Alex auf der gegenüberliegenden Seite des Tisches prustete los.

Ethan nahm den Hut von seinem Kopf, schüttelte ihn trocken und spritzte dabei Elaine nass.

Die Hysterie, die längst unter der Oberfläche gegärt hatte, brach nun vollends aus: Kaum einer der Anwesenden konnte das Lachen noch zurückhalten. Selbst Elaine lächelte, während sie aufstand, um mit Ethan zusammen die *servicios* aufzusuchen und die Schäden zu beheben. »Komm, Ethan. Gehen wir uns säubern.«

Einzig Bill und Daphne ignorierten den Tumult, denn sie befanden sich in einer Diskussion über die Unabhängigkeit Schottlands. Da Daphne in Schottland entfernte Verwandte hatte, fühlte sie sich offenbar im Vorteil und befugt, alle auch nur ansatzweise pro-unionistischen Äußerungen Bills niederzubrüllen.

»Jesus, Maria und Josef, Bill! Kapierst du denn überhaupt nichts? Das Öl gehört nicht England«, grölte sie und stand auf, das Glas in der Hand. »Wo ist die Damentoilette?«, fragte sie die Kellnerin, die auf die Treppe deutete. »Ich erklär es dir, wenn ich wieder da bin.« Sie segelte an Elaine und Ethan vorbei, die am Treppenabsatz stehenblieben, um ihr den Vortritt zu lassen. Als hätten sie eine Wahl gehabt. Sie sahen einander an und grinsten. Von Daphnes Sorte hatte nur eine Platz, also würden sie warten müssen.

Als Elaine nach dem Geländer griff, ertönte ein Schrei und ein Krachen – etwas Schweres fiel die Treppe hinunter. Sie hörten Daphne etwas rufen.

Elaine sah nach, was los war, und verkündete dann der Tischrunde: »Ich glaube, sie braucht Hilfe.«

Doch Tom war bereits aufgesprungen, um den Retter zu spielen. Er eilte an Elaine und Ethan vorbei, und wenig später kamen er und ein Kellner die Treppe herauf. Sie stützten Daphne links und rechts. Mit ihrer Hilfe hüpfte sie unter dem Gegröle der amüsierten Wanderer zum nächstbesten Stuhl.

Sie winkte zum Gruß herüber. »Verdammte Treppe. Ich brauche was zu trinken.« Sie streckte ihr Glas einem der Kellner entgegen, der es mit zur Bar nahm. »Bin auf halbem Weg über die Fußmatte gestolpert und saublöd umgeknickt. Hab den Knöchel knacken hören. Vielleicht gebrochen! Wie kann man da bloß so was hinlegen!« Sie hob ihr ziemlich üppiges Bein hoch und legte es auf den Stuhl, den Tom herangerückt hatte. »Geht schon wieder. Kann bloß momentan nicht drauf stehen.«

Der Barmann brachte einen Eisbeutel, den Tom auf ihrem Knöchel platzierte. »Du musst es hochlegen. Und darfst es nicht belasten. Möchtest du, dass ich einen Arzt rufe?«

Daphne bedachte ihn mit einem Blick, der besagte, dass sie all das natürlich wusste. »Nicht nötig. Bin gleich wieder fit.«

Jo hatte ungläubig beobachtet, was vor sich ging. Gerade als sie gemeint hatte, der Abend könnte sich nicht mehr schlimmer entwickeln, war genau das passiert. »Was willst du jetzt tun, Daphne? Zu Ende essen? Oder soll ich dich heimbringen?« Sie kannte Daphne lange genug, um zu wissen, dass Essen sie nicht weiter interessierte, wenn es genug zu trinken gab.

»Nein, nein. Ich werde Ros anrufen. Sie wird mich abholen. Ich will nicht die Party sprengen.« Daphne nahm einen großen Schluck Wein. »Aber ich werde hier sitzen bleiben. Neben diesem Idioten halte ich es keine Minute mehr aus. Die Union, um Himmels willen! Gute Ausrede.«

Jo kannte Ros, die gleichermaßen stämmige Schottin, Autorin ziemlich überraschender und berührender Kurzgeschichten, die in kleinen Lokalzeitungen erschienen. Die beiden Frauen lebten seit Jahren zusammen und bezogen ihr mageres Einkommen aus Schreibkursen, die sie veranstalteten. Hope war gut mit ihnen befreundet gewesen. Jo hoffte, dass Ros bald auftauchen würde.

Brad und Ian schienen überhaupt nicht bemerkt zu haben, was vorgefallen war; sie debattierten mit erhobenen Stimmen hitzig weiter. Val versuchte Alex in ein Gespräch zu ziehen, während Belle sich angeregt mit Adam unterhielt und Art seine Aufmerksamkeit Elaine zugewandt hatte, die inzwischen, mit einem großen nassen Fleck auf dem Kleid, an den Tisch zurückgekehrt war. Sie steckten die Köpfe zusammen, während er ihr etwas erklärte. Dann lachte sie laut auf, und beide stimmten einen Vers aus einem Lied an.

»In goldenen Tagen ward, einen Strumpf zu erspähen
Als Ungeheuerlichkeit angesehen ...«

Brad stimmte mit einem vollen Bariton, den Jo nicht erwartet hatte, in den Refrain mit ein.

»Jetzt, dass es auch der Letzte glaubt,
Ist alles und viel mehr erlaubt.«

Erneut schüttelten sich alle vor Lachen. Wenigstens amüsierten sich ein paar Leute.

Elaine rief, das Gesicht gerötet, zu Jo hinüber: »Was für ein Abend! Ich werde das Gefühl nicht los, dass Hope ein Auge auf uns hat und dafür sorgt, dass es ein wirklich denkwürdiges Wochenende wird.«

»Ein seltsamer Gedanke, dass es das letzte sein wird«, gab sie zurück.

Doch Elaine hatte sich bereits wieder Art zugewandt.

Um sie herum wurden die Gespräche fortgesetzt. Vom Nachbartisch dröhnte lautes Gelächter. Nachspeisen wurden gebracht und gegessen. Kaffee wurde getrunken. Antonio entschuldigte sich bei Brad, mit dem er sich unterhalten hatte, und machte sich auf den Heimweg. Jo beobachtete, wie er ging und dabei einen letzten kurzen Blick zu Lucy hinüberwarf, die es nicht bemerkte. Tom versuchte Ethan und Alex ins allgemeine Gespräch einzubeziehen. Alex ließ seinen Vater ebenso abblitzen wie zuvor Val. Offenbar hatte er nur den einen Wunsch, weiter in dem E-Book zu lesen, das er unter dem Tisch hielt. Ethan hingegen war gesprächig, fast schon geschwätzig. Adam und Val lachten sich schief, als er ihnen erzählte, wie man ihn zur Teilnahme an einer Schulsportveranstaltung genötigt hatte und er in allen Disziplinen Letzter wurde. Jo fragte sich, ob sie als Einzige bemerkt hatte, wie viel er trank. Dann sah sie Belles Gesicht und wusste, dass das nicht der Fall war.

Langsam lief der Abend aus. Jo konnte es kaum erwarten, nach Hause zu kommen. Man wünschte sich eine gute Nacht, Mitfahrgelegenheiten wurden arrangiert und man versprach einander ein Wiedersehen am nächsten Tag. Als sie das Lokal verließen, bestellte die Wandergruppe gerade eine weitere Runde.

14

Da Ros daheim gerade nicht wegkonnte, weil sie einer gebärenden Katze beistand, hatte Lucy sich bereiterklärt, Daphne nach Hause zu bringen. Während sie den Geländewagen holen ging, hatten sich die anderen der Herausforderung gestellt, Daphne wohlbehalten die Treppe hinunter und auf die Straße zu manövrieren. Man bugsierte Daphne auf den Beifahrersitz, und kaum hatte Lucy die Stadt hinter sich gelassen, schnarchte Daphne leise. Als sie die Straße nach Benarrabá erreichten, stand ihr vom Wein geröteter Mund weit offen, und das Schnarchen war eher ein rhythmisches Gebrüll.

Es stank derart nach Alkohol und Knoblauch, dass Lucy das Fenster öffnen musste. Zum Glück schlief Daphne. Gesellschaft war jetzt das Letzte, was sie brauchte. Die Nachtluft drang ins Wageninnere und brachte den schwachen Duft wilder Kräuter mit sich. Abgesehen von einem Kaninchen, das die Straße überquerte und im Scheinwerferlicht sein weißes Hinterteil zeigte, war niemand unterwegs. Es blieb nicht stehen, um Lucy anzusehen.

Art. Zum ersten Mal an diesem Abend erlaubte sie sich zu reflektieren, was er gesagt hatte. Nach allem, was sie zusammen durchgestanden hatten, vielleicht auch gerade deswegen, liebte er sie nun nicht mehr. Womöglich war es unvermeidlich gewesen, dass er bei jemandem Trost suchte, der nicht litt und deshalb ganz für ihn da war. Lucy war so in ihrer Enttäuschung und ihrem Gefühl des Scheiterns gefangen gewesen, dass sie ihn, ohne es zu wollen, nicht mehr an sich herangelassen hatte.

Ihr kam die erste Szene in den Sinn, in der sie ihn mit Carrie gesehen hatte. Carrie spielte die neue Fachärztin: schön, streng, mit unverblümter Sprache, hatte sie keine Angst davor, sich Feinde zu machen, und schüchterte die übrige Krankenhausbelegschaft ein. Alle außer der von Art dargestellten Person. Der Stationspfleger scheute sich nicht, für sich und seine Kollegen einzustehen. Als sie zum ersten Mal aneinandergerieten, flogen Funken. Wie etliche Kritiker erkannten, knisterte es merklich zwischen den beiden. Doch damals hatte Lucy geglaubt, sie würden nur schauspielern.

Was war sie bloß für ein Dummkopf gewesen.

Daphne an ihrer Seite hustete und öffnete die Augen. »Tut mir leid, dass du das übernehmen musstest, aber ich konnte nicht fahren.« Sie holte tief Atem und setzte sich anders hin, damit ihr Knöchel es bequem hatte. »Das Auto werden wir dann morgen früh abholen müssen.«

»Kein Problem. Ich bin froh, dass ich eine Ausrede hatte, mich ein bisschen auszuklinken.« Was Lucy jetzt gerade am dringendsten brauchte, war Zeit allein, um sich zu sortieren.

»Sei Ian nicht böse.« Daphne wischte sich den Speichel aus dem Mundwinkel. »Ich habe seine Hand auf deinem Bein gesehen. Er meint es nicht so. Er ist bloß ein dummer alter Mann.«

»Der es besser wissen sollte.« Lucy gefiel nicht, wie zimperlich sich das anhörte.

Daphne wühlte in ihrer Handtasche und holte einen Flachmann hervor. Sie schraubte ihn auf und kippte sich einen gehörigen Schluck in den Hals. »Nur ein Schlaftrunk. Daheim hält Ros den Alkohol unter Verschluss.«

Das überraschte Lucy keineswegs. Sie fuhren von der Straße ab und einen steinigen Weg entlang, der blass im Mondschein lag. Vor einem Tor hielt sie an. Aus der offenstehenden Haustür fiel ein Lichtstrahl.

»Sie ist also wach.« Daphne öffnete ihre Tür, hatte aber Schwierigkeiten, ohne Hilfe auszusteigen. »Im Paläolithikum war sie Krankenschwester, sie wird mich schon verarzten.«

»Lass mich dir helfen«, sagte Lucy und stieg aus.

Das Motorengeräusch war im Haus nicht unbemerkt geblieben. Ein Jack Russel kam aus der Tür geschossen und sprang Lucy schrill bellend um die Knie. Von drinnen ertönte Musik: eine sanfte, gefühlvolle Melodie, die sie nicht kannte.

»Django, sitz!« Ros, ebenso üppig von Gestalt wie Daphne, aber offensichtlich ohne Alkoholproblem, stand im Türrahmen. Sie wiegte eine Katze an ihrer ausladenden Brust und sah zu, wie Lucy Daphne um das Auto herum half. Als sie merkte, dass Daphne ihr rechtes Bein nicht belasten konnte, trat sie vor. »Ich wusste ja, dass du es nicht schaffst, die Finger vom Wein zu lassen. Du bist hoffnungslos. Wartet mal, ich setzte Orlando ab. Ich muss ihn von Sheba und den Kätzchen fernhalten – es sind vier.« Sie verschwand, um Sekunden später mit leeren Händen wieder aufzutauchen. Dann nahm sie behutsam Daphnes anderen Arm. »Gehen wir rein.«

Gemeinsam schafften Lucy und Ros es, Daphne ins Haus zu manövrieren, ohne über den aufgeregten Hund zu stolpern, der zwischen ihren Beinen herumflitzte. Ros machte einen Sessel frei und sie ließen Daphne dort Platz nehmen. Lucy schob einen stoffbezogenen Hocker herbei, während Ros aus der angrenzenden Küche ein Päckchen Tiefkühlgemüse holte, das sie auf den verletzten Knöchel legte. Das Licht, das durch die offenen Fenster nach draußen fiel, warf in ihrem geliebten, schön gepflegten Garten lange Schatten.

»Kaffee? Tee?«

»Eigentlich muss ich nach Hause.« Doch in diesem chaotischen Haushalt, wo jede sich bietende Fläche als Ablage benutzt wurde, fühlte sie sich zum ersten Mal an diesem Tag beinahe entspannt. Da ihre Mutter ebenso nachlässig gewesen war wie ihre Freundinnen, wurden Erinnerungen an das Chaos im Zuhause ihrer Kindheit wach. Sie wollte nicht wieder ins Auto steigen und all ihren Ängsten und Befürchtungen ins Auge sehen.

»Nur einen auf die Schnelle. Daphne trinkt auch einen.« In diesem Punkt ließ Ros Daphne keine Wahl. »Das haben wir gleich. Komm mit in die Küche und erzähl mir, was passiert ist.«

So energisch Daphne auch in der Öffentlichkeit auftrat, war es doch klar, wer daheim die Hosen anhatte. Lucy folgte Ros in die Küche, wo, wenn das überhaupt möglich war, ein noch größeres Chaos herrschte als im Wohnzimmer. In einem Körbchen säugte eine Katze vier Junge. Auf dem Boden standen mehrere Schüsseln mit Tiernahrung. Neben der Spüle türmte sich das gespülte Geschirr.

»Macht keinen Sinn, das alles wegzuräumen«, sagte Ros, die Lucys Blick auffing. »Wird ohnehin wieder benutzt.«

Die Wände, grün gestrichen vor vielen Jahren, wie die zahlreichen Scharten und Kratzer zeigten, schmückten Bilder, von denen die meisten schief hingen, darunter eines von Walters wilderen abstrakten Gemälden. Dazwischen waren Postkarten gepinnt: Dankesschreiben von Autoren, die bei den beiden einen Kurs besucht und von ihrem Aufenthalt profitiert hatten. Ros setzte Wasser für den Kaffee auf, während Lucy ihr erzählte, was vorgefallen war.

Ros hörte sich die ganze Geschichte an und warf dann laut lachend den Kopf zurück. »Ich habe dich davor gewarnt, dich vorher mit Bill und Ian zu treffen«, rief sie in Daphnes Richtung. »Wie willst du nun morgen auf die Party kommen?«

Die Antwort war ein lautes Schnarchen.

»Sie wird Hopes letzte Party auf keinen Fall verpassen. Ich auch nicht und wenn ich sie tragen muss.«

Beide lächelten sie über diese Vorstellung. Ros holte drei Becher hervor, die braune Teeflecken aufwiesen, und löffelte Instantkaffee hinein.

»Es ist so schade, dass es die letzte Party ist. Wir hatten bei Hope wirklich tolle Feste. Was passiert nun mit dem Haus?«

»Wir verkaufen es«, sagte Lucy. »Am Montag kommt der Makler. Tom hat alles organisiert.« Während sie sprach, spürte sie, wie sich in ihr wieder diese klaffende Wunde öffnete. Das Haus hatte ihnen allen so viel bedeutet, vor allem aber Hope und ihr selbst. Hope hatte einst ihre Hoffnungen und Träume für die Zukunft daran geknüpft, während Lucys Träume dort geboren worden waren. Vielleicht traf das auch für ihre Geschwister zu. Wenn es nur eine Möglichkeit gäbe, das Haus zu behalten, damit es weiter Teil ihres Lebens sein konnte! Jetzt, wo Art sie verließ, könnte sie vielleicht sogar für eine Weile hierherziehen, sich die Wunden lecken und an einem Ort, den sie liebte, einen Neuanfang machen. Aber Hope hatte es nicht so gewollt, und die anderen würden keinesfalls zustimmen.

»Das geht aber schnell. Könntet ihr nicht ein bisschen damit warten? Bis sich alles gesetzt hat?« Ros warf Lucy einen verstohlenen Blick zu, als vermutete sie, das sei noch nicht alles.

Aber Lucy wusste, dass jedes Wort, das sie jetzt sagte, in Windeseile im Ort die Runde machen würde. Also beschränkte sie sich auf die Erklärung: »So hat Mum es gewollt. Es war ihr ungeheuer wichtig, dass das Haus uns nicht zur Last fällt.«

»Na, diese Entschlossenheit kann ich mir vorstellen.« Ros goss das kochende Wasser in die Becher und rührte um. »Hope wusste immer, was sie wollte«, fuhr sie fort, während sie wieder zu Daphne gingen, die sich nun aufsetzte. »Sie wusste, was richtig ist, egal, was alle anderen dachten.«

»Gestern Abend haben wir uns gefragt, wie sie wohl gewesen ist, als sie jünger war, also bevor wir sie kannten«, sagte Lucy. »Was die Leute wohl von ihr gehalten haben, mit drei Kindern von verschiedenen Vätern.«

»Man war schockiert, denke ich.« Daphne versuchte sich in eine bequemere Sitzposition zu bringen. »Aber ich glaube, so richtig kannte sie niemand. Die Spanier jedenfalls nicht. Und denen, die sie kannten, so wie wir, war es egal. Schließlich waren wir nicht zuletzt deshalb aus England weggegangen, um den geistigen Kleingärtnern und ihren Vorurteilen zu entfliehen. Sie und Walter kamen mit ihrer glücklichen Familie hier an, und mehr wusste man nicht über sie. Mehr brauchte auch niemand zu wissen.«

»Es stimmt, wir waren glücklich. Und Tom hat sich damit abgefunden. Jo allerdings will immer noch herausfinden, wer ihr leiblicher Vater war.« Sie sah Daphne, die ihrem Blick auszuweichen schien, prüfend an. »Dir hat Mum auch nie etwas verraten, oder?«

»Nein«, erklärte Ros, während sie die Spange wieder befestigte, die ihr das feine graue Haar aus dem Gesicht hielt. »Wir alle hier haben immer die Privatsphäre der anderen respektiert. Wir haben zugehört, wenn jemand erzählt hat, aber niemals nachgefragt. Jeder von uns hatte seine eigenen Gründe, hierherzukommen.« Sie sah Daphne an.

»Sie hätte niemals irgendetwas getan, das Walter verletzt hätte.« Daphne schob sich in eine bessere Sitzposition, und Ros steckte ihr ein Kissen in den Rücken. »Und als er dann gegangen war, hatte sie das Gefühl, es sei zu spät, um Wahrheiten zu verkünden. Allein konnte sie dem nicht ins Auge blicken. Wie dieses ›dem‹ auch immer ausgesehen haben mag. Mehr hat sie dazu nicht gesagt, jedenfalls nicht zu mir.«

»Aber er war den beiden ein guter Vater.« Wieder hatte Lucy das Gefühl, für ihren Vater eintreten zu müssen.

»Ja, das war er. Er war ein großartiger Mensch, und sie liebten einander innig. Er hat sie wirklich unterstützt und sie das Leben führen lassen, das sie sich wünschte. Und sie ließ ihn malen. Manchmal waren sie zwar wie Hund und Katz, aber die Unstimmigkeiten gingen rasch vorüber. Und wo Licht ist, da ist auch Schatten. Das wissen wir doch!«

Die beiden Frauen lachten.

Auf dem Rückweg nach Gaucín lenkten die Erinnerungen an ihre Eltern, die während des Gesprächs aufgestiegen waren, Lucy von ihren eigenen Problemen ab. All die alkoholgeschwängerten Abende, deren Zeuge sie geworden war, verschwammen zu einer einzigen, nebelhaften Erinnerung an die Casa de Sueños voller Menschen. Es war heiß auf der überfüllten Terrasse, Gespräche und Lachen übertönten die Musik, die aus dem Haus drang. Einst hatte die zehnjährige Lucy beobachtet, wie Hope ganz allein in einer Ecke des Wohnzimmers tanzte, sich, die Arme um sich selbst geschlungen, zur Musik wiegte. Walter kam herein, entdeckte sie und nahm sie in die Arme. Sie bewegten sich in die Raummitte, wo sie miteinander tanzten, als sei sonst niemand da. Nach dem Ende des Stücks lösten sie sich etwas atemlos voneinander, und ihre Freunde applaudierten. Lucy war zu ihnen hingerannt, und sie hatten auch sie in die Arme geschlossen, eine Familienumarmung. Hope stand gern im Mittelpunkt. Doch welche Wahrheit war es, der sie nicht ins Auge blicken konnte? Das würden sie nie erfahren. Und Art war genauso. Vielleicht hatten sich die beiden deshalb so gut verstanden. Sie hatten erkannt, wie viel sie gemeinsam hatten. Und jetzt ging auch er.

Daheim angekommen, fand sie Art noch in der Küche, wo er mit Belle plauderte, die sich einen Kräutertee braute, von dem sie schwor, dass man danach gut schlief. Als sie das übel riechende Gebräu aus dem Raum trug, warf sie einen prüfenden Blick auf ein kleines Ding, das sie aus der Tasche zog, und schnalzte unzufrieden mit der Zunge.

»Was ist das?«, erkundigte sich Jo.

»Mein Fitbit. Du solltest dir auch einen besorgen. Alle

aus meiner Walking-Gruppe haben einen. Wir nennen uns die Fitbitches.« Sie lachte über den Scherz. »Er zählt die Schritte, die du jeden Tag tust, und heute liege ich weit unter der Marke.« Ohne eine Antwort abzuwarten, marschierte sie davon zur *casita*, die Tasche mit Ferdie in der freien Hand.

Tom und seine Jungs nahmen sich Wassergläser und verzogen sich in ihr Zimmer, um auf Toms Laptop einen Film anzusehen. Elaine und Brad entschuldigten sich und gingen zu Bett. Jo und Lucy blieben als Einzige zurück. Sie setzten sich mit einer Flasche Wein auf die Terrasse.

»Ich werde das alles hier vermissen«, sagte Jo mit einer Geste, die die ganze Umgebung umfasste: im Osten die Erhebung der Sierra Crestellina, orangefarbene und weiße Lichter, die den gesamten Weg zur Küste und darüber hinaus mit ihrem Glitzern sprenkelten. Die Luft war dank des Nachtwinds jetzt kühler. In der Ferne hörte man gelegentlich den Ruf einer Eule oder den Schrei eines Tieres, der den Hintergrundchor der Zikaden übertönte.

»Bestimmt nicht so sehr wie ich.« Lucy nippte an ihrem Wein. »Meine ganze Kindheit und all die Besuche bei Mum, wenn sie mich brauchte. Ich fühle mich hier zu Hause. Und ich wünschte, wir müssten nicht verkaufen.«

Es entstand eine Pause, bevor Jo wieder zu sprechen begann. »Ist zwischen dir und Art alles in Ordnung?«

»Warum fragst du das?« Lucy wollte nicht darüber sprechen, wie gedemütigt und durcheinander sie sich fühlte. Das würde alles nur noch schlimmer machen.

»Ich habe euch beobachtet, und ich merke, dass etwas nicht stimmt.« Jo blickte starr vor sich hin. Man sah ihre Stupsnase im Profil, die Narbe seitlich an der Stirn – als

Kind war sie einmal von einem Baum gefallen. Stets furchtlos, war sie immer die Erste beim Klettern gewesen, und am höchsten gestiegen.

»Mir geht ziemlich viel im Kopf herum.«

»Mum? Dieses Haus?«

»Ach, Jo, ich will eigentlich nicht darüber reden.« Aber sie wusste, dass Jo sich schreckliche Sorgen machen würde, wenn sie keine Antwort bekam. Jo empfand immer noch das Bedürfnis, sich als große Schwester um Tom und sie zu kümmern, wenn sie in Schwierigkeiten steckten. Doch Lucy wollte ihr diesen Gefallen nicht tun, jedenfalls nicht, bevor sie irgendeine erkennbare Ordnung in ihre Emotionen gebracht hatte. Momentan war sie noch zu verletzt, um mit jemand anderem darüber zu sprechen.

»Aber vielleicht kann ich dir helfen«, beharrte Jo.

Sie würde irgendetwas sagen müssen und sei es nur, damit Jo aufhörte zu fragen. »Es hat mit der Arbeit zu tun«, unternahm sie einen Versuch. Vielleicht genügte das, um sie zu befriedigen. »Ich war in den letzten Monaten nicht so recht präsent und habe viele Kunden verloren. Du weißt besser als jeder andere, dass man keinen Moment die Zügel schleifen lassen darf, wenn der Laden laufen soll.«

»O ja, das ist mir klar«, sagte Jo mit einem kläglichen Lachen. »Ich habe, sooft ich konnte, meine Mails gecheckt. Dieses Wochenende wird jeder Kopf für die Imagekampagne von Flakers Crisps gebraucht, und ich würde es mir nicht verzeihen, wenn da etwas schief laufen würde. Wir können es uns nicht leisten, einen so großen Kunden zu verlieren. Andererseits ist Richard absolut in der Lage, das auch ohne mich hinzukriegen.« Sie betrachtete ihre Hände, wendete sie im Licht: sauber und kurz geschnittene Nägel, kein Schmuck. »Aber das ist doch nicht alles, oder? Du und Art, ihr habt seit seiner Ankunft kaum ein Wort miteinander gewechselt.«

»Lieber Himmel, Jo! Bitte hör jetzt auf. Es ist alles in Ordnung.«

»Lucy, ich kenne dich doch.« Jo sah sie mit diesem allwissenden Blick an, den sie so gut beherrschte. »Wo ist er überhaupt? Normalerweise bleibt er doch immer auf bis zum letzten Drink.«

»Nein, du kennst mich nicht. Nicht richtig. Wir sind keine Kinder mehr, die die ganze Zeit zusammen sind und genau wissen, was los ist.« Aber die Versuchung, sich alles von der Seele zu reden, jemanden ein wenig teilhaben zu lassen an dem, was sie durchmachte, was sie zu bewältigen hatte, wurde immer stärker, sosehr sie sich wehrte. »Wahrscheinlich versucht er seinen Flug umzubuchen«, erklärte sie.

Jo setzte sich kerzengerade auf. »Seinen Flug umbuchen? Warum?«

Lucy griff zur Flasche und schenkte ihnen beiden nach. Nein, das würde sie jetzt nicht erklären. Bestimmt nicht.

»Du kannst es mir ruhig sagen. Ich finde es sowieso irgendwann heraus.«

Das stimmte vermutlich. Jo hatte eine geradezu unheimliche Gabe, die Wahrheit aus Menschen herauszukitzeln, während sie ihre eigenen Geheimnisse für sich behielt. Der einzige Mensch, der ihren Bemühungen widerstanden hatte, war natürlich Hope gewesen, die sich bis zum letzten Moment – und da war es zu spät – beharrlich geweigert hatte, ihr das Einzige zu erzählen, was sie wirklich wissen wollte. Vielleicht hatte Jo deshalb so feine Antennen entwickelt. Jahre zuvor, als Lucy in der Klasse gemobbt worden war und es aus Furcht vor Rache verschwiegen hatte, war es Jo gewesen, die es herausgefunden und die beiden Rädelsführer auf dem Schulweg zur Rede gestellt hatte. Lucy hatte nie erfahren, was gesprochen worden war, aber danach hatte man sie in Ruhe gelassen.

Das Gleiche war passiert, als sie ihr Herz an Juan, einen Barmann in Gaucín verlor. Niemand in der Familie begriff, warum sie nicht essen konnte und die meiste Zeit in ihrem Zimmer verbrachte, wo sie sich ausmalte, wie sie ihn auf sich aufmerksam machen könnte. Einzig Jo merkte, wie seltsam sie sich bei ihren Ausflügen in die Stadt verhielt, und in detektivischer Arbeit fand sie heraus, dass er doppelt so alt war wie sie, einen Hang zu Drogen hatte, verheiratet war und eine seiner Freundinnen verprügelt hatte. Daraufhin überzeugte sie Lucy davon, nach einem anderen Ausschau zu halten. Jo war es auch gewesen, mit der sie in den fruchtlosen Tagen der Hormonbehandlung ständig telefonierte, als niemand sonst etwas davon wissen wollte, denn was sollten sie dazu schon sagen? Ja, sie hatte immer auf sie aufgepasst.

»Erzähl es mir einfach. Schließlich bin ich die einzige große Schwester, die du hast.« Jo warf ihr eine Kusshand zu.

Das war genug, um Lucys Mauern einzureißen. Vielleicht waren sie sich nicht mehr so nah wie einst, aber das konnte ja wieder werden. Sie musste einfach nur loslassen. Immer noch mochte sie nicht darüber reden, was Art im Schilde führte, denn zuerst wollte sie sich selbst mit dem Gedanken vertraut machen, dass er ohne sie Vater werden würde. Doch vielleicht half es ihr ja, wenigstens etwas davon zu erzählen. Also begann sie über ihre schwierige Ehe zu sprechen, über ihr Scheitern im Job. Während sie das tat, spürte sie Erleichterung darüber, ihre Geheimnisse und den Stress der bangen Monate loszulassen.

Jo unterbrach sie kein einziges Mal, nicht einmal, wenn sie Dinge zu hören bekam, die sie schon wusste. Schließlich gestand Lucy, dass Art sie verlassen würde. Carrie und die Schwangerschaft zu erwähnen, schaffte sie allerdings noch nicht. Sie war der unerträglichen Last des Mitleids noch nicht gewachsen, die diese Offenbarung nach sich ziehen würde. Ebenso wenig konnte sie sich überwinden zu enthüllen, dass die ganze Affäre in der Presse breitgetreten werden würde. Darüber zu sprechen würde es real machen, und dabei wollte sie es doch noch ein paar Tage lang ausblenden. Schon bald würde es sowieso jeder wissen.

Schließlich schwieg sie, und die beiden Schwestern saßen still auf der Terrasse und dachten nach. Um sie herum herrschte Dunkelheit. Jo war voller Mitgefühl für ihre Schwester, und sie war frustriert, weil sie ihr in diesem Fall nicht würde helfen können. Lucy verspürte Erleichterung nach ihrem Geständnis, fühlte sich aber gleichzeitig erschöpft.

15

Der Film lief erst eine Viertelstunde, als Tom klar wurde, dass er hier falsch war. Während Ethan und Alex über Anspielungen kicherten, die eigentlich für niemanden lustig sein konnten, der älter als zehn war, balancierte er, den linken Fuß in den Boden gestemmt, auf der Bettkante. Den Bildschirm sah er nur, wenn er den Hals reckte. Verlor er das Gleichgewicht und rutschte vom Bett auf den Boden, drehten sich die Jungs nicht einmal um.

Alex' Frage »Wo gehst du hin, Dad?« löste nur einen weiteren Lachanfall aus. Keiner der beiden wandte die Augen vom Bildschirm. Für sie spielte es keine Rolle, ob er dabei war. Die Zeit der Gute-Nacht-Geschichten – damals hatten sie immer gebettelt »noch eine« – war längst vorbei.

Tom fühlte sich alt und verbraucht. Das Leben ging zu rasch vorbei. Nur zu gern hätte er ein Bremspedal gefunden. Nun ging er zu seinem und Belles Zimmer und klopfte an die Tür.

»Herein«, rief sie. »Jedenfalls, wenn du das bist, Tom. Ich habe schon gewartet …«

Ihr Ton war ihm vertraut. Sie hatte Frühlingsgefühle, aber er war absolut nicht in Stimmung. Gewöhnlich war es umgekehrt, doch dieses Wochenende brachte ihn an seine Grenzen, und er konnte an nichts anderes mehr denken. Als er die Tür öffnete, stach ihm sofort der bittere Geruch ihres Schlaftees in die Nase, vermischt mit dem Duft diverser Lotionen und Cremes, mit denen sie den Lauf der Zeit aufzuhalten versuchte. Er blickte auf seine Armbanduhr. Es war Schlafenszeit, insbesondere in Anbetracht des langen Tages, der vor ihnen lag, aber wirklich müde war er nicht. Dieser Tage fand er es schwierig, volle acht Stunden durchzuschlafen – für ein Leben im Gleichgewicht ein absolutes Muss, wie Belle meinte. Oft hielten ihn Sorgen wach, die ihm gerade nachts übergroß erschienen.

Belle saß im Bett, die Augen von einer Schlafmaske im Schottenmuster verdeckt. Sie hob die Hand, als wollte sie sie abnehmen. »Tom?« Ihre Stimme klang nervös, als meinte sie, es könnte auch ein Einbrecher sein.

Warum nahm sie nicht einfach das verdammte Ding ab und sah selbst?

Er konnte der Versuchung nicht widerstehen, auf Zehenspitzen durch den Raum zu schleichen und die Stimme zu einem Brummen zu senken. »Ich werde husten und prusten und dir dein Haus zusammenpusten.«

Sie schrie auf und nahm die Schlafmaske ab, was ihre perfekte Frisur zerstörte. »Um Himmels willen!« Dann lächelte sie. »Du bist albern. Kommst du ins Bett?« Sie lüftete auf seiner Seite die Bettdecke.

Tom hatte seine Ausrede parat. »Ich bin noch nicht müde«, sagte er. »Hast du Lust auf einen Absacker?« Er wusste, wie die Antwort ausfallen würde.

»Nein, ich bin erschöpft. Ich wollte gerade schon das Licht ausmachen.« Es gelang ihr, durchscheinen zu lassen, wie enttäuscht sie darüber war, dass er sich nicht zu ihr legen würde. »Und du solltest das auch besser bleiben lassen. Dann kannst du erst recht nicht schlafen. Nimm doch lieber eine Baldriantablette.« Beleidigt zog sie die Bettdecke über den Kopf, bis nur noch ihr Scheitel zu sehen war. »Gute Nacht … Liebling.«

Vielleicht sollte er es sich anders überlegen und auch ins Bett gehen, aber jetzt war es zu spät. Der Moment war vorbei. Sie streckte eine manikürte Hand unter der Decke hervor und schaltete die Nachttischlampe aus.

Wozu tat sie das überhaupt, wo ihre Augen doch ohnehin abgeschirmt waren? So würde er sie wahrscheinlich aus dem Schlaf reißen, wenn er den Raum wieder betrat und über irgendetwas stolperte. Er tastete sich um das Bett herum, wobei er sich an einer Ecke die Zehen stieß. Der Schmerz trieb ihm die Tränen in die Augen. Doch nicht einmal als er vor Schreck keuchte, kam eine Reaktion.

Er tastete sich zu seinem Nachttisch und schaltete die Lampe ein. Belle wechselte die Liegeposition und knurrte protestierend. Er schnappte sich seinen Krimi, knipste das Licht aus und schaffte es ohne weitere Zwischenfälle bis zur Tür. Er würde sich etwas zu trinken holen und sich zum Lesen ins Wohnzimmer setzen.

Als er über den Hof zum Haus zurückging, erschien ihm die Aussicht auf ein stilles halbes Stündchen ganz für sich allein immer reizvoller. In der Küche stöberte er eine Flasche Whiskey auf und schenkte sich ein paar dicke Finger breit ein, *on the rocks*. Die Tür zur Terrasse stand immer noch offen. Er horchte auf die vertrauten nächtlichen Geräusche. Ein Auto in der Ferne. Als er sich in dem bequemen Sessel vor dem Kamin niedergelassen hatte, stellte er sich an seiner Stelle Walter dort vor, während Hope nähte oder Klavier spielte. Momente heimischer Harmonie. Jetzt brannte kein Feuer, auf dem Kaminrost lagen staubige Pinienzapfen aus dem Wald, das Klavier blieb stumm und das Nähkästchen verschlossen. Gerade hatte er sein Buch aufgeschlagen, als er draußen eine Stimme hörte.

Beunruhigt ging er durch den Raum, um nachzusehen, wer das war. Seine beiden Schwestern saßen trotz der kühlen Brise auf der Terrasse. Jo beugte sich zu Lucy hinüber, die mit hochgezogenen Knien auf ihrem Stuhl kauerte.

»Auch noch auf?«, fragte er unnötigerweise.

»Wir konnten nicht schlafen, also genehmigen wir uns einen wohlverdienten Drink und plaudern ein bisschen. Bringen einander aufs Laufende.« Jo sah Lucy an, die sich in ihren Schal gekuschelt hatte, sodass nur noch die Nasenspitze herausschaute. Ihren Gesichtsausdruck konnte Tom nicht erkennen. »Komm, setz dich zu uns.«

Er ging hinein und holte sein Getränk, während sie einen dritten Stuhl heranrückte.

»Wollen wir über morgen reden?«, fragte er. »Ist alles so weit bereit?« Das hätte er schon Stunden zuvor überprüfen sollen, als Antonio ihn daran erinnert hatte. Seit Walters Tod war immer er für die Paella verantwortlich gewesen.

»Tja, für alles, was wir bis jetzt nicht erledigt haben, ist es nun eigentlich zu spät.« Seine beiden Schwestern lachten wie die Verschwörerinnen, die sie früher gewesen waren. Nach all den Jahren überkam ihn wieder der leise Schmerz, den er immer verspürt hatte, wenn sie ihn von ihren Aktivitäten ausgeschlossen hatten.

Zunächst waren Jo und er unzertrennlich gewesen. Lucys Geburt hatte das Band zwischen ihnen nur noch gestärkt. Während Walter und Hope mit dem Baby beschäftigt waren, hatten sich Jo und er in den Wald verzogen. Viele Stunden verbrachten sie dort, streiften umher, bauten sich Lager und kletterten auf Bäume. Unermüdlich beobachteten sie Ameisen, errichteten Barrikaden, damit die Insekten sich einen Weg drum herum suchen mussten. Wenn Jo dann das Interesse verlor, zerrte sie ihn mit sich, um einen schwarzen Käfer zu begutachten, der auf dem Rücken gelandet war, oder eine Eidechse, die ihre Haut abstreifte. Als sie älter wurden, sammelten sie Vogeleier und Federn, was Jo allerdings rasch langweilte. Sie spielten Krieger, die einen unsichtbaren Feind verfolgten. Sie bauten Fallen, gruben Löcher und bedeckten sie mit Gras und Zweigen – damit hörten sie erst auf, als Walter einmal in eine hineinfiel und sich den Knöchel verstauchte. Dann begann Jo in einem Reitstall in der Nachbarschaft Reitunterricht zu nehmen. Tom mochte keine Pferde – sie waren ihm zu unberechenbar, zu gefährlich. Doch das Reiten schenkte Jo die Freiheit, nach der sie sich sehnte, und er blieb mit den Sammlungen und seinen einsamen Naturstudien allein. Später, als er und Jo nur noch in den Ferien nach Spanien zurückkehrten, war Lucy auch schon ein Teenager und die Mädchen schlossen sich in ihren Zimmern ein. Jetzt ging es nur noch um Frisuren und Make-up, um Musik und Jungs. Tom blieb außen vor. Kein Wunder, dass er und Maria während dieser langen, heißen Sommer zueinander gefunden hatten. Schließlich hatte er sein Studium an den Nagel gehängt und war nach Hause zurückgekehrt. Aber das war jetzt alles eine ganz andere Welt.

Er blickte hoch zu den Sternen. Die Sternbilder waren gegen den dunklen Himmel glasklar zu erkennen. »Wisst ihr noch, wie Mum und Dad jeden Abend stundenlang hier gesessen und zu den Sternen hochgestarrt haben? Sie versuchten mir die Namen den Sternbilder beizubringen, aber ich konnte mir keinen einzigen merken.«

»Das ist der Gürtel des Orion«, erklärte Jo und streckte den Arm empor zum Nachthimmel. »Zumindest glaube ich, er könnte es sein.«

»Wo?« Tom legte den Kopf in den Nacken. »Bist du sicher? Um diese Jahreszeit?«

Während Jo zu den Sternen hinaufdeutete, die sie meinte, erinnerte sich Tom plötzlich, dass Hope und Walter genau auf den gleichen Plätzen gesessen hatten wie jetzt Lucy und Jo. Es war ein heißer Sommertag gewesen, und sie hatten zu dritt auf dem niedrigen Tisch Schnipp-Schnapp gespielt. Ein indischer Seidenschal hielt seiner Mutter das Haar aus dem Gesicht, die beiden Enden fielen über ihre Schulter. Ihr Gesicht war schweißbedeckt. Walter trug wie gewöhnlich kein Hemd, in seinem Mundwinkel klemmte eine Zigarette, bis sich daran eine Aschesäule bildete, die schließlich in sein ergrauendes Brusthaar fiel. Beim Schnipp-Schnapp-Spiel war es lebhaft zugegangen, Hände waren aufeinander geklatscht, wenn sie die verschiedenen Stapel beanspruchten, laute Stimmen hatten »Schnapp!« gerufen. Und dann, ganz plötzlich, schlug die Stimmung um.

»Was tust du, Walt?« Die Stimme seiner Mutter klang aufgebracht. »Das waren meine.«

»Glaube ich nicht.« Walter schaufelte das Kartenhäufchen zusammen. »Sei doch nicht so eine schlechte Verliererin.«

Wie ein Kind stieß Hope den Tisch an, sodass die Karten zu Boden purzelten. Aber Walter ließ sich das nicht bieten. Er hob Hope hoch und trug sie, während sie lachte, um sich trat und tobte, bis zum Pool, um sie am tiefen

Ende hineinzuwerfen. Er und Tom fanden das wahnsinnig witzig. Anschließend sprach sie stundenlang mit keinem von beiden.

»Bailey!« Lucy begrüßte den Hund, der aus Richtung der Olivenbäume angezottelt kam. »Was sollen wir bloß mit dir machen?«

»Ich denke, du solltest ihm einen Klebezettel verpassen und ihn mit nach Hause nehmen«, scherzte Jo. Sie setzte sich jetzt auf die niedrige Mauer, die die Terrasse umgab, und fuhr mit der Hand über die Lavendelstauden, um schließlich ein paar Spitzen mit den Fingern zu zerdrücken. Dann schnupperte sie an ihren Händen.

»Hope hat das doch bestimmt geregelt«, meinte Tom.

»Sie ging davon aus, dass Antonio ihn nimmt.« Lucy kraulte den Hund unter der Schnauze, und er reckte den Hals und wedelte vor Freude mit dem Schwanz. »Das wird er wohl auch.«

»Wird er morgen Abend hier sein?« Tom hoffte eher, dass das nicht der Fall wäre.

»Natürlich. Er bringt auch den Schlüssel für die Truhe mit.«

Tom stöhnte.

»Es könnte alles schlimmer sein«, sagte Jo. »Immerhin hat sie für dieses Jahr keine Schatzsuche organisiert.«

»Oder gemeint, ein schrilles Outfit sei angemessen. Wisst ihr noch, das Jahr, als wir alle in exotischer Verkleidung kommen sollten?«

»Ja! Bill kam als Banane!«

Während die Schwestern lachten, zerbrach sich Tom den Kopf über Hopes letzte Pläne. »Was meint ihr, was das für Geschenke sind?«

»Kleinigkeiten für Freunde wahrscheinlich. Eine letzte Erinnerung an sie.« Lucy hielt still, während Bailey den Kopf in ihren Schoß legte, und fuhr dann fort, ihn hinter den Ohren zu kraulen.

»Und für uns?«

»Keinen blassen Schimmer. Vielleicht hat sie es sich auch anders überlegt. Hoffentlich blamiert sie uns nicht vor aller Augen. Zuzutrauen wäre es ihr.«

»Ach, Jo.« Vorwurf lag in Lucys Stimme. »So schlimm war sie auch wieder nicht. Sie hat uns alle zum Fressen gern gehabt.« Sie beugte sich vor, nahm Baileys Kopf in beide Hände und küsste ihn auf die Nase.

»Manchmal hatte sie eine seltsame Art, das zu zeigen. Wie damals, als sie vergaß, uns von der Schule abzuholen, weil irgendetwas anderes sie ganz gefangen nahm. Es war schon hart, Kind eines solchen Freigeists zu sein«, machte sich Jo über sich selbst lustig und warf dabei die Arme nach oben. »Da passieren seltsame Dinge in einem.«

»Kinder haben ist auch nicht einfach«, meinte Tom. »Das solltest du inzwischen wissen.« Er zupfte eine welke Blüte von der Geranie in dem Topf neben ihm und begann die trockenen Blätter eins nach dem anderen auszureißen. »Wir alle wissen, was Philip Larkin gesagt hat. Alle Eltern verkorksen ihre Kinder. Ohne Ausnahme.«

»Ich werde Ivy nicht verkorksen«, erklärte Jo und sprang automatisch auf, um sich zu verteidigen. »Was du mit Ethan und Alex anstellst, ist deine Sache.«

»O doch, auch du wirst das tun«, sagte Tom mit einem halben Lächeln. »Du hast vielleicht nicht die Absicht, aber du wirst es tun. Wir tun es alle. Es ist integraler Bestandteil des Menschseins.«

»Sehr tiefsinnig.« Jo nippte an ihrem Wein.

»Na, das ist immerhin etwas, worüber ich mir keine Gedanken zu machen brauche.« Lucy klang nun endlich etwas stabiler. »So hat alles seine Vor- und Nachteile.«

»Sehr gut, du siehst das Glas als halb voll an«, entgegnete Tom. »Aber du hast doch wenigstens deine Firma. Wie läuft es da überhaupt?« Begierig ergriff er die Gelegenheit, auf ein weniger emotionsgeladenes Thema zu wechseln.

Jo lachte. »Du Witzbold.« Sie wusste genau, was er im Schilde führte.

»Nein, es interessiert mich wirklich. Es muss schwierig gewesen sein, als Hope bei dir war.«

»O ja.« Lucy seufzte. »Und dann hat sich letztes Jahr auch noch Book the Cooks etabliert. Ich habe dir davon erzählt. Zwei von ihnen sind Freunde von mir, und sie haben ihre eigene Kochschule und Cateringfirma bloß ein paar Meilen entfernt eröffnet. Und während ich mit Mum beschäftigt war, haben sie mir die Kunden weggeschnappt. Schöne Freunde!« Sie trat nach der Terrassenmauer. »Sie haben mir die Idee geklaut und dann auch noch die Kunden. Weder das eine noch das andere werde ich mir zurückerobern können – sie sind zu gut. Darum habe ich mir überlegt, ob ich vielleicht ein Bed and Breakfast oder sogar ein kleines Hotel eröffnen könnte.« Ihre Stimme zitterte. »Aber jetzt ist schon wieder alles anders, und ich habe keine Ahnung, wie es für mich weitergeht.«

»Anders inwiefern?«, fragte Tom, doch Jo schaltete sich rasch dazwischen. »Etwas Schlimmeres kann ich mir kaum vorstellen«, sagte sie. »Bist du dir da sicher?«

»Ja«, erklärte Lucy und setzte sich aufrecht hin. »Ich glaube, das könnte ich ganz gut.«

»Wenn das dein Ernst ist, könnte ich dir mit einem Business-Plan helfen.« Dort lag Toms große Stärke. Fakten und Zahlen. Geschäftskontakte und ein klarer Kopf für Zahlen und Prioritäten – damit stand und fiel alles. »Du brauchst eine aussagekräftige Prognose.«

»Danke. Momentan hängt alles etwas in der Luft. Aber du bist der Erste, den ich es wissen lasse.« Lucy stand auf, faltete ihre Decke zusammen und legte sie über die Stuhllehne. »Ich glaube, ich gehe jetzt ins Bett. Ich muss über eine Menge nachdenken.« Sie beugte sich hinunter und gab den Geschwistern einen Gutenachtkuss.

Tom und Jo blieben schweigend sitzen.

»Worüber muss sie nachdenken?«, fragte Tom, als er es nicht mehr aushielt.

»Frag nicht.« Jo trank ihren Wein aus. »Ich habe ihr geschworen, es niemandem zu erzählen.«

»Aber ich bin ich«, sagte Tom. Eigentlich wollte er mit dem emotionalen Minenfeld, das er erahnte, nichts zu tun haben, doch andererseits empfand er es als seine Pflicht, für seine Familie zu tun, was er konnte.

»Was sagst du dazu, dass Maria aufgetaucht ist?« Jo versuchte, elegant das Thema zu wechseln. »Ist es für dich in Ordnung, dass sie morgen kommt?«

»Ja, natürlich.« Er versuchte es klingen zu lassen, als spielte es für ihn keine Rolle, ob sie da war oder nicht, doch die Worte blieben ihm in der Kehle stecken.

»Aber das Wiedersehen hat dich durcheinander gebracht, oder? Ich habe es bemerkt.«

»Nein«, erklärte er mit fester Stimme, meinte aber ja.

»Das alles ist so lange her.« Wenn er es überzeugt genug vorbrachte, glaubte er es vielleicht sogar selbst. »Jetzt muss jeder sein eigenes Leben leben.« Doch der Besuch hatte ihn tiefer verstört, als er zugeben mochte.

»Übrigens, hast du gesehen, dass das alte Haus endlich ausgebaut worden ist?«

»Wie bitte? Doch nicht etwas *unser* altes Haus?« Jahrelang war die ehemalige Finca sein und Jos geheimer Zufluchtsort gewesen. Jo hatte die Idee gehabt, Fallen aufzustellen, um zu vermeiden, dass man sie entdeckte: Äste, die auf den Eindringling herabstürzten, oder Stolperfallen. Gemeinsam arbeiteten sie emsig daran, sicherzustellen, dass sie auch bestimmt hören würden, wenn sich jemand näherte. Sie brachten Sachen aus der Casa de Sueños herunter, um die Finca einzurichten. Hope merkte es nicht einmal, als die Gartenstuhlkissen aus der Garage verschwanden. Auch die Schlafsäcke, die sie benutzten, wenn sie im Garten übernachteten, holten sie sich. Sie schmuggelten Essen aus der Speisekammer und dem Kühlschrank in ihr Domizil, damit sie an dem Lagerfeuer, das sie im ehemaligen Wohnzimmer entfachten, schlemmen konnten. Das Dach des Hauses war längst eingebrochen, und so lagen sie auf dem Rücken, blickten in den Himmel und erzählten einander Geschichten. Monatelang ging das so, bis sie eines Tages einen Krach hörten, gefolgt von Geschrei. Jo war sofort aufgesprungen. »Es sind die Jungs vom Bauernhof. Schnell! Schnapp dir einen Stock! Wir schlagen sie in die Flucht!« Doch er packte ihren Arm und zog sie aus der Hintertür nach draußen, und sie machten sich auf den Heimweg. Sie waren diesen Jungen nicht gewachsen.

»Ich war total wütend, dass du mich zum Weglaufen gebracht hast«, sagte sie nun.

»Es war kein Weglaufen. Es war ein taktischer Rückzug«, protestierte er wie jedes Mal, wenn sie ihn daran erinnerte.

»Ich wollte kämpfen.«

Selbst im Halbdunkel sah er das Leuchten in ihren Augen. »Ich weiß. Bis zum Tod. Und ich war dazu nicht bereit.«

Sie lachte. »Das warst du nie. Und anschließend konnten wir uns nicht mehr in die Nähe wagen. Samis Fallen waren besser als unsere.«

»Anscheinend ist es schließlich verkauft worden. Wir sollten es uns ansehen.«

»Ja, das machen wir.« Sie lehnte sich in ihrem Stuhl zurück. »War wirklich eine gute Zeit dort, was?«

»Ja«, stimmte er zu. »Die zu schnell vorbei war. Heute wachsen die Kinder ganz anders auf. Wirst schon sehen. Unsere Jungs haben nicht das geringste Interesse an solchen Sachen.« Das war der intimste Satz zum Thema Kindererziehung, den er je zu ihr gesagt hatte.

»Ja, ich stelle das auch schon fest«, meinte sie und tätschelte seine Hand.

SAMSTAG

16

Der Kuckucksruf weckte Jo früh. Eine Sekunde lang glaubte sie, daheim in England zu sein. Doch draußen war der Himmel wieder strahlend blau, und die Sonne stieg auf. Von irgendwo drangen die Geräusche einer Baustelle herauf. Eine Biene summte durch das offene Fenster herein und dann wieder hinaus. Jo lag auf dem Rücken und genoss mit geschlossenen Augen diesen Augenblick des Friedens. Dabei erinnerte sie sich an andere Geburtstagswochenenden von Hope, bei denen sich meist irgendwelche Dramen abgespielt hatten. Einmal hatte Daphne bei einem Streit ein ganzes Glas Rotwein über ihrem Nachbarn ausgeleert. Alle mischten sich in die Auseinandersetzung ein, und Hope konnte sie nur beenden, indem sie Walter dazu brachte, über ihren Köpfen sein Luftgewehr abzufeuern. Einmal war Hope gestolpert, als sie durch den Garten tanzte, und hatte sich den Knöchel gebrochen. Auch das sorgte für ein abruptes Ende der Feierlichkeiten. Bei einer anderen Gelegenheit fegte Ian das Schachbrett vom Tisch, weil er seinen Gegner des Betrugs bezichtigte. Was auf Hopes Partys passierte, war vollkommen unvorhersehbar. Langweilig wurde es nie, und sie genoss jede Minute: je dramatischer, desto besser. Jo zog sich die Decke bis zum Kinn. Ivys regelmäßiger Atem drang aus der Ecke, wo ihre Matratze lag, an ihr Ohr.

Sie teilten sich, ganz wie Jo gehofft hatte, Jos ehemaliges Zimmer. Jahrelang hatte Hope es für die verlorene Tochter gehütet wie einen Schrein. Sie konnte einfach nicht verstehen, dass ihre drei Kinder sich im grauen alten England niedergelassen hatten, dem Land, dem sie längst den Rücken gekehrt hatte. Ob sie wohl gehofft hatte, sie würden nach ihrer Ausbildung einer nach dem anderen zurückkehren? Vielleicht, aber Walter hatte sein komplettes Erbe darauf verwandt, ihren Kindern die allerbesten Startbedingungen ins Leben zu ermöglichen. Und dazu zählte, jedenfalls seiner Meinung nach, eine Ausbildung in England. Er traute es den spanischen Schulen nicht zu, wirklich gründliche Arbeit zu leisten. Also wurden sie mit sechzehn fortgeschickt, um den letzten Schliff zu erhalten und zu studieren. Doch indem er so entschied und sie auf diese Weise freiließ, ging der Zusammenhalt der Familie verloren. Es war schrecklich gewesen, aufzubrechen und die alten Freunde zurückzulassen, doch sie hatten es überlebt und sich jeder auf seine ganz eigene Weise im Leben eingerichtet. Obwohl Tom nach Abbruch seines Studiums für etwa ein Jahr zurückgekehrt war, hatte er sich am Ende doch dafür entschieden, in England zu leben. Und dennoch, dieses Haus war für sie immer Lebensmittelpunkt geblieben, der Ort, an den es sie immer wieder zurückzog, der Ort, an dem sie zu Hause waren.

Als Hope schließlich akzeptiert hatte, dass ihre Kinder nicht zurückkommen würden, verstaute sie die Brettspiele und Bücher im Schrank und nahm die Postkarten und Bilder von den Wänden. Jos Kinderkleidung gab sie fort. Ihre Graffiti und Wandgemälde verschwanden unter Schichten weißer Farbe. Auch die Markierungen, mit denen am Türrahmen ihre Größe festgehalten worden war, wurden weggewischt. Stattdessen hängte sie nun Walters Gemälde lokaler Sehenswürdigkeiten auf. Die verblassten Baumwollgardinen machten hübschen Blumenmustern

Platz. Die Fensterläden wurden ausgewechselt und in einem dunklen Grün gestrichen. Auf den Holzboden kamen ein paar Flickenteppiche. Eine künstlich auf alt gemachte Kommode (eines von Hopes neuesten Hobbys) war das Tüpfelchen auf dem i, als sich Jos Kindheitshöhle in ein attraktives Gästezimmer mit Aussicht verwandelte. Toms und Lucys Zimmer wurden genau der gleichen Kur unterzogen.

Das Einzige, was noch an Jos Jugend erinnerte, waren das alte Schulpult und der dazugehörige Stuhl, die für den Fall, dass Kinder zu Besuch kamen, in einer Ecke stehengeblieben waren. Jo kannte jeden Kratzer und jede tintenbefleckte Rille auf seiner Oberfläche. Am Abend zuvor hatte sie es mit einem gelben Zettel geschmückt. Ebenso wie das lose Dielenbrett. Sie hatte sich vergewissert, ob es noch da war, und wollte ihr Versteck später Ivy zeigen.

Jo atmete tief durch und spannte und entspannte jede Muskelgruppe ihres Körpers, angefangen bei den Zehen über die Fingerspitzen bis hinauf zur Stirn. Der Drang, nach ihren Mails zu schauen, verging – fast. Gerade, als sie sich eins mit dem Universum fühlte und irgendwo oberhalb des Bettes schwebte, wurde sie in ihrer Konzentration durch ein Klopfen irgendwo zu ihrer Rechten abgelenkt. Eine Sekunde später landete etwas schwer neben ihr auf dem Bett und ein kleiner Daumen und ein Fingerchen drückten ihre Augen auf.

»Aua!« Sie hob die Lider. Ivy, noch zerzaust vom Schlaf, hatte sich neben ihr zu einer Kugel zusammengerollt. »Komm her, mein Äffchen.« Sie hob eine Ecke ihrer Bettdecke, damit sich ihre Tochter in ihre Arme kuscheln konnte.

»Ich hab dich lieb.« Ivy drückte ihr einen Kuss auf die Wange.

Jo sog den warmen, süß-säuerlichen Duft ihrer Tochter ein. So gut roch fast nichts anderes. »Ich dich auch.«

»Ich hab dich lieb bis zur Unendlichkeit und noch viel weiter!« Ivy sprang aus dem Bett, einen Arm über den Kopf gestreckt – eine passable Imitation von Buzz Lightyear. »Komm, wir gehen Ferdie suchen.«

Jo schaltete ihr Handy ein, um zu sehen, wie spät es war, und stöhnte. »Er schläft noch – es ist zu früh.« Wenn sie ihre Tochter jetzt schon auf den Rest des Hauses losließ, würde sich die Freude stark in Grenzen halten. Sie versuchte, ihren Kopf klar zu bekommen. Hätten sie und Lucy gestern Abend bloß diese letzte Flasche nicht geöffnet. »Aber du könntest ihn doch für Tante Belle zeichnen.« Tante Belle. Wie seltsam diese beiden Worte klangen, wenn man sie nebeneinander stellte. Jahrelang war Belle für sie und Lucy nichts weiter gewesen als Toms ziemlich anstrengende Frau und die Mutter seiner Kinder. Doch nun, nach einer leichtfertigen Nacht im Bett mit einem Mann, den Jo kaum kannte und den sie seither nie wiedergesehen hatte – nun war alles anders und Belle würde für immer die Tante ihres Kindes sein.

Trotz der Kopfschmerzen, die sich schon ankündigten, stolperte sie aus dem Bett, um Ivys Zeichenblock zu holen. Dann überlegte sie es sich anders und zog ihr Tablet aus dem Rucksack. Unter dem Einfluss von Sue, der Tagesmutter, hatte Jo sich entschlossen, nicht der Gruppe Mütter anzugehören, die ihre Vierjährigen ein, zwei Stunden lang vor dem Tablet oder dem Fernseher parkten, um selbst ein bisschen länger schlafen zu können. Andererseits machte es das Leben so viel einfacher. Und warum sollte Ivy auf etwas verzichten, was anderen Kindern Spaß machte? Das war eben Kindheit im 21. Jahrhundert. Sie fand das Tier-Memory. Zumal, wenn es auch noch lehrreich war! Zwar war sie spät und unverhofft Mutter geworden, doch sie hatte vor allem ein Anliegen: eine gute Mutter zu sein. Einfach war das nicht. Sie versuchte sich an die Ratschläge aus den einschlägigen Büchern zu halten, die sie gelesen hatte, aber Ivy reagierte nicht immer so wie die Kinder in den Fallstudien. Jo war klar, dass ihre Tochter sie zu leicht rumkriegte, sehr zu Sues Verzweiflung. Zu erreichen, dass Ivy in ihrem eigenen Bett schlief, war eine Herkulesaufgabe gewesen. Aber was war schöner, als mit seinem Kind eine Decke zu teilen? Einen Mann hatte sie schon lange nicht mehr im Bett gehabt. Wie sie feststellte, nahmen sich Männer vor alleinerziehenden Müttern ihres Alters in Acht, weil sie befürchteten, sofort als Vaterersatz einkassiert zu werden.

Jetzt stand Ivy für sie immer an erster Stelle. Und wenn die Zeit reif war, würde Jo ihrer Tochter erzählen, wer ihr Vater war. Sie würde Ivy nicht antun, was ihre Mutter ihr angetan hatte, und die Information für sich behalten, bis ein Problem daraus wurde. Allerdings würde sie den Zeitpunkt und die Art, wie sie es erklärte, sehr achtsam wählen müssen. Gott sei Dank war Ivy jetzt noch zu klein, um es zu verstehen. Oder? Vielleicht verstand Jo Hopes Zurückhaltung jetzt ein bisschen besser.

Nach nochmaligem Nachdenken entschied sie sich dann doch fürs Zeichnen. Sie schob das Tablet zurück in den Rucksack und holte stattdessen den Zeichenblock – das hätte ihr bei Sue ein goldenes Sternchen eingetragen. Zum Glück hatte Ivy nichts bemerkt.

Ivy schnappte sich die Buntstifte und setzte sich hin. »Mein Schreibtisch«, verkündete sie.

»Mhmmm«, murmelte Jo und ließ sich wieder ins Bett fallen. Sie hob ihren Laptop vom Boden auf, wo sie ihn am Abend hingestellt hatte, öffnete ihr Mailprogramm und begann die Post durchzusehen, um sicherzugehen, dass nichts Unaufschiebbares anlag. Ihr Partner Richard berichtete über die Fortschritte bei der Imagekampagne und dass er alles im Griff habe. Sie hätte sich keine Sorgen zu machen brauchen. Ihr Blick wanderte zu Ivy, die sich über den Block beugte. Was zeichnete sie bloß? »Ist das Ferdie?«

»Nö.« Ihre Tochter verdoppelte ihre Anstrengungen, nachdem sie das erste Blatt Papier zerrissen und wieder von vorn angefangen hatte. »Ich schreibe meinen Namen drauf, damit Grandma Hope, wenn sie aus ihrem Tod aufwacht, weiß, wer ich bin.«

Jo verschlug es fast die Sprache. »Wie nett«, erklärte sie bloß und wandte sich wieder ihren Mails zu.

Endlich zufrieden, stapfte Ivy durch den Raum und präsentierte Jo ihren mit rotem Buntstift gekrakelten Namen. Während sie dann eines der Bilderbücher heraussuchte, die sie mitgebracht hatten, wollte sie wissen: »Wann werde ich sterben?«

»Oh, noch lange nicht.« Jo gab ihrer Stimme einen fröhlichen Ton, obwohl es ihr einen Stich gab. Sie klappte ihren Laptop zu. Richard kam auch ohne sie aus, Ivy nicht. Seit dem Tod ihrer Großmutter hatte das Kind ein Interesse am Tod entwickelt, das an Besessenheit grenzte.

»Nach dir?« So schnell gab sie nicht auf.

»Das hoffe ich.« Du lieber Himmel! Was sollte sie darauf bloß sagen? Bestimmt stand in irgendeinem Ratgeber etwas darüber, wie man solchen Fragen begegnet, doch die Bücher lagen zu Hause. Was würde Sue antworten?

»Wann wirst du sterben?« Ivy kuschelte sich in Jos Armbeuge und streckte ihr *Der Grüffelo* entgegen, ihr derzeitiges Lieblingsbuch. Dann rollte sie sich auf den Bauch und rieb ihre Nase am Kissen.

»Ich habe nicht vor zu sterben. Keine Sorge.« Sachlich bleiben. Das Thema wechseln.

»Wo ist Oma Hope?« Ivy kreuzte die Beine.

Gute Frage. Jo setzte sich aufrechter hin. Ja, wo war ihre Mutter? Immer noch in der Gepäckaufbewahrung auf Mallorca? Oder hatte sie es inzwischen nach Málaga geschafft? Andernfalls würde Tom explodieren. »Im Himmel«, sagte sie schließlich. Beschämt, dass aus ihrem Mund die einzige Antwort kam, die sie niemals hatte geben wollen, korrigierte sie sich. »Ehrlich gesagt weiß ich das auch nicht.«

»Wieso nicht?«

»Weil niemand weiß, was passiert, wenn man gestorben ist. Komm, wir lesen ein bisschen.« Sie öffnete *Der Grüffelo* auf Seite eins.

»Warum weiß das niemand?« Ivy blickte sie an, das Kinn in die Hand gestützt. »Ich will nicht sterben.«

Jo strich Ivy über das wirre Haar. »Du stirbst noch ganz lange nicht. Keine Sorge. Das werde ich nicht zulassen.« Wieder eine Lüge, aber bestimmt eine notwendige. Sie war eindeutig überfordert. »Schau mal.« Sie deutete auf eine Illustration, die Ivys Aufmerksamkeit garantiert ablenken würde.

»Oma Hope ist gestorben.«

Um Himmels willen! Warum entfaltete der Grüffelo nicht den gewohnten Zauber?

»Ja, aber sie war auch schon alt.«

»Ich will nicht alt werden.« Ivy lehnte den Kopf an Jos Schulter, um das Buch besser sehen zu können.

»Jeder Mensch wird alt, Ivy Rose.« Jo kitzelte ihre Tochter, die kicherte, um sie anschließend wieder forschend anzusehen. »Weißt du noch, dass du letztes Jahr drei geworden bist, und jetzt bist du vier? So geht das mit dem Älterwerden. Wenn wir nicht älter werden würden, hätten wir auch nie Geburtstag. Das würde dir doch auch nicht gefallen, oder?« Sie merkte, wie sich in Ivy eine neue Frage formte. Schnell, denk dir was aus. »Komm, gehen wir runter und holen uns ein Frühstück. Dann können wir Bailey ausführen, bevor es zu heiß wird.«

»In Unterhosen?«

»Es gibt die Shorts oder das rosa Oberteil, bis unser Koffer kommt. Such es dir aus. Es wird ein Abenteuer.«

»Dann will ich das Prinzessinnenkleid anziehen.«

Belle war Tom wie immer eine Nasenlänge voraus. Ihr Haar wurde von einem strahlend weißen Sonnenschild zurückgehalten. Wenn sie lief, erinnerte sie Tom an ein Dressurpony. Ihr Kopf war perfekt ausbalanciert, ihr Rücken kerzengerade, und seit Ethan ihr vorgeworfen hatte, sie laufe wie ein kleines Mädchen, hatte sich ihre Gangart zu einem hoch ausschreitenden Trab entwickelt. Sie hatte Tom aus dem Bett geholt und davon überzeugt, dass der frühe Morgen die beste Zeit für einen Lauf war. Aber doch nicht *so* früh! Ein verstohlener Blick auf die Uhr zeigte, dass es viertel vor sieben war. Der Whiskey, den er spät nachts noch getrunken hatte, machte es nicht besser.

Die Turnschuhe, die er auf ihr Drängen hin eingepackt hatte, sorgten jetzt schon für eine wunde Stelle an der Ferse. Er hatte einen Monat zuvor, als Belle und er sich darauf geeinigt hatten, ihre gemeinsame Gesundheits- und Fitnesskampagne auf eine neue Stufe zu heben, in einem angesagten Sportgeschäft ein Vermögen dafür bezahlt. Zu ihrem Plan gehörte gemeinsames Laufen – und zwar immer dann, wenn Tom keine überzeugende Ausrede einfiel. Hier nun konnte er sich nicht auf die beruflichen Anforderungen herausreden. Denen gegenüber hob Belle zwar vielleicht eine Augenbraue, stellte sie jedoch nie in Frage. Sie hingegen ging diese neue Herausforderung mit dem gleichen beängstigenden Elan an wie jedes andere Projekt. Allmorgendlich befestigte sie ihren Fitbit am Handgelenk, zwängte sich in ihre dunkelblaue Lauftight und trabte los in den Park. Wenn er auf dem Weg zur Arbeit mit dem Auto an ihr vorbeifuhr – schuldbewusst wegen dem Muffin und dem Latte Macchiato auf dem Beifahrersitz –, winkte sie ihm zu.

Seine Shorts scheuerten bereits jetzt an der Innenseite der Oberschenkel. Belle hatte noch mehr von seinem sauer verdienten Geld für Laufklamotten für ihn ausgegeben, doch wenn er sie trug, kam er sich vor wie ein Idiot. Da waren ihm sogar wunde Oberschenkel noch lieber. Er überlegte, sein T-Shirt auszuziehen, wollte aber seine unvollkommene Physis nicht entblößen. Nachdem er erlebt hatte, wie Art mit seinem durchtrainierten Körper durch das Haus stolzierte, waren Tom (und sehr wahrscheinlich auch Belle) sein Bauchansatz, seine unterentwickelten Brustmuskeln und seine schlaffen Oberarme umso bewusster geworden. Er hatte bemerkt, wie sowohl Elaine als auch Belle kaum in der Lage gewesen waren, die Augen von seinem Schwager abzuwenden.

Er fiel zurück. Der Rand seiner Baseballkappe fühlte sich an wie an den Kopf geschweißt. Er beschleunigte seinen Schritt, als Belle ihm über die Schulter ein strahlendes Lächeln zuwarf. Sie begann auf der Stelle zu traben, während sie auf ihn wartete. Die Feststellung, dass das Laufen sich noch nicht erkennbar auf ihre Figur ausgewirkt hatte, war lieblos, drängte sich ihm aber trotzdem auf.

»Alles okay?«, fragte sie, als er keuchend bei ihr ankam. »Ist das nicht schön?« Sie nahm den Kopfhörer aus dem rechten Ohr, ohne aus dem Tritt zu geraten.

Aus ihrer Hand wehte eine leise Stimme hinaus in die Morgenluft. Offenbar hörte sie eines ihrer Selbstoptimierungs-Podcasts. Ihr ungeheurer Drang, sich zu perfektionieren, war bewundernswert, auch wenn er dessen manchmal ein wenig müde wurde.

Sie waren hinaufgefahren nach Gaucín und liefen auf einem Pfad, der sich durch die Korkeichenwälder jenseits des Dorfes schlängelte. Der Weg machte vor ihnen eine Linkskurve, vorbei an Bäumen, die seltsam nackt wirkten, da man die dicke Korkrinde von ihren weichen unteren Stämmen geschält hatte. Die Frühlingsblüte war so gut wie vorbei, doch immer noch leuchteten auf dem steinigen Boden rosafarbene Zistrosen, Skabiosen und gelegentlich Mohn und Löwenzahn.

Tom beugte sich vor, die Hände auf den Knien, und wartete darauf, dass sein Herz zu seinem normalen Rhythmus zurückfand und das Brennen in den Waden nachließ.

Er sah Belles schicke Turnschuhe immer noch neben ihm weiterlaufen. Als er sich erholt hatte, blieb sie stehen, um sich zu dehnen.

»Fertig?«, fragte sie, während sie ihre Arme ausschüttelte.

»Sollten wir nicht besser umkehren? Ich wäre wirklich gern da, wenn Mums Asche eintrifft.« Seine Ferse stach mörderisch, und seine Knie fühlten sich an wie Wackelpudding. Er verspürte das dringende Bedürfnis, vor all dem zu fliehen. Er wollte frei sein, allein sein, sich einen Dreck um alles scheren. War er irgendwann so gewesen – oder träumte er bloß? Dann sah er seine Frau an und merkte, dass ihr Gesichtsausdruck echte Zuneigung verriet. Klar hatte er manchmal eine Stinkwut auf sie, aber sie liebte ihn. Hatte ihn immer geliebt.

Der Druck ihrer Hand auf seinem Rücken sorgte dafür, dass das T-Shirt daran festklebte. Der Schweiß fühlte sich auf seiner Haut kalt an.

»Wir haben genug Zeit«, erklärte sie, nahm die Hand weg und lief los. »Du sprichst immer davon, Prioritäten zu setzen. Das hier sollte dir wichtiger sein als vieles andere. Wenn wir nicht fit werden, sind wir zu gar nichts zu gebrauchen.«

»Aber das überfordert mich ein bisschen. Ich finde es … ziemlich anstrengend.« Das »ziemlich« fügte er ganz bewusst ein. Er wollte sie nicht wissen lassen, wie sehr er tatsächlich kämpfte.

»Überhaupt nicht.« Sie lächelte ihn in einer Weise an, die besagte, sie wisse, dass er das sehr wohl schaffen könne. »Du kannst zwischendrin immer ein bisschen gehen, wenn es dir zu viel wird.«

Das würde ganz bestimmt nicht passieren.

»Bald wird es zu heiß sein.«

»Tom! Es ist noch nicht einmal sieben Uhr morgens. Um acht sind wir wieder zu Hause, wenn wir uns ranhalten. Da stehen die anderen gerade erst auf. Komm schon.« Bei diesen Worten überprüfte sie die Zahl der Schritte, die sie gelaufen war, sowie die Anzahl der verbrauchten Kalorien, und setzte sich mit einem kleinen, zufriedenen Lächeln wieder in Bewegung. Nein, sie würde ihn nicht vom Haken lassen.

Sie hatte ja Recht. Klar hatte sie Recht. Er würde rechtzeitig zurück sein. Wenn er sich nicht ein Bein brach oder einen Herzinfarkt erlitt oder seine Knie ruinierte. Doch wenn das passierte, dann würden sie eben ohne ihn auskommen müssen. Außerdem waren Lucy und Jo genauso darauf erpicht, dass alles gut ging, wie er. Er wedelte mit seinem T-Shirt in dem Versuch, es zu trocknen. Dann lief er mit einem tiefen Seufzer seiner Frau hinterher, setzte einen Fuß vor den anderen, obwohl seine Beine sich bei jedem Schritt beschwerten.

Während er lief, arbeitete sein Gehirn unermüdlich weiter und lenkte ihn von seinen körperlichen Beschwerden ab. Ob Hopes Asche wohl rechtzeitig eintraf? Was für Geschenke würden das sein? Musste er eine Rede halten? Dieser Gedanke kam ihm zum ersten Mal. Natürlich musste er das. Wie konnte er das bisher bloß verdrängt haben? Was sollte er sagen? Was konnte sonst noch schiefgehen? Wer würde noch alles auftauchen? Wie würde er Maria Belle vorstellen? Als sie in ein Tal mit einem Flussbett kamen, das dicht mit rosa blühenden Oleanderbüschen bewachsen war, übernahm schließlich sein Körper das Kommando, und er konnte sich ganz auf den Weg konzentrieren, der aufwärts auf einen gelben Strauch zuführte, um dann wieder im Wald zu verschwinden.

Jetzt endlich galt seine Aufmerksamkeit nur noch dem, was er gerade tat. Er steigerte sein Tempo, um Belle einzuholen, die gerade die Biegung vor ihm nahm. Er durfte nicht zulassen, dass sie ihn ganz und gar ausstach. Er würde ihr beweisen, dass er ihr ebenbürtig war. Und wenn es ihn das Leben kostete.

Lucy hatte kaum geschlafen. Als sie endlich ins Schlafzimmer kam, war Art bereits im Bett. Er lag auf dem Rücken, die Hände hinter dem Kopf verschränkt, die Augen geschlossen. Sein Handy lag neben dem E-Book auf dem Nachttisch. Während sie sich durchs Zimmer bewegte, öffnete er die Augen.

»Ich habe die Flüge gecheckt, es gibt erst am Sonntag einen Platz.«

Ihr sank der Mut. Sie wollte nur das Eine: dass er abreiste, damit sie sich auf das Wochenende konzentrieren konnte.

»Was wäre dir am liebsten? Was soll ich tun?« Er klang unsicher wie ein Kind.

Sie war zu erstarrt und zu erschlagen, um den beabsichtigten Abscheu in ihre Stimme zu legen. »Wir werden einfach tun müssen, als wäre nichts geschehen. Theater spielen. Für dich dürfte das ja nicht so schwer sein.« Sie hörte ihn seufzen, dann quietschten die Bettfedern und er drehte sich um, weg von ihr.

Der Rest der Nacht war eine einzige Qual gewesen. Mit dem Rücken zu ihm hatte sie dagelegen, ganz steif – sie wollte ihn nicht berühren, sie wollte nicht, dass er da war. Sie wollte nicht daran erinnert werden, was einmal zwischen ihnen gewesen war, daran, was er nun mit einer anderen Frau teilen würde. Doch es war so schwer, wenn sie seine Gegenwart spürte, seinen vertrauten Duft roch, seinem Atem lauschte. Auch wenn es zwischen ihnen schon seit einiger Zeit nicht mehr perfekt lief, hatte sie sich kein solches Ende gewünscht.

Nur die Presse hatte ihn gezwungen, ihr die Wahrheit zu sagen, keineswegs sein eigenes Gewissen. Egoistischer und verletzender hätte er sich kaum verhalten können. Hätten ihn nicht die Paparazzi erwischt, wann hätte er sie dann überhaupt informiert? Unter der Oberfläche aus Schock und Traurigkeit spürte sie den ersten Anflug von Ärger, und er wurde stärker. Und gleichzeitig wuchs das Bedürfnis zurückzuschlagen. Wie verletzt und erniedrigt sie sich auch fühlen mochte, sie durfte nicht klein beigeben. Sie hatte nichts Falsches getan. Sie hatte ihr Bestes gegeben, damit es gut lief in ihrer Ehe und um eine Familie mit ihm zu gründen, doch die Natur war gegen sie. Nicht nur gegen sie selbst, gegen sie beide. Die große, glückliche Familie, die sie sich vorgestellt und gewünscht hatten, war ihr verwehrt geblieben – nicht aber ihm. Nun würde sie ihr Leben ändern müssen, ihm eine andere Form geben, auf die sie ebenso stolz sein konnte. Sich von dieser Geschichte nicht kleinkriegen zu lassen würde ihre Rache sein. Schließlich war sie mit ihrem ganz frischen, aber noch wackeligen Entschluss und einer Ahnung von einer Idee in einen unruhigen Schlaf gesunken.

Jetzt, wo sie sich wie ferngesteuert durch die Küche bewegte, zwang sie sich zur Konzentration auf den vor ihr liegenden Tag. Ein großes Frühstück für alle zuzubereiten gab ihr etwas zu tun, bis die anderen aufstanden. Sie schälte gerade ein paar Knoblauchzehen, um damit Brotscheiben einzureiben, die sie außerdem mit Olivenöl beträufelte, als Art auftauchte.

»Du hast dich ja ganz leise rausgeschlichen«, sagte er, fast als wäre alles beim Alten.

»Wollte dich nicht wecken.« Wenn es nach ihr gegangen wäre, hätte er das ganze Wochenende weiterschlafen können.

»Schau mal, Lou. Es tut mir echt leid, dass es so gelaufen ist. Das ist das Allerletzte, was wir wollten …«

Wir? Sie erstarrte.

»Und es tut mir leid, dass ich jetzt hier festsitze und alles für dich noch viel schwieriger mache. Soll ich mir ein Hotel suchen? Wäre das besser?«

Sie starrte den Mann an, den sie einst so innig geliebt hatte. Alles, was sie jemals für ihn empfunden hatte, war wie weggeblasen. In ein Hotel zu ziehen wäre in dieser Situation für ihn einfacher, aber so leicht sollte er nicht davonkommen. »Ist okay«, erklärte sie. »Das schaffen wir schon.«

»Wirklich?« Er schien es zu bezweifeln.

»Es ist ja nur ein Tag. Den werden wir wohl überstehen.« Sie wusste nicht, wo ihre Kraft herkam, aber es war ein gutes Gefühl. »Hope hätte gewollt, dass du dabei bist. Was du getan hast, gefiele ihr eher nicht, aber aus irgendeinem Grund hat sie dich immer gemocht. Halt dich einfach, so gut es geht, von mir fern.«

»Hast du es jemandem erzählt?«

Das war es natürlich, was ihm am wichtigsten war – die

Meinung anderer. Wie hatte sie das bloß so lange ertragen? Das Messer rutschte ab und sie schnitt sich in den Finger. »Nein.«

»Gut. Ich glaube, es ist besser so, nicht wahr?«

Sie hielt ihren Finger unter den Wasserhahn, das Blut mischte sich mit dem Wasser. Auch sie konnte auf die Aufmerksamkeit, die die Nachricht erregen würde, gut verzichten. »Aber ich meine, was ich sage. Wenn du zu Hause bist, nimm mit, was du brauchst, und geh, bevor ich zurück bin. Die Details klären wir dann später.« Dann brach sie ab, weil ihre Stimme sie im Stich zu lassen drohte. Sie würde jetzt nicht zusammenbrechen, und wenn es sie noch so viel Kraft kostete.

Er trat einen Schritt auf sie zu. »Lass mich das machen.«

»Ich komme zurecht.« Sie öffnete den Schrank, in dem der Erste-Hilfe-Kasten lag. Das Letzte, was sie jetzt brauchte, war seine Hilfe oder sein Mitleid. »Nimm dir einfach einen Kaffee und lass mich hier weiterarbeiten. Ich habe noch viel zu tun, bis die anderen aufstehen.«

»Okay.« Er bemühte sich nicht einmal, seine Erleichterung zu verbergen. »Dann gehe ich kurz schwimmen und störe dich nicht mehr.«

Sie blickte nicht auf, als er endlich die Küche verließ. Nur eine Träne fiel auf das vor ihr liegende Schneidebrett.

So also begann dieser Tag.

17

Am Vormittag waren die Vorbereitungen in vollem Gang. Die Schnüre mit den fröhlichen Wimpeln, die Hope einmal im Jahr hervorholte, wurden zwischen den Olivenbäumen vor dem Haus gespannt. Tom hatte die Zufahrt mit Windlichtern und Fackeln bestückt, ehe er davoneilte, um das Holz für das Feuer zu holen, auf dem er die Paella zubereiten wollte. Ungeachtet aller Versprechungen der Fluggesellschaft war Hopes Asche immer noch nicht da, also lenkte er sich mit verschiedenen Aktivitäten von dem Problem ab. Auch an seine Familie hatte er allerlei Aufgaben verteilt. Alex musste das E-Book weglegen und stellte nun Teelichter auf die Mauer, die die Terrasse umgab, und auf alle Fensterbänke im Erdgeschoss. Wohin Alex auch ging, Ivy folgte ihm auf den Fersen. Sie hatte ihn, wenigstens für diesen Vormittag, in ihr Herz geschlossen, seit er ihr zwei Geschichten hintereinander vorgelesen und noch weitere versprochen hatte.

Belle, die sich um die Sitzgelegenheiten im Freien kümmerte, hatte sämtliche Decken und Kissen, die sie auftreiben konnte, auf der Wiese unterhalb der Terrasse ausgebreitet. Sie behielt auch den Rest ihrer Familie im Auge, falls jemand ihre Hilfe benötigen sollte. Ethan war unten am Pool und fischte Laub und tote Insekten heraus. Die Liegestühle standen einigermaßen ordentlich aufgereiht da (nach dem Eingreifen seiner Mutter), und über den Lehnen hingen Handtücher, für den Fall, dass jemand schwimmen wollte. Weitere Windlichter waren auf den niedrigen Tischen dazwischen platziert. Nun platschte es, anscheinend hatte er seine Tätigkeit eingestellt und war ins Wasser gesprungen.

Jo stand auf der Terrasse, kratzte sich den Kopf und überlegte, ob sie irgendetwas vergessen hatten. Das einzige, was fehlte, war Hope selbst. Verschwunden, aber keineswegs vergessen. Tom hatte erneut mit dem Flughafen telefoniert und war immer wieder mit jemand anderem verbunden worden, bis er das Telefon wütend auf den Boden schmiss. Sie wünschte, er würde die Sache ihr überlassen, bevor ihn der Schlag traf.

In der Ferne verhüllte ein bläulicher Dunst die afrikanische Küste. Im Westen waren ein paar kleine Wolken aufgezogen, aber das war noch kein Grund zur Sorge. Jo beobachtete sie, bis eine von ihnen die Gestalt eines Pharaonenkopfs annahm. Hope hatte sich immer darin hervorgetan, die unmöglichsten Dinge in ganz normalen Wolken zu erkennen, aber Jo war stolz darauf gewesen, dass sie ihrer Mutter in dieser Disziplin fast das Wasser reichen konnte.

Zufrieden, dass alles nach Plan lief, kehrte sie in die Küche zurück, wo Lucy das Regiment führte. Sie war ganz in ihrem Element, spannte jeden ein, der sich in ihre Nähe wagte, und sorgte dafür, dass alles ihren hohen Ansprüchen genügte. Niemand hätte geahnt, dass irgendetwas nicht stimmte, und Jo rief sich in Erinnerung, dass es auch niemand erfahren musste.

»Jo! Wo warst du denn? Ich brauche jemanden, der den Tintenfisch schneidet.« Lucy deutete auf einige Tüten, die auf der Arbeitsfläche lagen. »Ich wollte das schon gestern erledigen, aber dann war so viel anderes zu tun.«

»Klar.« Jo nahm das Messer, das Lucy ihr reichte, und

arbeitete gemeinsam mit Tom, der einen Berg Muscheln säuberte. Elaine schälte Gemüse, das Brad dann schnippelte. Die beiden waren in ein Gespräch über Tennis vertieft und warfen hin und wieder einen Blick auf Brads Smartphone, um zu sehen, wie das Spiel stand.

»Ich wusste gar nicht, dass du dich für Sport interessierst«, bemerkte Jo neugierig.

»Ach, ich bin eine Frau mit vielen Interessen!«, lachte Elaine und reichte Brad eine weitere Karotte.

Art war nach dem Schwimmen und einem leichten Frühstück unter dem Vorwand, Einkäufe zu erledigen, verschwunden. Die unterkühlte Stimmung zwischen ihm und Lucy hatte niemand angesprochen – wenn sie überhaupt jemandem aufgefallen war. Schließlich wäre es nicht das erste Mal, dass Hopes Party mit einem Ehezwist einherging. So etwas kam vor und ging vorüber.

Am frühen Nachmittag zogen sich alle zurück, um sich herzurichten, bevor die Partygäste eintrafen. Jo war es gelungen, Ivy zu einem Mittagsschlaf zu überreden, indem sie ihr Schwimmen und eine Feenjagd im Wald versprach. Das war, trotz Ethans Spott, eigentlich Alex zu verdanken. Jo begriff allmählich, dass ihr Neffe mehr auf dem Kasten hatte, als sie ihm zugetraut hatte.

Aber von ihrem grünen Koffer gab es immer noch keine Spur. Keine Spur von Hope.

Sie hörte, dass Tom wieder einmal mit der Airline telefonierte. Natürlich war er ihr zuvorgekommen. »Was soll das heißen, Sie haben keinen Fahrer? Stellen Sie das verdammte Ding in ein Taxi. Ist es denn zu viel verlangt …« Anscheinend verlor ihr Bruder gerade jede Selbstbeherrschung.

Jo ließ ihn machen. Wichtiger als das Eintreffen der Asche war, dass sie eine Party gaben, die ihre Gäste nicht enttäuschte und Hope glücklich gemacht hätte. An der Küchentür blieb sie stehen. Drinnen standen sich Lucy und Antonio vor einem großen Topf kalter Knoblauchsuppe gegenüber. Lucy hielt Antonio einen Löffel hin, damit er kostete. Als der Löffel in seinem Mund verschwand, schloss er die Augen und auf seinem Gesicht zeigte sich ein Ausdruck höchster Wonne.

»Mmm. *Magnifico*«, murmelte er.

Als er sie wieder aufschlug, begegneten sich die Blicke der beiden. Lucy lächelte verträumt. Für einen Augenblick waren sie, ohne Jos Anwesenheit zu bemerken, ganz in eine Welt versunken, zu der nur sie beide Zugang hatten.

Jo räusperte sich. Lucy fuhr zusammen. »Ich glaube, das passt so«, sagte sie. »Einfach und gut.«

Aber Jo entging nicht, dass ihre Schwester rot geworden war, als sie sich umwandte und den Löffel in die Spüle legte.

»Jo!« Antonio kam auf sie zu und küsste sie auf beide Wangen. Sie versuchte, ihre Abneigung gegen Bärte zu unterdrücken, als sein Gesicht ihres berührte, und erwiderte den Kuss.

»Wie geht's, Antonio? Schade, dass wir gestern keine Zeit zum Plaudern hatten.«

»*Muy bien.* Ganz gut. Danke.«

Sie und Lucy hatten immer über seinen »Schlafzimmerblick« gewitzelt, aber sie hatte ihm nie wirklich in die Augen geschaut. Unter den schweren Lidern mit den dichten Wimpern hatten sie die Farbe von Holzrauch. Sein abgebrochener Schneidezahn machte sein nicht ganz perfektes

Lächeln umso charmanter. Auch das war ihr noch nie aufgefallen. Hope vermutlich schon.

»Es muss schwer für dich sein«, sagte sie.

Lucy blickte abrupt von der Salami auf, die sie in Scheiben schnitt.

»Ich komme zurecht«, sagte er. »Wir haben gewusst, dass unsere Freundschaft irgendwann einmal zu Ende geht, und wir haben uns daran gefreut, solange sie bestanden hat.« Wieder dieses Lächeln. Er flirtete doch nicht etwa mit ihr, nicht nach dem, was sie gerade mit angesehen hatte? Sie erwiderte sein Lächeln.

Gott sei Dank war Tom nicht in Hörweite. Ihm wäre das total peinlich gewesen.

»›Das Leben geht weiter‹, hat sie immer gesagt.« Antonio wandte sich Zustimmung heischend an Lucy.

Tatsächlich? Jo konnte sich nicht erinnern, dass ihre Mutter je etwas dergleichen gesagt hätte. Aber seit Jo in England lebte, hatte sie Hope nicht mehr allzu oft gesehen. Sie war seltener nach Spanien gefahren als ihre Geschwister – die Arbeit hatte sie zu sehr in Anspruch genommen. Doch abgesehen von der physischen Entfernung war auch die emotionale Distanz zwischen ihnen gewachsen, und zwar nicht nur, weil Jo ihren eigenen Weg ging. Sie war nie darüber hinweggekommen, dass Hope sich weigerte, über Jos und Toms Väter zu sprechen. Und jetzt würde sie nie erfahren, ob Hope ihr Schweigen hatte brechen wollen, als sie darum gebeten hatte, sie noch ein letztes Mal zu sehen. Sie beneidete Tom um sein, wie sie meinte, männliches Desinteresse, aber sie konnte sich nicht zu einer solchen Haltung durchringen. Es nicht zu wissen hatte ihr seelisch immer irgendwie zu schaffen gemacht.

Während Tom entsetzt reagierte, als nach Walters Tod Antonio auf der Bildfläche erschien, war sie, Jo, einfach nur erleichtert gewesen. Sie hatte keine Ahnung, in welcher Beziehung Antonio tatsächlich zu ihrer Mutter stand, und es war ihr auch egal. Liebende oder gute Freunde – wen interessierte das? Offenbar hatten sie einander gegeben, was sie brauchten. Was zählte, war, dass sich jemand um Hope kümmerte und sie, Jo, von ihren Pflichten als Tochter vorerst entlastete. Da sie ihre Mutter weniger oft sah, als sie vielleicht sollte, hatte sie sie auch nicht so gut gekannt. Und Antonio kannte Jo praktisch gar nicht. Wäre sie öfter hier gewesen als zu dem obligatorischen Besuch einmal im Jahr, wäre sie mit Hopes Philosophie über Leben und Tod vielleicht besser vertraut gewesen.

Wo steckte bloß die verdammte Asche?

Lucy nickte mit feuchten Augen. »Als sie bei mir war, hat sie immer gesagt, man müsste über die Hindernisse springen, die das Leben einem in den Weg legt, und weiterlaufen, bis man das Zielband erreicht.«

Jo staunte. »Wirklich? Das hat sie gesagt?« Dann fiel ihr das Regal in Hopes Zimmer ein, das unter der Last der Selbsthilfeliteratur ächzte.

»Tja, vielleicht hast du sie gegen Ende nicht so gut gekannt wie wir.«

Den schneidenden Tonfall kannte Jo von ihrer Schwester nicht. Aber sie konnte nicht widersprechen. Lucy hatte die Mühe auf sich genommen, Jo nicht. Lucy hatte in Hope nicht mehr nur ihre Mutter gesehen, sondern sich dafür interessiert, wie sie zu der Frau geworden war, die sie war. In jungen Jahren hatten die beiden Schwestern daran keinen Gedanken verschwendet.

»Jedenfalls müssen wir darüber hinwegkommen. Da hat sie Recht. Es hat keinen Sinn, an der Vergangenheit zu kleben«, sagte Lucy im Brustton der Überzeugung und beförderte die Salami vom Schneidebrett in eine große Salatschüssel. »Wo sind denn die Gläser mit den Kichererbsen?«

War die Bemerkung über die Vergangenheit für Jo bestimmt, weil sie immer noch erfahren wollte, wer ihr Vater war? Sie beobachtete, wie Antonio ihrer Schwester das Gewünschte reichte. Ohne ihn anzusehen, nahm sie die Gläser entgegen.

Hier lief etwas ab, was Jo vorher nicht bemerkt hatte. Es war, als wären die beiden noch in ein anderes Gespräch vertieft, und zwar in einer Sprache, die Jo nicht verstand.

»Was kann ich tun?«, fragte sie.

Lucy schaute sich um. »Antonio erledigt den Abwasch.« Sie deutete auf das neben der Spüle gestapelte Geschirr. »Also könntest du abtrocknen, oder du siehst nach, ob draußen auf dem Tisch alles steht, was wir brauchen.«

»Jetzt schon?«

»Die Leute werden in ein paar Stunden da sein. Das Essen stellen wir erst zum Schluss raus, aber du könntest prüfen, ob sonst etwas fehlt.« Sie rührte den Salat ein letztes Mal um. »Ich hoffe, dass alle kommen. Sonst müssen wir nachher so viel wegwerfen.«

»Hope hat auch immer dafür gesorgt, dass genug für alle da ist.« Antonio ließ Wasser ins Spülbecken einlaufen. »Nicht jeder mag Paella.«

»Ich hoffe, du hast Recht«, meinte Lucy. »Sonst haben wir den ganzen Vormittag für diese Salate verschwendet.«

Jo zögerte, aber sie konnte ihre Neugier nicht zügeln. »Was ist mit dem Schlüssel zur Truhe, Antonio? Ich denke, da müssen wir auch so vorgehen, wie sie es gewollt hat, oder?«

Antonio zog einen schweren, altmodischen Schlüssel hervor, den er an einer Kette um den Hals trug, und hielt ihn in die Höhe. »Ich musste ihr versprechen, ihn niemandem zu geben.«

»Komm schon. Ich mache sie nicht auf. Ich will nur sicher gehen, dass er gut aufgehoben ist«, sagte Jo und streckte die Hand aus.

Die unbeabsichtigte Beleidigung quittierte er mit einem Stirnrunzeln, schüttelte den Kopf und ließ den Schlüssel wieder in seinem Hemd verschwinden. »Bei mir ist er gut aufgehoben, keine Sorge. Ich werde Hopes letzte Wünsche allesamt erfüllen. Das habe ich ihr versprochen.«

In das peinliche Schweigen, das nun folgte, platzte Art herein, der mit ein paar Tüten in der Hand in die Küche kam. Als er die drei sah, blieb er mit verlegener Miene stehen. »Ich habe das Brot besorgt«, verkündete er und stellte die Tüten auf die Anrichte.

»Und eine Zeitung?«, fragte Lucy scharf.

»Nein. Die waren schon ausverkauft.« Er trat von einem Fuß auf den anderen. »Wenn sonst nichts ist, sehe ich mal, ob Tom Hilfe braucht.«

»Mach das«, erwiderte Lucy, ohne von dem Dressing aufzublicken, das sie anrührte.

Jo fühlte mit ihrer Schwester. Eine unmögliche Situation. Spontan folgte sie Art hinaus auf den Flur. »Kann ich kurz mit dir reden?«

»Klar.« Er schob seine Sonnenbrille hoch. Er wirkte mitgenommen, und seine Augenringe gaben ihm etwas Verletzliches. Das war ihr zuvor nicht aufgefallen.

Jo erkannte, dass auch er litt. Vielleicht kann ich ihnen helfen, überlegte sie. Vielleicht *sollte* ich helfen. »Lucy hat mir erzählt, dass ihr Probleme habt.«

Er griff sich ans Kinn und rieb sich die Bartstoppeln. Seine blauen Augen blickten eisig und unversöhnlich.

Dennoch ließ Jo nicht locker. »Das ist so eine schwere Zeit für uns alle, aber vor allem für sie, ich dachte, du könntest …«

»Sie hat es dir gesagt?« Er runzelte die Stirn und hielt sich am Treppengeländer fest, als hätte er Angst zu stürzen – oder zuzuschlagen.

»Na ja, keine Einzelheiten, ich habe bloß …« Sie wollte den Rückzug antreten, wünschte, sie hätte nachgedacht, bevor sie den Mund aufmachte, aber er hörte ihr nicht zu.

»Lucy!« Als keine Antwort kam, riss Art die Küchentür auf. Essensduft wehte heraus, als er sie noch einmal rief.

»Art, lass sie! Ich wollte nur sagen …« Jo verstummte.

Art beachtete sie nicht. Einen Moment dachte sie, er würde auf die Terrasse hinausgehen, aber er drehte sich im Türrahmen um und blieb stehen, das einfallende Sonnenlicht warf seinen Schatten auf den Boden.

Lucy kam, wischte sich die Hände an der Schürze ab. Sie blieb stehen und rückte die Zinnplatte auf der Kommode zurecht. »Ja?« Zuerst ratlos, dann beunruhigt sah sie ihn an, bevor ihr Blick auf Jo fiel.

»Ich dachte, wir wollten es niemandem sagen, bis wir das Wochenende hinter uns haben«, sagte er vorwurfsvoll.

»Tun wir auch nicht.« Lucys Stimme zitterte.

»Wie kommt es dann, dass Jo Bescheid weiß? Offensichtlich hast du mir ihr geredet. Was glaubst du wohl, wie es mir dabei geht?«

»*Dir?*« Lucy riss fassungslos die Augen auf. »Und was ist mit mir? Und wie es mir geht? Das kommt auf deiner Prioritätenliste wohl nicht vor?«

Er machte einen Schritt auf sie zu, sein Gesicht wurde weich. »Du weißt, dass das nicht stimmt. Aber wir hatten doch gesagt …«

»Nach dem, was du getan hast …«

Jetzt wandten sich beide Jo zu: Lucy ratlos und verletzt, Art wütend.

»Tut mir leid«, versuchte Jo die Wogen zu glätten. »Ich wollte nur helfen.«

»Aber das geht dich nichts an«, erwiderte Lucy. »Ich habe dich gebeten, es für dich zu behalten.«

»Ist klar, aber was ich ansprechen wollte, war bloß …«

»Das mit dem Baby. Ich weiß.« Art schien sich selber leid zu tun. »Aber ich wollte nicht, dass es auf diese Weise ans Licht kommt.«

»Baby?« Jo ließ ihren Blick zwischen den beiden hin und her wandern. »Du bist schwanger? Aber du hast doch gesagt …« Hinter Lucy sah sie Antonio, der in der Küche den Abwasch erledigte, als wäre nichts passiert.

»Nein, ich bin nicht schwanger.« Lucy setzte sich auf die unterste Stufe der Treppe und stützte den Kopf in die Hände. »Hast du mir gestern Abend nicht zugehört?«

»Doch, natürlich hab ich zugehört«, protestierte Jo. »Aber wer dann?« Während sie sprach, fiel es ihr wie Schuppen von den Augen. Oje, warum hatte sie sich bloß eingemischt?

Niemand sagte etwas, während Lucy aufblickte und Art anschaute, als sähe sie ihn zum ersten Mal. Dann brach sie das Schweigen. »Willst du es ihr sagen? Oder soll ich?«

»Sag du es ihr. Ich bin hier fertig.« Sein Gesicht verhärtete sich wieder, nachdem er seinen Entschluss gefasst hatte. »Ich suche mir ein Hotel und nehme den ersten Flug nach Hause.«

»Du gehst?« Auf Lucys Gesicht zeichnete sich so etwas wie Erleichterung ab.

»Hier kann ich ja jetzt wohl schlecht bleiben.« Sein Tonfall deutete an, es sei ihre Schuld. »Ich weiß nicht, warum wir geglaubt haben, das könnte funktionieren.«

Lucy rückte zur Seite, als er auf sie zukam, um nach oben zu gehen und seine Sachen zu holen, und zuckte zurück, als er versuchte, ihren Kopf zu berühren. In der Mitte der Treppe blieb er noch einmal stehen. »Tut mir wirklich leid, dass es so enden musste, Lou. Das hast du nicht verdient. Ich hoffe, wir können Freunde bleiben, wenn der Sturm vorüber ist.«

Jo sah, dass ihre Schwester förmlich erstarrte. Wie schaffte Art es bloß, alles in eine Szene aus einer billigen Seifenoper zu verwandeln?

»Babys gehen nicht vorüber«, war alles, was Lucy über die Lippen brachte.

»Und, Jo ... ich hoffe, du verstehst das.«

Sie starrte ihn ungläubig an. »Wer hat bloß dieses Drehbuch geschrieben?«

»Halt den Mund, Jo. Art, wenn du schon gehst, dann bitte gleich.« Lucy stand auf. Sie wirkte erschöpft. »Wie es weitergeht, können wir besprechen, wenn ich wieder zu Hause bin.«

Sobald Art außer Sicht war, wandte sie sich an Jo. »Welchen Teil von ›sag es niemandem, bis das Wochenende vorbei ist‹ hast du nicht verstanden?«

»Art ist nicht irgendjemand. Ich wollte nur helfen. Es tut mir leid.« Noch nie hatte sich Jo so schuldig gefühlt. Nichts, was sie sagte, konnte das wieder hinbiegen.

»Ich brauche deine Hilfe nicht. Wirklich nicht. Ich habe dir vertraut.«

»Ich dachte nur …«

»Hör auf, Jo! Hör auf zu denken. Ich kann selbst für mich einstehen.« Sie trat zur Terrassentür und schaute hinaus, ehe sie sich wieder zu ihrer Schwester umdrehte. »Art bekommt ein Baby mit Carrie Flanagan, der Schauspielerin, die in der Serie die Oberärztin spielt. Er verlässt mich ihretwegen. Darum geht's hier.«

Jo wollte ihr ins Wort fallen, aber Lucy sprach weiter. »Und warum er sich dieses Wochenende ausgesucht hat, um es mir zu sagen? Weil die Presse einen Bericht darüber bringen will. Das einzig Gute an der Sache ist, dass er den Mumm hatte, herzukommen und es mir persönlich zu sagen, und nicht am Telefon oder per E-Mail.« Sie lächelte traurig. »Ich dachte, wir überstehen das Wochenende irgendwie, aber vielleicht war das Quatsch. Ich wollte nicht, dass irgendwer es erfährt, bevor ich weiß, wie es weitergeht. Ich brauche weder Mitleid noch Ratschläge. Wenigstens nicht im Moment.« Sie setzte sich wieder, stützte den Kopf in die Hände und seufzte. Bailey stand von seinem Schattenplatz auf, kam zu ihr und stupste sie mit der Nase an. »Aber vielleicht hast du mir ja einen Gefallen getan.«

»Niemand sonst wird es erfahren. Jedenfalls nicht von mir.«

Lucy blickte auf und legte den Arm um den Hund. »Du meinst, du schaffst es doch, ein Geheimnis zu bewahren?«

»Ich hätte nichts sagen sollen. Wenn ich die Uhr zurückdrehen könnte, würde ich es tun. Ich bin so ein Idiot, zu denken, ich könnte irgendetwas ausrichten.«

»Stimmt, bist du, also versuch es nie wieder!« Lucy wischte sich die Augen mit dem Handrücken. Bailey leckte ihr die Wange. »Aber vermutlich musste es irgendwann ans Licht kommen.«

»Nicht von mir.« Jo war entschlossen, es wiedergutzumachen. »Niemand sonst braucht es zu wissen. Aber ein Baby …«

»Ja, es gibt kein Zurück mehr.«

Auf dem Treppenabsatz waren Schritte zu hören. Beide sahen Art entgegen, der mit seiner Reisetasche herunterkam. Er war blass, auch seine Augen waren gerötet. Lucy sprang auf, und Bailey ging schwanzwedelnd auf Art zu. Jo wünschte, der Erdboden würde sich auftun und sie verschlucken, aber es blieb ihr nichts anderes übrig, als hier auszuharren für den Fall, dass Lucy sie brauchte.

Art ignorierte den enttäuschten Bailey und schickte sich an, Lucy einen Abschiedskuss zu geben, aber sie machte gerade noch rechtzeitig einen Schritt rückwärts. »Ich rufe dich an, wenn ich wieder zu Hause bin«, sagte sie.

Er nickte traurig. »Tschüss, Jo«, sagte er. Als er zur Tür hinausging, wirkte er wie am Boden zerstört, als hätte er plötzlich eingesehen, was er sich eingebrockt hatte und dass es wirklich kein Zurück mehr gab.

Jo legte den Arm um Lucy, während sie beobachteten, wie er mit aufheulendem Motor davonfuhr, dass der Kies unter den Reifen spritzte.

»Ein Wochenende voller Abschiede«, sagte Lucy mit zitternder Stimme. »Nicht nur von Mum. Der arme Art hat sich genauso sehnlich eine Familie gewünscht wie ich. Wahrscheinlich ist es ein Wunder, dass das nicht früher passiert ist.«

»Aber doch nicht so. Nicht an diesem Wochenende.« Jo konnte vor Empörung kaum sprechen. »Was willst du jetzt tun?«

»Keine Ahnung, abgesehen davon.« Sie zog ihren Ehe- und ihren Verlobungsring ab und steckte beide in die Tasche ihrer Shorts. »Ich will nicht in unserem Haus bleiben. Da bin ich mir jedenfalls sicher, zu viele Gespenster. Und ich werde auch mein Geschäft nicht neu aufziehen, obwohl ich ja irgendwie Geld verdienen muss – vielleicht könnte ich ja doch in Brad und Ambers Restaurant australisch kochen.«

»Das wäre aber der allerletzte Ausweg.« Jo drückte Lucys Schulter.

»Ich bin mir nicht sicher, ob Bush Food wirklich meine Welt ist. Es muss noch etwas anderes geben.«

»Du hast ja immer noch uns, deine phantastische gestörte Familie! Wir helfen dir, wo wir können.«

Lucy lachte gequält. »Klar. Aber im Augenblick muss ich einfach nur dieses Wochenende überstehen. Kein Wort zu niemandem. Das meine ich ernst. Auch nicht zu Tom. Und dann werde ich Mums Rat beherzigen und, so gut es geht, die nächsten Hürden nehmen. Das hätte sie auch so gemacht.«

Aber du bist nicht sie. Jo sprach es nicht laut aus.

»Ich bin widerstandsfähiger als ich aussehe.« Es war, als hätte sie Jos Gedanken gelesen. »Ich möchte, dass sie die Party bekommt, die sie geplant hat. Ich werde sagen, Art ist von seinem Agenten zu einem wichtigen Vorsprechen zurückgerufen worden. Ich werde mir selber einreden, dass es so ist, und du tust das auch. Und ich werde versuchen, nicht darüber nachzudenken, was passiert ist, bis ich wieder in England bin. Dann habe ich immer noch genug Zeit, mich selbst zu bemitleiden – und Pläne zu schmieden.« Sie warf Jo einen flehenden Blick zu, aber an ihrer Entschlossenheit war nicht zu zweifeln.

Das war eine Seite ihrer Schwester, die Jo noch kaum kannte. Sie nickte. »Gut.« Jedes weitere Wort wäre zu viel gewesen.

Lucy band ihre Schürzenbänder fester, richtete sich auf und atmete tief durch. »Dann gehen wir jetzt wieder in die Küche und bereiten alles für die große Vorstellung vor!« Leise murmelte sie vor sich hin: »Sie haben ihn zu einem Vorsprechen geholt.«

18

Lucy stand unter der Dusche und ließ das Wasser auf ihren Kopf prasseln, während sie versuchte, alle Gedanken zu verbannen. Nur so würde sie das alles überstehen. Ihr neues Kleid lag auf dem Bett. Hope war fest entschlossen gewesen, mit der Party solle ihr Leben gefeiert werden. Sie wollte keine Trauerfeier, bei der die Gäste Schwarz trugen, stocknüchtern herumstanden, lauwarmen Tee tranken und ihrer mit Respekt gedachten. Sie wollte ein rauschendes Fest. Überraschungen. Spaß. Sie wollte so in Erinnerung behalten werden, wie sie gelebt hatte. Lucy hatte sich für ein Kleid aus glänzender pfauenblauer Seide entschieden, das sie zum Teil auch gekauft hatte, um Arts Blicke auf sich zu ziehen. Halt. Er würde sie nicht einmal mehr darin sehen. Niemals. Ob er wohl ein Hotel in der Nähe des Flughafens gefunden hatte? Vielleicht war er ja jetzt irgendwo in einer Bar an der Küste, allein, oder er telefonierte mit Carrie und erzählte ihr, was passiert war. Halt, ermahnte sie sich noch einmal. Hör auf damit.

Je eher sie sich unter die Gäste mischte, desto besser. Sie schwankte hin und her zwischen dem Verlangen nach Gesellschaft und dem Wunsch, allein zu sein, aber wenn die Party erst einmal angefangen hatte, bliebe ihr keine Zeit mehr zum Grübeln. Sie stellte die Dusche ab und machte sich rasch fertig. Sie schlüpfte in das Kleid. Seit der Anprobe im Laden hatte sie abgenommen. In der Küche musste sie noch letzte Hand anlegen, also zog sie die blauen Wildlederpumps an und band sich ihre gestreifte Schürze um.

Als sie unten war, hörte sie, dass sich unten auf der Terrasse jemand am gedeckten Tisch zu schaffen machte und ging hinaus, weil sie dringend Gesellschaft brauchte. Bei dem Anblick, der sich ihr bot, musste sie sich an den Türrahmen lehnen. Ihr Herz pochte heftig. Da beugte sich ihre Mutter über den Tisch und legte, ein kleines Glas Wein in der Hand, Servierlöffel bereit. Das Gesicht hatte sie abgewandt.

Lucy spürte, wie ein Schrei in ihr aufstieg.

»Die hatte ich vergessen.« Jo hielt einen der Löffel in die Höhe. »Ist irgendwas? Du siehst aus, als hättest du ein Gespenst gesehen.«

»Du hast Mums Kleid an!« Lucys Herzschlag beruhigte sich allmählich, als sie begriff, wen sie vor sich hatte. »Ich dachte, du bist sie.« Sie zwinkerte, um besser sehen zu können.

»Das ist das Einzige, in das ich passe.« Jo zupfte an dem Kleid, dessen Knöpfe sich über ihrem Busen spannten. »Meine Sachen sind ja im Koffer, also musste ich mir etwas ausleihen.«

»Du hättest etwas sagen sollen. Mich hat fast der Schlag getroffen.« Lucy gefiel es nicht, dass Jo im Kleiderschrank ihrer Mutter herumwühlte, als wäre es ihrer.

»Hab ich das nicht? Ich wollte schon. Das habe ich wohl in der ganzen Aufregung vergessen. Jedenfalls sehe ich ja wirklich nicht aus wie sie.« Sie schnipste mit der Hand gegen Lucys Locken.

»Das Kleid hat sie letztes Jahr auf der Party getragen.« Lucy sah ihre Mutter deutlich vor sich. In dem feuerfarbenen Printkleid hatte sie aus der Menge herausgeleuchtet und viel jünger ausgesehen, als sie war. »Und deine Haltung erinnert auch an sie.«

»Wirklich?« Jo richtete sich auf. »Ich hatte das Kleid komplett vergessen. Soll ich etwas anderes anziehen?«

»Und was? Jedenfalls glaube ich nicht, dass es sonst noch jemandem auffällt. Frag Tom, wenn du dir nicht sicher bist.«

»Was möchtest du mich fragen?« Schweißperlen standen auf Toms Stirn, und auf der großen weißen Schürze, die er über T-Shirt und Shorts trug, prangten Rußflecken. Er blieb stehen und starrte Jo an, als würde er sie zum ersten Mal sehen. »Irgendwie kommt mir das Kleid bekannt vor.«

»Es gehört Mum. Findest du es in Ordnung, wenn ich es trage?«

»Warum nicht?« Er schaute zum Feuer hinüber. »Sie kann es ja nicht selbst anziehen.« Offensichtlich war er in Gedanken woanders, sonst wäre er vielleicht besonnener gewesen. »Es würde mich wundern, wenn sie überhaupt noch ankommt. Diese Chaoten.«

»Mein Koffer!«, jammerte Jo. »Ich brauche ihn.«

»Ist er etwa immer noch nicht da?« Hinter Tom tauchte Belle auf. Ein geblümtes ärmelloses Kleid gab den Blick auf ihre von der Sonne geröteten Arme frei. Dank ihrer Sonnenbrille und ihres glänzenden Ponys sah man kaum etwas von ihrem Gesicht. Sie starrte Jo an. »Ist das nicht ... Ist das nicht ein bisschen gruselig, wenn du heute die abgelegten Sachen deiner Mutter trägst?«

»Finde ich nicht.« Jo hatte offensichtlich spontan eine Entscheidung getroffen.

»Die sind nicht abgelegt«, stellte Lucy richtig, »sondern nur für den Anlass geborgt.«

»Tja, wenn ihr meint, dass es richtig ist, dann wird es wohl so sein.« Aber Belles Miene sprach für sich.

»Belle …«, mahnte Tom.

»Ich sag ja nur. Aber schön. Weiß jemand, wo Alex steckt? Er sollte bei der Paella helfen.«

»Ich glaube, er liest Ivy vor.« Jo hatte die beiden zuletzt auf dem Sofa mit all den Büchern gesehen, die Ivy mitgebracht hatte. Wieder hatte Alex sie in Staunen versetzt, indem er alle Figuren mit verstellter Stimme las, bis Ivy vor Vergnügen kreischte. Ihr Neffe wuchs ihr allmählich ans Herz.

»Das hat er getan, aber dann haben sie mit uns Holz geholt und wir haben sie zur Feenjagd im Wald gelassen. Du hast gesagt, das sei dir recht.« Belle freute sich offensichtlich, dass sich ihr Sohn als Babysitter für Ivy so gut bewährte.

»Du hast sie dort allein gelassen?«, fragte Lucy überrascht.

»Und sie sind noch nicht wieder da?« Jo war sofort in Alarmbereitschaft.

»Ich habe sie jedenfalls nicht gesehen.« Belle schien nicht weiter beunruhigt.

»Hast du Alex nicht gesagt, dass er jetzt wieder da sein sollte?«

»Er weiß, dass er hier mithelfen muss«, erwiderte Belle. »Sie kommen bestimmt gleich.«

»Und wenn sie sich verlaufen haben?« Bei Jo schrillten die Alarmglocken. »Wenn ihnen etwas passiert ist?«

»Was soll ihnen passiert sein«, sagte Tom. »Alex ist kein Trottel. Er war schon hundertmal im Wald. Er kennt da jeden Weg und Steg.«

»Und wenn Ivy weggelaufen ist?«

Lucy sah die Angst in den Augen ihrer Schwester. Bestimmt quälte sie sich mit Schreckensbildern aller Art. Sie wollte nur noch wissen, dass Ivy nichts passiert war, und sie hier bei sich haben. Diese tiefe Verbindung zwischen Mutter und Kind war etwas, das Lucy nicht erleben würde. Niemals. Sich das endlich einzugestehen wirkte merkwürdigerweise befreiend. Sie griff nach Jos Hand. »Wir finden sie.«

Tom schaute auf die Uhr, suchte Belles Blick. »Alex hat gesagt, dass sie ...«

Aber Jo hörte ihm nicht zu. »Kommt! Gehen wir in den Wald und suchen sie. Wir können uns aufteilen, wenn wir dort sind.«

In diesem Augenblick tat sich etwas an der Tür. Eine Kinderstimme schrie: »Mummy!«

Alle Blicke richteten sich auf Ivy, die im Eingang stand, das purpurfarbene Kleid hing schief an ihren Schultern, das strahlende Gesicht war mit Lippenstift verschmiert. Hinter ihr tauchte Alex auf. Nach Jos Miene zu urteilen war sie hundertmal so erleichtert wie Lucy, als Ivy auf sie zustürmte.

»Ivy!« Jo eilte die Stufen hinauf und schloss ihre Tochter in die Arme. Ivy drückte ihr einen Lippenstiftkuss auf die Wange. »Wo wart ihr? Ich wollte gerade losziehen und euch suchen.«

»Wir sind schon ewig wieder da«, sagte Alex selbstzufrieden. »Ich wollte nur eben mal gucken, ob sie Ferdie besuchen möchte. Ich hatte sie mit ihren Büchern in eurem Zimmer gelassen.« Nun wirkte er ein wenig besorgt. »Ich dachte, das ist okay.«

»Natürlich war es das«, erwiderte Jo. »Ich hätte erstmal dort nachsehen sollen.«

»Ich habe mich für die Party hergerichtet, aber du warst nicht da.« Ivy strahlte.

»Ich dachte, ihr hättet euch verlaufen«, erklärte Jo. »Belle hat gesagt, ihr seid im Wald.«

»Wir haben ein Feenschloss gefunden.« Sie hob mit beiden Händen den Saum ihres Kleids hoch und drehte sich im Kreis. »Alex hat mir gesagt, dass die Feenkönigin da hineingeht, wenn es zu heiß ist. Und es ist sehr heiß.«

»Das ist ein Baum«, erklärte Alex. »Ihr wisst schon, der am Waldrand mit dem hohlen Stamm? Der, von dem Dad mir immer erzählt hat, dass da die Dinosaurier wohnen.«

Tom lachte. »Das hätte ich fast vergessen. Walter und ich haben dort früher einmal Dinosaurier gejagt. Also nichts passiert. Komm und hilf deinem Vater, mein Junge.«

»Hab ich irgendwas falsch gemacht?«

»Überhaupt nicht«, erwiderte Belle. »Du warst super.« Sie klopfte ihm auf die Schulter.

»Tut mir echt leid.« Jo drückte Ivy an sich, als wollte sie sie nie wieder loslassen. »Das war ein bisschen übertrieben. Danke, dass du auf Ivy aufgepasst hast, Alex.«

Alex strahlte, doch dann schaute er, verlegen, weil er im Mittelpunkt der Aufmerksamkeit stand, auf seine Füße.

»Macht weiter. Kümmert euch um eure Paella.« Mit einem Lächeln hob Jo Ivy auf ihre Hüfte. »Ich glaube, wir müssen uns noch ein bisschen schön machen.«

Als die beiden ins Haus gingen, fühlte sich Lucy plötzlich allein. Jo und Ivy gehörten zusammen, sie bildeten eine kleine Einheit, die niemanden sonst brauchte. Jos Leben hatte sich dadurch verändert. Unten am Feuer holte Alex gebräunte Chorizo-Scheiben aus der Pfanne. Belle gab von der Seitenlinie Instruktionen, hielt sich aber von der Hitze fern und wedelte sich mit den Händen Luft zu. Während Tom noch einen Ast in das prasselnde Feuer schob, kam Ethan dazu, um mitzumachen. Eine zweite Familienidylle. Lucy schluckte schwer und wandte sich zum Haus.

In der Küche wurde sie von den vertrauten Düften begrüßt, die einluden, sich zu entspannen und darüber nachzudenken, was noch getan werden musste, statt sich in ihrer Trauer zu suhlen. Sie holte das Päckchen mit dem Serranoschinken aus dem Kühlschrank, zupfte eine Scheibe ab und steckte sie in den Mund. Auf der Arbeitsfläche lagen zehn Honigmelonen bereit. Lucy legte den Schinken beiseite, nahm sich eine der großen Servierplatten, griff nach einem Messer und schnitt die erste Melone durch.

Oben bearbeitete Jo Ivys Gesicht mit Make-up-Entferner. »Nächstes Mal sagst du mir Bescheid, wenn du auf Feenjagd gehst.« Sie war immer noch zutiefst erleichtert, dass ihre Tochter wieder aufgetaucht war. Sie hatte sich blöd benommen, aber wenn Ivy etwas passiert wäre, hätte sie nicht gewusst, wie sie das ertragen sollte. Natürlich hätte Hope niemals so reagiert, sondern darauf vertraut, dass ihre Kinder selbst auf sich aufpassen konnten.

»Aber du hast gesagt, ich darf gehen.«

»Stimmt, aber du solltest es mir vorher sagen, wenn du losziehst.«

»Die Feen waren sowieso nicht da. Alex hat gemeint, sie sind beim Einkaufen. Aua!«

Jo rieb ein wenig fester an einem besonders hartnäckigen Lippenstiftfleck unter Ivys Auge. Sie würde ihr gar nicht erst vorschlagen, das Prinzessinnenkleid auszuziehen, obwohl sich die Naht zwischen Oberteil und Rock bereits auflöste. Wenn Ivy verwahrlost aussah, dann war das eben so. Sue würde es nie erfahren und konnte sie anständig kleiden, wenn sie zu Hause waren. Sie schaltete ab, als Ivy eine weitschweifige Geschichte über die Feenkönigin anfing, die genauso eine Party feierte wie sie hier in der Casa de Sueños. Ivy konnte nonstop erzählen, egal ob ihr jemand zuhörte oder nicht. Ohne zu ahnen, welche Sorgen sie ihrer Mutter bereitet hatte, plapperte sie weiter und überließ Jo ihren Gedanken.

Seit sich Jake aus ihrem Leben verabschiedet hatte, war sie Single, und sie war zufrieden damit. Sie hatten sieben Jahre lang zusammengelebt, als sie sich beide eingestanden, dass sie noch mehr vom Leben wollten. Er nahm sich von seiner Tätigkeit als Arzt ein Jahr frei und ging auf Reisen. Sie stürzte sich in die Arbeit, um auf der Karriereleiter nach oben zu klettern. Sie hatten darüber gesprochen, dass sie, wenn er zurückkäme, ihre Beziehung wiederaufnehmen und weiterentwickeln würden. Aber er war nicht zurückgekommen, und Jo hatte keine Chance gehabt herauszufinden, was »weiterentwickeln« bedeuten könnte. Und sie hatte sich auf ihr Leben konzentriert. Welche andere Wahl hatte sie denn schon? Er arbeitete irgendwo in Afrika für eine gemeinnützige Organisation, fand da seine Erfüllung, gab etwas zurück – all die Klischees. So viel sie wusste, war er immer noch dort. Wie dem auch sei, ihre Arbeit hatte die Lücke gefüllt, die er hinterließ, und sie hatte nie wieder jemanden kennengelernt, der ihn ersetzen konnte.

Nicht dass ihr Leben leer gewesen wäre. Weit gefehlt.

Sie arbeitete hart und sie genoss das Leben. So mochte sie es. Natürlich hatte sie Liebhaber gehabt, aber keinen, mit dem sie sich vorstellen konnte, den Alltag zu teilen. Es waren Männer, mit denen sie im Bett so viel Spaß hatte wie außerhalb. Manche ihrer Affären dauerten länger als andere, manchmal sah es so aus, als könnte mehr daraus werden. Aber wenn dieser Augenblick kam, zog sie sich zurück. Mit zunehmendem Alter hatte sie feste Gewohnheiten angenommen, die sie nicht mehr über Bord werfen wollte. Sie war es gewohnt, allein zu leben, und mochte es, wenn sich die Wohnungstür hinter ihr schloss und die Außenwelt draußen blieb.

Andere Leute mochten das merkwürdig finden, aber ihr Lebensstil hatte ihr gefallen, bis Ivy auf der Bildfläche erschien. Jo hatte angenommen, sofern sie überhaupt darüber nachdachte, in ihrem Alter sei die Chance, schwanger zu werden, extrem gering. Aber sie hatte sich getäuscht, und ihre perfekte Welt war ins Chaos gestürzt. Daran hatte sie sich erst einmal gewöhnen müssen. Ein Kind gemeinsam aufzuziehen war wohl leichter, und sie konnte sich vorstellen, dass es Spaß machte, die Verantwortung für und den Stolz auf ein Kind mit jemandem zu teilen, aber sie trat diese Reise lieber allein an, als in einer Beziehung Kompromisse machen zu müssen. Das Leben allein mit Ivy sagte ihr zu, auch wenn es manchmal kompliziert war.

Ein lautes Hupen holte sie in die Gegenwart zurück. Wie spät war es? Jo griff nach ihrem Handy – 14.50 Uhr. Wer immer es sein mochte war zehn Minuten zu früh dran: unerhört hier in der Gegend, ob es Tom nun passte oder nicht.

Es sei denn, es wäre ihr Koffer.

Aber bei einem Blick aus dem Fenster sah sie keinen Lieferwagen, sondern einen schicken gelben Sportwagen. Es war Maria, in Begleitung einer jungen Frau, die nur ihre Tochter sein konnte. Die Ähnlichkeit war unverkennbar – bis auf die Frisur. Christinas langes Haar war nur oben dunkel, dann ging es in Neonblau und ein leuchtendes Purpurrot über. Tom, der vom Garten heraufkam, um die beiden zu begrüßen, wischte sich die Hände an der Schürze ab. Auch aus der Entfernung konnte Jo sehen, wie gerötet sein Gesicht war. Die Hitze des Feuers, oder wurde er etwa von seinen Gefühlen überwältigt? Die beiden wollten einander auf die Wange küssen. Maria neigte sich nach rechts und Tom … ebenfalls nach rechts. Sie versuchten es noch einmal, und beide neigten sich … nach links. Sie sahen aus, als würden sie ein merkwürdiges Balzritual vollziehen, als sie sich beide wieder zurückzogen, um sich diesmal nach rechts zu neigen. Beim vierten Anlauf kriegten sie es hin. Maria lachte, bis Tom ihr schwer auf den Fuß trat, als sich ihre Wangen berührten. Dann, während sie sich die Zehen rieb, lachten sie beide. Nur Jo fiel auf, dass Belle am Feuer stand und Tom mit Adleraugen beobachtete.

»Jetzt aber schnell!«, unterbrach Jo Ivys Redefluss. »Gehen wir runter. Die Party fängt an.«

Ivy hüpfte vom Bett, ohne Atem zu holen. »Und der Feenkönig und das Feenbaby …« Und weiter ging die Geschichte, während sie Jo aus dem Zimmer folgte.

Unten plauderten Tom und Maria gekünstelt über das Haus, und wie wenig sich hier verändert hatte. Belle beschäftigte sich mit den Vorbereitungen für die Paella und wartete darauf, dass Tom sich ihr wieder anschloss.

»Und du bist also Ivy.« Maria ging in die Hocke, um die Vierjährige zu begrüßen, die sich, inzwischen verstummt, hinter dem Bein ihrer Mutter versteckte. Ohne auf eine Antwort zu warten, erhob sich Maria wieder und wandte sich zu ihrer Tochter um. »Jo, das ist Christina.«

Christina ging einen Schritt auf Jo zu. Von Nahem war ihre Ähnlichkeit mit der jungen Maria noch größer. Ihre extrem kurzen Shorts – noch kürzer wäre kaum möglich gewesen – betonten ihre schlanken, sonnengebräunten Beine. Ihr gefärbtes Haar fiel über ihr knappes Trägertop. Die Glitzersteinchen an ihrem Ausschnitt waren das einzige Zugeständnis an die Party. Ihre Kleidung war modern, aber die wahre Ähnlichkeit zeigte sich in ihrem ovalen Gesicht, den mandelförmigen dunklen Augen, die lebhaft funkelten, den vollen Lippen mit den hochgezogenen Mundwinkeln, der glatten, olivfarbenen Haut und natürlich dem Haar. Sie streckte die Hand aus.

»Ich habe so viel von Ihnen gehört.« Der amerikanische Akzent wirkte ungewohnt.

»Ja«, sagte Maria. »Seit wir hier sind, spreche ich nur davon, was wir in den Ferien alles angestellt haben.«

»Ich weiß Bescheid«, bestätigte Christina. »Der Strand, der Fluss, der Wald, der Strand – hört sich phantastisch an.«

Tom riss sich von Maria los und kehrte auf seinen Posten neben Belle zurück.

»Kommt rein«, sagte Jo. »Lucy habt ihr ja noch gar nicht begrüßt. Ich möchte ihr bei den letzten Vorbereitungen helfen.«

»Wir helfen auch«, bot Maria an. »Wir hätten nicht so

früh kommen dürfen. Ziemlich unspanisch von mir. In den Staaten habe ich die *mañana*-Einstellung abgelegt.« Sie schüttelte den Kopf, als Jo Einwände erhob. »Komm schon. Das macht Spaß. Wie in alten Zeiten.«

19

Tom zog das Geschirrtuch aus seinem Schürzenband und wischte sich den Schweiß von der Stirn. Das Feuer brannte lichterloh, die Flammen leckten an der riesigen Paella-Pfanne. Aus dem blubbernden Gericht stieg Dampf auf, der nach Fisch, Hühnchen und Safran duftete.

Als er kurz vom Feuer zurücktrat, bereute er wieder einmal, dass er vor Jahren angeboten hatte, sich anstelle von Walter um die Paella zu kümmern. Nachdem er es im Sommer nach dem Tod seines Stiefvaters einmal gemacht hatte, gingen alle davon aus, er würde es das nächste Mal wieder tun. Also übernahm er die Aufgabe, schwieg sich aber darüber aus, wie ungern er das tat. Warum sollte jemand, der bei Trost war, in der Mittagshitze über offenem Feuer kochen? Und sei es im Schatten einer Eiche.

Das war früher einmal der große Augenblick seines Stiefvaters gewesen. Walter kam aus seinem Atelier, baute sich neben der Pfanne auf, hielt Distanz zum Rest der Party – denn die Gäste scheuten die Hitze des Feuers – und rührte den Reis mit einem langen Holzlöffel um. Anders als Tom genoss Walter die Hitze. Er trug dabei weder T-Shirt noch Schürze. Als Bekleidung genügten ihm Shorts oder ein Sarong, spritzendes Fett oder blubbernde Sauce schreckten ihn nicht. Wenn er schließlich das Fleisch und den Fisch vorbereitet und aufgesetzt hatte, war die Flasche Wein, die er sich bereitgestellt hatte, schon halb leer, und er hielt mit sicherer Hand das Glas zum Nachschenken bereit. Tom hingegen fühlte sich, wenn er kochte, als würde er in den Flammen der Hölle brutzeln. Er nahm einen Schluck aus seiner Wasserflasche.

Belle hatte sich mit Elaine auf die Liegestühle im Schatten der Olivenbäume verzogen. Sie lehnte sich zurück und streichelte geistesabwesend Ferdie, der wie gewohnt auf ihrem Schoß saß. Tom konnte sich nicht vorstellen, welches Gesprächsthema die beiden Frauen finden sollten, aber er wusste, dass Elaine eine gute Zuhörerin war. Ach Belle, dachte er mit einem verhaltenen Seufzer. So stabilisierend und erfüllend die Ehe mit ihr sein mochte, er konnte es sich nicht verkneifen, wieder einmal darüber nachzudenken, wie sein Leben ausgesehen hätte, wenn er damals nicht zu ihr nach Großbritannien zurückgekehrt wäre.

Während er die Paella umrührte, wanderte Toms Aufmerksamkeit zu Maria, die sich mit Antonio unterhielt. Sie neigte den Kopf zurück und lachte über eine Bemerkung Antonios, der ihr dafür ein Lächeln schenkte. Lucy gesellte sich zu ihnen und wies auf den Tisch, wo sie die Tapas angerichtet hatte. Antonio legte ihr kurz die Hand auf den Rücken. Tom zwinkerte. Dieser Mann hatte eine entschieden zu ungezwungene Art. Tom argwöhnte immer noch, dass Antonio nicht vertrauenswürdig und vermutlich nur auf seinen Vorteil bedacht war. Warum sonst hatte er sich bei Hope eingeschlichen? Offensichtlich war Antonio durchaus attraktiv für andere Frauen wie Maria oder – Gott bewahre – Lucy. Und wo steckte Jo? Er musste mit ihr reden. Aber sie war nirgends zu sehen. Tom beobachtete, wie die drei wieder zum Haus gingen.

Dort ließen sich die anderen Partygäste von Alex und Ethan die Gläser füllen. Zwischen ihren Beinen rannten Ivy und einige andere kleine Kinder herum, mit denen sie sich angefreundet hatte. Ivy, die inzwischen ihre Schüchternheit abgelegt hatte, erinnerte Tom an Jo als kleines Mädchen. Sie war jetzt schon ein unabhängiger Geist – eine Eigenschaft, um die er seine Schwester immer beneidet hatte. Aus der Garage, in die Bailey mit einem Schweineohr verbannt worden war, ertönte ein Bellen. Niemand wollte eine weitere Szene zwischen ihm und Ferdie. Obwohl Tom bei der Vorstellung, wie Belle im Flur gekniet hatte, um ihr Schoßtier unter der Kommode hervorzulocken, unwillkürlich lächeln musste.

»Durstig?« Jo tauchte mit einer Flasche Rioja und einem Krug von Lucys selbstgemachter Limonade neben ihm auf. »Ich war gerade unten am Pool. Da hat sich die Jugend versammelt. Genau wie wir früher. Bloß nichts mit den Oldies zu tun haben. Ist es nicht seltsam, dass wir jetzt die Oldies sind?«

»Ziemlich.« Tom hielt ihr sein Glas hin, um sich Limonade einschenken zu lassen. Belle hatte ihn schon fast überzeugt, Abstinenz sei die Garantie für ein langes Leben. Das galt jedenfalls, solange sie in der Nähe war.

»Bist du sicher?«

Er nickte. »Hast du übrigens Antonio gesehen? Anscheinend versteht er sich plötzlich sehr gut mit Lucy.«

»Vergiss es. So geht er mit allen Frauen um. Er ist einfach kein zugeknöpfter, verklemmter Engländer.«

»Vielen Dank!«

Sie legte ihm den Arm um die verschwitzten Schultern, zog ihn aber sofort wieder zurück. »Du weißt schon, was ich meine! Jedenfalls können wir ihn jetzt schlecht wegschicken. Mein Gott, ist das heiß hier. Wie hältst du das nur aus?« Sie machte ein paar Schritte rückwärts.

»Die Paella ist fast fertig.« Er entfernte sich ebenfalls von der Kochstelle. »Das Feuer brennt allmählich herunter, und ich rühre jetzt nicht mehr, damit sich eine anständige *socarrat* bildet.« Er liebte es, das R rollen zu lassen. Auf die knusprige Kruste am Boden der Paellapfanne war Walter immer besonders stolz gewesen war. Nach jahrelanger Beobachtung hatte Tom den Dreh ebenfalls raus.

Aber Jo ließ sich nicht ablenken. »Du darfst nicht vergessen, dass Hope ihn geliebt hat – Antonio, meine ich.«

Tom verschluckte sich an der Limonade. »Wie bitte!«

»Nicht in diesem Sinn. Wenigstens soweit ich weiß ... Vielleicht hat sie ja tatsächlich ... Aber er konnte wunderbar mit ihr umgehen. Und trotz ihrer Fehler konnte man mit ihr jede Menge Spaß haben. Sie hat sich einfach keine Gedanken gemacht.«

»Nicht über andere Leute, das steht fest.« Über Antonio und seine Mutter zu reden war Tom peinlich. Was zwischen den beiden gewesen oder nicht gewesen war, wollte er gar nicht wissen. Er wischte sich den Schweiß ab, der ihm über die Schläfen lief.

»Andernfalls hätte sie uns wohl darüber aufgeklärt, wer wir sind.«

»Nicht schon wieder! Warum ist dir das immer noch so wichtig? Schließlich müsstest du doch jetzt, wo du Ivy hast, Verständnis dafür aufbringen.«

Jos Mund stand offen und sie riss die Augen auf. »Meinst du das ernst?«

»Na ja, ich denke schon.« Tom wünschte, er hätte nicht damit angefangen, aber nachdem sie ihn so erwartungsvoll anschaute, musste er weiterreden. »Wir beide wissen nicht, wer wir sind, aber irgendwo da draußen gibt es einen Mann, der Ivys Vater ist. Schwebst du nicht in Gefahr, dich genauso zu verhalten wie unsere Mutter?« Plötzlich empfand er ein irrationales Mitgefühl mit Ivys Vater, wer immer er auch sein mochte. »Schau dir an, was er versäumt.«

Jo sah ihn an, als könnte sie nicht glauben, was sie da hörte. »Ich ziehe Ivy völlig anders auf. Sobald sie alt genug ist, es zu verstehen, erzähle ich ihr die ganze Geschichte.«

»Das wird man sehen.« Er wandte sich wieder dem Feuer zu und stupste die Zweige an, damit die Flammen schneller herunterbrannten. Er spürte Jos Wut, als sie nach den rechten Worten suchte. Er sah sie an. »Vielleicht ist das gar nicht so leicht, wie du denkst.«

»Ich fasse es nicht, dass du dich auf Mums Seite schlägst, dass du akzeptabel findest, was sie getan hat.« Seine Worte hatten sie anscheinend verletzt, wenn auch unbeabsichtigt.

»Das tue ich nicht. Und ich finde auch nicht, dass es akzeptabel war, aber so ist es nun mal gewesen. Und du grämst dich deshalb immer noch. Ich mache nur auf die Tatsachen aufmerksam. Denk drüber nach«, sagte er und kehrte ihr wieder den Rücken, um anzudeuten, dass die Unterhaltung beendet war.

»Jo! Tom! Kommt und holt euch etwas von den Vorspeisen, bevor es die Paella gibt«, rief Lucy von der Terrasse herüber, wo sich die Gäste um den Tisch drängten. Brad löste sich aus der Menge und kam mit einem Teller Tapas herüber.

Jo winkte Lucy, um zu zeigen, dass sie verstanden hatte,

aber ihr Gesicht verriet, dass ihr das Gespräch mit Tom nahegegangen war.

»Ich dachte, ihr beiden könnt eine Stärkung gebrauchen.« Brad hielt ihnen den Teller hin. »Ich habe schon oft genug am Grill gestanden und weiß genau, wie es ist, wenn man da nicht wegkommt, während alle anderen ihren Spaß haben.«

Abzulehnen wäre unhöflich gewesen, also nahm Tom eine Gabel und spießte ein Stück Melone mit Schinken auf. Als er sie zum Mund führte, gellte ein Schrei vom Haus herüber. Belle? Die Melone glitt von der Gabel und fiel auf den Boden. Auf der Terrasse drehten sich alle zu ihr um, als sie, Ferdie an die Brust gedrückt, von der Garage weglief. »Da drinnen ist eine Ratte!«

Bailey nutzte die Gelegenheit, entwischte aus der Garage, deren Tür Belle offen gelassen hatte, und galoppierte in den Garten. Belle winkte und rief: »Fangt ihn ein!«

Lucy lief herbei, um ihm ein Halsband anzulegen, doch Bailey, der die vielen Menschen und die Teller mit Essen sah, interessierte sich nicht für Ferdie. Er schnappte sich ein Stück Hühnchen, das auf den Boden gefallen war und verzog sich damit in den Olivenhain.

Tom ließ die Paella in der Obhut des grinsenden Brad und eilte seiner Frau zu Hilfe. Als er die Terrasse erreichte, war Belle am Rande des Nervenzusammenbruchs.

»Beruhige dich, Darling, um Himmels willen. Da war bestimmt nur eine Feldmaus. Die haben mehr Angst vor dir als du vor ihnen.«

Aber Belle ließ sich nicht so leicht beschwichtigen. »Geh und schau nach!«, forderte sie. »Ich wollte bloß Eis aus der Kühltruhe zu holen, und da ist sie mir über den Fuß gelaufen.« Sie streckte das Bein aus, sodass die Sonne die Glitzersteine auf ihren Sandalen und ihre nerzbraun lackierten Zehennägel funkeln ließ.

»Die Gefahren des Landlebens«, bemerkte Daphne, die sich auf einen Campingstuhl gequetscht hatte und ihr verletztes Bein auf einem Fußschemel lagerte. In ihrer Samtkappe mit den Spiegelornamenten und dem weiten Gewand sah sie aus wie ein türkischer Pascha.

»Landleben hin oder her, ich gehe da nicht mehr rein, bis du sie gefunden hast. Tom, bitte.«

Tom schüttelte den Kopf. »Das bringt nichts. Die findet wieder einen Weg hinein.«

»Aber wir brauchen das Eis.«

»Ich hole es. Du kannst hier bleiben.«

Doch bevor Tom etwas unternehmen konnte, zog ein zweimaliges Hupen die allgemeine Aufmerksamkeit auf sich. Es kündigte einen kleinen roten Lieferwagen an, der durch das Tor bog. Vorbei an den parkenden Autos unten auf der Wiese fuhr er langsam die Zufahrt herauf.

»Tom, bitte.« Belle zog ungeduldig an seinem Arm. »Ich kann das Eis nicht holen, wenn du sie nicht verscheuchst.«

Aber die Ratte musste warten. Tom machte sich auf, seinen letzten Gast zu begrüßen. Jo folgte ihm auf den Fersen. Sie erreichten den Lieferwagen in dem Moment, als er stehen blieb. Bei laufendem Motor stieg der Fahrer aus und ging um das Fahrzeug herum. »Hola«. Er öffnete die Tür und hievte Jos grünen Koffer heraus, dessen Griff ein purpurrotes Vorhängeschloss zierte. »Momento«. Er kehrte zum Fahrersitz zurück, holte ein kleines Gerät heraus und hielt es Tom zum Unterschreiben hin.

Jo nahm es ihm aus der Hand. »Gracias«, sagte sie, als sie unterschrieb. »Halleluja. Sie hat es endlich geschafft.«

»Gott sei Dank«, seufzte Tom. »Und keine Sekunde zu früh.« Er griff nach dem Koffer und zog den Griff heraus, um ihn den Weg hinaufzuziehen. Er würde die Asche seiner Mutter nicht mehr aus den Augen lassen.

Aber Jo schnappte ihm den Koffer weg. »Ich komme schon zurecht, danke.«

Sie drehten sich zu ihren Gästen um, die die Szene beobachteten, während Elaine mit etwas zu lauter Stimme erklärte, was passiert war, ohne einen Gedanken daran zu verschwenden, dass sie Jo in Verlegenheit brachte.

»Typisch.« Jo tätschelte ihren Koffer. »Mum bekommt jedenfalls ihren großen Auftritt.«

Zwanzig Minuten später befand sich Hopes Asche in dem blau-weißen Keramikgefäß, das Lucy dafür vorgesehen hatte. Es thronte nun auf dem Kaminsims im Wohnzimmer, wo es in Sicherheit und dennoch gut sichtbar war. Lucy legte Ella Fitzgerald auf. Eine Party in der Casa de Sueños ohne Musik war keine Party.

»Ich weiß, es ist sentimental«, sagte sie zu Jo. »Aber ich finde es richtig, Mums Lieblingsmusik zu spielen, obwohl sie sie nicht hören kann.«

Lucy hatte schon immer eine sentimentale Ader. Sie war so erleichtert gewesen, als Jo sich endlich umzog und in ihren eigenen Sachen auftauchte. Hopes Kleid hing nun wieder im Schrank, wo es hingehörte. Sie schaute sich in dem leeren Raum um, stellte sich ihn voller Menschen vor, die Luft rauchgeschwängert, das Klirren von Gläsern, gedämpftes Plaudern und lauter als die anderen die vertraute Stimme ihrer Mutter, die die anderen mahnte: »Tanzen wir. Kommt schon.«

Als Lucy sich niederließ, den Kopf voller trauriger Gedanken, entdeckte sie einen roten Punkt an der Lehne der zerschlissenen Chaiselongue. »Schau dir das an.«

Jo machte ein ungläubiges Gesicht. »Tom würde die doch nicht wollen, es sei denn ... Belle muss wohl einen kleinen Rundgang gemacht haben, während wir uns um das Essen gekümmert haben. Ich frage mich, ob er es weiß.«

»Ich sehe Mum noch vor mir, wie sie da liegt, am Tag nach einem Sommerfest, verkatert, vermutlich noch im Morgenmantel, die Haare zerzaust, mit einem großen Glas Fernet Branca in der Hand – ›das ist Medizin, Darling‹. Ich hab es immer gemocht, wenn noch einmal seziert wurde, was am Abend davor so passiert war.«

»Das nächste Mal, wenn du die Chaiselongue siehst, hat Belle sie bis zur Unkenntlichkeit aufpolstern lassen. Oder vielleicht doch nicht.« Sie zog den roten Punkt ab und steckte ihn in die Tasche, ehe sie ihn durch einen gelben ersetzte. »Das wird ihr eine Lehre sein.« Sie tauschte ein verschwörerisches Lächeln mit ihrer Schwester.

Im Garten hatten sich die Leute inzwischen um die Paella geschart, wo Brad die Portionen austeilte. Tom war endlich in die Garage gegangen, um für Belle das Eis zu holen. Mit vollen Tellern suchten sich die Gäste einen Platz zum Essen. Die Älteren gingen zum Haus, um einen Stuhl unter den Sonnenschirmen zu ergattern, während es sich die Übrigen auf den Decken und Kissen im Garten gemütlich machten. Die Hitze ließ nun allmählich nach. Die beiden Schwestern standen im Eingang und beobachteten das Geschehen, bis Jo Lucys Hand nahm und drückte. »Mut, *mon brave*«, flüsterte sie. »Auf in den Kampf!« Gemeinsam traten sie nach draußen, wo Ivy auf sie zustürmte.

Als Tom in die Garage trat, mussten sich seine Augen erst an das matte Licht der Glühbirne gewöhnen, die von der Decke baumelte. Solange er zurückdenken konnte, hatte hier niemand ein Auto abgestellt. An der Wand reihten sich Regale mit Kisten, die alles enthielten, was der Heimwerker braucht, aber nie benutzt, jedenfalls nach dem Staub und den Spinnweben zu urteilen. Ferner befanden sich hier ausgediente Rasenmäher, Gartengeräte, eine alte gestreifte Hollywoodschaukel mit einer gebrochenen Strebe, eine betagte Kommode, die Hope hatte abschleifen wollen, kaputte Liegestühle, Eimer und Spaten, Baileys Lager und eine Schüssel Wasser. An der Wand stand die Gefriertruhe.

Tom hob den Deckel an. In diesem Moment sah er hinter der Truhe etwas vorbeihuschen. Um nichts in der Welt hätte er zugegeben, dass Ratten auch nicht zu seinen Lieblingstieren gehörten. Rasch griff er hinein, packte eine Plastiktüte mit Eis und löste sie von den anderen Beuteln. Da hörte er, wie die Garagentür auf und wieder zuging. Belle: Sie wollte wohl sehen, ob er tat, worum sie gebeten hatte. Resigniert schloss er die Augen.

»Tom?«

Starr vor Schreck ließ er die Tüte mit dem Eis wieder in die Gefriertruhe fallen. Er richtete sich auf, sein Puls raste. »Maria!«

»Ich habe dich hier reingehen sehen. Kann ich dir was abnehmen?« Ihr amerikanischer Akzent entlockte ihm ein Lächeln.

Bei ihrem Anblick wurde Tom von dem Drang überwältigt, sie in die Arme zu schließen, aber er stand wie angewurzelt da, schämte sich seiner Gefühle und versuchte, sie wieder unter Kontrolle zu bringen. Unwillkürlich machte er einen Schritt auf Maria zu.

»Nein«, sagte er. »Ich ...«

»Tom? Bist du hier drin?« Die Tür ging auf und Belle stand im Eingang, offenbar wollte sie eine weitere Begegnung mit der Ratte vermeiden. Sie schob ihre Sonnenbrille hoch. »Oh!« Ihr Erstaunen, die beiden hier zu sehen, war mit Händen zu greifen.

Maria blieb gelassen. »Ich wollte nur sehen, ob ich helfen kann, aber Tom hat alles unter Kontrolle.« Der Rock ihres gelben Kleides schwang, als auf die Tür zuging. Am Eingang drehte sie sich noch einmal um. »Nicht wahr?«

»Ja.« Er nickte und beugte sich, dankbar für die Kälte auf seinen glühenden Wangen, wieder über die Gefriertruhe. Er holte tief Luft, als er die Tüte aus der Truhe hob. Nichts war passiert. Es gab nichts, was Belle hätte beobachten können.

»Darf ich«, sagte sie zu Belle, die beiseitetrat, um Maria vorbeizulassen, und ihr mit Blicken folgte.

Als Tom beobachtete, wie sich Maria mit ihrem wiegenden Gang entfernte, packte ihn die sexuelle Erregung. Auch das hatte er nicht vergessen.

»Na!«, sagte Belle. »Für wen hält sich diese Frau eigentlich?«

»Sie ist eine alte Freundin«, antwortete Tom ein wenig verträumt. »Eine ganz alte Freundin.«

»Wirklich? Du hast sie noch nie erwähnt.« Offenbar erwartete sie, dass er noch mehr sagte, als er mit dem Eis an ihr vorbei ins Freie trat.

Sie knallte die Garagentür zu. Tom spürte, wie sich Belles Blicke in seinen Rücken bohrten, und ihm fiel ein, wie eifersüchtig sie sein konnte. Vor ein paar Jahren hatte er Rachel, die beste Sachverständige in seiner Firma, nicht verlieren wollen, aber Belles Anspielungen, ihre ständigen Fragen und Kreuzverhöre, wie sie den Arbeitstag miteinander verbrachten, ließen ihm keine Wahl. Er hatte Rachel heimlich gebeten, sich anderswo zu bewerben, und gleichzeitig bei anderen Firmen ein gutes Wort für sie eingelegt. Natürlich hatte sie sofort etwas gefunden, und er hatte stattdessen den jungen Steven eingestellt, der hart arbeitete, sich aber nicht traute, den Mund aufzumachen. Tom vermisste Rachel, mit der er hatte lachen können, aber er zog nun einmal ein ruhiges, ein geordnetes Leben vor. Dafür hatte er sich entschieden, und er hatte es bekommen.

Er blieb kurz stehen, damit Belle aufholen konnte, dann stellte er das Eis auf dem Boden ab und nahm ihre Hand. »Das ist alles so lange her. Sie war eine Nachbarin, eine Freundin von Jo. Sonst gibt es dazu nichts zu sagen.«

»Aha.« Belle musterte ihn eindringlich, als vermutete sie, das sei nicht die ganze Wahrheit. »Gelb ist eine sehr schwierige Farbe.« Zufrieden, das letzte Wort zu haben, drückte sie ihm einen Kuss auf die Wange.

Tom sah das Kleid in der Menge aufleuchten. »Ich finde eigentlich, dass es ihr sehr gut steht.« Mit beiden Händen hievte er das Eis hoch, und sie kehrten gemeinsam zur Party zurück. Ausnahmsweise hielt Belle den Mund.

20

Wenn jemand Lucy erzählt hätte, dass sie es so weit durch den Tag schaffen würde, ohne unter ihrem Kummer zusammenzubrechen, hätte sie es nicht geglaubt. Aber irgendwie war es ihr gelungen. Da so viele Menschen hier waren, hatte sie sich fast einreden können, ihre Mutter und Art seien hier, nur gerade außer Sichtweite, und es habe sich nichts verändert.

Sie sah sich um. Antonio plauderte mit Freunden von Hope aus dem Dorf. Er fing ihren Blick auf, hob lächelnd die Hand und winkte. Oder war das optische Täuschung? Sie erinnerte sich, dass er ihr vor dem Mittagessen die Hand auf den Rücken gelegt hatte, als sei er besorgt um sie. Diese Berührung, so kurz sie war, hatte sie getröstet, als sie es brauchte. Antonio schien ohne große Worte zu verstehen, was sie durchmachte.

Nicht weit von ihr saß Brad auf einem Liegestuhl und beugte sich über ein Backgammonbrett, das Elaine auf der Wiese aufgebaut hatte. Unweit davon verschlang Bailey die Reste von einem Teller, den jemand hatte stehen lassen. Besorgt, ob jemand ihn ertappte, schaute sich der Hund um und machte sich dann auf die Suche nach weiterer Beute.

Nicht weit davon kletterten Ivy und ihre neuen Freunde auf einen Olivenbaum. Sie hatte die Stelle erreicht, an der sich die knorrigen Äste teilten, und rief Aufmerksamkeit heischend: »Schau mal!«

Lucy ging hin, um zu sehen, ob sie helfen konnte. »Kannst du allein wieder runter?«

»Klar.« Als Ivy zu Boden glitt, ratschte es und der purpurrote Rock löste sich endgültig von dem goldenen Oberteil. Aber sie merkte es gar nicht. Den Netzstoff hinter sich her schleifend rannte sie zu ihrer Mutter, die auf einer Decke saß und mit Adam und Val plauderte, während sie ihr Kind im Auge behielt. Jo lehnte sich auf eines der Kissen zurück, um Ivy aufzufangen, die sich mit ihrem ganzen Gewicht auf sie warf.

»Gehen wir jetzt schwimmen?«

Jo stöhnte. »Nicht schon wieder! Wie wär's mit einer Nachspeise?«

»Nein.« Ivy zog eine Schnute. Lucy wollte gerade anbieten, sie zu nehmen, weil ihr die Idee gefiel, für eine Weile zu flüchten, als ein Mann sie von hinten ansprach.

»Wir möchten unser Beileid aussprechen. Hope hat uns allen hier in der Gegend so viel bedeutet.«

Lucy drehte sich um und sah einen älteren Mann vor sich, der sich auf einen Stock stützte. Wässrig blaue Augen leuchteten aus einem rotgeäderten Gesicht. Er lächelte matt. Auf dem Gesicht der Frau an seinem Arm hatte die Sonne Spuren der Verwüstung hinterlassen. Engländer, die hier lebten und mit Hope befreundet gewesen waren. Lucy kannte sie kaum.

»Sandy. Isabel. Es tut mir leid, dass ich euch nicht früher bemerkt habe. Vielen Dank. Schön, dass ihr kommen konntet.«

»Das versteht sich doch von selbst. Es sind ja eine Menge Leute hier, um ihr die letzte Ehre zu erweisen. All die Einheimischen.« Mit seiner klauenartigen Hand, deren Knöchel von Arthritis gezeichnet waren, packte er sie am Arm. Seine Frau lächelte gekünstelt. »Hope hat immer gesagt, an die letzte Party würde man sich noch lange erinnern.«

»Aus den richtigen Gründen, hoffe ich«, sagte Lucy, der schon wieder Tränen in den Augen brannten.

»Natürlich«, sagte Isabel, holte Papiertaschentücher aus ihrer Tasche und bot Lucy eines an. »Ich werde nie vergessen, wie aufmerksam sie immer dafür gesorgt hat, dass wir uns alle prächtig amüsieren.«

»Ja, sie hat Leben in die Bude gebracht«, bekräftigte Sandy.

Erleichtert hörte Lucy, dass Tom von der Terrasse aus die Gäste zu sich rief und damit dem Gespräch ein Ende setzte. Etwas widerwillig nach den Tapas und der Paella erhoben sich die Angesprochenen und kamen herbei. Die Teenager hielten sich am Rand der Menge und warteten auf eine günstige Gelegenheit, sich wieder an den Pool zurückzuziehen.

»Ich scheuche euch nur ungern auf.« Tom sprach so laut, dass jeder ihn verstehen konnte. »Jo, Lucy – kommt doch bitte zu uns rauf.« Die beiden Schwester gesellten sich zu Belle, die Ferdie auf dem Arm hielt, um ihn Baileys Zugriff zu entziehen. Hinter Tom ragte das Haus auf, die Fenster glänzten in der Abendsonne, die Türen standen einladend offen. Die tiefrote Bougainvillea an der rechten Ecke, die Hope selbst gepflanzt hatte, rankte sich bis zu den Fenstern im ersten Stock hinauf. Aus dem Wohnzimmer drang leise Musik, heruntergedreht, damit Tom sich verständlich machen konnte. Die Pergola, die Lampen über dem Tisch und die beiden großen cremefarbenen Sonnenschirme warfen lange Schatten auf die Terrasse.

Jo holte Ivy von ihren Schultern und stellte sie auf den

Boden. Ivy umklammerte den Finger ihrer Mutter, versteckte sich hinter ihren Beinen, spähte aber hin und wieder hervor. Lucy und Jo bezogen links und rechts von Tom Stellung, wobei sich Jo vor Belle schob. Lucy hörte, wie Belle sich leise beschwerte, weil sie zur Seite treten musste, aber dieser Moment gehörte den Geschwistern, da sollte sich Belle im Hintergrund halten.

»Ich wollte schon früher etwas sagen, aber die Ratte ist mir dazwischen gekommen.« Tom warf Belle einen liebevollen Blick zu, während die Zuhörer lachten. Sie lächelte verlegen. »Im Grunde möchten wir drei euch alle nur herzlich willkommen heißen und euch danken, dass ihr gekommen seid.«

Als Lucy die Hände faltete und versuchte, sich auf seine Worte zu konzentrieren, fiel ihr auf, dass an einem ihrer Fingernägel der Lack abging. Sie zupfte daran herum.

»Hope zu verlieren …«

Man hätte meinen können, sie sei ein Hund, der jeden Moment durch das Tor hereinspazieren konnte. Irgendwie hatte sie das ja auch gerade getan … Lucy ließ ihre Gedanken schweifen. Ein Fehler. Nun stand ihr ganz deutlich das Bild ihres Hauses in Cambridgeshire vor Augen, ohne Art und seinen Krimskrams. Leergeräumte Regale im Wohnzimmer, die seine wertvollen Bücher beherbergt hatten. Helle Flächen an den Wänden statt seiner gerahmten Schwarz-Weiß-Fotos (ein weiteres kurzlebiges Hobby aus den Jahren ohne Engagement). Keine Schuhe mehr, über die man stolperte. Keine Drehbücher aufgeschlagen auf dem Sofa. Samstags keine lärmenden Fußballübertragungen. Der Garten, um den man sich kümmern musste. Das Bett, nun ständig kalt und leer. Erschrocken angesichts dieser düsteren Zukunftsvision lenkte sie ihre Aufmerksamkeit wieder auf die Gegenwart.

»… aber im Geiste ist sie hier.« Zustimmendes Gemurmel aus der Menge. »Das wollen wir also nicht vergessen, und deshalb möchten wir, dass ihr genauso viel Spaß habt wie früher: Die Tischtennisplatte steht wie immer in der Scheune, Krocket gibt es in Hopes geliebtem englischem Garten, Boule kann man in der Zufahrt spielen. Und für den Fall, dass jemand überschüssige Energie hat, ist dort drüben das ziemlich löchrige Badminton-Netz gespannt.« Er deutete auf eine ebene Fläche neben dem Haus. »Und natürlich gibt es noch den Pool. Dort findet ihr auch genügend Handtücher.«

»Außerdem stehen im Haus Brettspiele bereit«, ergänzte Jo. »Schach, Backgammon, Cribbage – alles da.«

»Und Musik für Tanzbegeisterte«, meldete sich Lucy zu Wort. Das hatte ihr bei den Partys am besten gefallen – in früheren Jahren hatte man, wenn die Sonne hinter dem Horizont verschwand, die Türen des Hauses weit geöffnet, so wie heute, und das Licht war zusammen mit der Musik in den Garten geströmt. Als Kind hatte sie die Freunde ihrer Eltern von der Wiese unterhalb der Terrasse aus beobachtet, wie sie zu zweit oder allein tanzten, Gestalten, die auf eine Zigarette herauskamen, sich küssten, redeten, weitertanzten. Als sie älter wurde, fanden sich auch ihre Freunde ein, und dann kam sie mit Art. Drinnen spielte die Musik nonstop, bis Hope etwas auflegte, das ihr besser zusagte, Einwände ließ sie nicht gelten. Die Luft war heiß und stickig, der Teppich zurückgerollt, über den Köpfen der Tänzer waberte Rauch, auf jeder freien Fläche standen Gläser – alle amüsierten sich. So gefiel es Hope.

Als Lucy klein war, ließ sie sich gern auf dem großen Kissen in der Ecke nieder, wo sie morgens oft aufwachte, weil sie dort unbemerkt eingeschlafen war.

»Ja, und die Musik zum Tanzen.« Tom legte seine ganze wohlbekannte Abneigung gegen diese Betätigung in das letzte Wort. Seine Zuhörer lachten. »Und natürlich gibt es reichlich zu essen und zu trinken, wenn Hope eine Party schmeißt. Bitte, greift zu. Und solltet ihr irgendetwas brauchen, fragt einen von uns. Jetzt ... Wir sind hier, um das Leben unserer Mutter zu feiern. Das hat sie sich von uns gewünscht, also feiern wir. Darf ich euch nun bitten, ein letztes Mal anzustoßen – auf Hope, Glück und ein langes Leben.«

Das war der traditionelle Toast, den Walter und später Tom jedes Jahr ausbrachte. Auch heuer wieder, und dann nie mehr. Lucy warf einen Blick auf das blau-weiße Gefäß, das drinnen auf dem Kaminsims stand.

»Auf Hope, Glück und ein langes Leben«, riefen die Gäste und hoben die Gläser, sodass sich die untergehende Sonne darin spiegelte.

Während sie tranken, entstand auf der Terrasse Unruhe. Das Gesicht vor Anstrengung gerötet, schleppte Antonio, unterstützt von Luisas Mann Juan, die Truhe herbei. Sie ließen sie Tom beinahe auf die Füße fallen. Mit schmerzverzerrter Miene, eine Hand auf dem unteren Rücken, richtete Antonio sich auf. Ein Raunen ging durch die Menge. Was war hier los?

»Nicht jetzt, Antonio.« Beunruhigt versuchte Tom die Leute fernzuhalten. »Feiern wir weiter.«

»Aber Hope wollte es so«, protestierte Antonio. »Ich habe es ihr versprochen.«

»Kann sein, aber *ich* finde, es ist jetzt nicht der richtige Zeitpunkt«, beharrte Tom. »Wir sehen uns die Sachen später an. Jo?«, appellierte er an seine ältere Schwester.

Sie sah Lucy an. »Was meinst du, Lucy? Sollen wir?«

»So hat sie es gewollt«, wiederholte Antonio. »Hat sie euch nicht gesagt, dass die Geschenke auf der Party verteilt werden sollen?«

Lucy, auf die sich alle Blicke richteten, zögerte. »Doch«, räumte sie schließlich ein und stellte sich damit gegen ihren Bruder. »Aber man muss sie ja nicht gleich auspacken.«

»Und sie sind für ihre Freunde«, ergänzte Antonio und legte die Hand auf den gewölbten Deckel der Truhe. »Hope wollte, dass jeder Gast etwas von ihr mit nach Hause nehmen kann.«

»O Gott.« Tom rieb sich mit den Fingerspitzen die Schläfe, als bahnte sich eine schlimme Migräne an.

»Macht die Truhe auf!«, rief jemand. Lucy glaubte, Ians Stimme zu erkennen. Als sie in die Richtung schaute, standen er und Bill beisammen, ihre Gläser in der Hand: zwei ergraute alte Wüstlinge, die sich nicht die geringste Mühe gegeben hatten, sich dem Anlass entsprechend zu kleiden. Sie trugen dasselbe Outfit wie immer zu Hopes Partys: schäbige Shorts, Segelschuhe (nicht dass ein Boot in Sicht gewesen wäre), das Hemd über der Hose mit aufgekrempelten Ärmeln. Abgesehen von ihrer unterschiedlichen Größe, Bills Schnurrbart und Ians verkrumpeltem Hut, sahen sie ziemlich ähnlich aus.

»Na los«, meinte Jo. »Je eher wir es hinter uns bringen, desto besser. Und schaut, jetzt warten schon alle.« Sie nahm Ivys klebrige Hand.

Tatsächlich standen sie im Mittelpunkt der Aufmerksamkeit. Alle beobachteten gespannt, was als Nächstes passieren würde. War das Hopes letzte Überraschung? Allerdings bemerkte Lucy, wie Alex und Ethan mit den anderen Teenagern in Richtung Pool davonschlichen. Was sich hier abspielte, interessierte sie nicht. Ethan hatte sich eine Flasche Wein und ein paar Gläser geschnappt. Schuldbewusst warf er, der Anführer der kleinen Gruppe, einen Blick über die Schulter. Christina folgte ihm auf den Fersen. Die anderen Jugendlichen, rot glimmende Zigaretten zwischen den Fingern, kannte Lucy nicht. Sie sah zu Belle, die aber nichts mitbekam und sich wie alle anderen auf die Truhe konzentrierte.

Mit Schwung holte Antonio den Schlüssel, nun an einem schwarzen Band, aus dem Ausschnitt seines weißen Leinenhemds. Er hob ihn in die Höhe, ignorierte Toms ausgestreckte Hand und steckte ihn ins Schloss.

Lucys Herz pochte. Weil ihr nichts Gutes schwante, wollte sie lieber nicht hinsehen, andererseits konnte sie sich nicht losreißen. Welche besonderen Geschenke hatte Hope ihnen hinterlassen? Sie hielt den Atem an.

Das Schloss klemmte. Antonio zog den Schlüssel heraus und versuchte es noch einmal.

»Lass mich!« Ein zweites Mal streckte Tom die Hand aus. Offensichtlich gefiel es ihm nicht, dass Antonio im Rampenlicht stand.

Aber Lucy verstand, worum es ging. Hope hatte Antonio mit dieser letzten Zeremonie betraut, und er war entschlossen, ihre Wünsche zu erfüllen. Er tat es für sie. Lucy legte Tom die Hand auf die Schulter. »Lass ihn machen«, flüsterte sie. »Für Mum.«

Unwillig gab Tom nach, schüttelte ihre Hand ab und machte einen Schritt rückwärts. Wenn es sich vermeiden ließ, würde er vor den Gästen keine Szene machen.

Jo sah Lucy dankbar an. Ivy fing an zu reden, aber Jo ging in die Hocke und legte den Finger auf den Mund. »Schsch. Eine Piratentruhe. Schau.«

Ivy sah mit großen Augen erst Antonio, dann die Truhe an, als sich der Schlüssel im Schloss drehte und der Deckel quietschend aufging. Die Gäste in nächster Nähe reckten den Hals, um zu erkennen, was sich darin befand. Die drei Geschwister und Belle beugten sich darüber.

Lucy sah nur eine Menge kleiner Päckchen, die in knallbuntes Geschenkpapier verpackt waren. Obenauf lag ein länglicher Briefumschlag.

»O Gott«, stöhnte Tom leise und rieb sich wieder die Schläfe. »Müssen wir das tun?«

Schließlich griff Jo in die Truhe und holte den Umschlag heraus. »Was kann schon Schlimmes passieren? Es ist ihr letzter Auftritt. Wir können ihr ebenso gut ihren Willen lassen. Schaut. Er ist ›An alle, die hier sind‹ adressiert. Wenigstens ist er nicht speziell für uns.«

Lucy erkannte Hopes vertraute Handschrift auf dem Umschlag. Es mussten die letzten Worte gewesen sein, die sie vor ihrer Abreise nach England zu Papier gebracht hatte, als sie bereits wusste, dass sie sterben würde. Der Gedanke tat weh.

»Ich lese das vor.« Tom räusperte sich. Jo riss den Umschlag auf, nahm den Brief heraus und reichte ihn Tom, ohne einen Blick darauf zu werfen. Er nahm seine Brille aus der Hemdtasche, setzte sie auf und sah das wartende Publikum über den Brillenrand hinweg an.

Lucy konnte den Blick nicht von dem Blatt wenden, das in seiner Hand zitterte.

Tom bat mit einer Geste um Ruhe. »Ich werde nicht viel von eurer Zeit beanspruchen. Nun – so viel steht fest, niemand von uns wird Hope vergessen …« Er wartete ab, bis das zustimmende Murmeln verstummte, während er um Fassung rang. Belle trat vor und legte ihm beruhigend die Hand auf den Arm.

»Sie hat auf dieser Party immer Leben in die Bude gebracht, und sie hat dafür gesorgt, dass es auch diesmal nicht anders ist. Sie hat für jeden ein Geschenk hinterlassen …« Wieder wartete er, bis sich das Gemurmel legte. »Und einen Brief.« Er hielt ihn in die Höhe. »Sie schreibt uns Folgendes.«

Lucy hatte das Gefühl, ihr Herz würde gleich zerspringen. Sie konnte den Blick nicht von Tom abwenden, während Jo ihr schier die Hand zerquetschte.

»Meine lieben Freunde und Angehörigen«, las Tom.

»Ich weiß, dass ich bald sterbe, und mir bleibt nicht mehr viel Zeit. Ich gehe von hier weg zurück nach England, um die letzten Monate, vielleicht auch nur Wochen, bei meinen Kindern zu sein. Also werde ich mit ziemlicher Sicherheit dieses Jahr die Party verpassen. Ich kann mir vorstellen, wie ihr euch alle auf der Wiese drunten versammelt habt und auch auf der Terrasse. Ich wünschte, ich könnte hier bei euch sein.«

Ein unterdrücktes Schluchzen war zu hören. Es dauerte einen Moment, bis Lucy erkannte, dass sie selbst die Urheberin war. Sie schlug sich die Hand vor den Mund.

»Ich möchte nicht, dass ihr mich vergesst …«, fuhr Tom fort.

»Typisch«, flüsterte Jo so leise, dass nur Lucy es hören konnte. Tom warf ihr einen missbilligenden Blick zu.

»... deshalb werde ich jedem von euch zur Erinnerung an mich eine Kleinigkeit mitgeben.«

»Tja, wir waren gewarnt.« Jos Stimme war nun lauter.

Diesmal hätte Toms Blick eine ganze LKW-Ladung Zwischenrufer zum Schweigen gebracht. Jo murmelte eine Entschuldigung und strich Ivy ein paar feine Haarsträhnen aus der Stirn. Tom las weiter.

»Wenn ich hier wäre, würden wir eine Schnitzeljagd veranstalten – so wie in alten Zeiten. Aber wenn ich da wäre, würdet ihr euch natürlich nicht diesen Brief anhören. Als bitte nehmt alle ein Geschenk mit nach Hause. Von mir.

Und jetzt viel Spaß.

Liebe Grüße, Hope.«

Niemand sagte ein Wort. Man hörte nur die Musik, die immer noch aus dem Wohnzimmer drang. Die Gäste wussten nicht recht, was sie tun sollten, einige zückten ein Taschentuch. Jemand putzte sich die Nase. Durch einen Tränenschleier sah Lucy, wie Tom sich die Augen rieb. Er sah aus, als hätte ihm jemand eine Ohrfeige verpasst. Neben ihm rang Belle um Selbstbeherrschung. Ferdie, den sie unter den Arm geklemmt hatte, reckte neugierig die Schnauze, während sie ihn hinter den Ohren kraulte. War es das, was Hope gewollt hatte? Und warum? Nur um ein letztes Mal im Mittelpunkt zu stehen?

Auf Jos Gesicht spiegelten sich gemischte Gefühle: Ratlosigkeit, Enttäuschung und Ärger. Ivy zerrte an ihrer Hand, sie wollte ihrer Mutter etwas zeigen.

»Und jetzt?«, flüsterte Jo, als die Gäste anfingen, miteinander zu reden.

Ihre Frage riss Tom aus seinen Gedanken, und er wandte sich wieder seinem Publikum zu. »Ich glaube, wir sollten Mums Aufforderung folgen und Spaß haben. Bevor wir alle zu rührselig werden, machen wir, was sie getan hätte. Drehen wir die Musik auf und feiern weiter. Kommt und holt euch euer Geschenk, wann immer ihr wollt.«

Niemand rührte sich.

Mitten in das respektvolle Murmeln hinein ertönten ein Schrei und ein Platschen, als jemand in den Pool sprang. Das reichte, um alle anderen wachzurütteln. Nach und nach begaben sich die Leute zu dem Tisch mit den Getränken, und der Lärmpegel stieg wieder an. Lucy ging ins Wohnzimmer und drehte die Anlage auf, sodass Ella Fitzgeralds »You make me feel so young« durch den Garten dröhnte. Tom hatte Recht, sie sollten tun, was Hope sich gewünscht hätte, so schwer es ihnen fiel. Und nach all der Aufregung gab es nun doch keine persönlich adressierten Geschenke. Erleichterung machte sich breit.

Sie fand Tom und Belle an der Wohnzimmertür. Belle hatte ihn in die Arme geschlossen und rieb tröstend seine Schultern. Aber der Moment war nur von kurzer Dauer, denn Partygäste scharten sich um sie.

»Hat jemand Lust auf Croquet?« Belle löste sich von Tom.

»Ich trete gegen dich an«, rief Jimmy vom Feinkostgeschäft in Gaucín und stellte sein Glas auf den Tisch. »Fran?«

Seine hochschwangere Frau schüttelte den Kopf. »In meinem Zustand? Ich würde ja nicht einmal den Ball sehen!«

Sie streichelte mit beiden Händen ihren Bauch. »Nein. Ich suche mir eine Hängematte.«

Unterdessen bildeten sich kleinere Gruppen und die Gäste überlegten, was sie unternehmen wollten. Noch holte sich niemand ein Geschenk. Niemand wollte der Erste sein. Als Lucy allein auf der Terrasse zurückgeblieben war, fischte sie sich eines der identisch eingewickelten Päckchen heraus und ging damit ins Wohnzimmer. Dort packte sie es, begleitet von Ella Fitzgeralds rauchiger Stimme, aus. Als sie sah, was es war, konnte sie sich ein Lächeln nicht verkneifen.

Sie hielt einen Korken mit einer lebhaft gemusterten Keramikkappe in der Hand. Ideal für jede Weinflasche. Ideal für jede Party. Und ein perfektes Abschiedsgeschenk von Hope an ihre Freunde.

21

»Eins … zwei … drei …«

Jo war erschöpft. Versteckspielen mit drei Vier- und Fünfjährigen – dass sie sich damit auf einer Party die Zeit vertreiben würde, wenn sie auf die Fünfzig zuging, hatte sie nicht geahnt. Aber jetzt fand sie es gar nicht so übel. Ihre Behauptung, keine Kinder zu wollen, war immer auf Unglauben gestoßen, aber als Bilderbuchkarrierefrau hatte sie nie den überwältigenden Drang zur Mutterschaft verspürt, von dem ihre Geschlechtsgenossinnen erzählten. Ohne rechtes Verständnis für die wachsende Verzweiflung ihrer Schwester hatte sie verfolgt, was Lucy beim Versuch, eine Familie zu gründen, alles durchmachte. Jos biologische Uhr hatte nie laut und vernehmlich getickt. Und als sie es am wenigsten erwartete, hatten ihre Hormone sie schließlich ausgetrickst. Und zwar zu einem Zeitpunkt, als es schon beinahe zu spät gewesen war. Da hatte sie ihre Schwester dann doch verstanden.

»Neun … zehn …«

Aus dem Olivenhain drang ein lautes Kichern zu ihr.

Eine Nacht hatte gereicht, um ihr Leben auf den Kopf zu stellen: eine durchzechte Nacht mit Steve Masterton, dem charismatischen amerikanischen Chef von Ballard Watches. Fairweather and Fowler (mehr Jo Fairweather als Richard Fowler, um ehrlich zu sein) bemühten sich um das britische Budget des weltweit tätigen Unternehmens. Nach einem Abend im Ivy, einem Restaurant in Westend, wo sie bei Champagner fachsimpelten, hatte sie Masterton in sein Hotel begleitet und damit ihre eherne Regel gebrochen, Sex und Beruf strikt zu trennen. Sie nutzte ihre Stärken, und dazu zählte gelegentlich auch ein Flirt – mit dem sie oft genug hartgesottene Geschäftsleute zur richtigen Entscheidung gebracht hatte. Bis zu diesem Abend allerdings hatte sie sich immer zur rechten Zeit zurückgezogen. Bis heute wusste sie nicht, was sie veranlasst hatte, ihre Prinzipien über Bord zu werfen und sich so unprofessionell zu verhalten. Hätte sie den Auftrag für ihre Agentur geholt, wäre das ein großer Coup gewesen. Aber es überraschte sie nicht, als am nächsten Tag der Anruf kam, die Konkurrenzagentur habe den Zuschlag erhalten. In der Abendbrise zog sie ihre Strickjacke enger um sich, als sie an Richards Schock zurückdachte.

»Fünfzehn ... sechzehn ...«

Er war es so gewohnt, dass sie die Aufträge an Land zog, dass er fest daran geglaubt hatte, Ballard sei ins Netz gegangen. Und als sie ihm zwölf Wochen später mitteilte, sie sei schwanger, fehlten ihm die Worte. Er war davon ausgegangen, sie werde immer Single bleiben und ihr Leben ganz der Agentur weihen. Kinder waren bei dieser stillschweigenden Vereinbarung nicht vorgesehen. Klar, er selbst hatte drei, aber das war etwas anderes. Mit seiner Frau Mandy war Jo eng befreundet, doch Jo war seine Kollegin, ein Mann ehrenhalber, sozusagen. Dass sie sich bereits entschieden hatte, erstaunte ihn – es gab kein Zurück mehr. Als sie am wenigsten damit rechnete, hatte ihre biologische Uhr doch die Oberhand gewonnen, und sie wollte sich ihre wohl letzte Chance, Mutter zu werden, nicht entgehen lassen. Sie empfand eine ihr bisher unbekannte, instinktive Sehnsucht. Ob das nun an den Hormonen lag, an einem Wunsch nach Veränderung oder an beidem, konnte sie nicht sagen. Aber sie wollte das Baby, die Erfahrung, Mutter zu sein, mehr als alles andere auf der Welt. Sie wollte es wirklich. Wie stark dieser Wunsch war, verblüffte sie selbst genauso wie Richard. Sie würde dieses Kind allein großziehen. Masterton war bereits wieder in den Vereinigten Staaten. Unwahrscheinlich, dass sie sich je wiedersehen würden. Es sei denn … Nachdem es nun Ivy gab, war die Lage nicht mehr so klar. Vielleicht war sie es ihrer Tochter schuldig, ihr die wahre Geschichte nicht mehr so lange vorzuenthalten.

»Neunzehn … zwanzig. Ich komme«, rief sie.

Der purpurrote Netzrock guckte unter einer karierten Decke hervor, unter der sich etwas verdächtig wölbte. Eines Tages würde sie Ivy erzählen, was passiert war. Eines Tages, wenn sie alt genug war, um es zu verstehen. Wie konnte Tom nur behaupten, sie sei nicht anders als Hope, wo sie doch ihr Leben lang versucht hatte, sich als selbstständige Frau zu behaupten, und nicht als Blatt im Wind zu treiben wie ihre Mutter?

»Wo ist Ivy? Ich kann sie nicht finden«, rief Jo.

Unter der Decke kicherte es, und der Netzrock verschwand mit einem Ruck.

»Chita, Ivy, Manuel … wo seid ihr? Was machen wir nur, wenn wir sie nicht finden?« Unterstützt von bereitwilligen Helfern, die in der Nähe saßen, tat sie so, als würde sie überall suchen, hob Decken an, verrückte Kissen, sah hinter Baumstämmen nach. Endlich kniete sie sich hin und zog die Decke weg, während die Kinder, die sich aneinanderdrängten, vergnügt quietschten.

»Noch mal! Noch mal!«

»Nein, jetzt ist es genug. Ich will noch mit unseren Freunden reden.« Sie setzte sich auf einen freien Liegestuhl neben Ros und Daphne, während Ivy aufsprang.

Empört, dass das Spiel vorbei sein sollte, stemmte ihre Tochter die Hände in die Hüften. »Ich hasse es, wie du manchmal mit mir umgehst.« Sie stampfte mit dem Fuß auf. Aber bevor sie weitersprechen konnte, lenkte Bailey sie ab, der einen Baum anbellte. Die drei Kinder rannten hin, um zu sehen, was los war, und hatten schon vergessen, wie Jo mit ihnen umging.

Staunend sah Jo Ivy nach, während Daphne und Ros lachten. »Sie ist schon eine Nummer, deine Tochter«, bemerkte Ros.

»Ich weiß nicht, woher sie das hat«, meinte Jo und überlegte, wo Ivy den Satz aufgeschnappt haben könnte. Hatte sie nicht kürzlich etwas in der Art zu Richard am Telefon gesagt, als er sich ärgerte, weil sie nicht für das Team zur Verfügung stand, das dieses Wochenende neue Ideen für Flakers Crisps liefern sollte, weil der Kunde drohte, die Agentur zu wechseln? Nur dass sie, Jo, es im Scherz gesagt hatte.

»Sie erinnert mich an dich, als du klein warst. Du hattest es faustdick hinter den Ohren.«

»Wirklich?« Jo hatte das ganz anders in Erinnerung. Sie beobachtete, wie ihre Tochter ihre neuen Freunde zurück zum Haus lotste. Es lag auf der Hand, wer der Chef war.

»Möchtet ihr noch etwas trinken?« Sie nahm die Gläser, die ihr beide reichten, und ging auf die Terrasse, um sie zu füllen. Als sie an der Truhe vorbei kam, bemerkte sie, dass nicht mehr viele Geschenke darin waren. Ganz unten lag ein viel größeres Päckchen, das bisher unter den anderen versteckt gewesen war. Sie konnte nicht widerstehen, es sich genauer anzusehen, und räumte die verbliebenen Geschenke beiseite. Auf dem Etikett stand in der krakeligen Handschrift ihrer Mutter nur ein Wort. *Jo.*

Tom hörte mit halbem Ohr, was ihm Ramón, ein Nachbar, der weiter oben am Berg wohnte, über das Wetter erzählte – sein Lieblingsthema, wenn er es mit Engländern zu tun hatte. Worüber sollte man mit Engländern auch sonst reden? Aber während Tom höflich nickend sein Interesse, sein Erstaunen und seine Zustimmung ausdrückte, fesselte Maria, die er über Ramóns Schulter sehen konnte, seine Aufmerksamkeit. Sie plauderte mit einem Paar, das Tom nicht erkannte. Was er erkannte, war die Rundung ihrer Wange, das versonnene Lächeln, das plötzlich heiterer wurde, die Art, wie sie einen Finger ans Kinn legte, wenn sie nachdachte, ihre Haltung, die an eine Ballerina erinnerte, die Wölbung ihrer Hüfte. Sie entschuldigte sich bei ihren Gesprächspartnern, strich sich das Haar aus dem Gesicht, warf ein Ende ihres Schals über die Schulter und kam auf ihn zu. Tom ließ Ramón stehen, der sich einfach der Frau zuwandte, die zufällig neben ihm stand, und seine Ausführungen über den Klimawandel und dessen Folgen für die Jahreszeiten und die Landwirtschaft fortsetzte.

Tom fühlte sich gehemmt, als wären alle Blicke auf ihn gerichtet, aber er musste mit ihr reden. Seine Wangen glühten, und es schien ihm, als würde er sich unbeholfen bewegen, als sei sein Lächeln zu breit für sein Gesicht. Als sie aufeinander zugingen, fühlte er sich in die Vergangenheit zurückversetzt. Er fuhr sich mit der Hand über den Kopf, spürte die Stoppeln: ein schnelles Korrektiv. Dann schaute er an sich herunter, zog den Bauch ein: noch ein Korrektiv. Er war nicht mehr, was er einmal gewesen war – und etwas Besonderes war er ohnehin nie gewesen. Was hatte Maria nur an ihm gefunden? Irgendwo hinter ihm erklang Belles Lachen. Abrupt blieb er stehen. Er hatte sie im Haus vermutet.

»Sieht nach einem Sonnenbrand aus.« Maria warf einen Blick auf seine geröteten Arme.

»Ach, das ist nichts«, tat er ihre Sorge ab, ärgerte sich aber, dass er Belles Rat in den Wind geschlagen und keine Sonnencreme benutzt hatte – ein kleiner Akt der Rebellion, der nach hinten losgegangen war.

»Bist du …«

»Hast du …«

Beide sprachen gleichzeitig, dann lächelten sie.

»Du zuerst«, sagte er.

»Ich wollte nur fragen, wie lange ihr bleibt. Etwas Einfaches für den Anfang.«

»Wir?« Er räusperte sich, um seine Stimme wieder in eine normale Tonlage zu bringen. »Nur bis Dienstag. Morgen verstreuen wir die Asche, am Montag kommt der Immobilienmakler vorbei, dann sind wir fertig.«

»Einfach so.« Sie wirkte nachdenklich. »All die guten Zeiten für immer weggepackt.«

»Und die schlechten auch.« Er musste sich zusammenreißen, um nicht die Hand auszustrecken und ihre Wange zu berühren.

»Weißt du noch, wie wir um die Welt reisen wollten? Mit dem Segelboot …«

»Segelst du noch?«

Sie nickte. »Ja. Wir wohnen nicht weit vom Meer.« Sie

blickte in die Ferne, dann kehrte sie in die Gegenwart zurück. »Das war ja nie so ganz dein Ding?«

Er wollte protestieren – doch, durchaus. Wie konntest du das vergessen? – aber sie war noch nicht fertig. »Damals hattest du vor, mit dem Motorrad loszuziehen, und wir wollten uns in jedem Hafen treffen.«

»Das hatte ich vergessen.« Ja, auf dem Motorrad hatte er sich viel eher zu Hause gefühlt als auf dem Boot. Er lachte, als er daran dachte. Damit stellte sich auch die Erinnerung an flirrendheiße Tage voller Liebe und Lachen ein. Sie fuhren mit seinem Motorrad runter an die Küste, den warmen Wind im Gesicht, sie hatte die Arme um seine Taille geschlungen. Sie arbeiteten in Restaurants am Strand, sparten ihr Geld für eine Reise in den Fernen Osten. In ihren Träumen lagen sie dort an unberührten Stränden, experimentierten mit Drogen. Sie hatten so viele Pläne gemacht, die unverwirklicht blieben. Und warum?

Weil er Angst hatte.

Fast zwei Jahre lang hatte er es versucht, unfähig, ihr zu widerstehen, aber letztlich kam er mit ihrer bohemienhaften Art nicht klar. Sie war zu unberechenbar, nie wusste man, was sie vorhatte oder wie sie beide sich ihren Lebensunterhalt verdienen sollten. Seine Angst vor dem Unbekannten war zu groß. Sie war seiner Mutter zu ähnlich, dabei aber kühner, frei von Furcht. Er hatte sein abgebrochenes Studium wiederaufgenommen und war nach Edinburgh gezogen. Diesmal war er bereit für das Leben als Student. Seine Selbstsicherheit war gewachsen, und er ließ die Beziehung noch ein Jahr lang in den Ferien weiterlaufen. Inzwischen hatte er Belle gefunden.

»Hope hat immer gesagt, sie würde mitkommen.« Maria lachte. Dieses Lachen. »Weißt du noch?«

»Sie hätte niemals Walter hier allein gelassen.« Als sie die schöne Zeit mit Hope und Walter hier im Haus beschworen, entspannte sich Tom allmählich. »Seltsam, wenn man bedenkt, dass sie damals jünger waren als wir heute.«

»Er war ein bisschen älter, oder? Aber sie waren ein tolles Paar. Es gab immer was zu lachen.«

»Manchmal frage ich mich, wie sie waren, bevor sie uns hatten.«

Neugierig legte sie den Kopf schief. »Wie meinst du das?«

»Man weiß doch nie, wie die eigenen Eltern zu den Menschen geworden sind, die sie waren. Und man wird es nie herausfinden. Nicht wirklich. Man lernt sie erst kennen, wenn sie schon ein Viertel bis ein Drittel ihres Lebens hinter sich haben, wenn man Glück hat.« Er staunte über sich selbst. Solche Gespräche führte er normalerweise nicht. Aber Maria schien das nicht zu überraschen.

»So habe ich mir das noch nie überlegt. Aber man kann ja immer mit ihnen reden und fragen.«

»Die meisten Kinder interessieren sich nicht besonders dafür, was los war, bevor sie zur Welt gekommen sind. Das gilt jedenfalls für mich. Aber jetzt ist es zu spät. Und meine Jungs verschwenden auch keinen Gedanken daran.«

»Du meinst, sie wissen nichts von uns und was zwischen uns war.« Sie senkte den Blick.

»Natürlich nicht.« Er versuchte, bei der Vorstellung nicht allzu entsetzt zu klingen.

»Das war nur Spaß, Tom.« Sie schenkte ihm ein beruhigendes Lächeln.

»Ach.« Alles, was er in ihrer Gegenwart äußerte oder tat, erschien ihm so unpassend. »Ich wollte nur sagen, dass wir über Mum nicht viel wissen. Was sie zu dem Menschen gemacht hat, der sie war, wird nun immer ein Geheimnis bleiben.«

»Und das gilt auch für alles, was dich zu dem gemacht hat, der du bist.«

»Vermutlich.« Er war nicht sicher, ob er das Thema vertiefen wollte. Sie hatten sich in das Gebiet vorgewagt, das nach Jos Meinung für sie beide so wichtig war: das Gebiet, mit dem er sich beschäftigt und es dann als belanglos abgetan hatte. Er sollte es mit niemandem sonst besprechen. Am allerwenigsten mit Maria. »Aber erzähl doch etwas von dir. Ich möchte wissen, was du alles erlebt hast.«

»In zehn Minuten? Unmöglich, aber ich werde es versuchen.« Ihr Lachen wirkte stimmungsaufhellend. »Und dann du.«

»Dort drüben also.« Er deutete auf eine Decke, die von zwei Paaren geräumt wurde, die sich zur alten Scheune aufmachten, um Tischtennis zu spielen. Während die Sonne unterging, zündeten Jo und Elaine die Kerzen, die Fackeln und die Gartenlaternen an, was mit dem Einsetzen der Dunkelheit eine intime Atmosphäre schuf. Maria nahm Platz und strich ihr Kleid glatt, Tom sammelte die zurückgebliebenen Teller ein und trug sie zur Terrasse. Als er wiederkam, brachte er zwei Gläser Wein mit und reichte ihr eines. »Gut«, sagte er und ging in die Hocke. Dabei verlor er das Gleichgewicht und spürte, wie die hintere Naht seiner Shorts riss. Er kippte nach links, balancierte mit dem ausgestreckten Arm, um nicht zu fallen. Wie durch ein

Wunder schaffte er es, keinen Tropfen aus dem Glas, das er in die Höhe hielt, zu verschütten. »Cheers! Ein echter Sohn meiner Mutter!« Er lachte.

»Absolut«, stimmte Maria zu und stieß darauf mit ihm an.

»Wer ist das?« Belle sprach Lucy von hinten an, sodass sie zusammenfuhr. Ihr Atem roch nach Minze, als hätte sie sich gerade die Zähne geputzt. In der Hand hielt sie eine Flasche Wasser. Sie kniete sich hin und zog sich ein paar Kissen heran, dann setzte sie sich.

»Wo?«

»Dort drüben auf der Decke.« Belle deutete auf zwei Männer auf Sitzsäcken vor einem Schachbrett, das auf einem niedrigen Tisch zwischen ihnen stand.

»Der Kahlkopf ist Roger Smythe, der Architekt, der vor Jahren beim Umbau des Hauses geholfen hat. Ich glaube, Mum hatte mal ein Techtelmechtel mit ihm. Soll ich ihn dir vorstellen?« Dass Belle empört nach Luft schnappte, amüsierte sie. »Und der Jüngere mit dem Schnurrbart ist Bernard Ardant. Er bietet mit seiner Partnerin Sylvie Wander- und Malurlaube an. Gestern Abend saß er im Restaurant am Nebentisch.« Sie schaute sich im Garten um und deutete auf eine kleine, zierliche Frau mit dunklem Haar, der zwei Männer aufmerksam lauschten. »Dort drüben, sie unterhält sich mit Jaime und Joaquín.«

»Nein, nein, nicht dort«, gab Belle zurück, und ihre perlweißen Zähne blitzten. »Bei Tom. Die Frau in Gelb. Maria.« Es klang, als würde sie den Namen auf der Zunge testen.

»Oh.« Lucy folgte ihrem Blick zu der Stelle, wo ihr Bruder und Maria saßen und sich unterhielten. »Das ist eine alte Freundin.«

In diesem Moment sagte Maria etwas, und Tom fasste sich an die Nase. Beide lachten.

»Das sehe ich auch«, erwiderte Belle. »Aber woher kennt ihr sie?«

Lucy war klar, dass sie vorsichtig sein musste. »Ach, das ist schon ewig her, als wir Kinder waren. Sie war eine Freundin von Jo.« Das musste genügen.

»Mit Tom muss sie auch gut befreundet gewesen sein«, bemerkte Belle. »Er hat sie den ganzen Nachmittag nicht aus den Augen gelassen.«

»Das bildest du dir bestimmt nur ein.« Lucy wünschte, Jo wäre endlich mit den Kerzen fertig und würde sie retten.

»Nein.« Belle rückte ihre Sonnenbrille zurecht. Lucy konnte den Blick dahinter nur ahnen. »Nein, das bilde ich mir nicht ein.«

Warum sollte Belle nicht auf ihren Mann aufpassen? Wenn Lucy in der Lage gewesen wäre, auf Art aufzupassen, wäre vielleicht alles anders gekommen. Sie holte tief Luft. Belle würde die Wahrheit sonst von jemand anderem erfahren. »Sie hatten mal etwas miteinander«, sagte sie so beiläufig wie möglich.

Belle erstarrte, dann strich sie ihren Rock glatt.

»Aber das ist schon Jahre her«, erklärte Lucy hastig. »Viele Jahre. Es war damals, als er sein Studium geschmissen hat. Soweit ich weiß, hat er sie seither nicht wiedergesehen. Wir alle nicht.«

»Ach.« Belle sah aus, als sei ihr die Luft abgelassen worden.

Ausnahmsweise hatte Lucy Mitleid mit ihr. Für ein

Paar, das sich seit Jahren aus den Augen verloren hatte, verstanden sich Tom und Maria prächtig.

»Du bist doch nicht etwa eifersüchtig?«, versuchte Lucy die Situation herunterzuspielen.

Als Belle aufstand, hatte sie anscheinend ihre Fassung wiedergewonnen. »Natürlich nicht. Mit wem er vor mir zusammen war, geht mich nichts an.«

Lucy wünschte, Tom würde nicht so nah an Maria heranrücken. »Warum gehst du nicht hin und lernst sie kennen? Ich komme mit, wenn du möchtest.«

»Nein, lieber nicht. Ich will nicht stören.« Belle strich ihr Haar glatt. »Ich rede mal mit Adam und Val. Gestern Abend habe ich kaum mit ihnen gesprochen.« Sie ging auf das Paar zu, das gerade vom Croquet kam.

Vom Haus her erklang Musik, aus den Fenstern drang sanftes gelbes Licht. Flackernde Fackeln und Kerzen warfen unruhige Schatten aufs Gras. Im Wohnzimmer waren wie in alten Zeiten die Möbel beiseitegeschoben und der Teppich aufgerollt worden. Umgeben von einigen Bewunderern legten Brad und Elaine hier einen Jive zu »Wild, Wild Young Men« aufs Parkett. Wer hätte gedacht, dass sich die beiden als so leichtfüßige Tänzer erwiesen? Als die Musik verklang, traten sie, erhitzt und glücklich, an die Terrassentür.

»Das war super«, sagte Lucy. »Ich wusste nicht, dass ihr so begeisterte Tänzer seid.«

»Ich auch nicht«, gestand Elaine außer Atem. »Nicht mehr jedenfalls. Man braucht eben nur den richtigen Partner. Mannomann! Wo ist mein Glas?«

»Ich hole es dir.« Brad ging wieder hinein zu dem Tisch, auf dem die Tanzenden ihre Getränke abgestellt hatten.

Elaine sank auf einen Stuhl. »Das hat echt Spaß gemacht.« Sie fächelte sich mit einer Hand Luft zu und rückte mit der anderen ihre Halskette zurecht. »In meinem Alter sollte man sich keinen Spaß entgehen lassen. Das hätte Hope auch gesagt.« Elaine zwinkerte, sodass ihr pfauenblauer Lidschatten aufblinkte.

Lucy schluckte. »Zweifellos.«

Weiter brauchte sie nichts zu sagen, denn Brad kam zurück und Elaine nahm ihr Wasser, während die Musik erneut einsetzte, diesmal Elvis. Die anderen Tänzer fanden sich wieder auf der Tanzfläche ein.

»Darf ich bitten?« Antonio kam aus dem Wohnzimmer und streckte Lucy die Hand entgegen. Sein Timing hätte nicht besser sein können.

»Gern.« Sie hatten die letzten fünf, sechs Jahre auf jeder Party getanzt. Hope, nicht mehr so beweglich wie in früheren Zeiten, hatte sie mit einem Lächeln beobachtet.

Sie überließen Brad und Elaine sich selbst und gesellten sich zu den Tänzern. Antonios Hand ruhte leicht wie eine Feder auf ihrer Taille. Lucy schloss die Augen, ihr Körper gab sich der Musik hin, ihr Gehirn wurde leer. Auf einen alten Lieblingssong folgte der nächste, und sie tanzten einfach weiter. Es war, als wüsste Antonio genau, was sie brauchte, ohne dass sie ein Wort sagen musste. Sie tanzten schnell, sie tanzten langsam. Sie tanzten miteinander und jeder für sich und mit einer Gruppe von Freunden. Und die ganze Zeit war Lucy vollkommen eins mit der Musik, ließ los, löste sich von ihrer Umgebung. Bis sie beide nicht mehr konnten.

Sie kehrten auf die Terrasse zurück und holten sich etwas zu trinken. Brad und Elaine waren verschwunden. In einer kurzen Tanzpause hatte Lucy vom Pool her Gitarrenklänge gehört. Gelächter erklang im Olivenhain, wo die Leute noch aushielten, obwohl die Nachtluft kühler wurde. Sie überlegte, ob Tom und Maria wohl noch dort saßen, ob Belle doch noch zu ihnen gegangen war. Rufe ertönten von der Auffahrt her, wo im Mondlicht Boule gespielt wurde. Aus der Scheune hörte man neben dem Klack-klack des Tischtennisballs entsprechendes Japsen und Jubeln. Alles war so, wie Hope es sich gewünscht hätte, einschließlich der Musik, die sie mochte. Das war immer das Problem mit einem guten Leichenschmaus – denn im Grunde war diese Party nichts anderes –, dass der eine Mensch, dem es am besten gefallen hätte, fehlte. Lucy hob ihr Glas und schaute zu dem Gefäß auf dem Kaminsims.

»Auf dich, Mum.«

Antonio folgte ihrem Beispiel. »Auf Hope.«

Sie tranken.

»Da bist du ja.« Jo kam um die Ecke, mit Ivy auf dem Arm, der die Augen zufielen. »Ich habe dich gesucht.«

Lucy wurde mulmig zumute. »Warum? Was ist passiert?«

»Die Truhe.« Sie schob Ivy auf ihrer Schulter in eine bessere Position. »Da sind doch noch Geschenke für uns drin. Aber ich bringe jetzt erst mal die Kleine ins Bett, bevor ich irgendetwas anderes mache.«

Als das Wort »Bett« fiel, kam Ivy wieder zu sich, warf den Kopf zurück und traf Jo am Kinn. »Nein! Ich will nicht ins Bett!«

»Doch«, erwiderte Jo unbeirrt und rieb sich das Kinn. »Du bist todmüde, mein Schatz. Und ich möchte, dass du morgen wieder putzmunter bist.«

»Wie wär's, wenn wir zusammen raufgehen und ich dir die Geschichte weiter vorlese, die wir gestern angefangen haben?« Lucy sah die Erleichterung in Jos Augen, als Ivy sich umdrehte und die Arme nach Lucy ausstreckte. Wenigstens hatte sie so eine Ausrede, sich eine Weile von der Party zu entfernen und sich für das zu wappnen, was noch kommen mochte. Zwar hatte sich die Schar der Gäste schon gelichtet, aber es gab einen zuverlässigen harten Kern, der noch stundenlang durchhalten würde. Und in diesen Stunden lief traditionell manches schief.

Als sie Ivy übernahm und den Duft nach Schokolade, Süßigkeiten und Erde einatmete, den ihre Nichte verströmte, genoss sie einfach nur den Augenblick. »Na dann mal los.«

»Danke, Luce.« Jo ging zum Tisch und schenkte sich Weißwein ein. »Endlich.«

Sie ließ sich auf dem nächstbesten Stuhl nieder und hatte nichts dagegen einzuwenden, dass sich Antonio neben sie setzte.

22

Tom, der sich bewusst war, dass Belle ihn immer wieder mit Adleraugen beobachtete, hielt sein Gespräch mit Maria kürzer, als er es sich wünschte. Natürlich hätte er Belle, als sie sich mit Lucy unterhielt, herbeiwinken und die beiden Frauen einander vorstellen können, aber etwas hielt ihn davon ab – irgendwie wollte er Maria noch ein wenig nur für sich haben. Sobald sich seine anfängliche Scheu gelegt hatte, war es, als hätten sie sich gestern zuletzt gesehen, und Erinnerungen, die er vor langer Zeit weggepackt hatte, kamen mit erstaunlicher Klarheit an die Oberfläche. Das gefiel ihm, und er wollte noch ein wenig ungestört mit ihr plaudern. Hätte sich Belle dazugesellt, wäre der Zauber verflogen. Stattdessen riss er sich los und sprach mit anderen Gästen, entschlossen, so schnell wie möglich zu Maria zurückzukehren. Während er nur mit halbem Ohr den Geschichten lauschte, die seine Gesprächspartner über Hope erzählten, sah er immer wieder Marias gelbes Kleid in der Menge aufleuchten und hörte ihr tiefes Lachen.

Zwischen den Gästen, die draußen eine Tanzpause einlegten oder ihre Gläser füllten, sah er Jo und Antonio, die auf der Terrasse saßen und sich angeregt unterhielten. Antonio hielt ihre Hand, redete lebhaft, deutete auf das Haus und wandte sich dann wieder ihr zu. Tom ging auf die beiden zu. Wegen der Musik, jetzt lauter und moderner als zuvor, verstand er nicht, was sie sagten.

»Setz dich«, forderte Jo ihn auf. »Antonio hat mir gerade von Mums Umbauplänen für das Haus erzählt. Wusstest du davon?«

»Sie hat mal so etwas erwähnt, aber ich habe es nicht ernst genommen. Du weißt ja, wie sie war, Feuer und Flamme für irgendein Vorhaben und im nächsten Augenblick schon wieder ganz woanders.« Er wandte sich an Antonio. »Möglicherweise hast du da was falsch verstanden. Jedenfalls gehört das Haus jetzt uns.« Es gefiel ihm nicht, dass seine Mutter ihre Pläne diesem Mann anvertraut hatte und nicht ihren Kindern. Jedenfalls hatte Antonio nun, nach Hopes Tod, keinerlei Anspruch auf das Haus.

»Tom!«, ermahnte ihn Jo, aber er war nicht in der Stimmung, sich etwas sagen zu lassen.

»Das mag sein«, erwiderte Antonio unbeirrt wie immer, ohne auf Toms feindseligen Ton einzugehen. »Wir haben oft darüber geredet, dass das Haus nicht nur als B & B taugt, sondern ein perfektes kleines Hotel abgeben würde. Sie wollte nicht wieder Roger beauftragen, deshalb hat Martin Higueras – ihr kennt doch den Architekten in Ronda? – Pläne gezeichnet. Sie müssen hier irgendwo sein.«

»Ein Hotel? Mum?« Tom verdrehte die Augen und lachte verächtlich. »Das hätte niemals funktioniert. Ohnehin spielt es jetzt keine Rolle mehr. Wie du weißt, verkaufen wir.«

»Jemand anders könnte es für eine gute Idee halten.« Jo warf Tom über ihr Glas hinweg einen vielsagenden Blick zu. »Wir sollten die Pläne suchen. Sie könnten beim Verkauf hilfreich sein.«

»Vielleicht«, räumte Tom ein. Dass sich seine beiden Schwestern auf Antonios Seite schlugen, machte ihn wahnsinnig. Was hatte der Kerl eigentlich an sich? »Aber wir haben schon fast alles durchgesehen, und überhaupt ist das Sache des Käufers, nicht unsere.«

»Bist du denn gar nicht neugierig? Ich würde schon gerne wissen, was Mum mit dem alten Haus anstellen wollte.«

»Antonio!« Der Ruf kam von den Boulespielern unten an der Auffahrt.

Antonio nutzte die Chance, sich eine Atempause zu gönnen, und stand auf. »Vielleicht sollte ich ihnen zeigen, wie man das spielt!«, bemerkte er mit einem Grinsen und entfernte sich.

»Dieser Mann ist unmöglich«, murrte Tom.

»Ich weiß nicht, warum du so unhöflich zu ihm bist. Du könntest dir ruhig ein bisschen Mühe geben. Ich wette, du möchtest, dass er sich um das Haus kümmert, bis es verkauft ist.«

»Das wohl schon«, gab er widerwillig zu. »Aber es ärgert mich, dass sie ihm etwas hinterlassen hat, obwohl sie mir noch mehrere tausend Pfund schuldet.«

»Was sagst du da?« Jo richtete sich auf und sah ihm in die Augen. »Mehrere tausend Pfund? Das hast du nie erwähnt.«

»Wozu auch? Ich kann ihr Testament nicht ändern.« Er nahm einen großen Schluck aus seiner Flasche San Miguel.

»Antonio steht sein Erbe zu, weil er ihr so ein guter und treuer Freund war. Aber wie kommt es, dass du ihr so viel Geld geliehen hast?« Jo war bis an die Kante ihres Stuhls vorgerückt.

»Das ist schon ewig her. Ich habe ihr zehntausend geliehen, damit sie das Haus renovieren und das B & B starten konnte. Weißt du noch, sie hat damals die Rohrleitungen erneuern lassen und die *casita* auf Vordermann gebracht.«

»Und du hast das bezahlt?«

»Ja. Aber sie hat immer gemeint, das sei eine Investition, und sie würde es mir zurückzahlen, wenn der Laden läuft.« Warum weckte Jo deswegen Schuldgefühle bei ihm? Waren seine Erwartungen unvernünftig? Geschäft war Geschäft, auch wenn er es mit seiner Mutter geschlossen hatte. Damals war ihm klar gewesen, dass er das Geld zu Hopes Lebzeiten wohl nicht zurückbekommen würde, er hatte jedoch angenommen, dass sie ihn in ihrem Testament entsprechend bedenken würde. Wenn er jetzt darüber nachdachte, wurde ihm klar, wie naiv diese Vorstellung gewesen war. Wahrscheinlich hatte sie die ganze Geschichte komplett vergessen. Und er hatte es nie über sich gebracht, nachzufragen. Aber er hatte Belle versprochen, im kommenden Frühling mit ihr nach Sri Lanka zu fliegen. Ihre Nachbarn, Bob und Alice, schwärmten immer noch von ihrem Traumurlaub dort. Belle hatte sich in den Kopf gesetzt, das Land mit eigenen Augen zu sehen, und nutzte ihren fünfzigsten Geburtstag als Anlass. Eine Luxusreise, wie Belle sie sich erträumte, würde ein kleines Vermögen kosten. Da wäre eine Finanzspritze gerade recht gekommen.

»Ich habe nicht erwartet, dass sie alles zurückzahlt«, rechtfertigte er sich. »Natürlich nicht. Aber ein symbolischer Betrag wäre schon nett gewesen.« Es war ihm peinlich, wie kleinlich das klang.

Jo schüttelte seufzend den Kopf. »Ich wette, sie hat es einfach vergessen. Warum hast du sie nicht daran erinnert?«

Es war also seine Schuld? Wie klein er sich fühlte, wenn

Jo so mit ihm sprach, auch wenn sie das gar nicht beabsichtigte. Immer noch die große Schwester, die ihn herunterputzen konnte. »Ich habe es versucht, aber sie wollte nichts davon hören. Sie ist mit ihren üblichen Tricks einem Gespräch ausgewichen, das sie nicht führen wollte.«

»Tja, dann solltest du mal einen Blick in den Umschlag werfen, den sie dir hinterlassen hat. Vielleicht ist ein Scheck drin.«

»Welcher Umschlag?« Seine Finger schlossen sich fester um die Bierflasche.

»Ich habe ihn unten in der Truhe gefunden. Du hast einen Umschlag bekommen, ich eine Schachtel, die ich nicht zu öffnen wage, Lucy eine etwas kleinere Schachtel, und auch die Kinder haben etwas gekriegt. Ivy ist begeistert von ein paar bunten Perlenketten.«

»Ich hatte gehofft, dass wir ohne Geschenke davonkommen.« In seinem Nacken bildeten sich Schweißperlen.

»Antonio hat uns gewarnt.«

Daran brauchte sie Tom nicht zu erinnern. Er stand auf und bahnte sich einen Weg zu der Truhe, die sich noch dort befand, wo Antonio und Juan sie abgestellt hatten. Sie war offen, und ihr Inhalt entsprach Jos Beschreibung. Er berührte die Schachtel, dann griff er nach dem Umschlag. »Ist ein Brief nicht genug für heute Abend?«, murmelte er vor sich hin.

»Was hast du da, Tom?« Adam stand neben ihm, erhitzt vom Tanzen, das Hemd klebte ihm am Leib.

»Ein Brief von Hope.« Ganz gleich was darin stand, Tom wollte es mit niemandem teilen, außer vielleicht mit Belle. Sie würde wissen, was zu tun war. »Ich mache ihn später auf.«

Er griff nach dem Deckel, der nach hinten geklappt war, und knallte ihn zu. Für heute reichte es ihm mit dramatischen Auftritten seiner Mutter. Die Gespräche auf der Terrasse verstummten, und alle sahen sich um.

Tom zuckte die Achseln. »Tut mir leid. Der Deckel ist zugefallen.« Er knickte den Briefumschlag, steckte ihn in die Hosentasche und schaute sich nach Maria um, konnte sie aber nicht entdecken.

Wenn er jedoch meinte, er könnte den Umschlag vergessen, täuschte er sich. Er musste wissen, was darin war. Natürlich konnte ihm Hope nicht zusätzlich Geld hinterlassen haben – das hatte sich mit der Testamentseröffnung erledigt. Es sei denn, sie hätte sich nicht darum geschert. Aber hatten sie sich nicht ausgesprochen, als sie im Sterben lag? Allerdings hatte er es nie fertiggebracht, mit der gleichen Offenheit zu reden wie seine Schwestern, und er begriff nun, dass er es den anderen damit schwer machte. Vielleicht gab es etwas, das noch nicht gesagt worden war. Er wollte es unbedingt wissen. Niemand würde ihn vermissen, wenn er sich jetzt für ein paar Minuten zurückzog.

In das Schlafzimmer der *casita* drangen nur gedämpft die Musik und das Lärmen der Party. Allein, abgesehen von Ferdie, der, in einem albernen blaugepunkteten Mäntelchen, auf ihn zustürmte und nach seinem Knöchel schnappte, setzte sich Tom auf die Bettkante. Er sah sich in dem Raum um. Alles war so, wie sie es hinterlassen hatten. Belles Sachen auf einem Stuhl in der Ecke. Die Schranktür stand offen, auf gepolsterten Bügeln hingen Belles Kleider und sein Leinenjackett, bereit für den folgenden Tag. Die oberste Schublade der Kommode war nicht richtig geschlossen. Belles Schlafbrille hing über der Nachttischlampe, daneben lag ihr E-Book. In der Ecke warteten Ferdies Hundebett und ein Wassernapf darauf, dass man im Dunkeln darüber stolperte.

Was war los mit ihm? Er war glücklich verheiratet, um Himmels willen. Wenigstens so glücklich, wie man es vernünftigerweise erwarten durfte. Aber die Begegnung mit Maria hatte sein jüngeres Selbst wiederbelebt und warf die Frage auf, was er verloren hatte.

Und jetzt das!

Er zog den Umschlag aus der Tasche, glättete ihn und drehte ihn in den Händen hin und her. Es waren die Hände eines Büromenschen, weich, mit kurzen Fingern, ein schlichter goldener Ehering, wie auch Belle ihn trug, kurz geschnittene Nägel und eine schmale Narbe an der Daumenwurzel, wo er sich an einem Stacheldraht verletzt hatte, als er mit Jo durch den Wald streifte. Er hatte keinen Ring gewollt, denn er fand das ein bisschen albern, aber Belle hatte darauf bestanden. »Das ist ein Zeichen dafür, dass wir zusammengehören. Trag ihn für mich.«

Er hob Ferdie von seinem Fuß und setzte ihn wieder in seinen Korb. Der kleine Hund legte den Kopf schräg und blickte Tom vorwurfsvoll an. Tom sah sich um, als erwartete er, dass Belle plötzlich aus dem Nichts auftauchte und das Tier bemutterte. Was Belle an dem Hund fand, war ihm ein Rätsel. Er griff nach der Flasche, die auf dem Nachttisch stand, und nahm einen ausgiebigen Schluck von dem kühlen Bier.

Wieder betrachtete er den Umschlag und seinen Namen darauf in Hopes unverkennbarer Schrift. Es konnte sich höchstens um ein oder zwei Blatt Papier handeln. Er zögerte, dachte an die letzten Wochen von Hopes Leben.

Als sie nach England kam, hatte sie die Chance, Abschied zu nehmen und ihren Kindern zu sagen, wie wichtig sie für ihre Mutter gewesen waren. Jo, die sich oft wegen Ivy oder dringender Aufträge entschuldigte, war von den dreien diejenige gewesen, die sich am wenigsten sehen ließ. Und selbst wenn sie kam, achtete sie darauf, nicht mit Hope allein zu sein. Er verstand warum. Das, was ungesagt blieb, war für sie nur schwer zu ertragen. Jo war klar, dass Hope ihr niemals das Eine verraten würde, was sie wissen wollte, und dafür hatte sie kein Verständnis. Und dann war sie Hals über Kopf von Schottland aus ans Krankenbett ihrer Mutter geeilt, weil Hope nach ihr verlangt hatte, doch Jo war zu spät gekommen. Er und Belle hatten Hope so oft wie möglich besucht, und er war froh gewesen, dass Hope seiner Frau gegen Ende herzlicher begegnet war als früher. Wenn sie sich doch bloß besser verstanden hätten. Schließlich hatte Belle alles getan, um ihrer Schwiegermutter das Leben angenehmer zu machen, obwohl sie dafür manchmal wenig Dank geerntet hatte.

Maria. Wieder drängte sie sich in seine Gedanken. Hope hatte sie immer gemocht, vielleicht weil sie ihr charakterlich ein wenig ähnlich war, ähnlicher als ihre eigenen Kinder. Er musste noch einmal mit ihr reden, solange sich die Chance dazu bot. Er würde einen Vorwand finden, den selbst Belle akzeptierte. Aber zuerst … Er schickte sich an, den Umschlag mit dem kleinen Finger aufzureißen, dann zögerte er, wappnete sich für den Inhalt. Doch bevor das Papier riss, ging die Tür auf.

»Hier bist du! Ich habe dich überall gesucht.« Belle war noch gar nicht eingetreten, da rannte schon Ferdie auf sie zu und sie hob ihn auf. Sie ließ sich von ihm das Gesicht ablecken und gab beruhigende Laute von sich. »Ich habe das Licht gesehen«, sagte sie schließlich. »Ich wusste nicht, was ich denken sollte.«

Was sollte das jetzt heißen? Sie konnte doch nicht ernsthaft geglaubt haben – nicht er und Maria!

»Ich habe nur eine Verschnaufpause gebraucht.« Ihm wurde klar, dass er den Inhalt des Umschlags nicht mit ihr teilen wollte. Wenigstens nicht jetzt. »Gibt es Probleme?«

»Ich habe Ethan mit diesem Mädchen ertappt.«

»Welches Mädchen?«

»Das Mädchen mit den Shorts. Die Tochter deiner *Freundin.*« Jedes Wort war bedeutungsschwanger. »Er ist mit ihr und ein paar anderen während deiner Rede zum Pool hinuntergegangen.«

Christina: Marias Tochter. Die Beine ihrer Mutter. Die dunklen Augen ihrer Mutter.

»Was erwartest du, Schatz? Er ist fast siebzehn. Das ist doch kein Verbrechen.«

»Ich bin sicher, dass sie Alkohol getrunken haben – und Dope geraucht. Man konnte es riechen.« Er verstand, dass sie nach Ethans unrühmlicher Schulkarriere leicht in Panik geriet. Bisher hatten sie es geschafft, zu verheimlichen, dass er von der Schule geflogen worden war. Alle glaubten, er habe nur wegen der Fächerkombination fürs Abitur gewechselt. Belle wollte unbedingt den Eindruck aufrechterhalten, sie seien eine perfekte Familie. Aber mit einem Sohn wie Ethan mussten sie vorsichtig sein.

Tom klopfte neben sich aufs Bett, und sie setzte sich, Ferdie unterm Arm, zu ihm. »Er ist alt genug, um zu wissen, was er tut. Ich glaube nicht, dass er so blöd ist, Drogen zu nehmen, während er mit uns hier ist. Woher sollte er sie auch kriegen?«

»Wie willst du da sicher sein?« Ihre Stimme klang panisch.

Tom glaubte zu hören, wie Ferdie erleichtert aufatmete, als sie ihren Klammergriff lockerte.

»Wir bewahren Ruhe, warten ein bisschen und kehren dann zur Party zurück. Ich rede ein Wörtchen mit ihm.« Er legte ihr fürsorglich die Hand auf den Schenkel, zog sie aber wieder zurück, als Ferdie ihn anknurrte. Es gab keinen Zweifel, wem dieses Revier gehörte.

»Hör auf, du Racker.« Sie gab dem Hund einen Klaps auf die Nase, dann lehnte sie sich an Tom und bettete ihren Kopf auf seine Schulter. Ferdie ließ wieder ein leises Knurren vernehmen. »Ich war sicher, dass du weißt, was zu tun ist.« Sie blickte zu ihm auf. »Als ich keinen von euch beiden mehr entdecken konnte, hat mich die Angst gepackt. Das letzte Mal habe ich dich mit Jo und Antonio gesehen, und dann warst du verschwunden.«

»Antonio hat gesagt, Mum wollte das Haus umbauen lassen. Hat sie das dir gegenüber erwähnt? Woher wollte sie das Geld nehmen?«

»Natürlich nicht.« Belle stand auf, setzte Ferdie in seinen Korb und ging zum Spiegel, um ihr Make-up zu erneuern. »Aber das hätte sie doch nicht geschafft?« Belle drehte sich zu ihm um und sah ihn traurig an.

»Wahrscheinlich nicht.« Über das Thema hatten sie sich zwar lange ausgeschwiegen, aber Tom war nur zu deutlich bewusst, wie enttäuscht Hope gewesen war, als auf Maria Belle folgte. Und Belle hatte durchaus mitbekommen, dass sie als Toms Ehefrau nicht ganz den Anforderungen entsprach, freilich ohne zu ahnen warum.

Belle ging ins Badezimmer, und er sah ihr nach. Auch sie hatte sich verändert, war nicht mehr das Mädchen, das er kennengelernt hatte, nachdem sie bei der ersten Begegnung mit den Köpfen zusammengerumpelt waren. Es passierte in der Mensa in Edinburgh. Sie war von einem Tisch aufgestanden und hatte ihn versehentlich angerempelt, sodass ihm das Tablett aus der Hand fiel.

»Hoppla! Vorsicht!«

»Mein Gott, das tut mir so leid.« Ihre Worte gingen fast im Lachen ihrer Freundinnen unter.

»Macht nichts.« Er wischte sich die Mayonnaise von der Jeans und klaubte von seinem Essen auf, was noch genießbar war.

Gleichzeitig beugte sie sich vor, um ihm zu helfen, und sie stießen mit den Köpfen aneinander.

»Aua! Jetzt muss ich mich wohl noch mal entschuldigen.« Sie rieb sich die Stirn und brachte ihr (damals schon) sorgfältig frisiertes Haar durcheinander. Sie trug kein Make-up, weil sie es nicht brauchte. Ihre Haut war makellos, ihr Gesicht offen und ernst. Beide stimmten in das allgemeine Gelächter ein. Sie erbot sich, seine Jeans zu waschen. Am selben Abend trafen sie sich zum Essen. Zuerst waren sie nur Freunde, es dauerte eine Weile, bis mehr daraus wurde. Belle hatte keine Ahnung, dass es Maria gab, dass Tom nach Spanien reiste, um sie zu sehen, und wie schwer ihm die Entscheidung fiel. Was für ein Feigling war er doch gewesen, aber aus Gründen, die er lieber nicht analysierte, hatte er Marias Existenz verschwiegen.

Hatte er sich nur alle Optionen offenhalten wollen?

Während er Marias unerschöpfliche, unbezähmbare Leidenschaft für das Leben bezaubernd fand, fühlte er sich von der stabilen häuslichen Harmonie angezogen, die Belle ihm bot. Wie Maria neckte sie ihn wegen seiner Pedanterie, seiner strikten Zeiteinteilung, seiner Ordnungsliebe. Aber Belles Neckereien waren freundlich, nicht frustriert. Sie verlangte nicht von ihm, Risiken einzugehen, die ihm nicht behagten. Sie versuchte, seine Grenzen zu verstehen, ohne zu erwarten, dass er sie sprengte. Das Zusammensein mit ihr war vorhersehbar, geordnet, gefahrlos. Zum ersten Mal in seinem Leben fühlte sich Tom sicher und arrangierte sich mit seinem Platz in der Welt.

Schließlich ließ sich Belles Neugier nicht mehr bändigen. Sie fragte allzu oft, was er in Spanien tat, wen er traf. Wann konnte sie auch mitkommen? Jetzt musste eine Entscheidung fallen. Erst als Maria mit gebrochenem Herzen nach Boston abgereist war, nahm er Belle zum ersten Mal mit nach Hause. Der Besuch war eine Katastrophe. Alles erinnerte ihn an Maria, an ihre Beziehung, und an die Unterschiede zwischen ihr und Belle. Es gab kein Thema, bei dem Hope und Belle einer Meinung gewesen wären. Belle teilte Toms wachsendes Unbehagen angesichts der Spontaneität und des Chaos, die das Leben in der Casa de Sueños zu prägen schienen. Hope, die Maria ins Herz geschlossen hatte, hielt Belle nicht für eine passende Partnerin und machte Tom gegenüber unter vier Augen keinen Hehl daraus, war aber immerhin so einfühlsam, Maria in Belles Anwesenheit nicht zu erwähnen. Schließlich war Maria allmählich in Vergessenheit geraten, und über die Jahre, in denen zwei Enkelkinder zur Welt kamen, hatten Hope und Belle einen vorsichtigen Waffenstillstand geschlossen.

Der rechte Augenblick, um den Umschlag zu öffnen, war verstrichen, und Tom ließ ihn in der Innentasche seines Koffers verschwinden. In diesem Augenblick kam Belle wieder aus dem Bad und sah so frisch aus, als würde der Abend gerade erst beginnen. Noch im Bann seiner Erinnerungen bot er ihr voller Zuneigung die Hand, aber sie nahm Ferdie auf den Arm. »Geh du voraus, ich passe auf, dass er hier im Zimmer bleibt.«

Er tat, was sie sagte, wartete draußen und versuchte nicht hinzuhören, als Belle Ferdie versicherte, Mami sei gleich wieder da. Wenn der Hund sie glücklich machte, war das ein geringer Preis. Aber als Rufe vor dem Haus die Musik übertönten, fiel ihm wieder ein, dass er, bevor er Maria suchte, Ethan finden musste. Und er glaubte zu wissen, wo sein Sohn steckte.

23

Lucy lag neben Ivy in Jos Bett und las ihr vor, bis beide einschlummerten. Abrupt wachte sie wieder auf, und die Musik, die aus dem Wohnzimmer drang, erinnerte sie daran, dass die Party noch nicht zu Ende war. Schuldbewusst, weil sie nicht die Gastgeberin war, die ihre Mutter sich gewünscht hätte, zwang sie sich aufzustehen. Sie zog ihre Sandalen an und trug Ivy in ihr Bett. Kurz dachte sie, ihre Nichte würde aufwachen, aber sobald Bampy wieder in Ivys Arm lag, lutschte das Kind zufrieden am Daumen und drehte sich um, ohne die Augen aufzuschlagen.

Auf Zehenspitzen schlich Lucy durchs Zimmer, wich dem offenen Koffer aus, dessen Inhalt sich auf den Boden ergoss, und blieb vor dem Spiegel stehen. Ihre Wangen waren eingefallen, und sie hatte Ringe unter den Augen. Sie fuhr sich mit der Hand durchs Haar und legte ein wenig von dem Make-up auf, das Jo auf der Kommode hatte liegen lassen, aber es brachte nicht viel. Dann griff sie nach dem Glas Wein, das sie mit nach oben gebracht hatte, und leerte es in einem Zug.

Inzwischen hatten sich die noch verbliebenen Partygäste auf der Terrasse und im Wohnzimmer versammelt. Die Musik hämmerte lauter und schneller denn je und übte mit ihrem beharrlichen Rhythmus eine Sogwirkung aus. Auf der Suche nach einem Tanzpartner sah sie sich nach Antonio um. Tanzen würde ihre Gefühle betäuben, ihr helfen, die Party zu überstehen. Ein gelbes Kleid stach aus der Menge hervor. Maria tanzte mit einem Engländer, der in Ronda lebte. Hinter ihnen entdeckte sie Antonio, der mit Jo tanzte. Jo hob lachend die Arme, bis Antonio nach ihrer Hand griff, sie an sich zog und herumwirbelte. Lucy wandte den Blick ab.

Draußen ging sie an den Tisch, der voller Gläser und Flaschen stand. Jemand hatte, bis auf den restlichen Käse und ein paar Nachspeisen, alle Teller abgeräumt. Sie suchte sich ein sauberes Glas und hielt eine Flasche nach der anderen in die Höhe, bis sie eine halbvolle entdeckte, und schenkte sich ein.

»Tolle Party. Wie in alten Zeiten.« Maria war zu ihr getreten und streckte ihr ein Glas hin. Lucy goss ihr Wein ein.

»Ich erinnere mich«, sagte sie. »Du warst oft hier, erst mit Jo, und dann mit Tom.«

Das klang beinahe wie ein Vorwurf, aber Maria blieb gelassen. »Unsere wilde Jugend …« Lächelnd zuckte sie die Schultern.

»Ich denke immer, im nächsten Moment taucht Mum auf.« Lucy schaute zum Haus, als könnte Hope sich plötzlich am Schlafzimmerfenster materialisieren. »Sie ist diejenige, die jeden kannte und am meisten Freude an der Party gehabt hätte.«

Maria wippte im Rhythmus der Musik und tippte an den Rand ihres Glases. »Sie hat Christina gar nicht kennengelernt. Meine Tochter«, erklärte sie. »Ich hätte sie ihr gern vorgestellt.«

»Ich glaube, ich habe gesehen, wie sie sich während Toms Rede mit den anderen zum Pool geschlichen hat.«

Maria zog die Brauen hoch. »Sie macht ihr eigenes Ding. Vielleicht sollte ich mal nach ihr sehen.«

»Ich würde mir keine Sorgen machen. Wahrscheinlich

haben sie ihren Spaß. Schließlich waren wir auch nicht anders.« Im Hochsommer spätnachts am Pool, dem einzigen Zufluchtsort vor der teils drückenden Hitze. Einmal hatten sie und Hope die ganze Nacht dort verbracht. Die – berechtigte – Warnung vor den Moskitos hatten sie in den Wind geschlagen und auf Liegestühlen geschlafen. Dort hatten sie gelegen, die Sterne betrachtet und über ihre Träume für die Zukunft gesprochen. Als Teenager hatte Lucy davon jede Menge. Damals lag ihr die Welt zu Füßen, es boten sich so viele Wege und Möglichkeiten. Hope hatte ihr zugehört, sie ermutigt, Fragen gestellt und Ratschläge gegeben. Sie erinnerte sich nicht an viele Gelegenheiten, bei denen sie so lange die ungeteilte Aufmerksamkeit ihrer Mutter gehabt hatte.

»Tom hat mich eingeladen, morgen zum Verstreuen der Asche zu kommen«, sagte Maria. »Ist das in Ordnung?«

»Klar. Warum nicht?« Allerdings fragte sich Lucy, wie Belle darauf reagieren würde. Was dachte sich Tom nur dabei? »Hast du Belle schon kennengelernt?«, fragte sie.

»Seine Frau?« Maria schüttelte den Kopf. »Nicht wirklich. Seine Jungs auch nicht, obwohl nicht schwer zu erraten ist, wer sie sind.«

Gabriel aus dem Gartencenter in Estepona, einem Geschäft, dem Hope viele Jahre die Treue gehalten hatte, gesellte sich zu ihnen. Sein Hemd hing teilweise aus der Hose, das Haar hatte er mit Pomade zurückgekämmt, auf seiner Stirn glänzte der Schweiß. Er hielt Maria seine fleischige Hand entgegen. »Darf ich bitten?«

»Gern.« Maria lächelte und nahm seine Hand. »Bis später.«

»Bis dann«, erwiderte Lucy, froh, wieder allein zu sein. Als sie die Stufen von der Terrasse in den Garten hinunterging, tauchte sie in eine Welt der Dunkelheit und Schatten ein. Einige Kerzen waren ausgegangen, die übrigen flackerten im auffrischenden Wind. Im Mondlicht zeichneten sich die knorrigen Silhouetten der Olivenbäume ab. Decken und Kissen lagen verlassen da. Sie hob ein paar davon auf, um schon mal mit dem Aufräumen anzufangen, dann hielt sie inne. Sie wollte nicht den Eindruck erwecken, die Party sei vorbei.

»Lucy! Warte!« Jo kam die Stufen heruntergelaufen. »Ich möchte dich etwas fragen. Wusstest du, dass Mum Tom Geld schuldet?«

»Wirklich? Zu mir hat sie nichts davon gesagt.«

»Anscheinend hat er ihr geholfen, als sie die *casita* renovieren ließ. Ist schon Jahre her. Und er denkt wohl, dass wir ihm etwas von unserem Anteil abgeben sollten, wenn das Haus verkauft wird.«

»Sie hat klar und deutlich erklärt, wir sollten den Erlös zu gleichen Teilen bekommen, also hat sie es wohl vergessen. Wir müssen uns an ihren Wunsch halten, denke ich.« Im Augenblick konnte Lucy für das Thema nicht so viel Interesse aufbringen wie Jo.

»Das finde ich eigentlich auch. Jedenfalls meine ich, er kann keine Ansprüche erheben ohne irgendwelche Belege, was meinst du? Ich dachte nur, du weißt vielleicht etwas, was ich nicht weiß. Wir klären das dann morgen.« Sie hob ein Kissen auf und warf es auf den Stapel. »Ich gehe wieder rein. Solange Ivy auf war, konnte ich mich noch nicht richtig austoben.«

»Das glaube ich gern.« Lucy unterdrückte ihre aufkommende Eifersucht. »Das solltest du ausnützen. Ich gehe runter zum Pool und sage den jungen Leuten, dass es in der Küche noch jede Menge Essen gibt, falls sie Hunger haben.«

Jo berührte ihren Arm, um sie aufzuhalten. »Danke, Luce. Für alles, was du getan hast. Ich war ja nicht gerade eine große Hilfe. Richard und ich hatten dieses Jahr in der Firma so viel zu tun. Wir hatten Rebrandings, Produkteinführungen, haben den Digitaldruck ausgebaut und …« Als sie merkte, dass Lucy ihr nicht recht zuhörte, gab sie es auf. »Das alles, und dann noch Ivy …«

»Du hast genug am Hals, ich weiß. Keine Sorge. Bloß hatte ich manchmal das Gefühl, dass ihr für selbstverständlich haltet, dass ich mich um alles kümmere.« Jetzt hatte sie es ausgesprochen. Aber sie fühlte sich nicht so erleichtert, wie sie gehofft hatte. Stattdessen wurde ihr beim Gedanken an Art das Herz schwer. Ob er inzwischen schon wieder in England war, wo die Affäre und die Schwangerschaft gerade Schlagzeilen machten? War er jetzt vielleicht gerade unterwegs zum Haus, zu ihrem gemeinsamen Haus, um seine Sachen zu holen?

»O mein Gott, aber das tun wir nicht. Das darfst du nicht denken, und jetzt schon gar nicht.« Jo umarmte sie. »Sobald wir morgen die Asche verstreut haben, überlegen wir noch mal von vorne. Lass mich dir helfen.« Sie küsste Lucy auf die Wange. »Ich tue, was ich kann.«

Lucy glaubte ihrer Schwester, dass sie es ernst meinte. Nur überlegte Jo nicht immer, welche Wirkung das, was sie sagte oder tat, auf andere hatte. Ein achtloses Wort konnte so verletzend sein, aber Jo hing an ihrer Familie, und das galt noch mehr, seit sie Ivy hatte. »Die Vorstellung, dass wir für immer von hier weggehen, ist mir zuwider.« Plötzlich wurde sie von einer neuen Welle der Trauer überwältigt. »Dass eine andere Familie das Haus übernimmt und alles Mögliche macht, was wir früher gemacht haben.«

»Stimmt.« Sie schauten zu dem alten Gebäude, in dem sie aufgewachsen waren. »Es ist einfach wunderschön. Kein Wunder, dass Mum und Walter sich in das Haus verliebt haben.«

»Und jetzt ist es angefüllt mit unserer Familiengeschichte und wird es immer sein, auch wenn das niemand sonst ahnt.« Lucy biss sich auf die Lippe und unterdrückte ihre Tränen. »Wenn ich gewusst hätte, was ich jetzt weiß, hätte ich Art vielleicht schon längst verlassen und wäre hierhergezogen, um Mum mit ihrem B & B zu helfen. Ich hätte dafür sorgen können, dass es wirklich lukrativ ist, und zwar dauerhaft, das steht fest.«

»Wirklich?« Jo war skeptisch. »Mit Mum und Antonio? Hättest du das ausgehalten?«

»Keine Ahnung.« Lucy wusste nicht mehr, was sie denken sollte. Am liebsten hätte sie sich auf den Kissenstapel fallen lassen und losgeheult. Stattdessen sagte sie: »Geh du nur zum Tanzen. Genieß den Abend.«

»Kommst du zurecht?«

»Ja, ja«, erwiderte sie gerührt von der Sorge ihrer Schwester. »Ich muss mich nur an die Situation gewöhnen. Ein Neuanfang. Ziemlich aufregend.« Allerdings war sie überhaupt nicht aufgeregt, nur ratlos und voll Angst. »Ich geh mal runter zum Pool und sehe nach, was da los ist.«

»Wenn du meinst …« Aber Jo trat, angelockt von der

Musik und dem Geplauder, bereits den Rückzug an. Sie wollte jetzt kein ernstes Gespräch führen. Lucy sah ihr nach und schlug dann den Weg zum Pool ein.

Als der Riegel am Tor klickte, setzte hektische Aktivität ein, es wurde gewispert und gekichert. Die Unterwasserbeleuchtung des Pools war noch an und brachte das blaue Mosaik an den Seiten zur Geltung. Ein großes Feigenblatt trieb am flachen Ende. Flüsternde Stimmen waren zu hören, während Lucy auf das tiefe Ende zuging, wo mehrere Jugendliche auf den Liegen lümmelten. Als sie sich näherte, entdeckte sie auf dem gefliesten Boden einige Weinflaschen, mehrere Bierflaschen und eine Flasche Tequila. Von der Liege in der Mitte stieg eine Rauchwolke auf. Gekicher. Auch nicht schlimmer als das, was sie in ihrer Jugend angestellt hatten. Wenn sie doch nur die Zeit zurückdrehen könnte.

Ethan teilte seine Liege mit Christina. Sie drängten sich dicht aneinander, um nicht runterzufallen, und ihre Beine waren ineinander verschlungen. Die anderen Liegen waren mit einem Mädchen und zwei Jungs besetzt, die Lucy nicht kannte. Auf dem Boden, halb verborgen von den Wedeln eines Baumfarns, lag eine Gitarre. In einiger Entfernung hatte sich Alex schlafen gelegt.

»Lucy! Du bist's.« Ethans Erleichterung war schon beinahe komisch. Sein Hut war ihm nach hinten gerutscht, sein Hemd aufgeknöpft. In der Hand hielt er einen Joint, den er eben noch zu verstecken versucht hatte. Der unverkennbare Geruch von Marihuana stieg ihr in die Nase.

»Was treibst du da, Ethan? Stell dir vor, ich wäre dein Vater.«

»Okay«, sagte er, nahm einen tiefen Zug und stieß den

Rauch langsam wieder aus. »Gott sei Dank, bist du's nicht. Willst du mal?«

Zu Lucys Erstaunen hielt er ihr den Joint hin. Er musste wohl total high sein. Sie hob abwehrend die Hand. »Nein! Auf keinen Fall. Mach ihn aus. Sofort.« In Wirklichkeit hätte sie nichts lieber getan, als daran zu ziehen. Die Droge würde ihr zu Kopf steigen, sich in ihre Glieder schleichen und sie in einen Zustand versetzen, in dem ihr fast alles egal wäre. Aber es war eine kleine Ewigkeit her, seit sie zuletzt gekifft hatte, und mit ihrem Neffen einen Joint zu rauchen, wenn dessen gestrenge Eltern jeden Moment auftauchen konnten, erschien ihr nicht die ideale Gelegenheit, wieder damit anzufangen, so verlockend es sein mochte.

Mit gespieltem Widerwillen drehte er das glimmende Ende des Joints mit den Fingern ab und schnippte es in Richtung Pool. »Da. Du sagst doch Mum und Dad nichts?« Plötzlich hörte er sich viel jünger an, als er war.

»Woher hast du das Zeug?« Vermutlich von einem der anderen Jungs, die hier mit ihm abhingen.

»Ich habe ein bisschen was mitgebracht.« Er setzte eine zerknirschte Miene auf. »Das war der Rest.«

»Mein Gott, Ethan! Bist du verrückt? Wenn sie dich erwischt hätten!«

»Haben sie aber nicht.« Er hatte sein Selbstbewusstsein wiedergefunden. Wieder kicherte Christina, während Ethan den Rest des Joints in der Hemdtasche verschwinden ließ. »Mum und Dad werden es nie erfahren, das verspreche ich dir.«

»Mir musst du gar nichts versprechen«, erwiderte Lucy. »Ich denke nur an sie.«

Unterdessen waren die drei Jugendlichen, die sie nicht kannte, aufgestanden, einer von ihnen griff nach einer halbleeren Weinflasche und der Gitarre, und sie gingen, murmelnd und lachend, am Pool entlang zum Tor. Auch Ethan rappelte sich nun auf, ohne Christinas Hand loszulassen. »Komm. Hier ist es jetzt sowieso zu kalt. Gehen wir zurück ins Haus. Gibt es noch was zu essen?« Er schob seinen Hut wieder in die Stirn.

»Jede Menge. Auf dem Tisch, und in der Küche ist auch noch einiges. Um euch das zu sagen, bin ich gekommen.«

Ethan warf einen Blick auf seinen Bruder, der sich nicht gerührt hatte, seit Lucy hier war. »Alex? Alex!«

Alex antwortete nicht, sondern lag einfach regungslos da, ein Arm hing von der Liege, seine Hand berührte den Boden.

»Ist mit ihm alles okay?« Besorgt ging Lucy zu ihm. »Hat er etwa auch getrunken?«

»Ein, zwei Gläschen.« Ethan lachte abschätzig. »Er verträgt halt nichts.« Er legte den Arm um Christinas Taille und zog sie an sich. Sie schien nichts dagegen zu haben. »Alex!«

Als Lucy neben ihrem Neffen in die Hocke ging, hörte sie erleichtert, dass er schwer atmete. Sie rüttelte seine Schulter. »Wach auf, Alex. Komm mit uns rauf zum Haus.«

Er bewegte sich ein wenig und schlug die Augen auf. »Was?« Dank der Poolbeleuchtung sah sie, dass er kreidebleich war. Er hatte eine unverkennbare Fahne.

»Gehen wir rauf zum Haus, dann bekommst du ein Glas Wasser und einen Kaffee.« Sie wandte sich an Ethan, der grinsend dabeistand. »Komm und hilf mir.«

Der Zorn in ihrer Stimme war ihm wohl nicht entgangen, denn er kam zu ihr und half, Alex in eine sitzende Position zu bringen. Gemeinsam versuchten sie, Alex auf die Füße zu stellen, aber er sackte schlaff wieder in sich zusammen. Beim zweiten Versuch murmelte Alex etwas Unverständliches und sank erneut auf die Liege zurück.

»Um Himmels willen, Mann! Reiß dich verdammt noch mal zusammen.« Ethan schubste seinen Bruder, und wäre Lucy nicht gewesen, wäre Alex umgefallen.

»Es hat keinen Sinn, wenn du so mit ihm redest. Er ist nicht ansprechbar.«

»Alex!«, begann Ethan noch einmal, diesmal klang er echt besorgt.

Alex schaute mit trübem Blick zu ihm auf und versuchte herauszufinden, wer mit ihm sprach. Mit überraschter Miene griff er sich dann an die Kehle. Stöhnend beugte er sich vor und übergab sich.

Lucy und Ethan wichen aus, während Alex auf die Knie fiel und sich erneut übergab. Christina stand regungslos da und beobachtete die Szene voller Abscheu. Sie strich sich das Haar aus dem Gesicht und drapierte es über ihre Schulter.

Während Lucy noch überlegte, ob sie Tom holen sollte – obwohl sie die Jungs nicht in Schwierigkeiten bringen wollte –, hörte sie, wie das Tor aufging und wieder geschlossen wurde. Alle außer Alex drehten sich um und sahen, wie Belle nahte. Aus ihrer Miene sprachen Ärger und Sorge. Sie hatte alles beobachtet.

»Was hast du mit deinem Bruder gemacht?« Sie blieb stehen, begutachtete die Flaschen und zählte sie durch. »Ich habe dich gebeten, auf ihn aufzupassen.«

»Hab ich doch auch«, protestierte Ethan. »Dass er so viel getrunken hat, habe ich nicht mitbekommen.«

»Offensichtlich nicht.« Belle neigte sich über ihren jüngeren Sohn, der immer noch stöhnend auf dem Boden kniete. Sie legte ihm die Hand auf die Stirn. »Alex! Wie viel hast du getrunken?«

Er murmelte etwas und würgte erneut.

Belle fasste nun Ethan ins Auge, der sich alle Mühe gab, stocknüchtern zu erscheinen, dabei aber schwankte und sich auf Christina stützte, die auch nicht viel stabiler wirkte. »Ethan! Geh und hol deinen Vater! Er sucht drüben in der Scheune nach dir.« Dankbar für die Fluchtmöglichkeit machte sich Ethan mit Christina im Schlepptau aus dem Staub.

Belle setzte sich. »Diese Kinder! Es tut mir so leid, dass du das abgekriegt hast.« Sie schaute auf den Boden. »Und deine Schuhe!«

In der dramatischen Situation hatte Lucy nicht bemerkt, dass Erbrochenes auf ihre Sandalen gespritzt war, aber sie wollte die Lage für Alex nicht noch schlimmer machen, als sie ohnehin war. »Die alten Dinger? Die kriege ich schon sauber. Mach dir um mich keine Gedanken.«

Lucy ging zum Gartenschlauch. Sie zuckte zusammen, als das kalte Wasser auf ihre Füße platschte, und sah zu, wie die Brühe im Abfluss versickerte. Ihre Lieblingssandalen waren ruiniert. Schon lösten sich einige blaue Glitzersteine und verschwanden im Orkus.

24

Hopes letzte Geburtstagsparty war vorbei. Inzwischen waren auch die letzten Nachtschwärmer gegangen. Die Kissen und Decken lagen im Flur, um am Morgen durchsortiert zu werden. Bailey hatte die Gelegenheit ergriffen und sich hier sein Nachtlager eingerichtet. Ethan und Alex waren unter Androhung von Hausarrest, Taschengeldkürzung und Konfiszierung der Smartphones ins Bett geschickt worden – entschieden war jedoch noch nichts, und dementsprechend gering war die Wirkung. Die Musik war verstummt. Die Kerzen gelöscht.

Jo saß an ihrem Schlafzimmerfenster und schaute hinaus in die Dunkelheit. Die Landschaft der näheren Umgebung war mit Lichtern gesprenkelt, während über der afrikanischen Küste ein Schleier lag. Links ragte das Massiv der Sierra Crestellina auf. Als Jo hochblickte, sah sie Wolken über den Nachthimmel ziehen. Das Wetter schlug um. Sie hörte nur Ivys gleichmäßigen Atem und draußen hin und wieder den Ruf eines Tieres. Als Jo heraufgekommen war, lag Ivy in ihrem Eichhörnchenpyjama da, die dünne Decke hatte sie ans Fußende gestrampelt. Jo hatte ihre schlafende Tochter wieder zugedeckt und ihr einen Kuss auf die Wange gedrückt. Dann hatte sie noch eine Weile am Bettrand gesessen und Ivys Näschen, das winzige Muttermal an ihrem rechten Ohr, ihre leicht geöffneten Lippen bestaunt. Welch ein Glück, dass dieses kleine Wunder in ihr Leben getreten war. Morgen würde sie ihr Versprechen einlösen und ihrer Schwester bei einem Neustart helfen. Das war das Mindeste, was sie tun konnte. Dann faltete sie sorgfältig Ivys Kleider und packte sie in die Kommode. Erst dann setzte sie sich mit dem Geschenk ihrer Mutter ans Fenster.

Wie Tom und Lucy hatte sie gezögert, sich diese letzte Gabe anzusehen. Sie hatte beobachtet, wie ihr Bruder seinen Umschlag einsteckte. In aller Öffentlichkeit würde er nie etwas tun, was Emotionen auslösen konnte. Und wenn er den Umschlag noch so gern geöffnet hätte, wollte er dabei doch lieber allein sein und dann entscheiden, wie er seinen Angehörigen den Inhalt präsentierte. Sie verstand das nur zu gut, weil es ihr genauso ging.

Jetzt war sie ungestört. Sie ließ erst die Finger über die als Geschenk verpackte Schachtel gleiten, nahm sie in beide Hände und schätzte ihr Gewicht, überlegte, was in aller Welt ihre Mutter ihr hinterlassen hatte. Es gab nur eines, was sie sich als erwachsene Tochter von ihrer Mutter gewünscht hatte – die Wahrheit –, und nachdem Hope nun tot war, würde sie die nie bekommen. Sie zupfte an dem Aufkleber, betrachtete ihren Namen und zog daran, sodass sich der Aufkleber von dem roten Band löste und zu Boden flatterte. Dann entknotete sie sorgfältig das Geschenkband und wickelte es zu einem straffen Knäuel auf, das sich sofort wieder auflöste, als sie es auf die Kommode legte.

Ivy murmelte etwas und drehte sich um, sodass ihre Bettdecke wieder wegrutschte. Jo stand auf, um ihre Tochter zuzudecken, ehe sie sich wieder dem Päckchen zuwandte.

Das Geschenkpapier war gut verklebt. Jo lockerte erst an einem, dann am anderen Ende den Tesafilm, damit das Papier nicht einriss. Schließlich kam eine Keksdose aus

Blech mit verblichenem Schottenmuster zum Vorschein. Statt sie zu öffnen, faltete Jo das Papier sorgfältig, Kante auf Kante, wie Hope es getan hätte, und legte es zu dem roten Band. Besonders schwer war die Dose nicht. Jo hob sie ans Ohr und rüttelte ein wenig. Etwas darin verschob sich.

Sie hob den Deckel mit dem Daumen an einer Seite ein wenig an. Dann setzte sie auf der anderen Seite an. Als er nachgab, versuchte sie vorsichtig, ihn ganz abzunehmen. Doch plötzlich sprang die Dose auf und der Deckel fiel scheppernd zu Boden. Jo schaute zu Ivy, doch die rührte sich nicht. Nun wandte sie sich dem Inhalt der Dose zu. Das Erste, was sie sah, war ein Briefumschlag im selben Format wie der, den Tom erhalten hatte. Sie nahm ihn heraus, sah, dass er nicht zugeklebt war, und legte ihn auf die Kommode. Was Hope zu sagen hatte, konnte noch einen Moment warten.

Nun widmete sie sich dem restlichen Inhalt der Dose und war verblüfft. Zwei Paar gestrickte Babyschuhe, eines blau, das andere rosa, mit einem leicht abweichenden Muster und je einem weißen Band am Knöchel. Warum in aller Welt hatte ihr Hope diese Schühchen hinterlassen? Falls sie für Ivy bestimmt waren, kamen sie ein bisschen spät. Wenn Hope glaubte, Jo würde noch ein Kind bekommen – keine Chance. Ein Kind reichte für eine alleinerziehende Mutter in ihrem Alter, und außerdem hätte es nun wirklich nicht mehr geklappt. Sie nahm die Schühchen heraus und hielt sie ans Gesicht. Weich wie Angora, verströmten sie einen zarten Waschmittelduft.

Aber da war noch etwas in der Dose. Im matten Licht wäre ihr das kleine, quadratische Foto fast nicht aufgefallen, das mit dem Gesicht nach unten darin lag. Die Rückseite hatte braune Altersflecken. Sie drehte es um und sah zwei Babys, eines im rosa Jäckchen, das andere in blau, mit passenden Strickmützen, in einem altmodischen großen Silver-Cross-Kinderwagen.

Jo breitete den Inhalt der Dose auf dem Bett aus. Der Umschlag lag verkehrt herum da, die Lasche zeigte nach oben, wie eine Einladung, den Brief herauszuholen. Ihr Blick wanderte zu dem verblichenen Foto und den Schühchen. Vermutlich hatten sie eine Bedeutung, die ihr im Moment völlig entging. Doch ihr Instinkt riet ihr, es nicht zu überstürzen, also ließ sie den Brief mit der Erklärung, die er enthalten mochte, wo er war.

Stattdessen ging sie ins Bad, putzte sich die Zähne und entfernte ihr Make-up. Aus dem Spiegel über dem Waschbecken blickte ihr ein blasses, sorgenvolles Gesicht entgegen. Sie goss sich ein Glas Wasser ein, leerte es in einem Zug und füllte es erneut. Dann nahm sie zwei Ibuprofen aus ihrem Kulturbeutel und schluckte sie. Im Schlafzimmer legte sie ihre Kleider ab und zog ihren Pyjama an. Den algengrünen Pashminaschal ihrer Mutter legte sie sich um die Schultern. Dann nahm sie den Umschlag von der Kommode, schlüpfte vorsichtig ins Bett und legte sich die Schühchen und das Foto auf den Schoß.

Jetzt war sie so weit.

Zwei Blatt Papier glitten aus dem Umschlag und ein kleines ovales Silbermedaillon in einem winzigen Plastikbeutel, der Jo auf die Beine fiel. Sie hob ihn auf, holte das Medaillon heraus und öffnete es. In den beiden Hälften befand sich jeweils das Foto eines Babys, eines davon war von einer Haarlocke verdeckt. Allmählich wurde Jo nervös. Sie klappte das Medaillon wieder zu und griff nach dem Brief mit der vertrauten krakeligen Handschrift.

Meine liebste Jo,
wenn Du diese Zeilen liest, werde ich Dir alles gesagt haben.

Aber Hope hatte ihr nichts gesagt. Jo nahm einen Schluck Wasser.

Bestimmt verstehst Du jetzt, warum ich alles für mich behalten habe. Anfangs wollte ich, dass niemand erfährt, was uns passiert war …

Jo holte tief Luft. Das Herz schlug ihr bis zum Hals. Kam nun das, worauf sie so lange gewartet hatte?

… und ich wollte es so weit hinter mir lassen wie irgend möglich. So weit hinter mir, dass ich glauben konnte, es sei nichts passiert. Wenigstens hatte ich Dich, um mich in meiner Trauer zu trösten.

Trauer?

Einer der Gründe, warum ich nach England komme, ist, dass ich versuchen möchte, mit Dir zu reden, bevor es zu spät ist. Ich bete darum, dass ich den Mut aufbringe zu tun, was ich vielleicht schon vor Jahren hätte tun sollen. Ich fürchte, dass er mir fehlt oder dass mir keine Zeit bleibt, also schreibe ich Dir für alle Fälle. Es kann sein, dass es zu schwer ist, nach so langer Zeit das Schweigen zu brechen. Ich weiß nicht, ob ich es schaffe.

Jo brach der Schweiß aus. Ihre Hand zitterte so sehr, dass sie kaum lesen konnte, was noch in dem Brief stand. Während Hope bei Lucy wohnte, war Jo so oft gekommen, wie sie es einrichten konnte, aber sie hatte wahnsinnig viel um die Ohren gehabt. Und in der übrigen Zeit nahm Ivy sie voll und ganz in Anspruch. Aber es hatte einen Besuch gegeben …

Ausnahmsweise waren die beiden allein gewesen. Ivy war in der Küche verschwunden, Hope saß, erschreckend abgemagert, mit einer Decke über den Knien in ihrem Sessel. Ihr einst schönes Haar war so schütter geworden, dass Jo die Kopfhaut sehen konnte. Hope war müde, aber geistig klar, als Jo einen letzten Versuch unternahm. »Mum, bitte, kannst du mir nicht sagen, wer mein Vater war? Jetzt? Bevor es zu spät ist?« Sie nahm Hopes Hand; unter ihrer dünnen Haut zeichneten sich Knochen und Venen ab.

Hope hatte sie mit Tränen in den Augen angesehen. »Ich habe mich so bemüht, es zu vergessen … vielleicht war das falsch.«

In diesem Moment flog die Tür auf. Ivy stürmte herein, und Jo musste sie abfangen, damit sie Hope nicht auf den Schoß sprang. Belle folgte ihr auf den Fersen. »Es gibt Mittagessen. Lucy stellt gerade alles auf den Tisch.«

Noch bevor Jo einwenden konnte, sie brauche noch einen Augenblick allein mit ihrer Mutter, hatte Belle schon den Rollator bereitgestellt und half Hope auf die Beine. Nach dem Essen hatte Lucy die erschöpfte Hope nach oben begleitet, damit sie sich hinlegen konnte. Sie wachte erst auf, als Jo, nicht klüger als zuvor, wieder nach London aufbrechen musste, um Ivy bei Sue abzuliefern, weil sie am folgenden Tag frühmorgens den Zug nach Edinburgh erreichen wollte. Aber es war ihr nicht entgangen, wie erleichtert Hope gewesen war, als Belles Erscheinen das Gespräch beendete.

Am Telefon hörte sich Hope zwar schwach an, aber sie sagte stets, sie verstehe, dass Jo so viel zu tun habe und sie würden sich bald sehen. Rückblickend wurde Jo allerdings klar, wie egoistisch sie gewesen war. Es wäre besser gewesen, sie hätte ihrer Mutter verziehen, dass sie in dieser wichtigen Frage schwieg, und sich um eine Versöhnung bemüht.

Dann kam der letzte Anruf von Lucy, als Jo wieder einmal in Edinburgh war.

»Der Arzt meint, es dauert nicht mehr lange, aber sie möchte dich sehen. Gestern Abend hat sie gesagt, Walter sei bei ihr.« Jo konnte es nicht fassen. Hope durfte nicht sterben, bevor sie ein letztes Mal miteinander gesprochen hatten. »Komm, so schnell du kannst«, bat Lucy. »Mir will sie nicht verraten warum.«

Erleichtert, dass Ivy zu Hause bei Sue gut aufgehoben war, hatte Jo in Schottland alles liegen und stehen lassen. Doch als sie bei Lucy eintraf, hatte Hope schon das Bewusstsein verloren. Sie wachte nicht mehr auf, und was sie auch Jo hatte mitteilen wollen, blieb für immer ungesagt. Jo starrte auf die Keksdose. Endlich begriff sie. Hope hatte ihr etwas sagen wollen, doch es hatte ihrer Mutter an Mut gefehlt und die Umstände waren gegen sie gewesen. Der eine Augenblick, in dem Jo alles hätte erfahren können, was sie wissen wollte, war ungenutzt verstrichen. Wütend schlug sie mit der Hand aufs Bett. Wie hatte sie nur so egoistisch, so dumm sein können? Wäre sie doch bloß versöhnlicher gewesen. Sie las weiter.

Diese Dose ist alles, was ich aus jener Zeit noch habe. Sie lag jahrelang in einem Koffer auf dem Dachboden. Ich wollte nicht daran erinnert werden. Das war feige. Ich hätte es Dir erklären sollen. Aber im Lauf der Jahre wurde es immer schwieriger, und es schien auch weniger wichtig. Nun, wenigstens hast Du jetzt ein Foto von Josh. Das ist das Mindeste, was ich tun kann. Verzeih mir, liebste Jo. Ich habe für dich gesorgt, so gut ich es konnte.

Alles Liebe
Mum
xx

Ihre Enttäuschung darüber, dass sie die Identität ihres Vaters nicht kannte, das fehlende Teilchen im Puzzle ihres Lebens, machte Jo immer noch schwer zu schaffen. Sie wollte wissen, ob ihr Vater noch lebte. Sie wollte die Chance, mit ihm Kontakt aufzunehmen und ihm von ihrem Leben, von Ivy zu erzählen. Hatte er das nicht auch verdient?

Jo nahm noch einmal das Foto zur Hand, hielt es unter die Nachttischlampe und betrachtete es eingehend. Aber das kleine Bild der beiden Babys lieferte keine Antworten. War eines von ihnen sie, Jo? Warum sonst hätte Hope ihr das Foto hinterlassen sollen? Aber wenn sie es war, wer war dann das andere Baby? Josh?

Sie hielt es im Bett nicht mehr aus. Sie zog einen Morgenmantel über und verließ auf Zehenspitzen den Raum. Den dunklen Gang entlang ging sie zu Lucys Zimmer. Durch den Spalt unter der Tür drang Licht. Sie klopfte und drehte den Knauf, ohne eine Antwort abzuwarten. »Ich bin's nur.«

Lucy saß im Bett und hielt ihren Ehering unter das Licht der kleinen Nachttischlampe. Sie blickte auf, als Jo hereinkam. »Was ist los?«

Jo hatte ihre Schwester noch nie so traurig gesehen. Das matte Licht betonte die Ringe unter ihren Augen und ihre eingefallenen Wangen. »Ich weiß nicht«, sagte Jo und hielt ihrer Schwester die Keksdose hin. »Schau dir das an. Und rück ein bisschen, ich kriege kalte Füße.«

Lucy legte den Ring neben die Lampe und machte Platz, sodass Jo zu ihr ins Bett klettern konnte. »Ist schon lange her, dass wir das gemacht haben.« Sie zuckte zusammen, als Jos eisige Füße die ihren berührten, dann nahm sie die Dose.

Jo wartete ab, während Lucy Hopes Brief las und dann den Inhalt der Dose ausleerte und inspizierte. »Hat sie dir etwas dazu verraten?«

Lucy schüttelte den Kopf. »Das hätte ich dir doch gesagt. Ich wette, sie hat sich gedrückt. Stell dir vor, wie schwer es ihr gefallen sein muss, überhaupt etwas zu sagen, nachdem sie sich ein Leben lang in Schweigen gehüllt hatte. Das hätte die Gespenster der Vergangenheit geweckt, und sie hatte bestimmt Angst davor, wie du nach so langer Zeit reagieren würdest.«

Jo zog die Knie an die Brust und rieb ihre Füße. »Was war in deinem Päckchen?«

»Ich weiß es nicht. Heute Abend wollte ich mir das

nicht zumuten. Ich dachte, das kann warten. Und jetzt bin ich froh, dass ich gewartet habe.« Lucy hielt das Foto in die Höhe. »Warum liegst du da mit einem anderen Baby im Kinderwagen? Vielleicht war Josh das Kind einer Freundin …« Lucy verstummte.

»Aber warum hat sie ihn nie erwähnt? Oder die Freundin?«

»Glaubst du, Brad oder Elaine wissen etwas darüber? Sie sind wohl die Einzigen, die vielleicht eine Ahnung haben.«

»Kann sein. Aber wenn sie etwas wüssten, hätten sie es doch bestimmt schon gesagt. Elaine ist klar, wie viel dir daran liegt, etwas über deinen Vater zu erfahren. Und wenn Hope es ihr gesagt hätte, warum dann nicht dir? Das leuchtet nicht ein.«

»Selbst wenn ich es wüsste, dann wäre es immer noch ein Rätsel, wer Josh ist und warum er eine Rolle spielt.«

Lucy sank zurück auf ihr Kissen und schloss die Augen.

»Du siehst erschöpft aus. Soll ich gehen?«

»Ich bin kaputt.« Lucy rührte sich nicht, während sie sprach. »Das war ein Tag, wie ich ihn nicht noch mal erleben möchte. Aber ich bin nicht so kaputt, dass ich dir dabei nicht helfen möchte.« Sie schlug die Augen auf. »Warum hat sie Fotos von euch beiden in ein Medaillon gesteckt? Das verstehe ich nicht.« Sie richtete sich auf, griff nach dem Medaillon und öffnete es.

»Vielleicht weiß Brad doch etwas. Schließlich ist er ihr Halbbruder.« Jo tastete sich nach und nach an die Antwort heran, die immer wieder in ihren Kopf drängte und die sie immer wieder beiseiteschob, weil sie sie nicht akzeptieren wollte.

»Oder er kennt jemanden, der etwas weiß.«

»Es gibt nur eine Möglichkeit, das herauszufinden.« Jo schlug die Bettdecke zurück.

»Nicht jetzt. Er schläft doch bestimmt.« Lucy legte ihrer Schwester die Hand auf den Arm.

»Du hast auch nicht geschlafen.« Plötzlich fühlte sich Jo schuldig, weil sie nicht gefragt hatte, wie es Lucy ging. Der Ehering schimmerte im Licht der Lampe.

»Ja, weil ich nicht kann – mir geht zu viel durch den Kopf – aber darüber können wir ein andermal reden. Das Gedankenkarussell dreht sich. Das hier ist viel interessanter.« Lucy stand auf. »Warte, ich komme mit.«

Das Licht, das aus ihrer offenen Tür fiel, wies ihnen den Weg zu Brads Zimmer.

»Er hat das Licht aus«, flüsterte Lucy.

»Aber ich kann nicht bis morgen warten. Nicht jetzt.« Jo hatte es eilig. Sie hatte das Gefühl, der Lösung des Rätsels ganz nah zu sein, das ihr Leben und das ihrer Mutter umgab. In diesem Augenblick war ihr nichts wichtiger, als die Identität des zweiten Babys zu klären. Warum hatte Hope es niemals erwähnt? Sie klopfte und drehte den Türknopf.

»Jo, nicht!« Lucy stand direkt hinter ihr.

Aber Lucys Befürchtung war unbegründet. Es war niemand da. Durch die offenen Vorhänge wehte der Nachtwind herein. Über der Kommode hing eines von Walters größeren Ronda-Bildern. Das Bett war zerwühlt, weil Brad sich ja vorher hingelegt hatte, doch jetzt war es leer.

»Wo steckt er nur? Weit kann er nicht sein.« Nur ein Gedanke trieb sie an: Sie musste herausfinden, was die wenigen Hinweise ihrer Mutter zu bedeuten hatten. In diesem Augenblick zählte nichts sonst.

Sie gingen im Dunkeln die Treppe hinunter. Die Terrakottafliesen unter ihren Füßen fühlten sich kalt an. Beim Zubettgehen hatten sie alle Lampen ausgeschaltet, doch im Erdgeschoss stellten sie nun fest, dass die Küchentür offen stand und der Raum hell erleuchtet war. Sie hörten, wie die Kühlschranktür auf- und wieder zuging. Porzellan klirrte. Lucy packte Jos Arm, wurde aber sofort abgeschüttelt.

»Hallo!«, rief Jo. Schritte näherten sich.

»Verdammt! Auf frischer Tat ertappt!« Brad erschien in der Tür. Er trug einen Morgenmantel mit Tartanmuster und Lederpantoffeln. In der Hand hielt er einen Teller mit Zitronentorte, einem schmalen Stück Tarte Tatin und einem kleinen Brownie, wie Jo feststellte. »Jetlag«, sagte er, als würde das alles erklären. »Ich konnte nicht schlafen, und die Tanzerei hat mir mächtig Appetit gemacht. Ihr habt doch nichts dagegen?«

»Natürlich nicht, aber du hast uns zu Tode erschreckt«, erwiderte Lucy erleichtert.

»Du hast wohl gedacht, ein Einbrecher plündert den Kühlschrank?« Brad machte ein verlegenes Gesicht. »Nö, bin nur ich.« Er nahm einen Bissen von dem Brownie. »Mmm. Ist der gut.«

Sie folgten ihm ins Wohnzimmer, wo er sich auf dem Sofa niederließ. »Ich komme schon allein zurecht, ehrlich. Geht ihr ruhig wieder ins Bett. Ihr hattet beide einen langen Tag.«

Als Jo sich neben ihn setzte, während Lucy es sich auf dem roten Sessel bequem machte und ihre Knie umarmte, wirkte er sichtlich verdutzt.

»Ist irgendwas los? Hey, du kannst wirklich super backen«, sagte er zu Lucy, bevor er noch einmal in den Brownie biss. »Jemanden wie dich könnten wir im Restaurant dringend brauchen. Denk drüber nach.«

»Wir haben dich gesucht«, schaltete sich Jo ein.

»Mitten in der Nacht? Warum das denn? Was kann nicht bis morgen warten?« Brad spießte ein Stückchen Zitronentorte auf und schob es genüsslich in den Mund. »Ist die auch von dir, Lucy? Einfach köstlich.«

Lucy wollte schon freudig lächelnd antworten, aber Jo kam ihr zuvor.

»Es geht darum.« Sie hielt ihm die Blechdose hin. »Mum hat sie mir hinterlassen, aber ich habe keine Ahnung, was der Inhalt zu bedeuten hat.« Sie hatte kurz das Gefühl, die Antwort sei zum Greifen nahe.

Brad stellte verwundert seinen Teller ab und nahm die Dose entgegen. »Was ist das?«

»Ich hoffe, du kannst mir helfen. Wir haben überlegt, ob dein Dad dir gegenüber vielleicht einmal etwas erwähnt hat, was Licht auf die Sache werfen könnte.«

»Mein Dad? Tja, lass mich mal sehen.«

Die beiden Frauen beobachteten, wie Brad den Inhalt der Dose inspizierte. Stirnrunzelnd las er den Brief zweimal durch. Jo griff nach den Schühchen mit dem Band und strich mit dem Daumen darüber. Sie in der Hand zu halten wirkte seltsam beruhigend. Lucy machte große Augen. Sie rührte sich nicht, ihr Kinn ruhte auf den Knien.

Nachdem Brad die Fotos betrachtet hatte, wandte er sich Jo zu und kratzte sich am Kopf. Sie widerstand dem Drang, ihm die Schuppen abzubürsten, die auf seine Schultern rieselten.

»Dad hat mit uns nie über Hope gesprochen – abgesehen von der Kurzfassung, von der ich euch schon erzählt habe.« Er klopfte sich die Schulter ab, woraufhin Jo ein wenig auf Abstand ging.

»Erzähl sie mir noch mal.«

»Schön, wenn du wirklich glaubst, dass es dir weiterhilft.« Er schlug die Beine übereinander, beugte sich vor und setzte eine nachsichtige Miene auf. »Ihre Mutter starb, als Hope noch ein Teenager war. Unser Vater lernte meine Mum kennen, die nicht viel älter als Hope war. Sie muss zu dem Zeitpunkt wohl Anfang zwanzig gewesen sein, Hope ungefähr sechzehn. Der Altersunterschied hat damals anscheinend für Aufsehen gesorgt. Sie beschlossen, nach Australien auszuwandern, um dem Gerede der Leute zu entgehen. Hope wollte nicht mitkommen, und so wurde beschlossen, sie sei alt genug, um in Epsom bei Dads Schwester Jean zu wohnen, bis sie mit der Schule fertig war. Jahre später hat uns Jean einmal besucht – ein richtiges Ekel war sie, ganz anders als Dad! Jedenfalls ist Hope schnellstmöglich nach London gezogen und hat den Kontakt zu Dad so ziemlich verloren. Wenn sie doch etwas von ihr hörten, haben meine Eltern uns nichts davon erzählt. Mehr weiß ich nicht – dank der absurden Liebe zur Diskretion, die meine Eltern hegten. ›Was du nicht weißt, macht dich nicht heiß‹, haben sie immer gesagt. Grundverkehrt. Aber das ...« Er hielt das Foto in die Höhe.

»Ja?« Mit einem Kribbeln im Magen wartete Jo darauf, dass er weiter sprach.

Er probierte die Tarte Tatin, während er die Babys musterte. »Tja, das kann eigentlich nur eines bedeuten. Du bist bestimmt selbst schon auf den Gedanken gekommen ...«

»Was? Auf welchen Gedanken?« Jo hatte das Gefühl,

zu wissen und doch nicht zu wissen, was jetzt kam. Sie musste hören, was er zu sagen hatte.

Lucy hatte nun die Beine untergeschlagen und neigte sich gespannt nach vorne. Allmählich dämmerte es ihr.

»Ich denke, es hat keinen Sinn, um den heißen Brei herumzureden …« Er schöpfte Atem. »Glaubst du nicht, er könnte dein Bruder sein?«, sagte Brad fast zaghaft, als er ihr das Foto mit den beiden Babys reichte.

»Nein! Diese Babys sind gleich alt. Es sei denn …« Nein, das war unmöglich.

»Es sei denn, ihr wart Zwillinge«, führte Brad den Gedanken zu Ende.

Zwillinge! Sie betrachtete die Babys, suchte in den winzigen Gesichtern nach Ähnlichkeiten.

»Nein!« Jo ließ die Hand auf ihren Schoß sinken. »Das kann nicht sein. Mum hätte mir das niemals verheimlicht.« Aber welche andere Erklärung konnte es geben? »Was du nicht weißt, macht dich nicht heiß.« Dieser Ausspruch hätte genauso gut von Hope stammen können.

Ihr Zwillingsbruder!

»Aber ich würde mich doch bestimmt erinnern? Ich wüsste es.«

»Vielleicht nicht unbedingt, wenn ihr getrennt wurdet, als ihr noch ganz klein wart«, warf Lucy ein. »Diese Babys sind doch höchstens ein paar Monate alt.«

»Das glaube ich einfach nicht.« Doch noch während sie sprach, fühlte sich Jo plötzlich ungeheuer befreit, als wäre eine Last von ihr abgefallen, die sie seit Ewigkeiten mit sich herumschleppte: eine Last, von deren Existenz sie erst etwas merkte, als sie sich auflöste. Aber mit dieser neuen Möglichkeit stellten sich noch mehr Fragen, die Antworten verlangten. Sie schwirrten ihr durch den Kopf wie Motten um eine Glühbirne, während Lucy und Brad auf eine Reaktion von ihr warteten. Wie konnten sie die Wahrheit herausfinden? Wo war Josh jetzt? Was war mit ihrem Vater passiert? Was für ein Mensch war Hope gewesen, dass sie ihrer Tochter ein solches Geheimnis vorenthalten konnte?

Was hatte sie geschrieben? Jo griff noch einmal nach dem Brief. *Ich wollte es so weit hinter mir lassen wie irgend möglich. So weit hinter mir, dass ich glauben konnte, es sei nichts passiert. Wenigstens hatte ich Dich, um mich in meiner Trauer zu trösten.*

Also war etwas Schreckliches geschehen, was Hopes Leben fortan überschattete. Als wäre es nicht genug, als Teenager beide Eltern zu verlieren. Wenn sie sich nicht darauf verlassen konnte, dass sie bei ihr blieben, wem sollte sie dann noch vertrauen? Die Antwort lautete: Walter. Er musste der Fels gewesen sein, an den sich Hope klammerte, stabil und zuverlässig inmitten der Unsicherheiten des Lebens. Er hatte ihr ein neues Leben gegeben und ihr ermöglicht, sich ihre Träume zu erfüllen. Jo empfand fast so etwas wie Bewunderung für ihre Mutter. Zweifellos hatten ihre Erfahrungen sie verändert. Aber das war nicht alles. Etwas hatte die Trauer verursacht, von der sie sprach, etwas so Verheerendes, dass sie es einfach nur vergessen wollte. Jo musste herausfinden was.

Je länger Jo über Brads Vermutung nachdachte, desto einleuchtender erschien sie ihr. Aber kaum war sie zu der Überzeugung gelangt, dass Brad Recht hatte, kamen ihr Zweifel. Ein Geheimnis zu bewahren, das so eng mit der Identität eines Kindes verknüpft war, traute sie keiner Mutter zu, auch nicht ihrer eigenen. Nachdem sie nun selbst Mutter war und alleinerziehend, genau wie Hope nach Jos Geburt, begriff sie allmählich, warum Hope ihr verschwiegen hatte, wer ihr Vater war. Den richtigen Augenblick für eine derartige Enthüllung zu finden war nicht leicht. Aber das …

»Vermutlich hat sie gedacht, dass es dich aufregen würde, dass es besser ist, es nicht zu wissen.« Wie immer brach Lucy eine Lanze für ihre Mutter.

»Aber was ist mit mir? Was ist mit meinen Wünschen?« Jo war tief enttäuscht. »Wir drehen uns immerfort im Kreis. Wie können wir herausfinden, ob Brad richtigliegt? Irgendjemand muss es doch wissen.«

»Aber wer? Nach so einem schrecklichen Ereignis war der Umzug nach Ibiza mit dir wohl eine Art Neuanfang, eine Flucht vor der Vergangenheit. Vielleicht ging es gar nicht darum, dass sie es dir nicht sagen wollte, sondern dass sie es nicht sagen konnte. Vielleicht hat sie es gar niemandem gesagt.«

»Wie wäre es mit *meiner* Mutter?«

Beide wandten sich Brad zu, der in den letzten Minuten schweigend zugehört hatte.

»Sie könnte etwas wissen. Sie und Dad haben sich dafür entschieden, Hope in England zurückzulassen, aber sie müssen doch Kontakt mit ihr gehabt haben. Wir wissen, dass sie Verbindung zu Jean hatten. Auch wenn sie nur ein paar Mal geschrieben haben, könnte Dad von anderer Seite etwas über Hope gehört haben. Sie lag ihm doch weiterhin am Herzen – ein Unmensch war er ja nicht. Es ist nicht sehr aussichtsreich, aber was habt ihr sonst in der Hand?«

»Wenn du Recht hast, muss es Geburtsurkunden geben«, meine Lucy. »Aber die können wir erst ausfindig machen, wenn wir wieder in England sind. Kannst du deine Mutter anrufen?«

Brad lachte. »Anrufen? Mum hört ihr Telefon nie. Außerdem ist da unten jetzt Nachmittag. Bridge, Buchclub, Verabredung zum Lunch – sie könnte überall sein, nur nicht zu Hause. Aber ich schreibe ihr eine Mail, darauf wird sie antworten. Immerhin ist sie im digitalen Zeitalter angekommen.«

»Hört sich an, als wäre sie eine erstaunliche Frau. Könntest du es nicht jetzt gleich versuchen?«, bat Jo, die darauf brannte, diese Powerfrau aus egal welcher Tätigkeit zu reißen, der sie sich gerade widmete.

»Es hat wirklich keinen Sinn. Aber ich hole mal mein Tablet.«

Während Brad nach oben verschwand, stand Jo, die nicht mehr stillsitzen konnte, auf. »Hier irgendwo könnte auch etwas sein. Denk nur an das Foto, das ich in ihrem Zimmer gefunden habe.« Sie ging zum Schreibtisch. »Tom hat die Sachen zwar schon durchgesehen, aber ich schau sie mir noch mal an.«

Lucy stand auf. »Dann nehme ich mir das Bücherregal vor. Danach können wir es in ihrem Schlafzimmer versuchen.«

»Du siehst völlig fertig aus. Geh ruhig ins Bett, wenn du möchtest. Ich kann sowieso nicht schlafen, mache also gern allein weiter.« Jo zog eine Schublade heraus und stellte sie auf den Tisch.

»Ohne Hilfe? Kommt nicht infrage. Außerdem würde ich im Bett ohnehin nur wach liegen und düstere Gedanken wälzen.« Lucy stellte sich vor das Bücherregal, holte ein Buch nach dem anderen heraus, schlug es auf, drehte es um und schüttelte es, ehe sie es wieder zurückstellte.

»Es wird schon wieder.« Jo leerte eine kleine Schublade auf dem Schreibtisch aus und blätterte den Inhalt durch. Auch wenn es keinen Sinn hatte, sie würde mit aller Gründlichkeit suchen. »Es braucht einfach seine Zeit. Als Jake gegangen war, dachte ich, dass ich niemals allein zurechtkomme, aber jetzt geht es mir gut und ich bereue nichts. Ich bin heute sogar glücklicher als je zuvor. Und ich werde dich in jeder Hinsicht unterstützen.« Vermutlich ein schwacher Trost, aber es war das Beste, was sie unter den Umständen zustande brachte.

»Ich weiß. Aber reden wir jetzt nicht von mir. Das hier ist genauso wichtig.« Etwas flatterte aus dem Buch, das Lucy gerade inspizierte. Sie fing es auf. »Schau, ein Brief von Dad an sie.« Lucy hielt ihn unter das Licht der Lampe und las mit unsicherer Stimme vor. »Das Paradies wäre ein grauer Ort ohne Dich …«

Jo nahm ihn entgegen. »Ist das süß!«

Einen Moment hielten sie inne, erinnerten sich an Hope und Walter, ihre turbulente Beziehung. Dann brach Jo das Schweigen. »Aber wenn ich wirklich einen Zwillingsbruder habe …« Schon allein es auszusprechen war ein sonderbares Gefühl. »Was ist dann mit Josh passiert?«

»Vielleicht hat dein Vater ihn genommen?«

Hatten ihre Eltern sie von ihrem Bruder getrennt? War es denkbar, dass ihr Vater Josh großgezogen hatte? Wenn das zutraf, dann hatte sie, Jo, womöglich eine ganze weitere Familie irgendwo da draußen. Der Gedanke beunruhigte sie ebenso wie er sie faszinierte.

»Halt! Ihr macht den zweiten Schritt vor dem ersten.« Brad war wieder da und hatte die als Buch getarnte Hülle seines Tablets aufgeklappt. »Finden wir erst einmal heraus, wie es wirklich gewesen ist, ehe wir überlegen, was Hope getan oder nicht getan haben könnte.« Er tippte seine E-Mail, wobei ihn Jo und Lucy nicht aus den Augen ließen, dann lehnte er sich zurück. »Erledigt. Jetzt können wir nur noch abwarten.«

»Tom hat sich beim Aufräumen keine große Mühe gegeben.« Jo durchstöberte die nächste Schublade, deren Inhalt sie auf drei Stapel sortierte: Rechnungen, Postkarten und Briefe. »Schaut euch das an.« Sie hielt einen kleinen Terminkalender in die Höhe. Dann blätterte sie darin. »Schaut. Nur Einträge im Januar. ›Walter Geburtstag‹ ›Jo – Schule‹ ›Bunty – Tierarzt‹«. Sie schlug ihn wieder zu. »Bunty habe ich ganz vergessen – dieser schöne braune Straßenhund, der einfach bei uns geblieben ist. Wir sind immer auf dem Boden gelegen und haben sie als Kopfkissen benutzt. Weißt du noch?« Plötzlich blitzte ein Erinnerungsbild auf: Sie hockte mit Tom unter einem Tisch, wo sie sich ein Lager gebaut hatten, sich vor den Erwachsenen versteckten und Bunty mit Keksen fütterten.

Nach einer halben Stunde hatten sie immer noch keine sachdienlichen Hinweise gefunden. Brad, der sich geweigert hatte, ins Bett zu gehen, weil er helfen wollte, lag schnarchend auf dem Sofa.

»Hören wir auf«, sagte Lucy schließlich. »Das bringt uns nicht weiter, und morgen sind wir zu nichts mehr zu gebrauchen. Gehen wir ins Bett und machen morgen weiter.«

Jo, die nicht gern aufgab, musste ihr zustimmen. Der

Adrenalinschub, der sie bisher angetrieben hatte, war einer bleiernen Müdigkeit gewichen. Der Schreibtisch hatte nichts hergegeben außer ein paar Kindheitserinnerungen und einem weiteren Briefchen von Walter. »Ich habe wirklich jede Praline probiert, aber keine ist so süß wie du!«

Sie war gerührt von dieser Seite ihres Stiefvaters, die ihr bisher verborgen geblieben war. Sie weckten Brad, der im Halbschlaf nachsah, ob seine Mutter geantwortet hatte, aber der Posteingang war leer.

SONNTAG

25

Allein in ihrem Zimmer, beobachtete Jo, wie eine große Motte hilflos immer wieder zum Licht flog. Sie versuchte das Insekt aus dem Fenster zu lotsen, doch es flatterte zurück, und seine Flügel schlugen vergeblich gegen den Lampenschirm. Jo legte Hopes Geschenke auf der Kommode bereit und ging dann zu Bett. Auf der Seite zusammengerollt lauschte sie Ivys Atem, wartete noch einen Augenblick und schaltete schließlich das Licht aus. Dann lag sie ganz still, bis die Bettwärme sie vollkommen einhüllte. Doch trotz ihrer Erschöpfung schlief sie schwer ein. Bilder aus ihrer Kindheit liefen vor ihrem geistigen Auge ab: Hope, wie sie am Lagerfeuer Würstchen zu braten versuchte und die Pfanne fallen ließ, als sie zu heiß wurde; sie selbst und Tom in einem ihrer Verstecke, während Hope nach ihnen rief; sie selbst, wie sie sich Brote schmierte und stundenlang in der verfallenen Finca untertauchte, ohne vermisst zu werden. Sie fragte sich, was Hope wohl alles zu bewältigen gehabt hatte, wovon ihr Nachwuchs nichts ahnte. Wie die meisten Kinder dachten sie selten weiter als an die Gegenwart und sich selbst. Dann ermöglichte Walter ihnen, nach England zu gehen, und sie hatten sich von der Familie gelöst, um ihr eigenes Leben zu führen. Eigentlich gar nicht so anders als Hope selbst.

Endlich schlummerte sie ein – das Licht der Morgendämmerung sickerte bereits durch die Vorhänge. Als sie erwachte, war Ivy schon auf und spielte ganz versunken mit Bampy, der schmuddeliger aussah denn je. Wie durch einen Nebel lauschte Jo dem Monolog ihrer Tochter, während Ivy ihre Spielsachen für ein Picknick vorbereitete. Jo lag mit geschlossenen Augen auf dem Rücken und fragte sich, wie furchtbar sie sich wohl fühlen würde, wenn sie aufstand. Da klopfte es an der Tür.

»Wer ist da?«

»Ich bin's, Brad. Ich habe Nachricht von Mum.«

»Kleinen Moment.« Sie schlug die Decke zurück, sprang aus dem Bett und schnappte sich den Bademantel. Während sie noch den Gürtel knotete, öffnete sich bereits die Tür. »Komm rein.« Ihre Lider waren schwer, die Augen wund. Kopfschmerz bohrte in ihrer Schläfe.

Brad war schon angezogen und sah halbwegs erholt aus. Er schüttelte den Kopf. »Nein. Ich denke, das solltest du lesen, ohne dass ich dir dabei über die Schulter blicke. Ich bin unten, falls du mich brauchst.« Er streckte ihr sein Tablet hin und berührte mit der anderen Hand ihren Arm, eine unterstützende Geste, für die sie dankbar war.

»Ich will auch runtergehen«, verkündete Ivy, während Jo die Tür schloss. Das Herz klopfte ihr bis zum Hals.

»Okay. Geh und such Brad, und vielleicht ist auch Tante Lucy schon auf.« Jo konnte nur noch an das Tablet in ihrer Hand denken. Was wohl in dieser E-Mail stand?

»Ich werde für Bampy Frühstück machen.« Das arg mitgenommene Kaninchen hing in Ivys Hand.

»Gute Idee. Ich komme gleich nach und helfe dir.«

Sobald Ivy weg war, nahm Jo erst einmal eine Kopfschmerztablette. Dann legte sie sich wieder ins Bett und wappnete sich für das, was Brads Mutter zu sagen hatte. Sie war genauso nervös wie vor einer Verkaufspräsentation für einen wichtigen Kunden. Endlich berührte sie den Bildschirm, um die Nachricht lesen zu können.

Brad, mein Liebling

Ich habe deine Mail erhalten, als ich von meiner Pilatesstunde kam – ein neues Hobby, das mir viel Spaß macht. Joy hat mich darauf gebracht. Kennst du sie? Wohnt zwei Stock unter mir.

Mit achtzig plus? Das war ja eine Frau!

Was für eine seltsame Bitte! Natürlich kann ich mich an die Zeit erinnern – nur mein Kurzzeitgedächtnis lässt mich manchmal im Stich. Was ich aber niemals zugeben würde! Neulich habe ich vergessen, dass ich ein Treffen der Frauengruppe organisiert hatte …

Jetzt mach schon, dachte Jo ungeduldig. Anstatt das Schreiben nur zu überfliegen, bis es für sie interessant wurde, las sie jedes Wort, damit ihr nur ja nichts entging. Nachdem Linda ausführlich geschildert hatte, was die Frauengruppe fur ihr Herbstfest plante, kam sie endlich zum Thema.

Archie und ich sind, soweit ich mich entsinne, im Sommer 61 ausgewandert. Damals wurden Einwanderer angeworben. Ja, wir haben Hope in England zurückgelassen. Obwohl ich ihr altersmäßig näher war als Archie, haben wir uns nie verstanden. Ich war nur gut zehn Jahre älter als sie, und sie nahm kein Blatt vor den Mund, erklärte, ich sei zu jung für ihren Vater. Natürlich war ich der Meinung, sie solle sich für ihn freuen und sich ein bisschen mehr Mühe geben. Doch ich war zu jung, um die Lage zu verstehen. Ich ärgerte mich und griff zu, als sich die Chance bot, hier rauszukommen – weg von all dem Streit, weg von all denen, die den Altersunterschied zwischen uns missbilligten. Menschen können sehr grausam sein. Egal, wie schuldig wir beide uns fühlten, egal, wie sehr wir uns bemühten alles richtig zu machen, Hope stellte unmissverständlich klar, dass sie nur unter Gewaltanwendung an Bord gehen würde. Sie war starrsinnig und wollte, dass alle nach ihrer Pfeife tanzten. Andererseits ist das in dem Alter wohl normal. Wir waren uns in dieser Hinsicht ähnlich! Archie und sie kommunizierten nur unregelmäßig. E-Mail oder Skype oder so was gab es damals noch nicht. Archie schrieb gar nicht gern Briefe, und Hope war noch schlimmer. Zu sehr mit ihrem eigenen Leben beschäftigt – wer sollte ihr das verdenken? Mir ging es ja genauso. Aber er bemühte sich zumindest. Sie war so wütend und verletzt, dass er sie verlassen hatte. Jean hätte ein Auge auf sie haben sollen, doch Hope sah das anders. Sie dachte, sie könnte nach London gehen und ihren Sekretärinnenkurs machen und Jeans Haus als Hotel benutzen. Währenddessen zahlte Archie ihr einen Zuschuss – Schuldgeld nannte ich es.

Und ich?, fragte sich Jo. Was ist mit mir? Wann trete ich auf den Plan? Nach einem langen Exkurs darüber, wie rührend Archie all seine Kinder unterstützt hatte, kam Linda endlich wieder zum Thema.

Ich erinnere mich an den Tag, an dem wir erfuhren, dass sie schwanger war. Sie war erst zwanzig und noch dazu unverheiratet. Jeans Brief traf an dem Tag ein, an dem meine eigene Schwangerschaft – mit dir – festgestellt wurde. Es hätte für uns also eine glückliche Zeit sein sollen, doch das Gegenteil war der Fall. Archie war außer sich. Er war wütend, dass Jean auf Hope nicht besser aufgepasst hatte. Er war wütend auf Hope. Hope hatte es ihm nicht einmal selbst mitgeteilt, sondern es Jean überlassen. Vielleicht schämte sie sich. Vielleicht war sie zu sehr damit beschäftigt, ihre Gefühle zu ordnen. Ich wusste es nicht. Ein wenig später schrieb Jean erneut und erklärte, Hope erwarte Zwillinge.

Es war also wahr. Wie betäubt starrte Jo auf die Worte auf dem Bildschirm. Hope erwartete Zwillinge. Sie war also tatsächlich ein Zwilling. Irgendwo hatte sie einen Bruder. Einen weiteren Bruder. Aber da war noch etwas.

Damals erzählte uns Jean, Hope hätte eine neue Clique und sie bekomme sie kaum zu Gesicht. In London ging es hoch her, und Hope war zu beschäftigt mit ihrem eigenen Leben, um sich über die Gefühle ihres Vaters Gedanken zu machen. Er war tausende Meilen entfernt und hätte ebenso gut gar nicht existieren können.

Jo nahm einen Schluck Wasser, unsicher, ob sie mit ihrer Mutter Mitleid empfinden oder ihr Verhalten missbilligen sollte. Doch ehrlich gesagt war sie auch nicht besser gewesen, als sie von zu Hause weggegangen war. Allerdings war sie sehr wohl jeden Sommer zu Besuch gekommen, und manchmal auch noch zwischendurch, rief sie sich in Erinnerung. Der Kontakt war zwar sporadisch gewesen, aber nicht eingeschlafen. Wieder wandte sie sich dem Tablet zu.

Aber sie schrieb, bevor die Zwillinge zur Welt kamen, und von da an hielt sie die Verbindung – allerdings sehr unregelmäßig. Vor der Geburt erwähnte sie jemanden namens Jason, aber ob er der Vater war – wer weiß. Es waren die Swinging Sixties. Alle hatten Spaß. Love and Peace und all das. Wir konnten uns nicht leisten, Archie einen Flug zu bezahlen, damit er sie besuchen konnte, und als Nächstes erfuhren wir, dass sie alles hingeschmissen hatte und mit ihrer kleinen Tochter nach Spanien ausgewandert war. Was mit dem anderen Zwilling passiert ist, weiß ich nicht. Wir haben es nie erfahren. Damals war Hope wohl immer noch zornig, weil ihre Mutter gestorben war und ihr Vater sie (in ihren Augen) verlassen hatte. Auch ich war in dieser Zeit sehr ungehalten. Ich war wütend, dass sie so entschlossen war, sich nicht darüber zu freuen, dass es uns gab, dass sie nicht einmal versuchte, mit uns die glückliche Familie zu bilden, die Archie sich so sehr wünschte. Ich war genauso selbstsüchtig wie sie. Ich wollte nichts von ihr wissen, ich wollte nicht, dass wir sie weiter so verwöhnten, ich wollte ihr nicht helfen. Für mich war es einfacher, so zu tun, als existierte sie nicht. Und damit machte ich es Archie leichter, ebenso zu handeln.

Die arme Hope. Diese Familie war wirklich gut darin, Geheimnisse zu hüten und so zu tun, als würden Menschen nicht existieren. Das galt sogar für sie selbst.

Du fragst, was geschehen ist. Ich kann nur vermuten, dass sie alles, was sie in London erlebt hat, begraben und einen Neuanfang machen wollte. Archie unterstützte sie noch jahrelang finanziell, aus Sorge und Schuldgefühlen heraus.

Er bewahrte die wenigen Briefe, die sie schrieb, auf, aber nach seinem Tod vernichtete ich sie. Tut mir leid. Sogar als sie Walter kennenlernte und sich in Spanien niederließ, blieb sie auf Distanz. Manchmal sind Zerwürfnisse so tiefgehend, dass sie nicht mehr heilen.

Mehr kann ich Dir nicht sagen. Bitte grüße Jo, Tom und Lucy. Gerne hätte ich sie auch kennengelernt. Ich freue mich sehr, dass du nun dort bist und ihr Gelegenheit habt, Brücken zu bauen. Hier wären sie jederzeit willkommen.

Mum xx

Jo war wie erstarrt. Tränen strömten ihr über die Wangen. Sie wusste nicht, wie lange sie so saß, bewegungsunfähig, die dramatischen Informationen sacken ließ und sich fragte, wie anders ihr Leben hätte aussehen können. Warum war Josh fortgegeben worden? Vielleicht war Hope mit zwei Babys nicht zurechtgekommen, und hatte eines bei seinem Vater gelassen. Ein derart kaltherziges Verhalten traute sie Hope aber nicht zu. War Josh etwa gestorben? Fragen kreisten in ihrem Kopf.

Es klopfte. Lucy streckte den Kopf herein. »Alles in Ordnung?« Sie betrat das Zimmer, eine Tasse Kaffee in der Hand. »Ich dachte, die kannst du gebrauchen.«

»Stimmt.« Jo hustete, als der heiße Kaffee ihr den Gaumen verbrühte.

Lucy tätschelte ihr den Rücken und kletterte dann aufs Bett, um ihre Schwester ganz fest in den Arm zu nehmen. »Wo ist er?«

»Keine Ahnung. Ich weiß nicht einmal, ob er noch lebt, aber ich werde es herausfinden.« Sie wischte sich die Augen mit einem Zipfel der Bettdecke. »Ich weiß, dass wir erst einmal dieses Wochenende hinter uns bringen müssen, aber dann werde ich mit Elaine sprechen.«

»Sie weiß nichts«, beharrte Lucy. »Ich habe sie gefragt, als ich sie vom Flughafen abholte.«

»Das behauptet sie, aber was meinst du, wem gegenüber sie sich loyal verhält? Sie war Mums beste Freundin. Wenn Mum irgendjemandem außer Walter etwas anvertraut hat, dann ihr. Ich glaube immer noch, dass sie mir vielleicht wenigstens die richtige Richtung weisen kann. Kannst du Ivy im Auge behalten, während ich mich anziehe?«

»Klar. Jederzeit.« Lucy ging zur Tür. Dort drehte sie sich noch einmal um. »Ich hatte heute Morgen eine SMS von Art. Er hat einen ganz frühen Flug bekommen und die Nacht am Flughafen verbracht. Na, wenigstens hat er auch nicht viel geschlafen. Heute steht die Geschichte in der Zeitung. Ich habe schon drei mitleidige Mails von Freunden bekommen und musste wegen der vielen SMS mein Handy ausschalten. Ich weiß, sie meinen es gut, aber ich glaube, das kann ich nicht ertragen.«

»Oje!« Jo sprang aus dem Bett. Jetzt umarmte sie die Schwester. »Ich war so mit dem hier beschäftigt. Tut mir leid.«

Lucy gab die Umarmung zurück. »Ich mache dir keinen Vorwurf. Wir sind die zwei Richtigen.«

»Stehst du das durch heute?«

»Eigentlich fühle ich mich nicht schlecht. Müde, aber okay. Ich schaffe das schon, aber aufs Heimkommen freue ich mich kein bisschen. Ich sehe die Schlagzeilen vor mir: BETROGENE EHEFRAU DES EMERGENCY-STARS. Und die Fotos, auf denen ich mitgenommen und verbittert aussehe, wenn ich den Müll rausbringe.« Sie zuckte die Schultern. »Stell dir das mal vor.«

»Ich werde dir helfen«, erklärte Jo. »Das meine ich ernst. Gemeinsam sind wir stark.« Sie umarmten einander erneut. »Du kannst bei uns wohnen.«

»Vielleicht nehme ich dich beim Wort, aber noch nicht gleich. Und jetzt sorge ich erst mal dafür, dass dein kleines Äffchen nichts anstellt, während du dich anziehst.«

Etwas später war Jo unten in der Küche und betrachtete den eindrucksvollen Berg von Tellern und Bestecken, der darauf wartete, weggeräumt zu werden.

»Elaine und Brad haben ganze Arbeit geleistet. Sie haben darauf bestanden, das fertigzumachen, was wir gestern Abend nicht mehr geschafft haben.« Lucy trocknete gerade Gläser ab und hatte Ivy damit beschäftigt, am Tisch Bilder aus Nudeln und Hülsenfrüchten zu kleben. Allerdings landete mehr auf dem Boden als auf dem Papier.

»Superschon, Ivy.«

»Das ist ein Elefant in einem Baum«, erklärte ihre Tochter stolz.

»Das sehe ich.« Jo küsste sie auf den Kopf und ignorierte das Chaos. Wäre Sue da gewesen, hätte sie ihren großen Tag gehabt, hätte Theater gemacht und alles aufgesammelt. Doch hier in der Casa de Sueños spielte das keine Rolle – das Chaos konnte warten. »Wo ist Elaine hin verschwunden?« Sobald sie mit ihr gesprochen hatte, würde sie sich bestimmt besser fühlen.

»Die beiden sind nach Jimena gefahren.« Lucy stapelte die Teller in den Regalen.

»Was? Jetzt?«

»Hm, ja. Ich konnte sie nicht bremsen. Sie sagten, sie wären bis Mittag zurück. Ich dachte, das wäre schon in Ordnung. Tom will Mum während der Siestazeit verstreuen – irgendwie scheint das stimmig. Ruhe in Frieden.« Sie hob eine Augenbraue.

»Aber ich platze, wenn ich nicht mit ihr reden kann.«

Ivy drehte sich zu ihr um, um sich zu vergewissern, dass Jo nicht wirklich platzte. Dann wandte sie sich zufrieden wieder ihrem Bild zu.

»Das kannst du ja tun, sobald sie zurück sind. Wahrscheinlich brauchten sie einfach eine Pause von uns allen.«

»Ich denke, wir sind an diesem Wochenende nicht ganz unkompliziert.« Jo sah Ivy an. »Achte darauf, sie nicht auf den Tisch zu kleben, Schätzchen.«

Ivy bedachte sie mit einem höhnischen Blick, wie ihn nur Vierjährige zustande bringen. »Nun mach mal halblang!« sagte sie, nahm eine Nudel und kleisterte sie mit dem Klebestift ein.

Jo und Lucy tauschten einen überraschten Blick und brachen in Gelächter aus.

26

Obwohl die Zeit lief, zögerte Tom das Aufstehen hinaus. Belle war im Bad zugange, man hörte das Wasser laufen und die elektrische Zahnbürste surren. Cremetöpfchen wurden gehoben und wieder abgesetzt – sie bereitete ihr Gesicht auf den Tag vor. Er lag ganz still, denn er wusste, wie lange es dauerte, bis sie mit ihrem Erscheinungsbild zufrieden war. Auf die Uhr wollte er einfach nicht schauen. Auch so wusste er, dass schon fast Frühstückszeit war. Immerhin hatten sie sich darauf geeinigt, an diesem Morgen ihre Joggingrunde ausfallen zu lassen. Heute würde die Asche seiner Mutter verstreut werden. Damit war ihre Party definitiv vorbei.

Er wünschte sich, er hätte sich nicht so ungeschickt angestellt, als er mit Jo über die Finanzen sprach. Andernfalls wäre sie vielleicht zugänglicher gewesen. Trotz ihres beruflichen Erfolgs – oder vielleicht gerade deswegen – war sie in Gelddingen inzwischen vorsichtiger als zu Beginn ihrer Karriere. Er hätte warten können, bis der Hausverkauf abgeschlossen war, um dann einen Familienrat einzuberufen. So hätte Walter es gemacht. Den Schaden begrenzen, indem man sich mit den Dingen erst dann befasst, wenn sie sich schon ein Stück weit entwickelt haben; diese Philosophie stand im Gegensatz zu derjenigen, mit der Hope und jetzt er immer falsche Ergebnisse erzielt hatten: einfach losgaloppieren.

Die Badezimmertür ging auf, doch er ließ die Augen geschlossen, um dem Unvermeidlichen nicht ins Gesicht sehen zu müssen. Er hörte, wie Belle das Zimmer verließ, aber sie würde zurückkommen. Eine Diskussion über die Vorfälle des vergangenen Abends war unvermeidlich, zuvor allerdings würde sie bei Alex und Ethan nach dem Rechten sehen. Tom meinte sich beim Gedanken daran selbst stöhnen zu hören. Anstatt zu verblassen, wie er es sich gewünscht hätte, trieb die Erinnerung wilde Blüten und ein Detail legte sich über das nächste.

Nur der harte Kern der Gäste war noch da gewesen, als er und Adam Alex auf dem Weg in sein Zimmer halb gestützt und halb getragen hatten. Belle war aufgeregt neben ihnen hergelaufen. Auf der Tanzfläche hatte sie Alfonso aufgestöbert, den ortsansässigen *médico*. Er hatte es geschafft, die Beine lange genug ruhig zu halten, um ihr zu versichern, dass ihr Sohn wahrscheinlich keine Alkoholvergiftung habe und sich einfach nur ausschlafen müsse. Sobald sie Alex, mit einer Schüssel in Reichweite, ins Bett verfrachtet hatten, war Belle davongestürmt, um ihren Zorn am Abwasch auszulassen. Tom hatte sie es überlassen, sich um Ethan zu kümmern.

Immer, wenn eine Lektion fällig war, sollte er das übernehmen. Er fühlte sich ein bisschen ausgenutzt, als er sich mit Ethan, ebenso besorgt wie wütend, in eine Ecke der Terrasse zurückzog. Ein, zwei Gäste hatten ihnen neugierige Blicke zugeworfen, aber niemand hielt sie auf. Die zuvor angeberische Haltung seines Sohnes hatte dem mürrischen Trotz Platz gemacht, der die meisten ihrer »kleinen Gespräche« prägte. Man musste nicht Sherlock Holmes sein, um zu merken, dass er unter Drogeneinfluss stand. Ethan allerdings schwor, es sei bloß der Wein und ein einziger Joint. Weiter nichts. Zumindest, was das betraf, schien er ehrlich. Oder zumindest wollte Tom es ihm glauben.

Doch nach der Geschichte an Ethans Schule hatte er immer noch Zweifel und hielt ihm einen Vortrag über die Notwendigkeit, sich von Drogen und Alkohol fernzuhalten.

»Ja. Das hast du mir schon mal gepredigt«, meinte Ethan, während seine Augen zum Wohnzimmer wanderten, als suche er jemanden.

»Na, und warum ignorierst du es dann? Ich sage das nicht zum Spaß, sondern zu deinem Besten.« Tom spürte, wie die Last des Vaterseins ihn niederdrückte.

Ethan zuckte die Schultern. »Sind wir dann fertig?«

Tom merkte, dass dieses Gespräch zum falschen Zeitpunkt stattfand, machte aber noch einen letzten Versuch. Von Mann zu Mann. »Also, mein Sohn. Ich weiß, wie groß die Versuchung ist, aber wir wollen nicht, dass so etwas noch einmal vorkommt. Eine anständige Ausbildung in den Dreck zu treten wäre ein Fehler.«

»Ja, ja.« Ethan, der ganz offensichtlich nicht glaubte, dass dieser Dinosaurier von einem Vater je von irgendetwas in Versuchung geführt worden war, rückte seinen Hut ein wenig zurecht. Seine Augen wanderten über die Schulter seines Vaters zum Wohnzimmer, wo Christina tanzte.

»Deine Mutter wäre untröstlich.« Letzte Karte – und ein billiger und wahrscheinlich zweckloser Versuch.

Zur Antwort kam ein Grunzlaut, und Ethan verdrehte die Augen.

»Wir unterhalten uns morgen nochmal.« Das war das Letzte, was sie beide sich wünschten, doch es war ein passender Abschluss. Ethan steuerte schnurstracks auf Christina zu. Tom zog sich zurück, wütend auf sich selbst, weil er keine strengere Linie gefahren und weil er Belle enttäuscht hatte. Manchmal war es schrecklich schwer, Kinder im Teenageralter zu haben.

Maria hatte Christina kurz darauf nach Hause geschickt, offenbar unbeeindruckt von der Rolle, die ihre Tochter bei den Vorfällen gespielt hatte. Tom erinnerte sich an eine Zeit, in der Maria und er ohne weiteres ein, zwei Joints geraucht hatten. Seine Scheinheiligkeit im Hinblick auf das Verhalten seines Sohnes ekelte ihn an. Allerdings waren weder Maria noch er selbst wie Ethan wegen Dealerei von der Schule geflogen. Was Alkohol und Drogen betraf, hatten sie Hope, das entspannte Blumenkind der Sechziger, und Walter zum Vorbild, nicht Belle mit ihrem Schwarz-Weiß-Denken, für die mehr als ein Gläschen faktisch verboten war. Und eine Zigarette? Kam gar nicht in Frage. Als Tom schließlich versucht hatte, Belle und Maria einander vorzustellen, hatte Belle sich mit ein paar höflichen Worten abgewandt, um sich mit jemand anderem zu unterhalten, und ihn so in Verlegenheit gebracht. Auch das Fehlverhalten ihrer Kinder würde die beiden Frauen einander nicht näher bringen, das lag auf der Hand. Anschließend hatte er es nicht über sich gebracht, Belle zu erzählen, dass er Maria und Christina zum Verstreuen der Asche eingeladen hatte.

Im Bett liegend holte er tief Luft und spannte dann alle Muskeln in seinem Körper an, von den Zehen bis zum Scheitel, um sie anschließend wieder zu entspannen. Dann stellte er sich vor, wie er die Stufen eines Swimmingpools hinunterging und in das warme grüne Wasser tauchte, in dem er sich treiben ließ und seinen Geist von allen irdischen Sorgen befreite. Wer auch immer sich diese Selbsthypnose ausgedacht hatte, verdiente eine Medaille.

»Tom!«

Belle war wieder da. Er begann in seinem mentalen Swimmingpool zu strampeln, kam prustend an die Oberfläche und öffnete die Augen. Sie stand vor dem Bett und sah großartig aus, fast wie eine Kriegerin. Hellgrüne Leinenhose, ein blattgrünes T-Shirt. Ihr Haar leuchtete in der Morgensonne, ihre Augen blitzten warnend. Sie musste sich etwas von der Seele reden, das lag auf der Hand. Zu seinem Schrecken spürte er, wie er eine Erektion bekam. Nicht jetzt, sagte er sich. Aber sein Wille wurde seiner Libido nicht Herr.

»Wir müssen reden?«

»Jetzt?«, fragte er und hob die Bettdecke an. »Warum kommst du nicht einfach wieder ins Bett?«

Ihr Gesichtsausdruck hätte eine Herde Elefanten in die Flucht schlagen können. »Es ist wichtig, Tom. Sei nicht albern. Außerdem bin ich schon angezogen.«

»Du kannst dich doch hinterher wieder anziehen.«

Der Blick, mit dem sie ihn bedachte, bewirkte, was seine Willenskraft nicht vermocht hatte. Sex stand jetzt nicht auf der Agenda, nicht, nachdem sie so viel Zeit investiert hatte, um sich für den Tag vorzubereiten.

Er seufzte. »Okay, dann gib mir eine Minute.« Wenigstens konnte er es ein wenig hinauszögern.

Im Bad ließ er sich möglichst lange Zeit. Eine Ehe funktioniert nur, wenn ein Geben und Nehmen stattfindet, sagte er sich. Also nahm er sich Zeit, bevor er sich von ihr zusammenstauchen ließ. Schließlich konnte er den Moment nicht mehr hinausschieben. Er streifte Shorts und T-Shirt über und trat ins Zimmer. Belle saß in dem Sessel neben dem bereits gemachten Bett. In seiner Abwesenheit hatte sie im Zimmer so ausgiebig aufgeräumt, dass es aussah, als wären sie gerade erst angekommen. Kein Gegenstand, der ihnen gehörte, war zu sehen – außer dem Krimskrams für Ferdie und ihre beiden Koffer. Sein Koffer! Als er endlich ins Bett fiel, war er physisch und emotional so erschöpft gewesen, dass er Hopes Brief nicht mehr hatte lesen können. Jetzt hätte er am liebsten gleich den Koffer geöffnet und ihn herausgeholt.

»Wir müssen reden«, begann Belle, sobald Tom ihr gegenübersaß. »Du hast mir versprochen, dass wir Ethan im Auge behalten.«

»Ich dachte, hier könnte nichts passieren. Woher sollte ich wissen, dass er sich so dumm anstellt und vor unserer Abreise nicht nachsieht, was in seiner Tasche ist?«

»Tom! Er sollte sowieso kein Dope bei sich haben.«

»Natürlich nicht. Tut mir leid. Das weiß ich.« Er fühlte sich, als würde er von seinem ehemaligen Schulrektor abgekanzelt.

»Ich mache dieses Mädchen verantwortlich.« Sie nickte zweimal, und ihr Blick wurde hart.

»Wie bitte?« Sie konnte doch unmöglich jemand anderem die Verantwortung zuschieben, da aufgrund von Ethans Vorgeschichte doch höchstwahrscheinlich er der Schuldige war. »Wenn du Christina meinst – ich bin mir ziemlich sicher, dass sie nichts damit zu tun hat.«

»Sie lag buchstäblich auf ihm, als ich kam. Er ist erst sechzehn.«

Er starrte sie erstaunt an. »Ja, fast siebzehn – fast ein Mann.«

Sie blickte ihn mit aufgerissenem Mund an und schob ihren Pony zurück, wie um ihren Mann besser sehen zu können. »Was ist bloß los mit dir? Normalerweise stehst du doch auf meiner Seite.«

Er ging hinüber zum Fenster und blickte hinaus in Hopes englischen Garten. Die Rosen mussten bald hochgebunden werden. Er würde es Antonio sagen. Aber sie hatte Recht. Etwas hatte sich verändert. Vielleicht hatte die Begegnung mit Maria ein wenig den alten Tom wieder zum Leben erweckt, ihn ermutigt, weniger unterdrückt, weniger konformistisch zu sein. Der Gedanke gefiel ihm. Er sah auf die Uhr. Zeit fürs Frühstück.

»Oh, Bella.« Sein Kosename für sie tat gewöhnlich seine Wirkung. »Du musst ihm ein bisschen Freiraum lassen. Der Rauswurf war schlimm genug, und es ist uns gelungen, das vor allen geheim zu halten. Was Drogen betrifft, bin ich deiner Meinung – allerdings glaube ich ihm auch, dass er nicht vorhatte, welche mitzunehmen. Jedenfalls kannst du von ihm nicht verlangen, dass er wie ein Mönch lebt.«

»Aber er hat Drogen genommen.« Sie machte nach jedem Wort eine Pause, als wollte sie sichergehen, dass das, was sie sagte, auch bei ihm ankam.

»Sie haben sich bloß einen Joint geteilt. Das ist vom Dealen weit entfernt.«

»Bloß!« Belles Gesicht nahm eine scharlachrote Farbe an. Sie hielt inne, unfähig, die richtigen Worte zu finden. Dann erklärte sie: »Du enttäuschst mich.«

Das war die schlimmste Kritik in Belles beeindruckend großem Reservoir an Vorwürfen. Wenn sie von ihm enttäuscht war, bedeutete das, dass er sich einer unverzeihlichen Verfehlung schuldig gemacht hatte.

Tom jedoch staunte selbst über seine Reaktion. Natürlich beunruhigte ihn die Sache mit Ethan, und womöglich war zu befürchten, ein einziger Joint könnte die Bestätigung dafür sein, dass sein Sohn sich auf der schiefen Bahn befand; dass er erneut von der Schule fliegen würde; dass er in den Prüfungen scheitern würde; dass er zum Junkie werden würde; dass er auf ein Leben am Rande der Gesellschaft zusteuerte. Aber er musste seinem Sohn auch vertrauen. Dem Rektor gegenüber hatte Ethan – offensichtlich unter Schock und verängstigt – geschworen, er sei durch Mobbing in die Drogenszene der Schule geraten und würde sich nie mehr in so etwas verwickeln lassen. Wenn Tom seinem Sohn nicht vertraute, gab es keine Hoffnung auf eine tragfähige Beziehung zwischen ihnen, wie er sie sich wünschte.

»Wenn wir wieder daheim sind, werde ich einen neuen Termin beim Therapeuten für ihn ausmachen.« Belle stand auf, kerzengerade wie ein Soldat.

»Du kannst in das Problem Geld stecken, soviel du willst, aber er muss wissen, dass wir hinter ihm stehen.« Tom kniff die Haut zwischen Daumen und Zeigefinger zusammen. Spaß machte ihm das alles hier nicht. »Nur auf diese Weise werden wir etwas erreichen.«

»Vielleicht hast du Recht, aber er braucht Hilfe von außen.«

»Vor allem aber lass uns versuchen, ihn zu unterstützen.«

Belle hob Ferdie auf, der sein Körbchen verlassen hatte, um nachzusehen, was der Lärm bedeuten sollte. Offenbar kämpfte sie mit den Tränen. Einen solchen Tagesbeginn hatte Tom sich wirklich nicht gewünscht. Er probierte es noch einmal. »Junge Leute machen eben Experimente. Versuch nicht zu leugnen, dass du als Mädchen auch mal ein Fläschchen Sekt probiert hast.« Er lächelte in der Hoffnung, sie mit der Erinnerung an das Getränk aufzuheitern, das sie stets bestellt hatte, als sie sich kennenlernten. Er wurde enttäuscht, versuchte es aber noch einmal. »Ich wette, du hast das nicht getrunken, wenn deine Eltern dabei waren.« Er erinnerte sich an ihre sittenstrengen, gottesfürchtigen Eltern, die alles, was ihre einzige Tochter tat, mit Missfallen beobachteten. Dabei drehte er den Ehering an seinem Finger.

»Nein, niemals.« Ihr Blick war traurig, doch dann riss sie sich zusammen. »Aber das ist nicht das Gleiche. Wenn du dich jetzt nicht damit befassen willst, dann hole ich uns ein Frühstück. Wir reden darüber, wenn wir wieder zu Hause sind.« Sie ließ ihm keine Zeit für Einwände, sondern verließ sofort das Zimmer.

Angesichts all dessen, was er am Vorabend vertilgt hatte, drehte sich ihm beim Gedanken an Frühstück der Magen um. Aber zu seinen Tabletten musste er etwas essen. Und wenn er sie zum richtigen Zeitpunkt nahm, war alles besser: Seine innere Uhr wartete darauf. Allerdings war er alles andere als begeistert von der Aussicht, Belle gegenüber zu sitzen und ein gezwungenes Gespräch oder peinliches Schweigen zu ertragen. Er wusste nicht, was schlimmer wäre. Und er hatte keine Ahnung, wie er ihr beibringen sollte, dass Maria und Christina zum Verstreuen der Asche kommen würden.

Sein Blick wanderte über die Ordnung, die Belle im Raum geschaffen hatte. Großartig, wie geschickt sie darin war, System in ein Chaos zu bringen. Darum war sie auch so eine großartige Buchhalterin. Selbst eine Kleinigkeit wie ein aufgeräumtes Zimmer gab ihm ein Gefühl von Gleichgewicht. Alles war an seinem Platz. Sein Blick blieb an seinem Koffer hängen. Er holte den Umschlag aus der Reißverschlusstasche, fuhr mit dem Finger über die Buchstaben seines Namens und dachte dabei an seine eigensinnige, unberechenbare Mutter. Zögernd klopfte er mit dem Umschlag gegen seinen Oberschenkel und überlegte, was sie wohl für ihn auf Lager hatte. Was es auch sein mochte, es würde ihn durcheinanderbringen, da war er ganz sicher. Das blöde Ding einfach wegzuwerfen, wäre viel einfacher. Doch wenn sich nun etwas in dem Umschlag befand, das er wissen musste, oder, noch besser, ein Scheck?

Er drehte ihn hin und her, steckte seinen Finger in die Öffnung und riss ihn auf. Unerwartet erschüttert angesichts von Hopes Handschrift saß er auf dem Bett, zerknitterte die sorgfältig geglättete Decke, und begann zu lesen.

Mein geliebter Tom,

Du bist ein großartiger Sohn gewesen – einen besseren hätte ich mir nicht wünschen können. Wahrscheinlich hätte ich Dir das schon vor langer Zeit sagen sollen, aber wie Du weißt war ich nie gut darin, Wahrheiten oder Gefühle auszusprechen.

Die Hand auf dem Briefbogen, dachte er nach und erinnerte sich. Ehrlich gesagt galt das Gleiche auch für ihn.

Es gibt noch etwas, das ich dir geben möchte. Ich weiß, dass wir in Belles Gegenwart nicht darüber sprechen werden, und wenn doch, könnte ich wohl nicht mit dem Auf-

hebens umgehen, das sie machen würde, denn sie könnte nicht verstehen, warum ich es Dir nicht schon eher gesagt habe. Die einfache Antwort lautet, dass ich jene unglückliche Phase meines Lebens vergessen wollte. Du kannst darüber urteilen wie Du willst. Also – während ich tatsächlich nicht sicher weiß, wer Jos Vater ist, kenne ich Deinen …

Er stockte und las die Zeile nochmal. Sie hatte also die Wahrheit gesagt, als sie Jo abblitzen ließ. Sie wusste es tatsächlich nicht. Doch warum erzählte sie ihm das jetzt? Wozu das Boot ins Schwanken bringen? Insbesondere, da er sich daran gewöhnt hatte, ohne dieses Wissen zu leben. Er war glücklich mit seiner Familie und, anders als Jo, keineswegs begierig darauf, etwas über seinen Vater zu erfahren.

… aber es erschien mir unfair, Dir etwas zu sagen, was ich ihr nie würde sagen können. Doch wenn Du diesen Brief in Händen hältst, wird hoffentlich auch Jo alles wissen, was ich ihr sagen kann. Obwohl ich immer noch befürchte, dass ich, wenn es so weit ist, vielleicht nicht den Mut dazu habe. Was Dich betrifft – Robert war ein Maler, den ich in Ibiza kennenlernte. Was aus ihm geworden ist, weiß ich nicht.

Er wusste nicht recht, ob er Erleichterung oder Enttäuschung empfinden sollte.

Ich möchte, dass du das Porträt bekommst, das er von mir gemalt hat, als wir in Ibiza waren. Als sich unsere We-

ge dann trennten – wir waren so jung – konnte ich das Porträt nicht weggeben. Ach, das war ein anderes Leben damals, heute erscheint es mir wie ein Traum. Er erwischte mich an einem Wendepunkt in meinem Leben, und Du kamst zur Welt. Doch dann verliebte ich mich Hals über Kopf in jemand anderen. Walter wurde von einem Freund von Robert, der glaubte, wir könnten uns verstehen, auf die Insel geschickt. Er und ich waren füreinander bestimmt, und wir zogen mit Jo und dir zurück nach England. Robert wollte sich nicht mit Kindern belasten und war froh, dass er sein eigenes Leben weiterführen konnte. Aber ich wurde in Dorset nicht heimisch, und Walter hatte das Gefühl, den Erwartungen seiner Familie (Du weißt, was das für Leute waren!) nicht entsprechen zu können. Als er dann etwas Geld erbte, begannen wir in Spanien ein neues Leben und kauften die Casa de Sueños – das Haus meiner Träume. Hier kannte uns keiner. Wir ließen die Vergangenheit hinter uns und richteten uns an einem Ort ein, wo wir unsere Träume verwirklichen wollten. Abgeschmackt, was? Alles, was wir uns wünschten, war eine gemeinsame Zukunft. Genug! Ich weiß, dass es Dir peinlich sein wird, wenn ich sentimental werde. Also lasse ich das. Das Porträt hängt in meinem kleinen Zimmer.

Tom wurde flau im Magen. Bloß das nicht!

Ich möchte, dass Du es als Andenken an Robert bekommst. Er war ein guter, freundlicher Mensch, denke ich, so wie Du einer geworden bist. Aber er hatte auch eine wilde, unbändige Seite, die Dir Gott sei Dank fehlt. Als Du Dich mit Maria eingelassen hast, dachte ich, Du hättest diese Tendenz vielleicht geerbt, aber ich habe mich geirrt. Du bist ein wunderbarer Ehemann und Vater geworden. Ich bin so stolz auf Dich.

Alles Liebe für Dich.

Mum xxx

Tom rieb sich die Augen und schniefte. »Ich bin so stolz auf Dich.« Auf solche Worte von ihr hatte er die ganze Zeit gewartet. Hätte sie sie doch aussprechen können, als sie noch am Leben war! Aber – Robert? Robert wie? Lebte er noch oder war er tot? Nach all diesen Jahren des Schweigens gab Hope gewandt mit der einen Hand, um mit der anderen zu nehmen. Ein guter, freundlicher Mensch. Das sagte Tom, der schon vor langer Zeit aufgegeben hatte, etwas über ihn erfahren zu wollen, überhaupt nichts über seinen Vater: eine Allerweltsbeschreibung, die fast auf jeden zutraf. Einschließlich seiner selbst, offenbar. Hope hatte bis zu ihrem Tod ihre Spiele gespielt, ohne die Wirkung zu bedenken, die diese Neuigkeit auf ihn haben mochte. Was sie wohl für Jo und Lucy in petto hatte? Er warf den Brief aufs Bett. Auf nichts – abgesehen von dieser unzureichenden und bruchstückhaften Information – konnte er so gut verzichten wie auf ein weiteres Gemälde. Vor allem auf dieses! Sein unmittelbarer Impuls, wenn er seine Mutter so posieren sah, war den Blick abzuwenden. Und Belle würde es entsetzlich finden. Vielleicht erzählte er ihr davon besser erst nach dem Verstreuen der Asche, denn es würde nur noch mehr auf die Stimmung drücken.

Er warf sich rücklings aufs Bett und spürte das kühle Kissen unter seinem Hinterkopf. Der vor ihm liegende

Tag erschien ihm als unüberwindlicher Berg. Er zwang sich, tief zu atmen – ein, aus, ein, aus – und merkte, dass er sich konzentrieren und aufschreiben musste, was zu tun war. Prioritäten setzen, das war jetzt angesagt. Was seinen Vater und das Gemälde betraf – sein Vater konnte sich ruhig aufhängen! Vielleicht hatte er das ja schon getan. Er hatte Tom nicht gewollt, und Tom wollte ihn auch nicht. Jetzt zählten nur Ethan und Alex. Er würde ihnen der Vater sein, den er nie gehabt hatte. Außer, rief er sich ins Gedächtnis, außer Walter.

Als er vom Bett kroch und die Decken glattstrich, klopfte es an der Tür und Ethan trat ein. Er sah ziemlich angeschlagen aus. Aber junge Leute erholen sich schnell, dachte Tom mit einem Anflug von Neid.

»Dad?«

»Alles in Ordnung?«

Zur Antwort schnitt Ethan eine Grimasse und machte eine wiegende Bewegung mit der rechten Hand. Er setzte sich auf das Bett, das gerade so ordentlich gemacht worden war. »Ich möchte mich entschuldigen, Dad. Gestern Abend habe ich mich wie ein Arschloch verhalten.«

Verdutzt strich Tom den Rand der Decke glatt. »Das war sicher ein einmaliger Ausrutscher.«

»Ja.« Ethan hob den Kopf. »Ich werde nicht nochmal von der Schule fliegen, falls es das ist, was ihr befürchtet. Ich werde mein Leben nicht endgültig vermasseln.«

»Das freut mich zu hören.« Er spürte, wie Stolz auf seinen Ältesten ihn durchflutete. Ethan stand auf. »Also wirst du nicht mehr ›versehentlich‹ Dope in der Tasche haben?«

»Überhaupt keins mehr. Nichts.«

Tom sah seinen Sohn an. Dieser Junge konnte es noch weit bringen, dachte er.

Ethan nahm seinen Hut ab und studierte dessen Krempe. »Ist es also in Ordnung, wenn ich heute Abend in einen Club in Estepona gehe?«

Tom war alarmiert. Er hätte wissen müssen, dass das zu gut war, um wahr zu sein. »Estepona? Mit wem? Heute verstreuen wir Omas Asche.«

»Ja, ich weiß. Aber das findet ja statt, bevor es dunkel wird.« Er redete, als handelte es sich um die logischste Sache der Welt, doch in die Augen konnte er seinem Vater trotzdem nicht sehen. »Die Jungs, die gestern Abend da waren, fahren hin. Und Christina. Sie holen uns ab und bringen uns zurück.«

»Aber du kennst sie doch gar nicht!« Tom stellte sich Belles Reaktion vor, wenn er es erlaubte, ohne vorher mit ihr darüber zu sprechen. Worauf Ethan natürlich hoffte. »Frag lieber deine Mutter.«

Eine Wolke zog über das Gesicht seines Sohnes, als dieser seinen Hut wieder aufsetzte. »Himmel nochmal! Ich wusste, was du sagen würdest. Warum kannst du nicht einfach ja sagen? Warum muss ich immer sie fragen?«

»Weil du erst sechzehn bist.« Tom seufzte und sehnte sich nach seinem von Aktenordnern gesäumten Büro, nach dem Treiben der Arbeitsbienen jenseits der Glaswand, nach der ruhigen Zufriedenheit, wenn er seine Aufgabe gut machte. »Wir sind für dich verantwortlich, und wir wollen nicht, dass dir etwas zustößt.«

Ethan sprang auf. »Scheiß drauf! Okay. Aber ich fahre sowieso mit, egal was sie sagt.«

Alarmiert eilte Tom zur Tür, um Ethan den Ausweg zu

versperren. »Nur eines noch. Könntest du – nur eine Sekunde lang – daran denken, was alle anderen heute empfinden? Nur das eine Mal. Wir sind alle traurig und nervös. Heute ist wirklich nicht der Tag, um Ärger zu machen.«

Ethan war es nicht gewohnt, dass sein Vater Widerstand leistete, das stand in seinem Gesicht zu lesen. Tom starrte ihn nieder, und er sah dabei die rotgeränderten Augen, die Aknepickel auf der Stirn seines Sohnes und die ersten zaghaften Ansätze einer Gesichtsbehaarung. Ethan war dabei, erwachsen zu werden.

»Tut mir leid, Dad.« Es klang ausgesprochen reumütig. Ethans Blick wanderte hinunter zu seinen bloßen Füßen.

Tom trat zur Seite, froh, dass der Moment vorbei war. »Frag Mum, wenn es dir wichtig ist. Aber streite nicht mit ihr.«

»Meinetwegen.« Ethan schlich hinaus.

Als die Tür sich hinter ihm schloss, schüttelte Tom den Kopf. Ein Tag im Büro war, verglichen hiermit, so einfach. Er nahm sich vor, dass er am folgenden Tag anrufen würde, um sich zu vergewissern, dass während seiner kurzen Abwesenheit nichts Unerwartetes vorgefallen war. Und jetzt Frühstück. Aber vorher noch nach Alex schauen.

27

Das Frühstück war nicht einfach. Tom und Belle saßen schweigend am Tisch und schluckten ihre Pillen. Er kaute sein Müsli, während sie blaubeerfarbene Pampe aus einer Schüssel löffelte. Irgendetwas war im Busch. Lucy hatte darauf gebrannt, Tom zu fragen, ob der Inhalt seines Umschlags ähnlich verstörend war wie der von Jos Päckchen. Tom allerdings war absolut nicht in der Stimmung zu reden, geschweige denn, ihre Fragen zu beantworten. Ethan saß ebenfalls dabei, ebenso unkommunikativ wie seine Eltern. Alex war aufgetaucht, hatte es zum Tisch geschafft und mit Toast und Wasser herumgespielt, um sich schließlich leichenblass wieder ins Bett zu verziehen. Lucy war unendlich erleichtert gewesen, als Tom und Belle zu einem Spaziergang zu dem Ort aufbrachen, an dem die Asche verstreut werden sollte. Bald darauf war Jo mit Ivy zum Fluss hinuntergegangen, an dem sie als Kinder so oft geplantscht hatten. Sie wollte die Zeit überbrücken, bis sie mit Elaine sprechen konnte.

Nachdem Lucy den Tisch abgeräumt hatte, setzte sie sich mit ihrem Kaffee auf die Terrasse. Jetzt hatten Bailey und sie das Anwesen wieder für sich. Er ließ sich neben ihr im Schatten des Tisches nieder, legte den Kopf auf ihren linken Fuß. Von ihrem Platz aus sah sie den weiten Himmel über sich. Wolken hatten sich seit dem frühen Morgen im Westen aufgebaut, riesige Bänke schwarzer und rauchgrauer Kumulus standen drohend am Horizont. Über der Casa de Sueños allerdings brannte aus einem ziemlich großen vergissmeinnichtblauen Loch noch die Sonne herab.

Bienen summten an den Pflanzen in der Nähe, ein paar Eidechsen flitzten oben an der Mauer entlang und verschwanden auf der anderen Seite. Bei Sonnenschein schien alles besser, hoffnungsvoller, selbst wenn ein Gewitter drohte. Die Farben nahmen eine Klarheit an, die sie im grauen England selten besaßen: die leuchtenden Rot- und Purpurtöne der Bougainvillea und Geranien, das strahlende Weiß im englischen Garten, die vielerlei Schattierungen der Blätter von silbrigem Oliv bis zu tiefem Waldgrün. Lucy fühlte sich hier mehr zu Hause also irgendwo sonst. Immer noch gehörte sie hierher.

Sie zog ihren Fuß unter Bailey heraus, streckte die Beine, spürte die Wärme auf ihrer nackten Haut und nahm ihr Päckchen vom Tisch. Es war klein, quadratisch und mit Klebeband an einen Umschlag geheftet. Sie hatte es am vergangenen Abend, wo so viel los gewesen war, nicht öffnen können, sondern warten wollen, bis sie allein und bereit war. Da sie vor Hopes Tod so viel Zeit mit ihr verbracht hatte, konnte sie sich nicht vorstellen, dass zwischen ihnen etwas ungesagt geblieben war. Sie hatten gemeinsam die alten Familienfotos studiert, in Erinnerungen geschwelgt, miteinander über ihr Leben geredet und sich vergewissert, dass die andere wusste, wie sehr sie geliebt wurde.

Nun verlor sie keine Zeit mehr. Binnen Sekunden lag das Geschenkpapier zerknüllt auf dem Tisch. Hope hätte es geglättet und fürs nächste Mal aufbewahrt, doch den sparsamen Zug ihrer Mutter hatte Lucy nicht geerbt. Nun hielt sie eine rote Schmuckschachtel in der Hand, auf deren Deckel in Silberschrift der Name des Juweliers prangte: eine Adresse in Hatton Garden. Lucy hob den Deckel.

Die Schachtel war mit schwarzem Satin ausgekleidet, ansonsten jedoch leer. Sie stellte sie auf den Kopf und schüttelte sie – vielleicht war etwas in das Futter gerutscht? Nichts. Ratlos riss sie den Umschlag auf und zog einen Brief hervor. Das Papier zitterte in ihrer Hand.

Meine allerliebste Lucy-doo,

Ihr Herz machte einen Sprung und wieder schossen ihr Tränen in die Augen. So wurde sie nur von ihrer Mutter genannt.

ich weiß, dass wir einander alles Nötige gesagt haben werden, aber Du sollst unbedingt wissen, wieviel heller Du unser Leben gemacht hast, wieviel Glück Du uns geschenkt hast. Danke für alles, mein Schatz. Nicht zuletzt dafür, dass ich meine letzten Tage bei Dir verbringen darf. Bald werde ich zum letzten Mal hier wegfahren. Ich kann den Gedanken, diesen Ort nie wieder zu sehen, kaum ertragen. Er hat uns allen so viel bedeutet, vor allem aber mir und meinem geliebten Walter.

Um Dich für immer daran zu erinnern, wie sehr Du uns am Herzen lagst, möchte ich, dass du den Ring bekommst, den er mir zu Deiner Geburt geschenkt hat – Du weißt schon, den mit den Rubinen und Diamanten. Es ist das einzige richtige Schmuckstück, das er mir je geschenkt hat (von seiner Großmutter, glaube ich), und das einzige wertvolle Stück, das ich besitze. Auch er würde wollen, dass Du ihn bekommst. Der einzige Haken ist – ich kann ihn nicht finden. Aber ich weiß, dass er hier irgendwo steckt.

Sie lächelte über Hopes gewohnten Refrain. Doch was würde Belle dazu sagen?

Also schenke ich Dir die Schachtel und hoffe, dass du den Ring irgendwo ausgraben wirst. Er gehört Dir. Belle hat ihn kürzlich bewundert und vielleicht habe ich etwas gesagt, was sie missverstanden hat, und meint nun, sie solle ihn bekommen. Hoffentlich nicht. Aber Du weißt ja, wie sie ist.

Bloß dass Hope … Und jetzt hatte Lucy das Gleiche getan. Sie hatte ihn irgendwo sicher verwahrt, als Tom sie vom Auto aus rief. Sie drückte den Brief an die Brust. Wo hatte sie ihn bloß hingesteckt? Sie dachte zurück an den Moment im Schlafzimmer ihrer Mutter vor der Ankunft der anderen und versuchte ihre anschließenden Schritte nachzuverfolgen. Wahrscheinlich hatte sie den Ring mit nach unten in die Küche genommen, wo sie abgelenkt gewesen war, weil sie das Mittagessen fertig haben wollte, bevor die anderen kamen. Es war so viel los gewesen. Bestimmt hatte sie ihn irgendwo in Sicherheit gebracht, um ihn dann Belle zu geben. Wie dumm von Hope, Belle einen falschen Eindruck zu vermitteln. Nun war es an Lucy, das Problem zu lösen. Das war typisch für ihre Mutter. Aber erst einmal musste sie den Ring finden. In den letzten Tagen waren so viele Menschen in der Küche herumgewuselt, und offenbar hatte keiner ihn gesehen – oder sich zumindest nicht dazu geäußert. Möglicherweise hatte Belle ihn schon gefunden und behielt ihn einfach kommentarlos.

Sie legte den Kopf zurück, ließ sich die Sonne ins Gesicht scheinen und schloss die Augen. Vielleicht sollte sie trotzdem in die Küche gehen und ihn suchen – inzwischen war ihr dieses Andenken an ihre Mutter wichtiger als alles andere.

In der Küche arbeitete sie nach dem Ausschlussprinzip. Sie stellte sich mit dem Rücken zu den Regalen mit Tellern und Schüsseln, der Besteckschublade und allem in der Umgebung der Spüle, was kürzlich benutzt worden war. Dann wanderte sie in Gedanken zurück, versuchte sich ins Gedächtnis zu rufen, was genau sie wohl getan hatte, als sie den Ring weglegte. Sie öffnete den Kühlschrank, zögerte dabei. Das würde doch nicht einmal sie ... Ihr Blick schweifte umher, sie öffnete die Schubladen und durchwühlte jede einzelne. Irgendwo musste er stecken. In der Speisekammer betrachtete sie die Reihen selbstgemachter Konserven, die längst abgelaufenen Dosen, die leeren Marmeladengläser, die Päckchen mit schalen englischen Frühstücksflocken, die Hope einst aufgetischt hatte, damit ihre Gäste sich zu Hause fühlten. All das würde man wegwerfen müssen. Ihre Augen blieben an den verstaubten Gläsern mit Kräutern und Gewürzen hängen, und dann kam die Erinnerung wie ein Blitz.

Sie hatte, den Ring in der Hand, nach Pfefferkörnern gesucht, und befürchtet, er könnte verloren gehen, wenn sie ihn ablegte. Darum hatte sie ihn in das Glas mit dem getrockneten Rosmarin gesteckt. Ja, wirklich.

»Da ist Rosmarin, das ist zur Erinnerung.« Sie hatte dabei sogar Ophelia zitiert. Wie hatte sie das bloß vergessen können? Sie öffnete das Glas, schüttete den Inhalt in ihre Hand, und da glänzte ihr zwischen den trockenen Nadeln der Ring mit den Diamanten und dem Rubin entgegen.

Anstatt zu riskieren, dass er nochmal verloren ging, tat sie, was sie gleich hätte tun sollen, und streifte ihn über den Ringfinger der rechten Hand.

Wieder in der Küche, streckte sie den Arm aus und drehte die Hand hin und her, genau wie Hope es immer gemacht hatte, damit die Steine das durchs Fenster hereinfallende Sonnenlicht auffangen konnten.

»Was hast du da?«

Sie wandte sich um. Tom und Belle waren von ihrem Spaziergang zurück. Obwohl beide nach Sonnencreme rochen, waren Toms Stirn und Nase so glänzend rot, dass es bestimmt weh tat.

»Den Ring.« Sie zeigte ihn ihnen.

»Du hast ihn also gefunden«, sagte Tom und lehnte sich gegen einen Stuhl. »Wo?«

Lucy merkte, wie Belle ihn in die Seite stieß. »Ich hatte ihn in das Glas mit dem Rosmarin gelegt. Das hielt ich wohl für einen sicheren Ort, und dann ... na, ihr wisst ja, wie das so ist.«

»Nein, eigentlich nicht«, sagte Belle. Ihre Augen glänzten und sie trat einen Schritt auf Lucy zu. »Jedenfalls schön, dass du ihn gefunden hast. Er sieht wertvoller aus, als ich ihn in Erinnerung hatte.« Sie streckte die Hand aus. »Danke.«

»Tut mir leid, Belle, aber Mum hat ihn mir vermacht.« Lucys Stimme blieb ruhig, während sie die Hand zur Faust ballte. Diesen Ring würde ihr niemand wegnehmen. Den würde sie nicht verlieren wie alles andere.

»Aber sie hat mir gesagt, ich sollte ihn haben.« Belle hielt die Hand weiter ausgestreckt.

»Da hast du wohl leider etwas missverstanden.« Mehr

blieb nicht zu sagen. In diesem Punkt würde Lucy Belle nicht nachgeben.

Tom legte Belle eine Hand auf die Schulter. »Nicht jetzt.«

Sie schüttelte ihn ab. »Tom, misch dich nicht ein. Ich habe Hope besucht und sie hat gesagt ...«

»Was auch immer sie zu dir gesagt hat, mir hat sie das hier gesagt.« Lucy nahm ihren Brief von dem Schneidebrett, auf das sie ihn gelegt hatte, und warf ihn ihrer Schwägerin zu. »Ich will wirklich nicht, dass wir deswegen in Streit geraten, aber sie hat es entweder anders gemeint oder es sich anders überlegt.«

Belle zögerte. Sie nahm den Brief und las. »Aber sie hat gesagt ...« Ihre Stimme war belegt, und sie reichte Tom, der die Hand danach ausstreckte, den Brief.

»Du weißt, wie verwirrt sie manchmal war, und am Ende wurde es schlimmer«, erinnerte er sie.

»Aber ich ...«

»Belle! Es reicht!« Tom drohte ihr mit dem Finger. »Bit te hör auf.«

»Es tut mir leid«, sagte Belle, doch es klang nicht ehrlich. Wenn sie auf ein Zeichen gewartet hatte, dass Hope sie schlussendlich doch akzeptiert hatte, so wurde sie enttäuscht. »Nun ja, wenn du mich nicht unterstützt, gehe ich jetzt die Jungs suchen und dann mit Ferdie spazieren.«

»Wie könnte ich dich unterstützen, wenn es das hier gibt?« Tom hielt Lucys Brief in die Höhe. Doch Belle hörte gar nicht zu. Sie war schon fast draußen im Flur.

»Gütiger Himmel, ich bin am Ende meiner Kraft.« Tom zog einen Stuhl heran, setzte sich und ließ den Kopf schwer auf die Tischplatte sinken. »Ich könnte Mum umbringen für das ganze Theater.« Als ihm bewusst wurde, was er da sagte, blickte er auf und sie grinsten einander an.

Lucy setzte sich neben ihn. »Für irgendetwas im Speziellen?«

»Ist dieses verrückte Wochenende nicht genug? Warum konnte sie nicht einfach still und leise gehen wie alle anderen auch? Rate mal, was sie noch getan hat!« Er begann die Messer und Gabeln zu ordnen, die auf dem Tisch liegengeblieben waren.

»Erzähl es mir.«

»Sie hat mir das Gemälde in ihrem Zimmer vererbt – das Schreckliche von ihr, das über dem Bücherregal hängt. Das ist das Allerletzte, was ich haben möchte.«

»Na dann lass es doch Jo. Ihr gefällt es.«

»Aber das hat mein Vater gemalt.« Er wartete ab, um die Wirkung seiner Worte auf Lucy zu beobachten. »Das erklärt sie in dem Brief, den sie für mich hinterlassen hat. Belle habe ich es noch nicht erzählt. Ich dachte, das hat Zeit.«

Sie starrte ihn ungläubig an. Also hatte Hope Jo und Tom schließlich gegeben, was sie wollten, wenn auch auf höchst unorthodoxe und verstörende Weise. Ihre Geschichte. »Wer ist es?«

»Weiß der Himmel. Jemand namens Robert. Ich kenne nicht einmal seinen Nachnamen. In jenen Tagen war alles erlaubt. Sie hat seinen Namen wahrscheinlich selbst nicht gewusst. Und wir wissen ja, dass das Gemälde nicht signiert ist – wir haben nachgesehen.«

»Darf ich deinen Brief lesen?«

Er zog ihn aus der Tasche. »Klar darfst du. Ich mache mal Kaffee.«

Lucy las und las noch einmal und hielt nur inne, um Bailey zu streicheln, der hereingekommen war, um etwas zu trinken. Er setzte sich neben sie und das Wasser rieselte über ihre Wade, während sie ihn unter dem Kinn kraulte.

»Du wirst ihn Jo zeigen müssen. Hat sie dir von ihrem erzählt?«

»Ich habe sie heute Morgen noch nicht gesehen. Warum?« Tom stellte zwei Becher auf den Tisch, dann die Kaffeekanne. »Natürlich werde ich ihr erzählen, dass Mum nicht wusste, wer ihr Vater ist, aber ich glaube, das wird sie nicht weiter überraschen. Für sie hat sich nichts verändert. Das war schließlich das Einzige, woraus Hope kein Geheimnis gemacht hat. Die arme Jo.«

»Du weißt noch nicht mal die Hälfte.« Lucy stand auf, um die Milch aus dem Kühlschrank zu holen, als Ivy hereinstürmte und die Arme um Bailey schlang, der mit einem Grunzlaut zu Boden sank. Das kleine Mädchen kletterte auf seinen Rücken, und sein Schwanz klopfte auf den Boden.

»Die Hälfte von was?« Direkt hinter ihrer Tochter kam Jo in die Küche. »Ich sterbe für einen Kaffee.« Sie holte einen Becher aus dem Regal und schenkte sich ein.

»Ich wollte ihm gerade erzählen, was du Neues erfahren hast. Aber wo du jetzt hier bist, kannst du das ja selbst tun. Ihr könnt euch austauschen.« Sie merkte, dass Jo ihren Ring anstarrte. »Von Mum«, erklärte sie und wackelte mit dem Finger. »Belle ist außer sich vor Wut, weil sie der Meinung ist, Mum hätte ihn ihr versprochen, aber sie muss da etwas ganz falsch aufgefasst haben. Schau.« Sie hielt Jo ihren Brief hin.

Tom räusperte sich. »Vielleicht solltest du erst mal meinen lesen. Es geht um unsere leiblichen Väter.«

»Echt?« Jo, die gerade den Becher an den Mund führen wollte, erstarrte. »Ivy, geh doch mit Bailey ein bisschen raus.«

»Er will aber nicht.« Sie zog eine Schnute – ihre bevorzugte Waffe.

»Ich glaube schon.« Lucy zauberte aus der Schublade im Küchentisch einen Tennisball hervor. »Bailey!«

Der Hund blickte sehnsuchtsvoll drein. Sein Schwanz klopfte heftiger auf den Boden.

»Nun komm schon!«

Ivy kletterte von Bailey herunter, dieser erhob sich und folgte Lucy nach draußen. Das kleine Mädchen zog seinen Sonnenhut über die Augen und ging ihnen nach.

»Mach dir keine großen Hoffnungen«, warnte Tom, während er ihr seinen Brief reichte. Seine Worte vernichteten das Pflänzchen der Hoffnung in Jos Brust. Doch was auch immer in dem Brief stand, schockierender als der Inhalt ihres eigenen konnte es nicht sein. Sie trank einen Schluck Kaffee und las dann, was Hope geschrieben hatte, während Tom still dasaß, ins Leere starrte und sie nicht unterbrach.

Also – während ich tatsächlich nicht sicher weiß, wer Jos Vater ist, kenne ich Deinen … Sie hielt inne und las die Worte langsam noch einmal, um sicherzugehen, dass sie richtig verstanden hatte. Der Rest Hoffnung, ihren leiblichen Vater jemals zu finden, schwand dahin. Hope hatte ihr also die ganze Zeit über die Wahrheit gesagt. Ihr Vater war einfach einer von vielen Männern gewesen, die Hope in London offenbar gekannt hatte, und sie war das Ergebnis einer zufälligen Begegnung. Hope und sie waren einander ähnlicher, als sie je geglaubt hätte. Abgesehen davon, rief sie sich ins Gedächtnis, dass irgendwo in dieser Gleichung ja auch noch Josh seinen Platz finden musste. Wo war er? Warum fand er keine Erwähnung?

»Also kein Vater, aber du bekommst als Trostpreis das Bild«, meinte sie. »Und ich bekomme einen Zwilling.«

Tom wirbelte herum und schüttete Kaffee über sein Hemd. »Wie bitte?« Wenn das, was sie sagte, nicht so bedeutungsvoll gewesen wäre, hätte Jo gelacht, als ihr Bruder den Fleck mit einem Geschirrhandtuch rieb und damit alles noch schlimmer machte.

»Ja, sie hat sich das Beste bis zum Schluss aufgespart. Offenbar wollte sie es mir erzählen, als sie zu Lucy zog. Hätte ich nicht die Sache mit dem Kunden in Schottland klären müssen, hätte sie es vielleicht getan.«

»Das kannst du dir nicht vorwerfen. Niemand wusste genau, wann sie sterben würde.«

»Ich frage mich, ob sie es mir wirklich erzählt hätte? Einmal hatte ich das Gefühl, sie würde es versuchen, aber vielleicht hätte sie es doch nicht durchgezogen«, tröstete Jo sich. »Hat sie dir oder Lucy gegenüber ja auch nicht getan. Wahrscheinlich war ihr das auch bewusst, sonst hätte sie diese Briefe nicht geschrieben.«

»Aber ein Zwilling!« Tom war fassungslos. »Bist du dir sicher?«

»Hundert pro. Sie hat mir Fotos von zwei Babys und zwei Paar Stiefelchen hinterlassen. Sie liegen oben. Ich und Lucy haben die halbe Nacht mit dem Versuch verbracht, herauszufinden, was es damit auf sich hat. Am Ende hat Brad die Frage seiner wunderbaren Mutter gemailt, und sie konnte einiges aufklären. Damals hatten Mum und sie einander nicht besonders gern, aber sie konnte doch ein wenig Klarheit schaffen.« Sie schlug mit der flachen Hand auf den Tisch. »Diese Familie! Warum muss bloß alles so kompliziert sein? Wozu die Heimlichtuerei? Brad wusste im Teenageralter nicht einmal, dass Hope existierte. Findest du das nicht auch seltsam?«

»Für die Generation von Mums Eltern nicht. Wahrscheinlich galt es damals schon als schlimm, ein einziges uneheliches Kind zu haben, doch zwei oder drei davon in die Welt zu setzen, war regelrecht eine Schande. Und vergiss nicht, dass ihre Kinder alle unterschiedliche Väter hatten – das machte es noch schlimmer. Vermutlich glaubte man, wenn man nicht darüber sprach, würde es verschwinden.«

»Na schön. Das mit Archie und Linda kann ich verstehen. Mum aber nicht. Warum hat sie uns nicht gesagt, was sie wusste? Wie soll ich Josh jemals finden, wenn ich unseren Vater nicht aufspüren kann?« Es war schwierig, Tom auch nur ansatzweise zu erklären, was für eine schmerzhafte Leere sich seit ihrer Entdeckung in ihr aufgetan hatte.

Draußen bellte Bailey.

Dann: »Nein!«

Lucys Stimme wurde übertönt von Ivys Lachen. Der Gedanke, ein Kind wegzugeben, war für sie unvorstellbar, und doch hatte ihre Mutter genau das getan. Warum? Was war da bloß passiert? Dann drängte sich ihr ein früherer Gedanke auf, den sie nicht hatte wahrhaben wollen. Klar, möglicherweise war Josh gestorben. Wenn Hope wirklich nicht wusste, wer ihr Vater war, konnte er den Jungen ja nicht genommen haben. Aber vielleicht jemand anderes ... aber wer? Mehr als alles andere wünschte sie sich, dass er nicht tot war. Sie würde sich mit diesem Gedanken nicht abfinden, bis sie Beweise hatte.

Im vertrauten Chaos der Küche herrschte Stille. In dem breiten Streifen Sonnenlicht, das durch die Tür auf den Tisch fiel, tanzte der Staub. Jemand hatte ein paar rosa Geranien gepflückt und in eine Vase gestellt. Eine grüne Eidechse saß reglos an der Wand neben der Hintertür. Jo versuchte ihre Gedanken wegzuschieben, während sie Tom zuhörte.

»Ich kann verstehen, dass sie, als sie Walter kennenlernte, einen klaren Schnitt wollte. Das Gleiche habe ich auch versucht, als ich beschloss, mit Belle in England zu bleiben. Wahrscheinlich tut das jeder von uns auf seine Weise.«

»Warum hast du es getan?«

»Irgendwie hatte ich genug. Mum und Dad waren so mit sich selbst oder miteinander beschäftigt – jedenfalls kam es mir so vor. Wenn sich der Strahl von Mutters Aufmerksamkeit auf einen richtete, gab es nichts Schöneres auf Erden. Doch dann wandte sie sich der nächsten Sache zu und ließ einen bis auf weiteres im Dunklen. Ich wusste nie, was als Nächstes geschehen würde, spürte nie diese Sicherheit. Als Kind wünschte ich mir von ihr mehr Beachtung, doch sie hatte immer hundert Sachen am Laufen. Vermutlich brauchte ich mehr Stabilität und Gewissheit, auch wenn ich das damals natürlich nicht ausdrücken konnte. Kann sein, dass ich sie woanders zu finden hoffte, weg von zu Hause. Du weißt ...«

Ja, Jo wusste. Eltern verkorksen ihre Kinder.

»Ich dachte, ich hätte mit meiner Vergangenheit abgeschlossen. Jetzt an diesem Wochenende wieder damit konfrontiert zu werden ist hart. Ich möchte nicht über das andere Leben nachdenken, das ich hätte führen können.«

»Meinst du Maria?« Jo konnte sich nicht entsinnen, dass Tom je so offen über seine Gefühle gesprochen hätte.

Er nickte. Ein paar schreckliche Momente lang meinte Jo, ihr Bruder werde in Tränen ausbrechen, doch er blinzelte angestrengt, und dann war der Moment vorüber. »Aber egal.« Er sah aus, als wollte er noch mehr sagen, überlegte es sich jedoch anders. »Erzähl mir von deinem Zwilling. Das ist viel wichtiger. Ich will alles hören, was du weißt.«

»Sekunde.« Jo schenkte sich und ihm Kaffee nach. Und dann erzählte sie.

28

Das Ballspiel lief nicht besonders gut. Jedes Mal, wenn Lucy den Ball Ivy zuwarf, fiel er herunter, sodass Bailey hinrennen, ihn sich schnappen und davonflitzen konnte. Im Schatten der Olivenbäume angekommen, ließ er sich dann hinplumpsen und blieb schnaufend liegen, offenbar sehr mit sich zufrieden. Immer, wenn Lucy oder Ivy versuchten, sich den Ball, der zwischen seinen Vorderläufen lag, zurückzuholen, schnappte er ihn sich genau in dem Moment, wo sie bei ihm ankamen, und schon war er wieder weg. Ivy verfolgte ihn zwar, war aber nie schnell genug.

Lucy stand in der Sonne, merkte jedoch, dass ein Wind aufkam und kühl durch den Olivenhain strich. Sie blickte auf ihre linke Hand. Obwohl sie den Ehering auf dem Nachttisch hatte liegen lassen, spürte sie eine unverkennbare Rille dort, wo er so viele Jahre lang gesessen hatte. Sie rieb daran, drückte fest zu, als könnte sie die Spur wegzaubern. Doch das letzte sichtbare Zeichen ihrer Ehe ließ sich nicht so leicht ausradieren. An ihrer anderen Hand glitzerte Hopes Ring.

Lucy fürchtete sich davor, nach England zurückzukehren. Sie war es gewohnt, allein zu Hause zu sein, doch jetzt würde sich die Leere anders anfühlen, und vor der Eingangstür würden zwangsläufig die Paparazzi lauern. Sie würden sie, einsam und traurig, vor dem nächsten Supermarkt erwischen, und das Foto neben eines von Art und Carrie Flanagan stellen, die frisch verliebt in die Kamera strahlten, seine Hand auf ihrem sich rundenden

Bauch. Wenn sich die Reporter dann gelangweilt abwandten, bliebe ihr nur noch das Mitleid ihrer Freunde und Nachbarn, die nicht wissen würden, was sie sagen sollten. Unterdessen würde sie versuchen müssen, ihre Firma ganz neu aufzubauen oder eine neue zu gründen. Es war schwer, der Realität ins Auge zu sehen. Das war es nicht, was sie sich vom Leben wünschte, und am allerwenigsten wollte sie bemitleidet werden, weder von Art noch von anderen Leuten. Dieser Gedanke genügte, um ihre Entschlossenheit zu stärken, es irgendwie zu schaffen. Wie sagte man so schön? Rache ist, es besser zu machen. Tja, genau das hatte sie vor.

»Lucy!«, rief Ivy. Sie stand neben Bailey, traute sich aber nicht, ihm den Ball abzunehmen. Der Hund hatte einen Riesenspaß, selbstsicher stand er mit in die Luft gerecktem Schwanz da, bereit, sich den Ball wieder zu schnappen.

Als Lucy hinlief, fragte sie sich, was man mit ihm machen würde, wenn Antonio ihn nicht wollte. Vielleicht konnte sie ihn mit nach Hause nehmen, zur Gesellschaft. Doch die Enge ihres handtuchgroßen Gartens würde dem armen alten Kerl die Laune verderben. Auch er liebte sein Zuhause.

Sie hob den Ball auf und wich aus, als er sich darauf stürzen wollte. »Bleib!«, sagte sie mit aller Autorität, die sie aufbringen konnte. Doch Bailey hatte nicht viele Kommandos gelernt und reagierte auch auf die, die er verstand, nur selten. Er war schon losgesaust, dem Ball hinterher, durch das längere Gras am unteren Ende des Abhangs, schnappte ihn sich und kam zurück in den Schatten, wo er erwartungsvoll liegen blieb.

»Er würde das den ganzen Tag spielen«, sagte Lucy. »Sollen wir etwas anderes machen? Wir könnten für Oma Hope ein paar Blumen pflücken gehen?«

»Aber sie ist tot. Sie kann sie nicht sehen«, hielt Ivy entgegen.

»Das stimmt. Pflücken wir trotzdem ein paar.«

»Stirbt jeder auf der ganzen Welt?« Ivy wirbelte mit wehendem Kleid herum.

»Ja.«

»Sogar wir?«

»Mhm.« Lucy tat, als würden ein paar gelbe Schmetterlinge sie ablenken. »Schau mal, sind die nicht schön?«

Doch Ivy war ein starrköpfiges Kind. »Kommt jeder zurück?«, fragte sie. »Kommt Oma zurück?«

Oje. Mit solchen Fragen konnte Jo bestimmt viel besser umgehen als sie. Ihre Schwester hatte immer eine Antwort parat. Lucy wollte nichts Falsches sagen, doch Ivy stand direkt vor ihr und wartete.

»Darf ich dein Telefon nehmen und mit ihr reden?«

»Ich glaube kaum, dass sie rangehen wird.« Lucy war erleichtert, dass sie schon bei der Haustür angelangt waren. »Ich gehe bloß schnell rein eine Schere holen. Bin gleich zurück, warte hier auf mich.« Sie eilte hinein und ließ Ivy mit den Mysterien von Leben, Tod und Universum allein.

In Hopes Garten durfte Ivy die Blumen auswählen, die sie abschnitten: Weiße Rosen, Rittersporn und Lupinen. Es hatte keinen Sinn, darüber nachzugrübeln, was geschehen würde, wenn sie wieder daheim in Cambridgeshire war. Besser, sie konzentrierte sich auf die Gegenwart und behielt die schönen Erlebnisse dieses Wochenende im Gedächtnis. Und eines davon war das Zusammensein mit Ivy.

»Weißt du was, Tante Lucy?« Das kleine Mädchen starrte mit ernstem Gesicht zu ihr hinauf. Was kam jetzt wohl?

»Nein. Was denn?«

»Ich habe alle auf der Welt lieb, die leben, aber tote Menschen liebe ich nicht, weil das keinen Sinn hat, stimmt's?«

Lucy schüttelte den Kopf, amüsiert darüber, was im Kopf ihrer kleinen Nichte vorging. »Da magst du wohl Recht haben.« Ebenso wenig Sinn hatte es, Art oder ihrem alten Leben hinterherzutrauern. Überhaupt keinen Sinn. Sie hatte nicht vor, herumzusitzen und sich selbst zu bemitleiden, sondern sie würde sich alle Mühe geben, darüber hinwegzukommen.

Zufrieden wählte Ivy weitere Blumen aus, bis sie genügend für einen Strauß beisammen hatten.

Zum Mittagessen waren alle außer Brad und Elaine zur Stelle. Zu Jos Enttäuschung hatten sie angerufen, um mitzuteilen, dass sie spät dran seien und man ohne sie anfangen solle. Die übrige Familie saß auf der Terrasse um den Tisch versammelt vor einem Reste-Essen und einem Salat, den Lucy zubereitet hatte.

»Glaubt ihr, es wird regnen?« Belle wies mit dem Kinn auf die dicke Wolkenwand, die sich auf sie zu bewegte. Es war das Erste, was sie sagte, seit sie Platz genommen hatte.

»Eher nicht«, sagte Tom, ausnahmsweise optimistisch, doch selbst er hatte statt der Shorts lange Hosen angezogen. »Vielleicht zieht es vorbei.«

Jo fragte sich, was zwischen ihnen vorging. Belle konnte ihm doch ihre Enttäuschung wegen des Rings kaum zum Vorwurf machen? Jo spürte fast so etwas wie Mitleid mit ihrem Bruder, aber andererseits wusste sie, dass er sich ganz auf Belle verließ, die dafür sorgte, dass sein Leben in geordneten Bahnen verlief. Die Ehen anderer Menschen waren ihr ein Rätsel – es war so viel einfacher, allein zu leben. Sie stocherte in ihrem Essen, unfähig, sich auf irgendetwas länger als eine Minute zu konzentrieren. Jedes Mal, wenn sie ein Auto zu hören glaubte, wanderte ihr Blick zur Auffahrt.

»Entspann dich doch bitte«, sagte Tom. »Du machst mich nervös.«

Belle blickte von ihrem Salat auf. »Ist irgendwas?«

»Tut mir leid«, murmelte Jo, die merkte, dass sie sich zusammenreißen musste, wenn nicht jeder gleich wissen sollte, was los war. »Nein. Nichts. Mich macht bloß der Gedanke nervös, dass wir gleich Mums Asche verstreuen werden.«

Belle gab einen Laut des Mitgefühls von sich und widmete sich wieder ihrem Mittagessen.

Als Jo Tom alles erzählt hatte, was es zu erzählen gab, hatte Tom erschüttert und gleichzeitig hingerissen zugehört. Er hatte vorgeschlagen, sie könnte sich online auf die Suche nach Josh machen. Daraufhin hatte sie an das Standesamt gemailt und nach ihrer und Joshs Geburtsurkunde gefragt. Jetzt blieb nur noch Warten.

Ein Auto kam die Straße entlang und bog in die Einfahrt ein. Endlich. Jo sprang sofort auf, setzte sich jedoch gleich wieder hin, als sie erkannte, dass es Marias gelbes Cabrio war. Es entging ihr nicht, dass sich Ethans Miene für den Bruchteil einer Sekunde aufhellte, um sich sofort wieder zu verdüstern, als er merkte, dass Jo und seine Mutter ihn beobachteten. »Süß«, murmelte er.

Jo spürte Toms Hand wie hilfeheischend auf ihrem Arm. Dann zog er sie weg. Inzwischen schoss die Röte in Belles Gesicht, während sie ihre Sonnenbrille aus den Haaren zog. Sie verbarg ihre Augen hinter den dunklen Gläsern, aber Jo hatte den stechenden Blick bemerkt, mit dem sie zusah, wie Tom aufstand und die Gäste willkommen hieß. Ein Muskel in ihrem Kiefer arbeitete unaufhörlich.

»Noch Käse?« Jo war wieder aufgestanden. Wie sollte sie die Situation bloß retten?

Maria und Christina stiegen aus. Mit ihren bunten Kleidern – Maria mit einer orangefarbenen Stola, Christina in einem grün-gelben Kleid – glichen sie zwei exotischen Vögeln, die sich in einen Taubenschwarm verirrt hatten. Grau, Khaki, Creme und Weiß waren die vorherrschenden Farben, die bei dieser Tafelrunde getragen wurden. Aus Respekt vor Hope, jetzt, wo die Party vorbei war.

Jo rannte die Terrassentreppe hinunter an ihrem Bruder vorbei auf die beiden Frauen zu. »Hallo, da seid ihr ja wieder.«

Maria küsste sie auf beide Wangen. »Tom hat uns zum Verstreuen der Asche eingeladen. Das ist in Ordnung, oder? Sind wir zu früh dran?« Offenbar hatte sie gemerkt, dass aller Augen auf ihnen ruhten. Ivy war von ihrem Stuhl neben Lucy gesprungen und rannte ebenfalls zu ihnen hinüber.

»Nein, gar nicht. Es ist toll, dass ihr beide kommen konntet.« Jo hörte Belles Stuhl über die Steinfliesen der Terrasse schrammen, als ihre Schwägerin aufstand und die Terrasse verließ. »Wir sind fast fertig mit dem Mittagessen, aber setzt euch doch zu uns.« Gemeinsam gingen sie auf den Tisch zu, wo Jo das Vorstellen übernahm. »Uns kennt ihr natürlich schon, aber habt ihr gestern auch Adam und Val begrüßt?«

Val streckte einen dauergebräunten Arm aus, an dem glänzende Armreifen klimperten, während Adam sich erhob und Maria seinen Platz anbot. »Hübscher kleiner Flitzer«, kommentierte er mit einer Kopfbewegung zu ihrem Auto. »Wieviel Liter braucht er?«

Tom, der bis dahin geschwiegen hatte, trat nun endlich in Aktion. »Nein, nein, Adam, setz dich wieder hin. Ich hole noch ein paar Stühle, kein Problem.« Er folgte Belle ins Haus.

»Und das ist Kate, ihre Tochter ...« Kate wandte sich um und strahlte sie an. »... und ihr Verlobter, Martin.« Obwohl dessen Arm um die Lehne von Kates Stuhl geschlungen war, schaffte er es, sich ihnen halb zuzuwenden und grüßend zu nicken. »Und kennt ihr Ethan und Alex schon, die Söhne von Tom?«

Auf die letzte Frage hin musste Ethan grinsen. Er sprang so schnell auf, dass er dabei seinen Stuhl umstieß. Alex prustete los. »Alles klar?«

Sie nickte. »Ja.«

»Lust auf eine Partie Tischtennis?«

Christina blickte unter ihrem Pony zu ihm hoch und nickte. »Logo, warum nicht.« Dann machten sich die beiden aus dem Staub und lachten auf dem Weg zum Schuppen über irgendeine Äußerung von Ethan.

Jo fühlte sich an Tom und Maria erinnert. Gleich groß, schlank, dunkles und blondes Haar, die Köpfe zusammengesteckt, sodass niemand mitbekam, was sie redeten. Sie fragte sich, ob auch Tom die Ähnlichkeit auffiel. Alex, bleichgesichtig und rotäugig, saß immer noch am Tisch und hatte sich kaum gerührt, seit er sich niedergelassen hatte, um eine Cola hinunterzustürzen und ein paar Schinkenbrote zu verschlingen, die Belle ihm gemacht hatte. Tom und Belle kamen nicht wieder, also setzte sich Jo neben Maria, und die Gespräche am Tisch kamen langsam wieder in Gang.

»Was hat sie hier zu suchen?« Belle stand mit dem Rücken zu Tom am Küchentisch und stapelte Kaffeetassen und Unterteller auf dem gemusterten Zinntablett.

Sie bemühte sich, es klingen zu lassen, als sei es ihr egal, aber Tom wusste es besser. Er wollte sie nicht verstimmen, doch jetzt war nicht der richtige Zeitpunkt, um zu erklären, welchen Platz Maria in seinem Leben hatte. Das hätte er schon vor Jahren tun sollen.

»Maria ist eine alte Freundin der Familie und hat gefragt, ob sie beim Verstreuen dabei sein kann. Natürlich haben wir ja gesagt.«

»Ihr hättet sagen sollen, dass das eine private Familienangelegenheit ist.« Sie zählte die Unterteller mit dem Finger ab. »Ich will nicht, dass Ethan nochmal mit diesem Mädchen zusammenkommt.«

»Wir können ihm nicht vorschreiben, welche Freunde er sich aussucht.«

»Freunde! Das ist wohl kaum das, worüber wir sprechen.« Die letzte Tasse traf scheppernd auf das Tablett.

»Na gut, dann, von wem er sich angezogen fühlt.« Er legte ihr die Hand auf die Schulter, damit sie sich zu ihm umdrehte. »Lass ihn machen. Wenn du nicht loslässt, geht er nur auf Abstand zu uns.« Er war dankbar, dass er trotz seiner Nervosität so vernünftig reden konnte.

Zur Antwort spitzte sie bloß die Lippen.

»Lass mich dir helfen.«

»Danke, aber ich bin fast fertig.« Sie ging hinüber zur Spüle und füllte den Wasserkessel. Er starrte auf ihren Hinterkopf, als könnte er sie so bewegen, sich umzudrehen und ihn anzusehen. Gleichzeitig wünschte er sich nur, draußen auf der Terrasse zu sein, bei den anderen, bei Maria.

»Es gibt noch etwas, das ich dir sagen muss.« Sie wäre am Boden zerstört, wenn sie erführe, dass sie nicht die Erste war, der er von dem Brief erzählt hatte. Ganz plötzlich wurde ihm klar, dass er sie informieren musste. Angesichts des Debakels mit Ethan und Alex und ihrer Entschlossenheit, einen Schuldigen zu finden, aber auch wegen des Streits um den Ring hatte er sich dagegen entschieden – vielleicht auch, weil er ihre Reaktion eigentlich gar nicht hören wollte. Aber es war unumgänglich.

»Hm?« Sie löffelte Kaffeebohnen in die Mühle, doch ihre Aufmerksamkeit galt Tom.

»Mum hat in der Truhe für jeden von uns einen Brief hinterlassen. Dass Lucy einen bekommen hat, weißt du ja schon, aber für mich war auch einer da.«

»Was war drin? Manschettenknöpfe? Ein Scheck über das Geld, das sie dir schuldet?« Der Blick, mit dem sie ihn ansah, hätte nicht verletzender sein können.

»Sei nicht so materialistisch. Das ist nicht fair.« Er würde sich nicht mehr anhören, wie sie über Hope herzog, obwohl er wusste, wie enttäuscht sie wegen des Rings war. Nicht der Ring selbst, aber die Tatsache, dass sie ihn geschenkt bekam, hätte für sie bedeutet, dass sie akzeptiert wurde. Auf ihrem Spaziergang hatte sie über nichts anderes gesprochen.

Sie blickte erstaunt drein. »Du vielleicht nicht?«

Es kostete ihn ernsthafte Anstrengung, auf den ausgelegten Köder nicht anzubeißen. »Nein, weder Manschettenknöpfe noch ein Scheck. Ein Gemälde.«

Sie warf ihm einen jener Blicke zu, die besagten ›Habe ich es dir doch gleich gesagt‹. Auf diese wortlose Kommunikation verstand sie sich meisterhaft. Dann widmete sie sich wieder dem Kaffee.

»Es hängt in Mums Zimmer.« Er hob die Stimme, um über den Lärm der Kaffeemühle gehört zu werden. »Du hast es noch nicht gesehen, aber es ist ziemlich … äh …« Er rang um das passende Wort und fand es in genau dem Moment, als sie die Mühle ausschaltete. »Provokativ.« Das Wort hallte in der plötzlichen Stille nach. »Ich bin mir nicht sicher, ob es dir gefallen wird.«

Sie schniefte und riss ein Stück Küchenpapier ab, um sich die Nase abzuwischen. »Klingt nicht so, als würde ich es daheim hängen haben wollen. Will es nicht eine von deinen Schwestern?« Sie studierte ihre manikürten Finger und zupfte an einem Nagel herum.

Tom kniff sich erneut in die Haut zwischen Daumen und Zeigefinger und fragte sich dabei, ob Frank, sein Therapeut Frank, wohl geahnt hatte, dass er so oft auf seine Methoden zurückgriff. »Vielleicht«, räumte er ein. »Aber die Sache ist die: Mum schreibt auch, dass mein Vater es gemalt hat.« Er wartete.

»O mein Gott, Tom.« Belle ließ den Löffel fallen und der gemahlene Kaffee verteilte sich auf dem Boden. Ohne sich darum zu kümmern, kam sie zu ihm und umarmte ihn. Er atmete ihren Fliederduft ein, von dem sie wusste, dass er ihn mochte, und seine Hand wanderte ihren Rücken hinauf, spürte die vertraute Kontur ihres Körpers unter dem lockeren Leinenhemd.

»Du hast immer gesagt, es wäre dir egal, dass du es nicht weißt, aber ich habe es dir nie wirklich abgenommen. Wer ist es?« Sie legte ihm beide Hände auf die Schultern, und sie standen so nah beieinander, dass ihre Gesichter sich fast berührten. »Wie fühlst du dich? Du musst Frank anrufen, sobald wir daheim sind.«

Tom schüttelte den Kopf. »Keine Ahnung.« In diesem Fall hatte er ausnahmsweise nicht das Bedürfnis, gleich zu seinem Therapeuten zu rennen, um darüber zu sprechen. Er wollte die Neuigkeit erst einmal allein und ohne Hilfe verdauen.

Belles Hände wanderten hinunter zu seiner Hüfte. »Wie meinst du das? Was hat Hope geschrieben? Bitte sag mir, dass sie nicht wieder ihr übliches Chaos fabriziert hat.« Diese kleine Spitze konnte sie sich nicht verkneifen.

Doch er ging nicht darauf ein. »Nein, eigentlich nicht. Offenbar hieß er Robert, das ist aber schon alles. Ich habe neulich Abend mit den Mädels nachgesehen, aber das Bild ist nicht signiert.« Zum ersten Mal verspürte Tom etwas wie Trauer, so als sei ihm etwas, das er sich wünschte, zuerst hingehalten und dann vor seiner Nase weggezogen worden, als er zugreifen wollte. Aber er hatte geglaubt, es sei ihm gleichgültig. Er war das alles mit Frank so lange durchgegangen, bis ihn die Identität seines Vaters nicht mehr interessierte. Er hatte akzeptiert, dass es Walter war, der zählte. Jahrelang war er dieser Überzeugung gewesen. Hatte er sich die ganze Zeit über geirrt?

»Na, das musst du mir erst einmal zeigen.« Belle tat einen Schritt rückwärts, seine Hand in der ihren. »Vielleicht ist euch etwas entgangen.«

Tom ließ sich nicht von ihr mitziehen. »Nein, nein. Ich war heute Morgen nochmal allein dort und habe es überprüft.«

»Ich möchte es trotzdem gern sehen.« Sie zerrte an seinem Arm wie ein kleines Kind.

»Nein, nicht jetzt«, wehrte Tom ab. »Das geht nur mich etwas an, und ich will nicht, dass alle anderen mitmischen und herumrätseln. Dir musste ich es erzählen, aber zeigen möchte ich es dir erst später, wenn alle anderen außer Jo und Lucy wieder weg sind. Verstehst du das?«

»Natürlich.« Sie ließ seine Hand los. »Und was ist mit Jo? Was hat sie bekommen?«

Tom lachte resigniert. »Lange Geschichte. Das muss sie dir selbst erzählen.«

»Aber Tom, wir teilen doch immer ...« Ihre Miene verriet zuerst Kränkung, die dann Verständnis Platz machte.

»Es steht mir nicht zu, dieses Geheimnis zu lüften«, beharrte er. »Wirklich. Mach doch jetzt den Kaffee fertig, und dann bringen wir den Tag hinter uns. Alles andere können wir anschließend klären.«

Als sie an den Tisch zurückkamen, waren Ethan und Christina nirgends zu sehen. Aus Richtung der alten Scheune hörte man ihre Stimmen und ihr Lachen. Belle presste die Lippen zusammen, als Tom sich auf den freien Stuhl neben Maria setzte. Er merkte es, aber sosehr er dagegen ankämpfte, er konnte sich der Anziehungskraft seiner einstigen Flamme nicht entziehen.

29

Im Gespräch mit Maria hörte Jo nur halb zu, was ihre alte Freundin erzählte – wie lange sie in Spanien bleiben würden, was sie und Christina gemacht und welche alten Lieblingsplätze sie aufgesucht hatten. »Weißt du noch, die Disko am Stadtrand von Estepona, wo es drinnen total dunkel war? Die gleich an der Hauptstraße? Weißt du, die, wo wir uns mal verloren haben, damals, als du mit …«

Doch Jo hatte abgeschaltet. Brads Mietwagen bog in die Einfahrt ein. »Entschuldige«, sagte sie. »Aber ich habe noch etwas zu erledigen.« Als sie aufstand, fiel ihr auf, dass Tom an Marias anderer Seite Platz genommen hatte. Sie bemerkte auch Belles missbilligenden Blick und hörte Lucys Stuhl über den Boden schrammen, als diese sich ebenfalls erhob. Jo hob die Hand, um Lucy davon abzuhalten, sie zu begleiten. »Nein, passt schon. Du brauchst nicht mitzukommen. Ivy, magst du bei Lucy bleiben?«

Viele am Tisch fragten sich, was eigentlich los war, als Jo dem heranfahrenden Auto entgegenlief. Brad stieg als Erster aus. Er wirkte mit sich zufrieden. »Schön hier, Jo. Echt schön. Und wir haben eine nette kleine Bar entdeckt und dort zu Mittag gegessen.«

»Das freut mich, aber ich dachte schon, ihr kommt gar nicht wieder. Hast du Elaine etwas erzählt?«

Er stutzte kurz, ehe ihm klar wurde, was sie meinte. »Ich dachte, das wäre dir vielleicht nicht recht. Es geht doch hauptsächlich dich was an. Willst du nicht warten, bis du zu Hause bist, und dann weiterforschen?«

»Forschen? Klingt spannend.« Elaine kam um das Auto

herum. Wie Maria hatte auch sie sich entschieden, Hopes Leben farbenfroh zu feiern: Ein rot-orange gestreiftes Kleid, das bei jeder Bewegung ihren Körper umschmeichelte. Die Sonne funkelte auf den Ketten um ihren Hals, und ihre Augen strahlten. »Wir kommen doch nicht etwa zu spät?«

»Nein, alles in Ordnung. Tom hat alles minutiös geplant.« Jo nickte in Richtung des Tisches, wo man inzwischen die Gespräche wieder aufgenommen hatte. »Wir sind gerade fertig mit dem Kaffee und warten auf die anderen, wobei mir nicht klar ist, wie Daphne es zu dem Wäldchen schaffen soll, das Hope ausgewählt hat.«

»Vielleicht hole ich mir etwas Stärkeres.« Brad berührte Elaine am Arm. »Willst du auch etwas?«

»Später. Ich habe das Gefühl, dass Jo etwas mit mir besprechen will.«

»Ist das so offensichtlich?« Jo war verblüfft über Elaines Feinfühligkeit.

»Ich kenne dich schließlich von klein auf. Also, schieß los!« Sie fächelte sich mit einer Hand Luft zu.

»Ich möchte dir etwas zeigen. Die Sachen sind in meinem Zimmer, dauert nicht lange.«

Erstaunt, aber bereitwillig nickte Elaine. »Gut, dann geh mal voraus.«

Jo war sich bewusst, dass alle anderen verfolgten, wie sie durch die Küchentür ins Haus gingen. Inzwischen war sie überzeugt, dass Elaine den Schlüssel zum Geheimnis ihres Zwillings besitzen musste. Ihr Zwilling! Obwohl seine Existenz ihr so seltsam schlüssig vorkam, war der Gedanke noch ziemlich gewöhnungsbedürftig. Elaine folgte ihr durch den Flur und holte sich nur noch schnell ein Glas Wasser aus der Küche.

»Worum geht es denn?«

»Das erzähle ich dir gleich.« Jo eilte praktisch im Laufschritt die Stufen hinauf, gefolgt von Elaine. Sobald sie in ihrem Zimmer waren, schloss Jo die Tür und holte eine Schachtel aus der Kommode.

»Was soll die Heimlichtuerei?« Elaine saß außer Atem auf dem Bettrand. Ihr Gewand bauschte sich um sie.

»Ich möchte, dass du dir das hier ansiehst und mir dann sagst, was du weißt.« Elaine blickte beklommen drein und sah weg, als Jo ihr die Schachtel reichte. »Bitte. Mum hat mir Hinweise auf ein Geheimnis vermacht, dem ich auf die Spur kommen muss. Ich glaube, sie wollte vor ihrem Tod mit mir reden, aber …« Zum ersten Mal hatte Jo das Gefühl, keine Luft zu bekommen. Sie räusperte sich. »Du bist der einzige Mensch, den ich kenne, der vielleicht etwas weiß. Du warst ihre Freundin. Schau dir das an.«

Elaines Gesichtsausdruck sagte Jo alles, was sie wissen musste. Sie wich ihrem Blick aus, als wüsste sie etwas. Elaines Augen wanderten blitzschnell zur Tür, als überlegte sie zu fliehen. Ganz sicher hatte sie etwas zu verbergen.

Jo nahm den Brief und öffnete das Medaillon und legte beides zwischen ihnen aufs Bett. »Bitte. Ich muss alles wissen, was du mir sagen kannst. Absolut alles.«

Elaine berührte kopfschüttelnd das Medaillon und zog dann die Hand zurück, als sei es kochend heiß. »Ich kann dir nicht helfen …«

»Du *musst* es können«, beharrte Jo. »Du kanntest Hope besser als jeder andere.«

»Besser als Daphne und Ros?« Elaine ließ einen Finger über eine ihrer Halsketten gleiten. »Das bezweifle ich. Sie waren hier vor Ort und die ganze Zeit mit ihr befreundet. Ich nicht.«

»Aber du warst ihre *beste* Freundin. Du musst einfach etwas wissen – irgendwas –, das mir als Anhaltspunkt dienen kann. Schau.« Sie griff nach dem Foto von den zwei Babys im Kinderwagen und hielt es ihr hin.

Elaine zögerte, ehe sie es nahm. Sie legte das Bild in ihren Schoß und holte ihre Lesebrille aus der Tasche. Dann betrachtete sie das Bild. Tief Atem schöpfend, schüttelte sie erneut den Kopf. »Nein, tut mir leid.«

»Am Ende wollte sie, dass ich alles erfahre. Schau, ihr Brief.« Sie faltete ihn auf und reichte ihn Elaine. »Brad hat gestern Abend seiner Mutter gemailt, und sie hat bereits geantwortet. Hope hat tatsächlich Zwillinge geboren, als sie in London lebte, bevor sie nach Ibiza ging. Einer davon bin ich. Elaine, bitte. Kannst du dir vorstellen, was in mir vorgeht? Kannst du dir vorstellen, was mir das bedeutet?«

Elaine blickte auf und fuhr sich mit der Hand über den Mund.

Jo, die spürte, dass sie etwas zurückhielt, ließ nicht locker. »Ich versuche zu verstehen, warum sie es mir verheimlicht hat. Was meint sie mit ›meine Trauer‹? Sie muss dir etwas erzählt haben. Elaine, ich flehe dich an.« Sie reichte ihr das Paar blauer Stiefelchen. »Walter war ein großartiger Mensch in jeder Hinsicht, aber er war nicht mein richtiger Vater. Und du weißt, dass ich immer wissen wollte, wer es ist. Mum hat Tom einen Brief hinterlassen, in dem sie schreibt, dass sie das selbst nicht wusste. Damit muss ich mich wohl zufriedengeben, aber wenn Josh mein Zwilling war, dann will ich erfahren, was mit ihm passiert ist. Ich brauche die ganze Geschichte, um herauszufinden, wer ich wirklich bin.« Sie wusste nicht, was sie sonst sagen sollte, um Elaine zum Reden zu bringen, doch dann bemerkte sie, dass deren Züge weicher geworden waren. »Klingt das denn so verrückt?«

»Aber ich habe geschworen …«

Draußen hörte man ein weiteres Auto vorfahren. Jo warf einen Blick auf ihre Armbanduhr. Tom war bestimmt schon ungeduldig. Aber sie konnte nirgendwo hingehen, bis sie das hier zu Ende gebracht hatte. »Sie ist tot, Elaine. Nichts, was du sagst, kann ihr mehr schaden.«

Elaines Blick ging nun nicht mehr ins Leere, sondern sie betrachtete das, was in ihrem Schoß lag.

Jo machte einen letzten Versuch. »Sie wollte es mir sagen. Ich weiß es – lies nur den Brief.«

Dieses Mal hob Elaine den Brief auf und begann zu lesen. Am Ende faltete sie das Papier sorgfältig zusammen und steckte es zurück in den Umschlag. Sie nahm das Medaillon in die Hand. Ihre Hände hatten aufgehört zu zittern.

»Gleich werden wir ihre Asche verstreuen. Hilf mir, in Frieden mit ihr zu sein, wenn wir das tun.« Das war emotionale Erpressung, doch der letzte Trumpf, den Jo im Ärmel hatte.

»Also schön.« Elaine hob die Hand, um zu zeigen, dass Jo nichts mehr zu sagen brauchte. Sie stand auf, ging zum Fenster und blickte hinaus auf die Landschaft, die Sonne voll im Gesicht.

Jo schlug das Herz bis zum Hals, während sie darauf wartete, was auch immer sie als Nächstes hören würde.

Nach einer gefühlten Ewigkeit drehte sich Elaine zu ihr um. Sie nahm die Brille ab, ließ sie aber an der Kette um ihren Hals hängen, und presste dann die Hände aneinander. Sie fuhr sich mit dem Daumen über die Finger.

»Also gut. Ich glaube, Hope hätte gewollt, dass ich es tue, obwohl ich ihr ein Versprechen gegeben habe.«

Jo, beinahe unfähig, ihre nervöse Erregung im Zaum zu halten, beugte sich vor, war aber nicht so dumm, den Mund aufzumachen.

Elaine durchquerte das Zimmer, drehte um und kam zurück. »Vor Jahren, als Hope mit Lucy schwanger war, hat sie sich mir anvertraut. Sie hatte panische Angst, dass sich das Gleiche irgendwie wiederholen könnte, so panische Angst, dass sie nicht einmal Walter einweihen konnte. Damals jedenfalls nicht. Ich weiß nicht, ob sie es je getan hat. Sie sagte, sie würde es dir erzählen, wenn der richtige Zeitpunkt gekommen und sie in der Lage sei, sich mit dem Geschehenen auseinanderzusetzen. Allerdings stellte sie damals und auch später ganz klar, dass ich keiner Menschenseele, dich eingeschlossen, davon erzählen dürfe. Niemals. Diese Geschichte zu erzählen war ihre Aufgabe, nicht meine. Also stopfte ich die ganze Sache ganz hinten in meinen Kopf und versuchte, es zu vergessen. Aber das ist mir natürlich nie ganz gelungen, obwohl wir kein Wort mehr darüber verloren.«

Jo war fast übel vor Aufregung. Sie schob die Haarlocke auf eine Seite des Medaillons, um sich auf die beiden winzigen Gesichter konzentrieren zu können, die sie anstarrten.

»Ich weiß nicht, ob es der beste Zeitpunkt ist, wenn ich dir das unmittelbar vor dem Verstreuen von Hopes Asche erzähle.«

»Es ist *genau* der richtige Zeitpunkt«, unterbrach Jo.

»Ich bin lange genug hingehalten worden. Wann, wenn nicht jetzt?«

Elaine kehrte zum Bett zurück und setzte sich neben Jo. Sie nahm ihre Hand und drückte sie sanft. »Möge Hope mir dies vergeben …« In Elaines Augen schimmerten Tränen, und wieder drückte sie Jos Hand.

»Er ist tot, Jo. Er ist schon sehr lange tot. Das ist einer der Gründe für die Trauer, vor der Hope zu fliehen versuchte.«

Jo schnappte nach Luft. Sosehr sie es hatte wissen wollen, sosehr sie es tief im Innersten bereits gewusst hatte, hatte sie sich gleichzeitig doch vorgemacht, sie könnte falsch liegen, und die Wahrheit zu hören war trotzdem ein Schock. Die beiden Frauen saßen einen Moment lang schweigend da, Elaine hielt immer noch Jos Hand.

»Was ist passiert?«, fragte sie mit schwacher Stimme.

»Bist du sicher, dass du das jetzt hören willst?«

»Ja. Ganz sicher.« Das Schlimmste wusste sie nun bereits, also wollte sie auch den Rest erfahren.

»Wie du dich erinnerst, fühlte sich Hope von ihrer Familie im Stich gelassen – egal, wie diese es vielleicht empfand –, also machte sie das wett, indem sie Spaß hatte. Jede Menge Freunde, jede Menge Partys, jede Menge Alkohol und Drogen. So war das damals, und darum hatte sie auch keine Ahnung, wer der Vater war. Sie hat nie enthüllt, wer in Frage kommen könnte, und ich bezweifle, dass du das jetzt noch herausfinden kannst. Tut mir leid.«

»Ich weiß.« Trotzdem hoffte Jo, dass mehr folgen würde, und blickte so ermutigend drein wie sie konnte.

»Schau, ich weiß selbst nur ganz wenig. Aber ich werde dir alles erzählen, woran ich mich erinnere.« Elaine setzte sich bequemer hin, und ihre Sandale fiel mit einem klatschenden Geräusch zu Boden. »Sie lebte damals in einem besetzten Haus, in der Nähe vom Russel Square, glaube ich. Alles war ihr lieber, als bei ihrer Tante zu bleiben. Weißt du über sie Bescheid?«

Jo nickte.

»Sie wohnte dort mit ein paar Freunden in einer Art Kommune. Ich weiß nicht, wie sie diese Leute kennengelernt hatte, aber offenbar gaben sie ihr all die Unterstützung, die sie nach eurer Geburt benötigte. Dann, als ihr beide einen Monat alt wart, überzeugte man sie davon, dass es ihr gut tun würde, mal allein auszugehen, um den Kopf freizubekommen. Bestimmt erinnerst du dich, dass man leicht einen Koller kriegen kann, wenn man ein Neugeborenes hat?«

O ja, sie erinnerte sich. Nach Ivys Geburt und den Feierlichkeiten war Jo plötzlich mit einem winzigen Baby allein in ihrer Wohnung gewesen und hatte sich gefühlt wie im Gefängnis. Um sich die Zeit zu vertreiben, ging sie hin und wieder zu den Buchmachern, gleich die Straße hinunter, wettete und ging nach Hause, um das Rennen anzuschauen. Ein paar Mal hatte sie Ivy sogar ins Büro mitgenommen – was sie bei keinem anderen toleriert hätte –, bis Richard sie wieder nach Hause schickte.

Elaine sprach weiter. »Sie besuchte eine Freundin, voller Schuldgefühle, aber auch froh, mal allein zu sein. Du kennst Hope, sie vergaß die Zeit ... Als sie nach Hause kam, schliefst du wohlbehalten in deinem Bettchen, Josh aber nicht. Er hatte geweint, und einer der Mitbewohner hatte ihn hochgenommen, ihm eine Flasche gegeben und ihn neben sich aufs Sofa gelegt. Er war bekifft – nichts Ungewöhnliches – und schlief ein. Als er wieder aufwachte, war Josh tot.«

Jo schnappte nach Luft. Sie stellte sich das verqualmte Zimmer vor, das schäbige Sofa, eine Gitarre auf dem Boden, ihre Mutter, die ihr totes Baby wiegte. Ihre Erschütterung, ihr Kummer und vor allem ihre quälenden Schuldgefühle waren absolut nachvollziehbar. Wenn sie bloß nicht weggegangen wäre ... Einer Mutter kann nichts Schlimmeres zustoßen als der Tod ihres Kindes. Jetzt, wo sie Ivy hatte, konnte sie sich den Schmerz und das schlechte Gewissen ihrer Mutter vorstellen. »Plötzlicher Kindstod?«

»Das ist ungeklärt. Natürlich gab sie sich selbst die Schuld. Die Überzeugung, Josh wäre noch am Leben, wenn sie ihn nicht zurückgelassen hätte, marterte sie für den Rest ihres Lebens. Aus diesem Grund konnte sie nicht darüber sprechen.«

Es gab also keinen Bruder, nach dem sie suchen konnte. Sie hatte ihn gefunden und binnen vierundzwanzig Stunden wieder verloren. Es würde kein Wiedersehen geben. Diese Erklärung hatte auf der Hand gelegen, seit sie von ihm erfahren hatte, doch Jo hatte mehr als alles andere an ein Happy End glauben wollen. Stattdessen würde ihr Leben weitergehen wie zuvor, bloß dass in ihrem Erinnerungsspeicher ein kleiner Bereich für Josh reserviert sein würde.

»Und was passierte dann?«, fragte sie, schwer atmend.

»Sie nahm dich und ergriff die Flucht. Sie glaubte, wenn sie an einem neuen Ort, wo keiner sie kannte, ein neues Leben beginnen würde, könnte sie die Vergangenheit vielleicht auslöschen. Sie floh nach Ibiza und schnitt sich von allem ab, was sie bisher erlebt hatte, und von allen Menschen, die sie kannten und wussten, was passiert war. Den Rest der Geschichte kennst du ja.«

Jo nahm das Foto in die Hand und spürte, wie eine Träne ihre Wange hinunterlief. Elaines Hand lag auf ihrem Rücken. Kein Wunder, dass Hope es ihr nicht hatte erzählen können. Scham und Schuldgefühle. »Arme, arme Mum«, sagte sie. »Und dann hat sie endlich Walter getroffen.«

Elaine lächelte und räusperte sich. »Ja. Sie lernten sich in Ibiza kennen, nachdem Tom zur Welt gekommen war, und verliebten sich ineinander. Er nahm Hope und euch beide mit und gab euch in England, in der Nähe seiner Familie, ein Zuhause. Ich glaube, er hat euch alle gerettet. Aber sie fühlte sich dort nie wohl. Sie hatte zu viel Angst vor den Erinnerungen und davor, zufällig jemandem zu begegnen, den sie kannte. Als Walter dann ein wenig Geld erbte, zogen sie hierher, um fernab von alledem einen Neuanfang zu machen.«

»Das hat er für sie getan?«

Elaine nickte. »Ja. Er hat sie geliebt.«

Jo begann, ihre Familie und ihr gemeinsames kleines Leben dort in ganz neuem Licht zu sehen. Zum ersten Mal empfand sie so etwas wie Verständnis für ihre lebhafte, eigenwillige Mutter … Für Hope musste es, nach dem frühen Tod ihrer Mutter, nachdem ihr Vater sie verlassen und sie sich allein durchgeschlagen und auf so furchtbare Weise ein Kind verloren hatte, eine fast unerträgliche Last gewesen zu sein, allein neu anzufangen. Kein Wunder, dass sie mit ihrem Vater und seiner neuen Familie nichts zu tun haben wollte. Kein Wunder, dass sie ihre Vergangenheit begraben und vergessen wollte. Jo dachte an ihr eigenes Leben als alleinerziehende Mutter. Manchmal fragte sie sich, ob sie dem überhaupt gewachsen war, doch ihre Familie hatte sie unterstützt, wenn sie sie brauchte. Hope hatte nichts von alledem gehabt, also hatte offenbar Walter alles geschultert.

Das Streiten, das Trinken, das Bedürfnis allein zu sein, die Unberechenbarkeit, die Liebe – plötzlich fand jeder Mosaikstein seinen Platz. Klack. Klack. Klack.

»Lucy hat mir erzählt, wie ungeheuer wichtig es dir war, etwas über deinen Vater zu erfahren. Aber ich hatte es Hope versprochen, und ich hoffe, du verstehst das.«

Doch Elaines Entschuldigung war überflüssig. Auch Jo wusste Geheimnisse zu bewahren. »Natürlich. Es genügt, dass du es mir jetzt erzählt hast. Ich danke dir.« Jo hatte Mühe, all die Gedanken zu bändigen, die ihr durch den Kopf gingen. »Ich kann dir nicht erklären, wie ich mich jetzt fühle. Wütend, dass sie es mir nicht selbst erzählt hat – und traurig. Ganz furchtbar traurig.«

Es klopfte an der Tür, dann streckte Lucy den Kopf herein. »Entschuldigt die Störung.« Sie blickte von einer zur anderen und dann auf die Schachtel und deren Inhalt, der auf dem Bett lag. »Alles okay?«

Jo nickte. Allmählich ging ihr die Bedeutung all dessen auf, was Elaine ihr erzählt hatte. Mit einem Taschentuch, das Elaine aus ihrer Handtasche gezogen hatte, schnäuzte sie sich. »Mehr oder weniger.«

»Tom meint, dass wir langsam aufbrechen sollten. Ich dachte, das muss ich euch sagen. Ivy ist gut aufgehoben, keine Sorge wegen ihr.«

Gut aufgehoben. War es das, was Hopes Freunde ihr über Josh gesagt hatten? Doch das hier war Lucy, der einzige Mensch auf der Welt, dem Jo ihre Tochter anvertrauen mochte. »Danke.« Jo begann, alles wieder in der Schachtel zu verstauen.

Elaine stand auf und streifte ihre Sandale wieder über. »Wir kommen sofort.«

»Ich glaube, so eilig ist es nicht. Es wird, da Ian und Bill dabei sind, eine geruhsame Prozession werden. Ros hat für Daphne beim Kloster einen Rollstuhl ausgeliehen. Fragt nicht!«

»Aber Mum hätte das köstlich gefunden«, meinte Jo. »Ich wette, sie sitzt irgendwo da oben, klatscht uns Beifall und sorgt dafür, dass wir alles genau so machen, wie sie das wollte. Besser hätte sie es gar nicht planen können.« Sie konnte sich Hope vorstellen, wie sie mit baumelnden Beinen auf einer Wolke saß, vornübergebeugt, um gut sehen zu können – und endlich ihren inneren Frieden gefunden hatte, jetzt, wo ihre Geheimnisse gelüftet waren. Jo ging hinüber zum Spiegel und starrte sich selbst ins Gesicht, während sie Lippenstift auflegte. Dabei fiel ihr ein Reim ein, den sie einst gehört hatte:

Spieglein, Spieglein an der Wand
Nun werd ich meine Mutter von Zauberhand.

30

Hopes große Familie schlängelte sich auf den Wald zu, begleitete sie auf ihrer letzten Reise. Lucy übernahm, wie der Rattenfänger von Hameln, die Führung und umklammerte die blau-weiße Urne, als hinge ihr Leben davon ab. Über den Deckel hinweg behielt sie den Weg im Auge, um nicht zu stolpern. Bemüht, die Tränen zurückzuhalten, die einmal mehr ihre Sicht trübten, biss sie sich auf die Lippen.

Hinter ihr gingen nebeneinander Elaine und Jo. Elaine hatte Jo untergehakt, wie um sie zu stützen, während sie sich mit gesenkten Köpfen unterhielten, ganz auf ihr Gespräch konzentriert. Die Übrigen folgten in gebührendem Abstand, so als wüssten sie, dass etwas Wichtiges im Gange war.

Belle kümmerte sich um Ivy, die neben ihr hertänzelte. Um das Handgelenk des Kindes war ein roter Ballon gebunden, den sie am Ende der kurzen Zeremonie für Hope aufsteigen lassen wollte. Viel mehr freute sie sich allerdings darüber, dass sie nun für Ferdie zuständig war. Der kleine Hund sah, mit einem lächerlichen grünen Regenmäntelchen, das ihn vor einer Erkältung durch den kühlen Wind schützen sollte, wie ein geschrumpftes Mitglied einer Jagdgesellschaft aus.

Ethan und Alex liefen zu beiden Seiten von Christina, gefolgt von Tom und Maria. Belle hatte sich offenbar ganz bewusst von ihrer Familie getrennt. Sie hatte klargestellt, dass sie, was seine alte »Freundin« und ihre Tochter betraf, keine Zugeständnisse machen würde. Maria hingegen hatte Belles Unfreundlichkeit amüsiert und auch überrascht zur Kenntnis genommen. Tom war offensichtlich dermaßen betört von Maria, dass Lucy sich dabei ertappte, wie sie zum ersten Mal Mitgefühl mit ihrer Schwägerin empfand. Am liebsten hätte sie ihren Bruder geschüttelt, um ihn zur Vernunft zu bringen, denn sein Verhalten war fast schon peinlich. Offenbar merkte er gar nicht, was er tat. Seine Augen hingen an Maria, alles, was sie sagte, interessierte ihn übermäßig, und er lachte übertrieben laut. Ihr schmeichelte Toms Aufmerksamkeit, das war unübersehbar, und sie ermutigte ihn – ob nun absichtlich oder nicht – mit ihrem kehligen Lachen.

Der Rest der Truppe blieb plaudernd für sich. Brad hatte ein Gespräch mit Antonio angefangen, der gerade noch rechtzeitig eingetroffen war und eine verwickelte Geschichte über ein Problem mit dem Chef des Hotels, das er managte, zu erzählen hatte. Lucy hatte kaum ein Wort mit ihm gewechselt, da sie sich gerade auf die letzten Momente mit ihrer Mutter vorbereitete, doch aus dem Augenwinkel nahm sie wahr, wo er sich befand und mit wem er sprach. Adam und seine Familie blieben zusammen, die Turteltäubchen Kate und Martin immer Hand in Hand. Kates Eltern beobachteten die beiden mit einer Mischung aus Stolz und dem Wunsch, sie möchten ihr Verhalten den Umständen anpassen. Die Nachhut bildeten die alten Schelme. Sie stolperten vor sich hin, alle außer Daphne, die standesgemäß in einem klapprigen Rollstuhl reiste, den Ros mühsam den unebenen Weg entlangschob. Lucy hatte die Flachmänner aus den Taschen und wieder hinein wandern sehen und lächelte. Hope hätte eine solche Verabschiedung gefallen.

Bei einem rostigen, auf der Seite liegenden Bettgestell,

das quer über dem Weg lag, kam die Prozession zum Stehen. »Was ist das?« Ivys Stimme übertönte die übrigen.

»Das ist ein altes Bett.« Belle nahm Ferdie auf den Arm, damit niemand von denen, die nun aufholten, auf ihn trat. »Manchmal werden diese Dinger hier als Tore benutzt.«

»Warum?«

Lucy wandte sich um, als Belle zu einer Erklärung ansetzen wollte. Sie stellte die Urne ab, band die Schnur des provisorischen Tors los und zog das Metallgestell zurück, um die anderen durchzulassen. Jetzt war es nicht mehr weit.

Hope hatte den Wunsch gehabt, in einem Wäldchen aus Korkeichen verstreut zu werden, deren kürzlich geschälte Stämme unterhalb der ungeschälten graubraunen Korkrinde rötlich leuchteten. Die Zweige über ihnen bewegten sich im auffrischenden Wind. Manchmal, in der Sommerhitze, war Hope hierhergekommen, um zu lesen, und auch einer ihrer Lieblingsspaziergänge führte ganz in der Nähe vorbei. Lucy atmete tief durch, während sie darauf wartete, dass alle sich versammelt hatten. Jo, Tom und sie würden jeweils einen kurzen Text vorlesen, den ihre Mutter ausgewählt hatte. Die Zeilen, die sie vortragen sollte, sagte Prospero in *Der Sturm.* Sie konnte sie beinahe auswendig, denn Hope hatte sie ihr beigebracht, als sie noch klein war.

Gerade wollte sie anfangen, als ein Schrei ertönte und der alte Rollstuhl zur Seite kippte. Ein Rad stand zur Seite ab, und Daphne hing über der Armlehne und versuchte das Gewicht so auszugleichen, dass das Ding nicht ganz umfiel. Ian und Bill griffen ein und versuchten, sie aufzurichten.

»Rühr dich nicht, Frau.« Bill hatte eine Hand auf Daphnes Schulter, in der anderen hielt er seinen Flachmann.

»Ich kann mich gar nicht bewegen, du Idiot«, gab sie zurück. »Ros, hilf mir da raus. Ihr beiden wisst nie, was zu tun ist.«

Ros mühte sich ab, um ihre Gefährtin aus ihrer misslichen Lage zu befreien. »Stell den anderen Fuß auf den Boden.«

»Das versuche ich ja.« Daphne streckte ihr gesundes Bein aus, bis der Fuß wenige Zentimeter über dem Boden schwebte. Sie blieb in den sich neigenden Stuhl eingeklemmt wie ein gestrandeter Wal.

Tom und Ethan eilten ihr zu Hilfe. Sie hielten den Stuhl fest, und man zog Daphne heraus. Ros nahm ihren Arm, um sie zu stützen, doch der Untergrund war uneben und sie sank mit einem lauten »ufff« zu Boden. Belle, Elaine und Jo beeilten sich, ihr wieder auf die Beine zu helfen. Jeweils einen Arm um Jos und Belles Schultern geschlungen, während Elaine von hinten mithalf, schaffte sie es, halb gezogen, halb gestützt, zum nächsten Baum.

»Dieser Rollstuhl ist im Arsch«, verkündete Ian mit Nachdruck und nahm einen Schluck aus seinem Flachmann.

»Du hast die nervtötende Gabe, das Offensichtliche auszusprechen.« Daphne saß auf dem moosbedeckten Boden, den Rücken gegen den Baumstamm gelehnt, und atmete schwer.

»Wir werden mit dem Auto kommen müssen, um dich abzuholen«, meinte Ros.

Daphne schnaubte. »Ich weiß sowieso nicht, warum wir nicht gleich hergefahren sind. Wer ist eigentlich auf die glorreiche Idee mit dem Rollstuhl gekommen?«

»Du hattest gesagt, du willst bei der Prozession dabei

sein.« Ros war leicht angesäuert, weil ihre Bemühungen nicht gewürdigt wurden.

»Können wir dann weitermachen? Bitte.« Tom warf einen Blick auf die Uhr und sah zum Himmel mit den näherrückenden Regenwolken auf.

»Ja, ja«, sagte Daphne und nahm ein Schlückchen aus Bills Flachmann. »Bitte lasst euch von mir nicht aufhalten.«

Lucy griff in die Jackentasche und holte den Zettel mit ihrem Text heraus. Sie wartete, bis alle ganz still standen und begann dann die ihr zugedachten Shakespeare-Zeilen vorzutragen. »Das Fest ist jetzt zu Ende …«

Eine Träne lief ihr über die Wange, während sie fortfuhr.

Als sie ein wenig Asche aus der Urne kippte, bemerkte sie den roten Aufkleber auf dem Boden. Belle musste da gewesen sein, als keiner von ihnen hinsah. Sie entfernte ihn, während sie die Überreste ihrer Mutter an ihren Bruder weiterreichte.

Tom nahm das Gefäß von Lucy entgegen und ging damit ein wenig den Abhang hinunter. Er kannte seinen Text auswendig. »Erinner' dich an mich, bin ich gegangen …« Während er das Sonett von Christina G. Rossetti zitierte, nahm er wahr, wie Ivy schrill die Frage stellte, was das für ein Staub sei, und Jo ihr eine Antwort zuflüsterte. Ansonsten war es, abgesehen von Daphnes schwerem Atmen und einem gelegentlichen Schluchzer von Lucy, still. Hopes Auswahl von Abschiedsgedichten hatte ihn überrascht, und er ertappte sich dabei, dass er diese kontemplative Note, diese Ahnung von Versöhnung mit dem Tod, beinahe genoss. »... will ich nicht Rückbesinnung voller Leid«, schloss er. »Vergessen, Lächeln, wünsch ich mir stattdessen.«

Als er den Deckel hob und die Urne schräg hielt, bemerkte er seinen Fehler. Ein Windstoß bemächtigte sich der Asche und blies sie zurück in seine Richtung. Er sprang zur Seite, um nicht von den Überresten seiner Mutter eingehüllt zu werden. Hinter sich hörte er ein erschrockenes »Nein!«

Belle hatte Ivy bei Jo gelassen und stand trotz allem hinter ihm, dort, wo ihrer Ansicht nach ihr Platz als seine Frau war. Er fuhr herum und sah, dass sie immer noch in Schockstarre verharrte. Mit offenstehendem Mund blickte sie hinunter auf ihre dunkelblaue Leinenhose und die lange graue Wickeljacke, die beide etwas mit ... na ja, Hope ... bestäubt waren. Als sie sich von dem Schrecken erholt hatte, riss sich Belle die Jacke vom Leib und schüttelte sie wie wahnsinnig im Wind, während sie mit der Hand darauf schlug.

Er nahm sie ihr ab, um die Arbeit zu Ende zu bringen, während sie an dem wenigen, das auf ihrer dunklen Hose gelandet war, herumwischte, damit jedoch nur erreichte, dass sich weiße Streifen bildeten. Zu Toms Entsetzen war sie den Tränen nahe – etwas, das er bei ihr in der Öffentlichkeit niemals und unter vier Augen nur ein- oder zweimal erlebt hatte. Gewöhnlich hielt sie ihre Gefühle gut unter Kontrolle. Dieser Gegensatz zu den überemotionalen Frauen in seiner Herkunftsfamilie war eine der Eigenschaften gewesen, die ihn angezogen hatten. Er hasste es, sie außer sich zu sehen. Immerhin, er hatte alles so durchgeführt, wie Hope es sich gewünscht hatte. Er hatte sogar dort gestanden, wo sie es wollte. Der Wind war im Plan nicht vorgekommen.

Die übrigen Versammelten sahen sichtlich betroffen zu, alle außer Ethan, Christina und Alex, die versuchten, das Lachen zu unterdrücken.

Tom sah sie kopfschüttelnd an, während er den Rest Asche an Jo weitergab.

Jo blickte auf Ivy hinunter, die immer noch Ferdies Leine umklammerte, während der an ihrem Handgelenk befestigte Ballon über ihr schwebte. Ihre Tochter erwiderte den Blick mit ernster Miene.

»Was machst du? Was ist das für ein Staub?«

»Pssst. Nicht jetzt. Ich erzähle es dir später.« Inzwischen schien es Jo nicht mehr so schlimm, Ivy erklären zu müssen, was es mit der Asche auf sich hatte. Ursprünglich hatte sie sich mit ihr abseits stellen wollen, damit sie die Zeremonie gar nicht richtig mitbekam, doch sie hatte es sich anders überlegt. Das alles war Teil ihrer neuen Entschlossenheit, ihrer Tochter gegenüber ehrlich zu sein und alle Fragen zu beantworten, so schwierig sie auch sein mochten. Wenn sie wieder daheim in London waren, würde sie sich mit ihr hinsetzen und über ihren Vater sprechen und alles erklären, was sie wissen wollte. Wenn sie das Bedürfnis hatte, ihn kennenzulernen, dann würde sie sogar versuchen, ein Treffen in die Wege zu leiten. Es sollte keine Geheimnisse zwischen ihnen geben. Also würde sie zu gegebener Zeit auch erklären, was das für Asche war. Bloß nicht gleich jetzt.

Sie nahm die Urne von Tom entgegen. Die Regenwolken hingen nun fast direkt über ihnen. Dieses Unwetter würde nicht vorbeiziehen, und es würde nicht mehr lange auf sich warten lassen. Sie merkte, dass ein oder zwei andere hinaufblickten. Ohne die Sonne war die Temperatur gefallen. In der Ferne donnerte es.

»Weint nicht um mich«, begann sie zu lesen. Und bemerkte sofort, dass sie genau das tat. Aber warum? Tränen strömten ihr über die Wangen, ihre Nase lief. Sie konnte nicht aufhören zu schluchzen. Eine Welle der Trauer hatte sich ihrer bemächtigt. Jemand (Elaine?) reichte ihr ein zerknittertes Taschentuch. Aber das Naseputzen half auch nichts.

»Es tut mir leid«, sagte sie, aber die Tränen wollten nicht versiegen. Wie durch einen Nebel bekam sie mit, dass Ivy erschrocken zu ihr aufblickte und Belle das kleine Mädchen bei der Hand nahm und ihr etwas über Ferdie zuflüsterte. Gemeinsam entfernten sie sich ein wenig von Jo.

»Warum weint Mummy?«

Sie hörte Ivys ängstliche Frage, nicht aber Belles geflüsterte Antwort. Doch was auch immer Belle sagte, hatte mit den wahren Gründen sicher wenig zu tun. Jo holte tief Luft und schnäuzte sich. Sie musste sich zusammenreißen, allen Versammelten und vor allem Ivy und sich selbst zuliebe. Zumindest war sie es Hope schuldig, ihren letzten Wunsch zu erfüllen.

Wieder begann sie zu lesen. »Weint nicht um mich …« Dieses Mal blieb ihre Stimme fest, obwohl die Worte auf dem Zettel vor ihren Augen verschwammen. Sie war sich dessen bewusst, dass alle sie mit angehaltenem Atem ansahen und dass Maria leise weinte. Dass Elaine und Brad nebeneinanderstanden. Sie nahm Tom und seine Jungs wahr: Alex, der aussah, als müsste er sich jeden Moment übergeben, Ethan in seiner neuen Hose, den Blick entweder auf Christina gerichtet oder auf seine Schuhe, mit denen er gegen einen Stein trat. Sie sah Hopes alte Freunde: loyal durch dick und dünn bis ganz ans Ende. Und dann waren da noch Adam und seine Familie, die ziemlich entsetzt beobachteten, was sich abspielte – sicher war es eines der seltsamsten Familientreffen, das sie je erlebt hatten.

Die letzten Zeilen, endlich. »Und immer sind irgendwo Spuren meines Lebens: Gedanken, Bilder, Augenblicke und Gefühle.«

Sie hielt einen Moment inne, um allen Gelegenheit zu geben, sich an Hope mit ihren Eigenarten zu erinnern. Ein Bild stieg in ihr auf: Hope in ihrem Garten, lachend, den Blick zum Himmel gewandt – eine Frau, die mit ihrer kleinen Rolle im Universum zufrieden ist und nach einem schwierigen Start ihr Bestes getan hat, um das Beste aus ihrem Leben zu machen. Jo weinte um den Verlust ihrer Mutter, aber auch um ihre beiden Väter – den einen, von dem sie so lange geträumt hatte und dem sie doch nie begegnen würde, und um Walter, den Mann, der auf so wunderbare Weise diesen Part übernommen hatte. Vor allem aber trauerte sie um ihren Zwillingsbruder Josh, den Jungen, den sie nie kennengelernt, ja von dem sie nicht einmal wusste, dass er existiert hatte. Er war ihre andere Hälfte, die im unbekannten Land von Hopes Vorleben verloren gegangen war. Jo hob die Hand an das Medaillon um ihren Hals. Jetzt, wo Hope nicht mehr da war, würde sie das Gedenken an ihn weitertragen.

Bemüht, es nicht zu machen wie Tom, prüfte sie erst die Windrichtung, ehe sie mit beiden Händen die Urne nahm und den Rest von Hopes Überresten in die Luft streute. Die Asche wurde vom Wind ergriffen und zwischen die Bäume getragen, hinein in das Wäldchen, das Hope so geliebt hatte. Sie schüttelte das Gefäß noch einmal leicht, dann war es leer. Hope war dem Land zurückgegeben worden, das sie als ihr eigenes angenommen hatte. Oder zumindest weitgehend.

»Ich bin nicht mehr da.« Eine vertraute Stimme schien ihr ins Ohr zu flüstern. Hope. »Jetzt musst du dich deinem eigenen Leben widmen.«

Jo blickte die anderen an. In diesem Augenblick brach spontaner Beifall aus. Belle war damit beschäftigt, Ivy den roten Ballon vom Handgelenk zu knoten. Zusammen hielten sie ihn an der Schnur, während Belle Jo fragend ansah, ob sie übernehmen wollte. Jo nickte, dankbar für die Besonnenheit ihrer Schwägerin. Sie streckte die Hand aus und ihre Tochter lief auf sie zu. Den Ballon behielt Belle in der Hand.

Jo hob Ivy auf ihre Hüfte, die sofort mit einer schmutzigen kleinen Hand ihre Tränen fortwischte. »Nicht weinen, Mummy.«

»Ich weine nicht mehr.« Sie lächelte tapfer. »Komm, Ivy Rose. Gehen wir zurück zum Weg und lassen wir den Ballon für Oma Hope dort steigen, damit er sich nicht in den Bäumen verfängt.«

Belle übergab ihr den Ballon und klopfte sich dann erneut die Strickjacke ab. Die arme Belle. Die anderen sahen zu, wie Ivy losstapfte, um ihren kleinen Beitrag zum Gedenken an die Großmutter zu leisten.

»Müssen wir ihn steigen lassen?« Ivy umklammerte die Schnur.

»Weißt du noch, was ich dir gesagt habe? Wir schenken ihn Oma. Also lassen wir ihn in den Himmel fliegen.«

»Ist sie denn dort?«

»Vielleicht. Ich weiß es nicht. Jedenfalls denken wir an sie, wenn er davonfliegt.«

Gleichzeitig ließen sie die Schnur los und sahen zu, wie der Ballon über die Baumwipfel empor und dann davonschwebte, während über ihren Köpfen der Donner grollte und die ersten Regentropfen fielen.

31

Anstatt einer mehr oder weniger geordneten Prozession glich der Rückweg aus dem Wald eher einer wilden Jagd, und sie wurden alle vollkommen durchnässt. Besonders schlimm war es für Ros und Daphne, die, nachdem sie den Rollstuhl abgeschrieben hatten, gezwungen waren, unter den Bäumen Zuflucht zu suchen. Zum Schutz hatten sie lediglich einen fast nutzlosen Knirps und die Regenmäntel, die Bill und Ian ihnen geliehen hatten. So warteten sie, bis Tom mit Hopes ramponiertem altem Geländewagen kam, um sie zu retten.

Als die drei schließlich beim Haus eintrafen, hatten Lucy, Jo und Belle heiße Getränke, Schnaps und selbstgebackenen Kuchen bereit, damit sie sich aufwärmen konnten. Die alte Hundedecke, die sie im Auto warmgehalten hatte, wurde entfernt, Handtücher verteilt und eine Dusche angeboten, die jedoch abgelehnt wurde.

»Meint ihr, sie ist in der Lage, das Wetter zu inszenieren? Will Hope sich ein letztes Mal amüsieren, indem sie uns ertränkt?«, keuchte Daphne von ihrem Platz im Sessel aus, ein Glas Brandy – reine Medizin! – in der Hand.

»Oder uns eine Lungenentzündung anhängt.« Ros zitterte trotz der Decke, die sie eng um die Schultern geschlungen hatte.

»Ich könnte euch etwas von ihr zum Anziehen leihen«, bot Jo an.

Daphne sah sie an, als hätte sie komplett dem Verstand verloren. »Hopes Kleider tragen? Machst du Witze? Ein Rock von ihr würde nicht mal um meinen Oberschenkel passen. Nein, wir müssen nach Hause und uns umziehen.« Sie sah Ros an, die zur Bestätigung nickte. »Ihr habt inzwischen bestimmt sowieso die Nase voll von uns allen, und ihr habt noch viel zu tun, bevor ihr abreist.«

Keiner widersprach. Also wurden Ian und Bill losgeeist, man verabschiedete sich und die drei Geschwister standen auf der Terrasse und winkten Ros' uraltem Wagen nach, als er zum letzten Mal die regennasse Auffahrt hinunterfuhr. Vor ihnen zogen die dicken Wolken in Richtung Küste ab und nahmen den Regen mit. Schon trocknete die Sonne die Pflastersteine, Tropfen glitzerten auf Gras und Blättern. Kurz darauf brachen auch Adam und seine Familie erleichtert auf. Man versprach einander, in Kontakt zu bleiben, wünschte sich alles Gute und vereinbarte Besuche daheim in England, von denen jeder wusste, dass es dazu nicht kommen würde.

Nur Maria war noch da. Zu Jos Überraschung merkte sie offenbar nicht, dass sie länger blieb, als sie willkommen war. Es war noch so viel zu tun, und die Zeit lief. Nicht zuletzt mussten sie mit der blöden Zettelkleberei fertigwerden und aufräumen, bevor am nächsten Tag der Makler kam. Der Gedanke an das, was vor ihnen lag, erfüllte sie mit tiefer Schwermut. Einerseits wollte sie so bald wie möglich mit Ivy nach Hause und wieder an die Arbeit. Und sie wollte sich auf die Suche nach Anhaltspunkten für den Ort machen, wo Josh beigesetzt war. Wenn sie es jemals schaffen sollte, damit abzuschließen, wie Toms Seelenklempner es ausdrücken würde, dann musste sie das tun. Das war ihr im Gespräch mit Elaine klar geworden. Vorher würde sie nicht zur Ruhe kommen.

»Stimmt doch, Jo, oder?« Maria hatte Brad und Elaine

mit einer Geschichte aus der Vergangenheit erfreut. Damals waren sie beide per Anhalter die Küste entlanggefahren, obwohl Marias Eltern das verboten hatten. Als sie es abends nicht mehr nach Hause schafften, hatte Jo alle Überredungskunst aufgeboten, damit sie in einem Café auf dem Boden übernachten durften. »Du erinnerst dich doch?«

Jo wurde abrupt aus ihren Gedanken gerissen. »Tut mir leid, aber – Fehlanzeige.«

Maria blickte verwundert drein. »Das musst du doch noch wissen. Meine Mutter war richtig hysterisch, hatte furchtbare Angst, uns könnte etwas zugestoßen sein, während Hope einfach nur begeistert war von deinem Einfallsreichtum. Sie hatte uns kaum vermisst.«

Tom lachte. »Und wisst ihr noch, wie wir damals …« Er brach ab, als Belle mit Ferdie das Zimmer verließ. Einen Moment lang sah es aus, als wollte er ihr folgen, doch offenbar überlegte er es sich anders. »Ich meine damals, als wir Lucy zum Segeln mitgenommen haben …«

»O ja, als der Mast abgebrochen ist!«

Während er und Maria die anderen drei weiter mit Geschichten aus ihrer gemeinsamen Vergangenheit unterhielten, dämmerte es Jo, dass Maria das alles hier ein klein wenig zu sehr genoss. Sie flirtete mit Tom, hing an jedem seiner Worte, lachte an den richtigen Stellen, berührte gelegentlich seinen Arm, zeigte Bewunderung. Hin und wieder wanderte ihr Blick zur Tür, so als wartete sie darauf, dass Belle zurückkam.

Zehn Minuten später betrat Belle tatsächlich wieder den Raum. Sie wirkte aufgeregt. Die Augen starr auf Toms Hinterkopf gerichtet, fragte sie: »Hat jemand die Jungs gesehen?«

Tom drehte sich nicht einmal um, so aufmerksam lauschte er Maria.

»Tom!«

»Entschuldige, Liebling.« Er wandte den Kopf. »Was? Nein, ich nicht.«

»Ich wollte mal nachsehen, was sie so treiben, aber ich kann sie nicht finden. In ihrem Zimmer habe ich schon geschaut, am Pool auch.«

»Wahrscheinlich spielen sie Tischtennis.« Er wandte sich wieder Maria zu, um weiter in der Vergangenheit zu schwelgen. Jo hätte ihm am liebsten einen Fußtritt verpasst.

»Nein, tun sie nicht.« Belles Stimme war nun eine Nuance höher. »Ich habe sie überall gesucht.«

»Keine Sorge, irgendwo müssen sie ja sein«, mischte Maria sich ein. Ihre entspannte und selbstsichere Körpersprache zeigte, wer ihrer Ansicht nach hier fehl am Platz war. Sie sah die anderen an, mit deren Unterstützung sie rechnete.

»Nein, sind sie nicht«, beharrte Belle. »Ebenso wenig wie dein Auto.«

»Na, dann ist Christina wahrscheinlich mit ihnen irgendwo hingefahren.« Maria streckte einen Arm aus. Ihre Hand glich der einer Tänzerin – lange Finger, elegant. Tom ließ sie nicht aus den Augen.

Belle wurde ganz steif. »Aber ich will nicht, dass meine Jungs von einem so jungen Mädchen weiß Gott wohin kutschiert werden. Die Straßen hier in der Gegend können gefährlich sein, wenn man sie nicht kennt. Besonders in nassem Zustand.« Sie knetete ein Taschentuch mit den Fingern.

»Immer mit der Ruhe.« Tom stand endlich auf und ging zu ihr hinüber. »Ich bin sicher, es ist alles in Ordnung.«

»Wie kannst du da sicher sein? Wir wissen weder, wo sie hingefahren sind, noch, wann sie wiederkommen.«

»Rufen wir sie doch einfach an«, schlug Maria vor und lehnte sich in ihrem Stuhl zurück.

»Hab ich schon. Geht keiner ran.«

»Was meinst du, wo sie hingefahren sein könnten?«, fragte Tom Maria. Langsam verstand er Belles Panik.

»Keine Ahnung. Sie tut so ziemlich das, was ihr passt, und muss sich nicht andauernd bei mir melden.«

Alle bemerkten die kleine Spitze Belle gegenüber. Sogar Tom, der nun die Stirn runzelte.

»Sie werden nicht lange fortbleiben, sie weiß ja, dass wir irgendwann heimfahren müssen.«

»Machst du dir denn nie Sorgen um sie?« Jo konnte sich nicht vorstellen, mit Ivy so entspannt umzugehen. Eine Mutter hatte die Pflicht, für ihre Kinder zu sorgen – auch wenn diese schon alt genug waren, um zu wählen oder Auto zu fahren; und selbst dann, wenn sie nicht wünschten, dass man sich einmischte. War das nicht die Last des Elternseins?

Maria warf die Arme hoch. »Lieber Himmel, nein. Das habe ich vor Jahren von Hope gelernt. Ich habe mir immer eine Mutter wie eure gewünscht, die nicht ständig kontrolliert, was man treibt. Schon damals habe ich beschlossen, dass ich mich wie sie verhalten möchte, wenn ich selbst Kinder habe, also versuche ich das auch. Christina steht es frei zu tun, was sie will – im angemessenen Rahmen«, fügte sie rasch hinzu, als sie die Blicke der Umsitzenden bemerkte.

Tom starrte sie betroffen an. Er kreuzte zwar nicht gern die Klingen mit seinen Söhnen, hatte aber immer ganz klar gemacht, dass er und Belle schlussendlich für sie verantwortlich waren.

»Tja, das sehen Tom und ich anders«, erklärte Jo mit harter Stimme.

Maria machte ein erstauntes Gesicht. »Wirklich?«

»Und ich auch«, sagte Belle mit einem dankbaren Blick zu Jo.

»Na, wir sind jedenfalls prima zurechtgekommen«, konterte Maria. »Und ihr drei seid ein gutes Beispiel. Ihr seid immer noch da, um die Geschichte zu erzählen.« Maria zog die Beine unter sich. Sie hatte ihren Standpunkt dargelegt.

»Das ist nicht selbstverständlich«, erklärte Jo für sie alle drei. »So aufzuwachsen hat sicher seine Vorzüge, aber auch seine Schattenseiten.« Sie wollte Maria nicht in das einweihen, was sie selbst gerade erst erfahren hatte. Nicht jetzt, wo ihre lange verschollene Freundin ihr allmählich immer fremder wurde.

»Ich hätte nie gedacht, dass du mal so reden würdest.« Maria fuhr sich mit den Fingern durch die Haare, strich sie hinters Ohr. »Als du nach England gegangen bist, warst du so unabhängig, so stark. Ich möchte, dass Christina auch so wird.«

Jo war überrascht. Jeder, der sie gut kannte oder über ein Mindestmaß an Empathie verfügte, hätte gemerkt, wie nervös und unsicher sie damals war, so gut sie es auch versteckt hatte. Sie wünschte das niemandem. Selbst mit der Unterstützung von Walters Familie und Elaine war es nicht einfach gewesen.

»Es gibt vieles, was du nicht weißt«, meinte Tom, der nun neben Belle stand, die ihn unterhakte.

»Dann erzählt es mir doch.« Maria setzte sich wieder gerade hin und stützte, den Ellbogen auf der Armlehne des Stuhls, das Kinn in die Handfläche. Sie war ziemlich schön, geradezu verführerisch, kein Zweifel. Jo verstand, dass sie ihren Bruder bezauberte.

»Ich glaube nicht, dass das ...« Doch Tom wurde durch das Klingeln seines Mobiltelefons unterbrochen. Er zog es aus der Tasche und sah auf das Display. »Alex.«

Belle wollte nach dem Handy greifen, doch er hob abwehrend die Hand und nahm das Gespräch selbst entgegen. Er hörte eine Weile zu und sagte dann: »Und wo ist es passiert? ... Okay. Okay ... Alex, beruhige dich ... Ja, ich komme sofort.«

Er legte auf und starrte das Telefon an. »Sie hatten einen Unfall.«

Belle schrie auf und umklammerte seinen Arm noch fester. »Nein! Sind sie unverletzt?«

»Ich glaube schon. Sie sind auf der Straße nach Gibraltar. Offenbar kam so ein bescheuerter Motorradfahrer um die Ecke geschossen und Christina ist von der Fahrbahn abgekommen.«

»O mein Gott!« Belle schlug die Hände vor den Mund. »Bestimmt ist sie zu schnell gefahren. Ich wusste, dass irgendwas passiert.«

»Aber es ist ihnen nichts zugestoßen.« Tom, die Ruhe selbst, übernahm das Kommando. »Anscheinend ist vor allem das Auto beschädigt, weil es gegen einen Baum geprallt ist. So schnell kann sie nicht gefahren sein, wenn keiner von ihnen verletzt ist, Gott sei Dank.«

»Wir müssen sofort los.« Maria war schon aufgesprungen und schlüpfte in ihre Sandalen. Die festeren Schuhe hatte sie im Flur zum Trocknen hingestellt.

»Ich fahre euch«, sagte Jo. »Tom, hast du die Schlüssel? Ivy, du kommst auch mit.« Sie nahm die Schlüssel von ihm entgegen und ging in den Flur, um die Schuhe ihrer Tochter zu holen.

Als sie zurückkam, warteten Tom und Belle schon draußen auf sie, und Lucy sprach mit Ivy. Sie sahen beide Jo an.

»Ivy und ich möchten eigentlich gern zusammen einen Film anschauen. Fahr du ruhig.«

Ivy nickte heftig und nahm Lucys Hand.

»Schön«, sagte Jo erleichtert. »Wenn ihr das wirklich wollt? Ich hoffe, es dauert nicht allzu lange.«

»Ja, wir wollen das wirklich«, sagte Lucy. »Komm, gehen wir mal nachsehen, was an DVDs da ist.« Sie führte Ivy ins Wohnzimmer zu dem Regal neben dem Fernseher.

»Vielleicht wird ein zweiter Fahrer gebraucht.« Brad hatte im Hintergrund zugehört. »Maria, du kannst mit mir fahren.«

Jo dankte Gott, dass er sensibel genug war zu merken, dass es nicht ideal gewesen wäre, Maria im gleichen Auto wie Tom und Belle mitzunehmen. Obwohl Maria nicht einmal nach Christina gefragt hatte, war sie offensichtlich genauso erleichtert wie alle anderen, als sie Tom sagen hörte, dass alle drei wohlauf seien. Sie hatte die Arme vor der Brust verschränkt, und ihr Mundwinkel zuckte nervös. Ein Tick, den Jo ebenfalls vergessen hatte. Sie küsste Ivy zum Abschied und lief hinaus zu den anderen.

Im Auto herrschte angespanntes Schweigen, das nur Tom brach, um unnötige Wegbeschreibungen zum Besten zu geben und Jos Fahrstil zu kritisieren. Es lohnte sich nicht, fand sie, ihn daran zu erinnern, dass sie den Weg genauso gut kannte wie er. Im Fond saß Belle, stocksteif umklammerte sie ihren Sicherheitsgurt und zischte jedes Mal, wenn sie fand, dass Jo eine Kurve zu eng nahm, oder wenn ein entgegenkommendes Auto vorbeifuhr. Jo hielt den Mund, wenn auch zähneknirschend.

Christina und die Jungs waren nicht weit gekommen. Sie hatten die Straße nach Gaucín genommen und waren dann gegenüber von der Tankstelle links abgebogen in Richtung Gibraltar. An der Stelle, wo die Straße sich in scharfen Kurven bergab schlängelte, fanden sie das gelbe Auto, das mit dem rechten vorderen Kotflügel in einen Baum gekracht war. Tom sprang schon aus dem Geländewagen, bevor Jo auch nur den Motor abgestellt hatte. Belle rannte gleich hinter ihm her auf Ethan und Christina zu. Sie saßen neben dem Auto auf dem Boden, Ethan hatte den Arm um ihre Schultern gelegt und tröstete sie, während sie vor und zurück schaukelte. Alex stand hinter ihnen und trat gegen den Baumstamm.

Kaum hatte er seinen Vater bemerkt, erhob sich Ethan mit einer Grimasse, den linken Arm eng an den Körper gepresst. Auf seiner Wange prangte ein Bluterguss. Ohne Tom Zeit zu geben, etwas zu sagen, begann er zu sprechen. »Es war nicht ihre Schuld, Dad. Echt nicht. Das Motorrad hat die Kurve zu weit genommen. Es kam aus dem Nichts. Sie hatte keine Chance.« Er drehte sich zu Christina um, die mit einem schwachen Lächeln reagierte. Zu ihren Füßen glitzerten die Scherben des zerbrochenen rechten Frontscheinwerfers und des Seitenspiegels.

»Ethan! Alles in Ordnung?« Belle drängte sich an Tom vorbei und blieb vor ihrem Sohn stehen, unsicher, ob sie ihn umarmen sollte oder nicht, weil sie ihm nicht wehtun wollte. Tom konnte genau nachvollziehen, was ihr durch den Kopf ging. Er legte die Hand auf ihre Schulter, spürte ihre Anspannung und Angst und wollte ihr zeigen, dass er da war.

»Ja, alles in Ordnung. Ich bin gegen die Windschutzscheibe geprallt, als wir gegen den Baum fuhren.« Ethan berührte seine Wange und zuckte zusammen. »Meine Schulter tut auch ein bisschen weh, aber das ist alles. Zum Glück waren wir nicht besonders schnell. Sie ist eine sehr gute Autofahrerin.«

»Gott sei Dank.« Belle entspannte sich sichtlich. »Bist du sicher?« Sie nahm seinen Arm und küsste ihn auf die Wange. »Und was ist mit dir, Alex?«

»Mein Nacken schmerzt ein bisschen, sonst alles okay. Ich saß hinten und war angeschnallt«, fügte er spitz hinzu.

»Ethan, sag bloß nicht, dass du den Sicherheitsgurt nicht angelegt hattest?«

Ethan ließ den Kopf hängen. Schuldbewusst.

Belles Erleichterung, ihre Söhne unversehrt vorzufinden, machte Ärger Platz. »Was bildest du dir eigentlich ein? Ich dachte, zumindest das hätten wir euch wirklich eingepaukt.«

»Nicht jetzt.« Tom trat zwischen sie.

Ethan blickte weiter zu Boden. »Ja, na ja, scheiß drauf. Wir sind okay und nur das zählt.« Er machte einen Schritt rückwärts, auf Christina zu.

»Okay? Du hättest sterben oder zumindest durch die Windschutzscheibe fliegen können.«

Tom legte ihr beschwichtigend die Hand auf den Arm. Sie lehnte sich an ihn, ihre Angst wich jetzt der Erleichterung.

»War aber beides nicht der Fall.« Ethan setzte sich wieder neben Christina. Sie rutschte ganz nah an ihn heran.

»Und du, Christina«, sagte Belle und ging vor ihr in die Hocke, »bist du verletzt?«

Ein tränenverschmiertes Gesicht blickte unter dem schwarzblauen Haar hervor. »Ich glaube, Ethan hat es am Schlimmsten erwischt.« Sie hob die Hand an den Brustkorb. »Ich habe Prellungen vom Sicherheitsgurt, weiter nichts.«

»Vielleicht hast du dir auch eine Rippe gebrochen. Du solltest jedenfalls zum Arzt gehen.« Belle drehte sich zu Tom um, mit dessen Einverständnis sie rechnete.

»Dazu tut es, glaube ich, nicht weh genug.« Christina brachte ein Lächeln zustande.

»Es schadet ganz bestimmt nicht, eine Röntgenaufnahme zu machen. Nur zur Sicherheit. Aber deine Mutter ist auch schon unterwegs. Das überlasse ich euch beiden.« Belle wandte ihre Aufmerksamkeit wieder ihren Söhnen zu. »Ihr habt uns nicht gesagt, wohin ihr fahrt. Und ans Telefon seid ihr auch nicht gegangen.«

Ethan und Christina wechselten einen Blick, ganz kurz, fast unmerklich.

Belle schloss die Augen und schüttelte den Kopf. Sie brachten sie zur Verzweiflung. »Na, Gott sei Dank seid ihr wohlauf. Das ist das Wichtigste.«

Genau in diesem Augenblick fuhr Brads Mietwagen heran und Maria stieg aus. Ihre Miene verriet Sorge. Ganz so cool, wie sie vorgab, war sie eben doch nicht. Mit einem

Blick erfasste sie die Situation, und genau wie Belle ging sie schnurstracks zu ihrem Kind und kauerte sich neben Christina. »Was ist passiert? Bist du verletzt?«

Christina sah sie nicht an, sondern nickte nur. »Bisschen geprellt, aber sonst alles okay.«

»Das ist gut. Wie oft habe ich dir gepredigt, du sollst vorsichtig sein?« Sie wandte sich um und inspizierte den Schaden am Auto. »Was ist alles kaputt?«

Tom traute seinen Ohren nicht. Wo war ihre Sorge um seine Jungs? Das war überhaupt nicht mehr die unbekümmerte, aber liebevolle Frau, die er zu kennen glaubte.

Über den Kotflügel gebeugt inspizierte sie den Schaden. »Wenigstens sind wir versichert.«

»Und die Jungs sind auch wohlauf«, erinnerte er sie. Er wartete darauf, dass sie sich besorgt zeigte, er wünschte es sich so sehr.

»Das sehe ich«, erklärte sie, richtete sich auf und schenkte ihm ihr überwältigendes Lächeln – bloß dass er diesmal keineswegs überwältigt war. »Also nichts passiert, Gott sei Dank. Dann rufe ich mal bei Hertz an und frage, was jetzt zu tun ist.« Sie blitzte ihre Tochter an. »Das wirst du mit deinem Taschengeld bezahlen.«

Christina hatte sich in der kurzen Zeitspanne, seit ihre Mutter da war, erholt. Mit ihren dunklen Augen starrte sie ihre Mutter eindringlich und ohne zu blinzeln an. Ethan stellte sich vor sie. Es rührte Tom, seinen Sohn in der Beschützerrolle zu sehen. Nicht, dass Christina besonders schutzbedürftig gewirkt hätte. Selten war ihm ein so herausfordernder, selbstbewusster junger Mensch begegnet. Und doch entdeckte er bei näherem Hinsehen eine gewisse Verletzlichkeit unter dem Lack der Selbstsicherheit. In diesem

Moment tat sie ihm leid. »Sie hätte sich umbringen können«, machte er mit ruhiger Stimme klar.

»Sie hätte unsere Jungs umbringen können«, fügte Belle hinzu.

»Hat sie aber nicht.«

Früher hatte er Maria immer wegen ihres Mundwinkel-Ticks aufgezogen.

»Gott sei Dank«, fügte sie hinzu, jedoch so spät, dass es nicht mehr so bedeutungsvoll klang, wie es hätte sein sollen.

Wo, um Himmels willen, lagen ihre Prioritäten? Jedem ihrer drei Kinder hätte etwas Schreckliches zustoßen können. Jedem. Ihre Sachlichkeit, ihr offenkundiger Mangel an Menschlichkeit schockierten Tom. Es war, als entdeckte er nun eine vollkommen andere Frau als die, für die er einst so leidenschaftliche Gefühle gehegt hatte. Er war sogar schon auf die Idee gekommen, dass er sie vielleicht erneut lieben könnte. Doch nun erkannte er diese Gedanken als das, was sie waren – pure Fantasie. Was hatte er sich eigentlich gedacht? Als Belle sich jetzt neben ihn stellte, sprang in ihm irgendein Schalter wieder auf Normalstellung. Entweder hatte sich bei Maria etwas verändert, oder die Zeit und der räumliche Abstand hatten seine Erinnerungen an die gemeinsame Vergangenheit in ein rosiges Licht getaucht.

Christina ging zu Brads Auto und setzte sich auf den Rücksitz. Auf Ethans Ruf reagierte sie nicht. Er winkte und hielt sich, Daumen und kleinen Finger ausgestreckt, eine Faust ans Ohr zum Zeichen, sie sollten telefonieren. Doch von Christina, die von allen abgewandt saß, waren nur noch die Haare zu sehen. Tom hätte wütend auf sie sein sollen, doch er empfand nur Mitleid. In dem Bewusstsein, dass Belle direkt neben ihm stand und jedes seiner Worte aufsaugte, drehte er sich zu Maria um.

»Na, das musst du jetzt in Ordnung bringen«, sagte er in aller Seelenruhe. »Und wir fahren mit Ethan lieber zum Arzt, damit der seinen Arm anschaut.«

Es hatte den Anschein, als wollte sie ihn um Hilfe bitten, doch er kam ihr zuvor. »Brad wird dir helfen. Nicht wahr, Brad?«

Brad nickte. »Na klar. Kein Problem. Wir können mein Auto nehmen.«

Maria machte den Eindruck, als merkte sie, dass ihr etwas entglitt, dass der Zauber, den sie bis vor kurzem auf Tom ausgeübt hatte, verpuffte. »Wir können hinterher wieder zur Casa de Sueños kommen«, schlug sie vor, »wenn wir das hier erledigt haben. Wir haben uns doch alle noch so viel zu erzählen.«

Tom spürte Belles Hand besitzergreifend zwischen seinen Schulterblättern.

»Das halte ich für keine gute Idee«, erklärte er, und ließ jedes leise Bedauern los, während der Druck von Belles Hand noch ein wenig fester wurde. Er wusste, wo er hingehörte. »Wir haben noch viel zu tun, bevor wir abreisen.«

In Marias Blick lag eine Sehnsucht, die ihn überraschte und von der er hoffte, dass niemand sonst sie bemerkte. Doch was auch immer in ihrem Leben geschehen sein mochte, das sie Zuflucht in der Vergangenheit suchen ließ, es hatte nichts mit ihm zu tun und er wollte es auch gar nicht wissen. Er hatte vor all den Jahren die richtige Entscheidung getroffen, wenn auch ihre Aufmerksamkeit ihm jetzt geschmeichelt hatte. Und er war fasziniert gewesen von der

Frage, wie sein Leben wohl ausgesehen hätte, wenn er anders entschieden hätte. Doch es hätte niemals funktioniert zwischen ihnen. Damals ebenso wenig wie heute. Zu seiner Familie gewandt sagte er: »Ethan, Alex, kommt, wir fahren nach Hause.« Er stellte klar, dass es keine Alternative gab.

Ethan erhob sich und ging mit seinem Bruder zu Jo, die aus dem Geländewagen gestiegen war, um die hintere Tür für die beiden zu öffnen. Seinen schmerzenden Arm immer noch an die Brust gedrückt, stieg Ethan ein.

Tom drehte sich wieder zu Maria um. »Brad wird sich um euch kümmern«, sagte er. »Er wird warten, bis der Abschleppdienst kommt, und euch dann heimbringen, da bin ich ganz sicher.«

»Natürlich«, sagte Brad. »Lass mich mal die Papiere sehen, damit wir wissen, wo wir anrufen müssen.«

Sie warf ihm einen erleichterten Blick zu und ging zu ihrem Auto, um den Mietvertrag herauszuholen.

»Es war schön, dich zu sehen«, sagte Tom. Unwillkürlich spürte er einen leisen Anflug von Traurigkeit, als sie noch einmal auf ihn zu kam. Tom hörte, wie Belle sehr tief Luft holte, als Maria auf die Zehenspitzen ging und ihn auf die Wange küsste.

»Es war auch schön, dich zu sehen«, erwiderte sie.

Jedes weitere Wort hätte Belle ihm niemals verziehen. Ihr Gespräch war zu Ende. Stattdessen lächelte er bloß und folgte seiner Frau zum Auto, wo seine Familie auf ihn wartete.

Sie würden einander nicht wiedersehen.

MONTAG

32

Als Lucy frühmorgens erwachte, wusste sie genau, was sie zu tun hatte. Nach einer schlaflosen Nacht, in der sie ins Dunkel gestarrt und sich eine Zukunft ohne Art ausgemalt hatte, war sie zu einer Entscheidung gekommen. Eine vage Möglichkeit, die sie zunächst als Fantasie abgetan hatte, war ihr schon seit Wochen im Kopf herumgegangen, doch bis jetzt hatte sie nie geglaubt, dass sie wahr werden könnte.

Die Sonne blinzelte durch die dünnen Vorhänge und warf schwache Schatten auf den Boden. Draußen bellte Bailey. Sie stand auf und ging zum Fenster, öffnete die Vorhänge und nahm einen Moment lang die allzu vertraute Aussicht wahr – eine Aussicht, derer sie genau wie Hope nie müde werden würde. Der Regen vom Vortag war abgezogen und hatte einen strahlend blauen Himmel hinterlassen, in der klaren Luft sah man über die Felder und Wälder, den Windpark und den Felsen von Gibraltar hinweg nun wieder bis Afrika. Da die brütende Sommerhitze noch nicht eingesetzt hatte, war die Landschaft ein Gemälde in verschiedenen Grüntönen, frisch gewaschen vom gestrigen Regen. Sie meinte bei der Sierra Crestellina sogar ein Adlerpaar fliegen zu sehen.

Während sie sich anzog, ging sie noch einmal durch, was sie den anderen sagen wollte. Als Erstes musste sie Jo auf ihre Seite ziehen. Mit Tom würde es schwieriger werden, doch wenn sie ihn zu zweit überzeugten, klappte es vielleicht. Ob Jo wohl schon aufgestanden war?

Sobald sie ihre Zimmertür öffnete, wurde klar, dass Jo längst wach war. Von der Terrasse drang Ivys wütendes

Schluchzen herauf. »Das ist nicht gerecht!«, kreischte sie. »Nein, nein, nein!«

Jo sagte etwas, das Lucy nicht ganz verstand.

»Du bist ein ganz dummes Mädchen!«, kreischte Ivy. Lucy lächelte und lief die Treppe hinunter. Vielleicht konnte sie helfen.

Am Tisch saß mit puterrotem Gesicht Ivy vor einer Schüssel Cornflakes. Wie eine Drama-Queen hielt sie zunächst die Hand an der Stirn, dann schlug sie damit auf den Tisch. »Das ist nicht gerecht!«

»Siehst du, was ich mitmache?« Jo nickte ihrer Schwester zum Gruß zu. »Was ist nicht gerecht, Ivy? Erzähl es Tante Lucy.«

Ivy blickte auf, die blauen Augen voller Tränen. »Mein ganzes Leben ist nicht gerecht«, jammerte sie, als sei eine Riesenkatastrophe über sie hereingebrochen.

»Ich habe bloß gesagt, dass sie schon genug Zucker auf ihren Cornflakes hat.« Jo nippte an ihrem Kaffee, ruhig, gelassen und mit ihrem Laptop beschäftigt. »Das ist alles.«

Lucy konnte ihr Lachen nur verbergen, indem sie sich ein Glas Orangensaft holte. Als sie zurückkam, war das Drama vorbei. Ivy aß ihre Cornflakes, während Jo etwas in ihren Laptop tippte, als sei nichts geschehen. Sie blickte auf.

»Erstaunlich, was es bewirken kann, *Die Eiskönigin* zu versprechen.«

Ivy strahlte und begann leise zu singen.

»Ein Glück, dass ich es runtergeladen habe – obwohl es eigentlich allem widerspricht, was ich mir für mein Kind gewünscht habe. Was tut man nicht alles für ein ruhiges Leben.«

»Können wir uns einen Moment unterhalten?« Lucy setzte sich.

Jo klappte den Laptop zu. »Vorausgesetzt, Madame fängt nicht wieder an, natürlich. Reichst du mir bitte die Pfirsichmarmelade?«

»Es geht um das Haus.« Lucy gab ihr die Marmelade und strich dann Butter auf ein Stück knuspriges Brot. Eindeutig war jemand in der Bäckerei in der Stadt gewesen.

»Mhm?« Jo sah Ivy an und strich ihrer Tochter mit einem mütterlich liebevollen Blick die Haare aus dem Gesicht. Dann schloss sie die Augen, lehnte sich zurück und ließ sich die Sonne ins Gesicht scheinen. »Was ist damit? Keine Sorge. Tom bringt es sicher schnell über die Bühne.« Sie öffnete die Augen und blickte sich um. »Schade, wirklich. Ich vergesse immer wieder, wie schön es hier sein kann.«

»Aber müssen wir es denn wirklich verkaufen?« Lucys Eingeweide krampften sich zusammen. Die Antwort konnte ihr Leben für immer verändern.

Jo setzte sich auf. Sie kam nicht ganz mit. »Mum wollte es so«, sagte sie. »Das ist alles. Wieso?«

»Müssen wir alles genau so machen, wie sie es wollte?« Lucy empfand die Frage fast als Sakrileg, aber wenn sie sie nicht stellte, würde niemand es tun. »Sie wollte doch nur, dass wir verkaufen, damit wir nicht in Streit geraten. Aber wenn wir nicht streiten ...«

»Jaaaa?« Jo war offensichtlich überrascht, dass Lucy den Gang der Dinge störte. Das war gewöhnlich nicht ihr Stil.

Ivy sprang von ihrem Stuhl auf und rannte ins Haus. »Ich brauche Posy und Bampy. Sie müssen sich für die Bärdigung fertigmachen.«

Lucy wartete, bis sie wieder Jos volle Aufmerksamkeit hatte. »Ich habe die ganze Nacht wachgelegen und mir alles genau überlegt. Ich muss etwas finden, was mich ausfüllt. Kein Art, keine Kinder und ein Unternehmen, dass neu aufgebaut oder aufgelöst werden muss.« So, sie hatte es ohne Tränen oder Selbstmitleid über die Lippen gebracht. »Ich habe dir doch erzählt, dass ich mit dem Gedanken spiele, ein Bed and Breakfast zu eröffnen?«

Jo nickte interessiert.

»Aber wenn wir das Haus behalten, könnte ich ein kleines Boutiquehotel daraus machen. Schau nicht so zweifelnd. Ich habe Mum geholfen, es als B & B zu führen, also weiß ich im Prinzip, wie es funktioniert. Aber ich will etwas daraus machen, was ein bisschen anspruchsvoller und weniger exzentrisch ist – na ja, wo der Erfolg nicht so wechselnd ist. Ich würde Kochkurse geben – stell dir vor! Ich könnte vielleicht mit Bernard und Sylvie zusammenarbeiten, sodass ich auch Wander- oder Malurlaube anbieten kann. Und ich …« Sie brach ab.

Jo starrte sie an. Entsetzt? Lucy konnte den Blick nicht deuten.

»Was? Du findest die Idee grottenschlecht. Ich nehme an, du brauchst deinen Anteil aus dem Verkaufserlös? Das mache ich dir nicht zum Vorwurf. Und bestimmt will auch Tom seinen Teil haben. Es ist seine Rückzahlung.« Sie hätte wissen müssen, dass die Idee ein Hirngespinst war, dass ihre Geschwister nicht zustimmen würden.

Jo schüttelte langsam den Kopf, und ein Lächeln umspielte ihre Lippen. »Absolut nicht! Ich finde sie genial. Das würde dir einen kompletten Neuanfang ermöglichen, und noch dazu könntest du deine Talente nutzen. Aber was ist mit den Finanzen? Bräuchtest du nicht eine Geldspritze, um es zum Laufen zu bringen?«

Eine kribbelnde Erregung packte Lucy und überdeckte die Enttäuschung. Jo machte sich weder über sie lustig, noch spielte sie die gönnerhafte große Schwester, sondern sie ermutigte sie, durchzustarten. »Ich kann es langsam angehen, eins nach dem anderen. Seit Monaten habe ich herumfantasiert, wie es funktionieren könnte, aber es war nicht real, wegen Art und mir. Jetzt ist mein Leben plötzlich vollkommen anders. Ich habe die ganze Nacht darüber nachgedacht. Wenn Art und ich unser Haus verkaufen – ich will da nicht alleine leben –, dann hätte ich ein bisschen Kapital, um es in das Hotel zu stecken. Oder vielleicht könnten wir es so organisieren, dass du und Tom Anteile bekommen. Ich weiß nicht genau, wie das laufen könnte, aber er kennt sich damit aus. Das kann doch nicht so schwer sein«, meinte sie. »Ich weiß, was notwendig ist, du und Tom, ihr werdet sicher auch Ideen beisteuern, und Antonio hilft mir bestimmt, er hat ja Hotelerfahrung. Oder er kennt irgendjemanden.«

»Lucy! Nicht Geschäftspartner und …«

Sie spürte, dass sie errötete. »Es ist viel zu früh, um über so etwas nachzudenken. Aber ich mag ihn schon. Du nicht?«

Jo schüttelte den Kopf. »Sei nicht albern. Nicht mein Typ. Allerdings ein guter Tänzer.«

»Na, vielleicht ist es Zeit, dass ich ein bisschen Spaß habe.« Der Gedanke gefiel ihr. »Aber es ist doch so, er kennt sich aus, wie es im Geschäftlichen hier läuft, er hat so lange das Hotel geführt, und er liebt dieses Haus genauso wie wir. Das ist es, was mich jetzt interessiert. Ich werde bescheiden beginnen und dann nach und nach Veränderungen vornehmen.«

»Damit es wirklich ein Erfolg wird, wirst du eine schöne Website brauchen, in den sozialen Medien präsent sein und dir auch ein bisschen Marketing-Knowhow aneignen müssen. Mum war in alledem immer eine Niete, aber heutzutage ist das für jedes Unternehmen ein Muss. Wenn wir ein wenig Marktforschung betrieben haben, kann ich dir dabei helfen.« Jos Augen glänzten vor Begeisterung.

»Das würdest du tun?« Es war mehr, als Lucy zu hoffen gewagt hatte. Sie hatte bestenfalls mit zögernder Zustimmung gerechnet, einer Vereinbarung, nach der sie es ein paar Monate lang probieren durfte, um das Haus dann, falls es schiefging, wieder auf den Markt zu werfen.

»Klar würde ich. Kennst du vielleicht jemand Besseren als mich? Und auch Antonio sollte dir dabei helfen können. Statt eines Honorars kannst du mich und Ivy außerhalb der Saison für ein, zwei Wochen einladen. Ich habe gestern gesagt, dass ich dir helfen will, wieder auf die Beine zu kommen, und wenn es das ist, was es jetzt braucht – dann zähle auf mich.« Die letzten Worte gingen unter, weil Lucy sie mit einer ungestümen Umarmung fast erstickte.

»Guten Morgen!« Belle schwebte durch die Tür, noch in ihren Laufklamotten, die Sonnenblende über den Augen. Sie stellte die Schüssel mit ihrem Frühstück ab und legte ihre verschiedenen Vitaminpillen auf den Tisch. Dann stand sie breitbeinig da, die Hände in die Hüften gestützt. »Was für ein wunderbarer Tag. Bei diesem Wetter finde ich es einfach toll hier.« Jetzt, wo die Sache mit Maria wieder im Lot war und sie Tom zurückhatte, war ihre Stimmung erheblich besser.

»Wie geht's Ethan?«

»Schläft tief und fest. Er hat ziemliche Prellungen, aber das geht vorbei. Je eher ich ihn und Tom von diesen beiden Frauen wegbringe, desto besser für uns alle.« Sie hob die Augenbrauen zum Zeichen, dass sie scherzte. »Und, was ist für heute geplant?«

Die beiden Schwestern wechselten einen Blick. Wenn sie Belle auf ihre Seite ziehen konnten, dann würde Tom ihnen wenigstens zuhören. Er würde gleich da sein. Viel Zeit blieb ihnen nicht.

Wachsam wie immer, bekam Belle den Blickwechsel mit. »Worum geht es? Was fantasiert ihr beiden euch zusammen? Ich merke, dass da etwas im Busch ist.«

Jo warf einen Blick auf die Uhr und begann zu erklären.

Als Tom dazustieß, fühlte er sich so wohl wie die ganzen letzten Tage nicht. Sein morgendlicher Lauf mit Belle war wirklich gut gewesen. Vielleicht hatte sie absichtlich ihr Tempo gedrosselt, jedenfalls hatte er während der ganzen Runde mit ihr Schritt gehalten und wie versprochen schossen die Endorphine durch seinen Körper und verschafften ihm das willkommene Wohlgefühl. Er war ein Idiot gewesen, sich derart von Maria einwickeln zu lassen. Im hellen Licht des Morgens sah er seine Reaktion auf sie ganz realistisch als kurzlebige Schwärmerei: eine erste Liebe, die dorthin gehörte, wo er sie gelassen hatte – in die Vergangenheit. Und Belle hatte auf seine überfällige Erklärung so mitfühlend reagiert. Kein Wort des Vorwurfs. Fast keins. Nachdem sie Ethan, dessen Schulter schlimm verstaucht, aber nicht gebrochen war, vom Arzt abgeholt hatten, führten sie ein langes Gespräch. Alles auszupacken war hilfreich gewesen. Belle hatte sich als die bemerkenswerte und verständnisvolle Frau erwiesen, die er immer in ihr gesehen hatte, egal, was der Rest der Familie von ihr hielt.

Und doch erfasste ihn eine undefinierbare ungute Vorahnung, als er die drei Frauen zusammen am Tisch sitzen saß. Ivy spielte in der Nähe auf dem Boden mit ihren Sachen. Bailey lag lang ausgestreckt und zuckte, wenn er im Traum Kaninchen jagte. Seine Schwestern hatten diesen Blick, den er aus Situationen kannte, wo sie etwas von ihm wollten – hinten auf seinem Mofa mitfahren, zu einer Party gebracht, an die Küste chauffiert werden. Belle löffelte ihr Frühstück und wirkte dabei nachdenklich. Ihre Hochstimmung von vorhin war verflogen.

»Ich mache ein bisschen Roggentoast«, sagte er und ging zurück ins Haus.

Als er wieder herauskam, zum Tisch ging und die Toastscheiben gegen die Teekanne lehnte, blickte Belle zu ihm hoch. »Lucy hat einen interessanten Vorschlag.« Sein ungutes Gefühl verstärkte sich.

»Ich hoffe, es dauert nicht allzu lange. Der Makler kommt bald, und vorher müssen wir alles markieren, was wir haben wollen.«

»Genau darüber möchte ich mit dir reden.« Lucy sah erst Jo an, dann Belle.

Jo nickte ihr zu und wandte ihre Aufmerksamkeit dann Ivy zu, die gerade mitsamt ihren Spielsachen auf den Schoß ihrer Mutter kletterte.

Tom steckte eine große braune Pille in den Mund und spülte sie mit einem Schluck Orangensaft hinunter. Er legte den Kopf zurück und schluckte, dann schenkte er sich Kaffee ein. Wenn er bei seiner vertrauten Routine blieb und die Blicke ignorierte, die zwischen den Frauen hin und her gingen, dann würde das, worüber auch immer sie sprechen wollten, sich vielleicht in Luft auflösen, und er konnte diesen letzten schönen Morgen auf der Terrasse genießen. Einen Moment lang überlegte er, wann er wohl am besten im Büro anrief, um sich zu vergewissern, dass alles nach Plan lief.

»Ich frage mich, ob wir uns das mit dem Verkauf nicht noch einmal überlegen sollten.«

Lucys Worte brachen wie ein Tsunami in seinen Denkprozess ein und walzten alles platt, was sich dort abspielte. Er prustete den Kaffee zurück in die Tasse.

»Aber es ist schon organisiert. Das Haus kommt noch diese Woche auf den Markt.« Das konnten sie doch nicht machen – alles umwerfen, was er so sorgfältig und Hopes Wünschen entsprechend arrangiert hatte.

»Na ja, wir dachten, wir könnten es *um*organisieren«, schaltete sich Jo ein. »Lucy hat einen Plan. Zumindest könntest du ihn dir anhören.«

»Ja, mach das«, echote Belle. »Ich denke, es hat etwas. Für uns alle.«

Drei gegen einen. Selbst seine eigene Frau wusste Bescheid. Dank ihrer Sehnsucht, wirklich Teil der Familie zu sein, war sie sicher leicht zu überzeugen gewesen. In etwas eingeweiht zu werden, was die anderen beiden ausgeheckt hatten, war genau das, was sie sich von der Familie wünschte. Tom gab sich geschlagen. »Na gut. Aber macht es kurz.« Er würde zuhören, was Lucy zu sagen hatte, und es dann ablehnen. Pläne sollten nur geändert werden, wenn es absolut unumgänglich war – so lautete eine seine Lebensregeln. In seinem Stuhl zurückgelehnt bewunderte er die Aussicht, während Lucy ihre in seinen Ohren vollkommen schwachsinnige Idee zu erklären begann. Das Haus behalten! Ein Hotel führen! Mit Antonio! Kochkurse! Also bitte!

»Nein, nein, nein!«, sagte er und griff nach Toast und Butter. Belle zog ihm den Toast weg und stellte ihm stattdessen das Knäckebrot hin, das wie Styropor schmeckte. »Hope wollte, dass wir verkaufen, also werden wir das auch tun. Heute Vormittag kommt ein Vertreter von Gaucín Properties und wir werden es wie geplant zum Kauf anbieten. Wir werden das Haus verkaufen und den Erlös aufteilen, genau wie Mum das wollte. Deinen Anteil kannst du darauf verwenden, hier ein Unternehmen aufzuziehen, wenn du willst. Ihr könnt auch zusammen was machen, wenn du so scharf darauf bist, Jo. Aber ich werde jetzt nicht alles umschmeißen.«

Belle hielt den Kopf schief, während sie seine Worte zur Kenntnis nahm. Bestimmt wechselte sie gleich wieder in sein Lager, sobald ihr klar wurde, dass ein Teil ihres Anteils am Erlös in die lächerlich teure Sri-Lanka-Reise fließen sollte, die ihr so am Herzen lag.

»Das ist nicht fair, Tom«, schaltete Jo sich ein.

Er hätte wissen müssen, dass Jo Schwierigkeiten machen würde.

»Wenigstens könntest du die Idee überdenken. Für Lucy wäre es die perfekte Lösung.«

»Ich habe es überdacht, und die Antwort lautet nein. Man kann nicht einfach beschließen, ein derartiges Unternehmen auf die Beine zu stellen. Man braucht Zahlen, Vorausberechnungen, einfach mehr als bloß eine Laune. Das wisst ihr so gut wie ich. Und genau diese Art Zankerei wollte Mum vermeiden.« Er schob seinen Stuhl zurück, zufrieden mit sich selbst. Er handelte verantwortungsbewusst, traf als männliches Familienoberhaupt die Entscheidungen, die für sie alle gut waren. Es war an der Zeit, seine Autorität wieder geltend zu machen und sich zu beweisen. »Komm mit, Belle. Ich will dir das Bild bei Tageslicht zeigen.«

Als er aufstand, sah er den Blick, der zwischen Jo und seiner Frau hin und her ging. Es war also noch nicht vorbei. Belle genoss die Verschwörung. Aber er würde gewappnet sein, wenn sie wieder davon anfingen. Lucy saß auf ihrem Stuhl und sah aus, als sei ihre Welt zusammengebrochen. Er empfand einen Anflug von schlechtem Gewissen, schüttelte es aber ab. Sie war eine einfallsreiche Frau. Diese Reaktion war nur Arts überstürzter Abreise zu verdanken. Es würden sich andere, bessere Chancen für sie ergeben, bei denen nicht die Emotionen die Oberhand hatten. Er tat das Richtige, wenn er sich an den Wunsch ihrer Mutter hielt.

Keiner sagte ein Wort, als sie den Tisch verließen. Wenn es damit noch nicht getan war, so hatte er zumindest seinen Standpunkt klargestellt. Nun brauchte er das Gesagte nur zu wiederholen. Das würde niemanden überraschen. Hinter sich hörte er Belles Schritte, während sie zu Hopes Zimmer hinübergingen.

»Das letzte Wort ist noch nicht gesprochen.« Jo legte ihre Hand auf Lucys Handgelenk. »Das lasse ich nicht zu.«

»Aber es klang so endgültig. Und er hat Recht. Genau das wollte Mum vermeiden.« Sie stützte die Ellbogen auf den Tisch und den Kopf in die Hände.

»Nun, sie ist nicht mehr da, also wird sie es nicht erfahren. Wenn wir das Haus nicht verkaufen wollen, kann uns niemand dazu zwingen. Er kann es nicht durchziehen, wenn wir beide dagegen sind.«

»Ich hätte wissen müssen, dass er so reagieren würde. Ich hätte schweigen sollen, bis ich einen Businessplan erstellt habe. Mit so was kann er etwas anfangen.« Lucy streichelte Bailey, der herübergetapst war und ihr den Kopf in den Schoß gelegt hatte. »Und was ist mit diesem alten Knaben?«

»Ich sage ja, das letzte Wort ist noch nicht gesprochen. Belle hat versprochen uns zu unterstützen. Allerdings wäre es möglich, dass sie es sich anders überlegt. Tom kann sehr überzeugend wirken, wenn er sich etwas in den Kopf gesetzt hat.«

»Meinst du wirklich, sie wird uns helfen?« Lucy hörte auf, Bailey hinter den Ohren zu kraulen. »Es sah ja fast aus, als hätte uns der unerhebliche Vorteil von Gratisferien – der natürlich meinem Kassenbestand nicht gerade zugute kommt – und ein Anteil am Gewinn zum Erfolg geführt. Aber angenommen, es gibt keinen Gewinn ...«

»Ich hoffe darauf, aber du weißt, was die beiden sind.«

»Verheiratet?« Sie lachten beide.

»Ja, genau. Eine Einheit. Ein Herz und eine Seele. Du weißt schon.«

»O ja, ich entsinne mich. Schwach.« Die Ironie half ein wenig. »Klar, ich bin aufgeregt, aber wenn ich an Arts Verhalten denke, packt mich die blanke Wut. Vielleicht wusste ich tief im Inneren, dass so etwas passieren würde –, also war ich unbewusst schon ein wenig vorbereitet.«

»Du wirst auferstehen wie Phönix aus der Asche, das weiß ich sicher«, erklärte Jo und leckte den Honiglöffel ab. »Wir können nur hoffen, dass Tom zur Vernunft kommt.

Dabei werden wir auf Belle zählen müssen. Ansonsten wird es hart auf hart gehen.«

»Ich bin erstaunt, dass sie zugestimmt hat.« Lucy war nie der Meinung gewesen, sie hätte mit Belle viel gemeinsam. Dass sie sich ihrer Meinung so bereitwillig angeschlossen hatte, überraschte sie. Doch Belle hatte sie beide geduldig angehört und verstanden, wie Lucys Vision für das Anwesen aussah. Begeistert war ein Wort, das sie mit der gewöhnlich so bedächtigen Belle nicht in Zusammenhang brachte, aber dieses Mal war sie definitiv voller Enthusiasmus gewesen.

»Sie hat zugestimmt, weil sie zwar total nerven kann, aber doch im Herzen ein anständiger Mensch ist. Und außerdem haben wir ihr die Gewissheit vermittelt, dass auch sie etwas davon hat.« Jo war so sachlich, als machte sie Werbung für einen Kunden. »Jedenfalls hat sie nur unter der Voraussetzung zugestimmt, dass du eine begrenzte Zeit versuchen kannst, es zum Laufen zu bringen. Ein oder zwei Jahre. Wir müssen also die Kirche im Dorf lassen. Ganz so großherzig hat sie sich doch nicht verhalten.«

Lucy legte den Finger an die Lippen. »Pssst.«

Sie hatten nicht bemerkt, dass Ethan um die Hausecke gebogen war.

»Ethan! Wie geht es dir?«

Der Junge ließ sich auf einen Stuhl fallen, als sei er nach zehn Minuten auf den Beinen bereits erschöpft. Aus dem Hämatom an seiner Wange war ein beachtliches blaues Auge geworden. Er legte sein Handy auf den Tisch. »Na ja, okay. Danke.«

»Du hast verdammtes Glück gehabt.«

Ethan grunzte Zustimmung, während Lucy ihm den Kaffee hinschob.

»Was möchtest du essen?«

»Irgendwas. Brot ist super«, sagte er und streckte seinen gesunden Arm nach dem Brotkorb aus. »Jo, du hast nicht zufällig Marias Nummer? Ich möchte mit Christina sprechen.«

»Ich mach das für dich«, sagte sie und strich ihm Butter aufs Brot.

Er nickte. »Lieb von dir.«

»Wahrscheinlich kann ich sie besorgen.« Tom und Belle wären sicher nicht begeistert gewesen, aber was konnte es schon schaden? Außerdem war Ethan bald erwachsen, auch wenn Belle ihn am liebsten in Watte gepackt hätte. »Aber kannst du sie nicht auf Facebook suchen oder sowas?«

»Wahrscheinlich. Ich wollte bloß nach dem allen gestern mit ihr reden ...« Er schnipste an seinem Telefon und das Display leuchtete auf. »Klar, ich kann ihr auch eine Nachricht schicken.«

»Ist vielleicht besser«, sagte Jo. Sie hörte Ivy im Flur spielen, sie kommandierte Posy und Bampy herum. Jo war dankbar, dass sie nie in die Verlegenheit kommen würde, einen Jungen großziehen zu müssen.

Zufrieden verschlang Ethan sein Frühstück, die Aufmerksamkeit bei einem Spiel, das er offenbar gleichzeitig spielte. Ivy kam und stellte sich neben ihn, starrte auf die bunten Formen, die auf dem Display herumschwirrten und explodierten. Jo wollte sie erst wegziehen, aber sie hatte gelernt, sich aufs Wesentliche zu beschränken. Diesen Kampf konnte sie nicht gewinnen, solange Ethan mit dem Ding dasaß.

»Macht es dir nichts aus, wenn sie ohne uns in Mums

Zimmer gehen?«, fragte Lucy aus heiterem Himmel. »Mir ist nicht ganz wohl dabei.«

Jo dachte einen Moment lang nach. »Stimmt, mir eigentlich auch nicht. Wollen wir?«

»Ich glaube schon. Kommst du auch mit, Ivy? Sehen wir nach, was Oma Hope in ihrem speziellen Zimmer hat.«

Zu Jos Freude hob ihre Tochter widerspruchslos die Plüschtiere und überließ Ethan seinem Spiel. Als sie um die Hausecke bogen und an der *casita* vorbeigingen, tauchte, noch im Halbschlaf, Alex auf.

»Guten Morgen! Ich fürchte, du musst dir dein Frühstück selbst holen«, rief Lucy ihm zu. »Auf dem Tisch steht einiges, alles andere findest du in der Küche.«

»Cool«, sagte er, gähnte und kratzte sich den Bauch. »Danke.«

»Bist du nicht froh, ein Mädchen zu haben?«, flüsterte Lucy, als sie den Hinterhof erreichten. »Meine süße kleine – wohlduftende! – Nichte.«

33

Der kleine Raum war lichtdurchflutet, frische Luft strömte herein. Belle hatte die Jalousien hochgezogen und die Fenster geöffnet. Eine dünne Staubschicht, die am Abend nicht aufgefallen war, überzog alles. Belle und Tom saßen auf dem kleinen roten Sofa und starrten das Porträt von Hope an. Belle hatte ihre Sandalen abgestreift.

»Nein«, erklärte Belle gerade, als die Schwestern eintraten. »Das hängen wir nicht bei uns zu Hause auf. Wie sollten wir den Jungs erklären, dass das ihre Großmutter ist?«

»Sei nicht albern.« Tom beugte sich vor, den Blick unverwandt auf das Gemälde gerichtet. »Sie sind alt genug, um zu verstehen, dass auch sie einmal jung war.«

»Aber doch nicht so!« Belle schlug dermaßen hart auf die Armlehne des Sofas, dass eine Staubwolke aufstieg. Die Partikel tanzten im Sonnenlicht. Sie klopfte auf das Möbel, als könnte sie so den Staub zurückzwingen. »Und diese schlammigen Farben – kein bisschen stimmungsaufhellend. Das einzig Gute daran ist der Rahmen. Der würde sich für einen Spiegel gut machen.«

Die drei starrten Belle entsetzt an.

»Aber es ist das Einzige, was ich von meinem Vater habe.« Toms Protest klang ein wenig halbherzig, und Belle nutzte das aus.

»Sei nicht so sentimental, Liebling. Du bist bisher wunderbar ohne irgendetwas von deinem Vater zurechtgekommen. Immer hast du gesagt, es würde dir nichts ausmachen. Es gefällt dir doch nicht etwa, oder? Was ist das?« Sie deutete mit einem schimmernden Fingernagel auf Jos gelben Aufkleber, der sich bereits an den Rändern ablöste.

Jo nahm ihn ab und zerknüllte ihn. »Meiner. Ich wollte das Bild nehmen, bevor wir erfuhren, was es damit auf sich hat. Aber es steht natürlich Tom zu.«

»Also wolltest du es zunächst gar nicht haben?« Belles Augen blitzten triumphierend, als sie sich an ihren Mann wandte. Sie strich sich über das Haar.

Tom zögerte.

Derweilen glühte in dem reich verzierten Rahmen die nackte junge Hope vor sich hin. Ihr unbewegter Blick ruhte auf ihnen allen.

»Das bekommt bei uns höchstens einen Platz auf dem Dachboden.« Belle machte eine wegwerfende Handbewegung. Fertig, aus. Entscheidung getroffen.

Jo versuchte das Porträt von der Wand zu heben. »Kann mir mal jemand helfen? Der bescheuerte Rahmen ist tonnenschwer.«

Lucy nahm die andere Seite, und gemeinsam hievten sie es vom Haken und stellten es auf den Boden. Ein Stück Papier flatterte zu Boden. Tom hob es auf und sah es sich an. »*Vergiss mich nicht*«, las er vor. »Mehr steht da nicht.«

»Sie lässt uns gar nicht die Chance, das zu tun«, meinte Jo, während sie und Lucy das Porträt gegen das Bücherregal lehnten. Sie kippte es nach vorn und begann das Klebeband hinten abzulösen. Jeder Streifen erfüllte sie mit tiefer Befriedigung.

»Was machst du da?« Tom machte einen Schritt auf sie zu. »Hör auf damit! Du wirst es noch beschädigen.«

»Ich nehme das Bild aus dem Rahmen. Keine Sorge, Walter hat mir Hunderte Male gezeigt, wie man das macht. Ist keine Neurochirurgie.« Sie ließ ein weiteres Stück Klebeband zu Boden fallen.

Schließlich hatte sie das Bild aus dem Rahmen gelöst. »Hier«, sagte sie. »Wenn ihr den Rahmen für einen Spiegel wollt, bitte. Perfekt fürs Schlafzimmer.« Die Ironie ging an Belle vorbei, die nur nickte und besitzergreifend eine Hand darauf legte. »Fürs Erste werde ich das Bild aufbewahren, denn mir gefällt es total gut«, fuhr Jo fort. »Wenn du es dir irgendwann anders überlegst, Tom, kannst du es abholen. Jederzeit. Du brauchst nur ein Wort zu sagen.« Sie kippte es in seine Richtung.

»Wird er nicht«, erklärte Belle und hielt den Rahmen schräg von sich weg, um ihn besser betrachten zu können. »Der passt bei uns perfekt rein und ist eine wunderbare Erinnerung an deinen Vater, wer auch immer er war. Oder, Liebling?«

»Ja.« Tom klang weniger überzeugt. »Und ich weiß jedenfalls, wo das Bild ist.«

»Du kannst es dir ansehen, wann immer dir danach ist.« Jo grinste, während sie sich neben das Gemälde kniete. »Ich weiß, dass es dir anders geht, Belle, aber ich sehe Mum total gerne so.« Das Porträt erzählte ihr von der Frau, die Hope einst gewesen war, frei im Leben und in der Liebe. »Ich denke, ich kann es vielleicht restaurieren lassen.« Sie zupfte ein bisschen Dreck ab, der hinter dem Rahmen gesessen hatte, wo die Farben, unberührt vom Staub, intensiver waren als auf dem übrigen Bild. Dann drehte sie das Porträt um. »Überhaupt ist es so viel leichter zu transportieren, wenn ich es schon nicht aufrollen kann.« Während sie sprach, bemerkte sie, dass zwischen den Heftklammern, mit denen die Leinwand an der unteren Leiste der

Spannvorrichtung befestigt war, etwas geschrieben stand. »Was ist das?« Sie sah genauer hin.

»Was denn?«, fragte Lucy und beugte sich interessiert vor.

»Tom, komm her, das musst du dir ansehen.« Jo richtete sich auf und prallte, als sie einen Schritt zurück machte, gegen ihre Schwester. »Ich glaube, da steht Mums Name – und vielleicht auch der Name des Künstlers, deines Vaters.«

Als Tom herüberkam, packte Jo der Neid. Er würde gleich etwas entdecken, das ihr für immer verwehrt war: die Identität seines Vaters. Nicht, dass das so von Bedeutung gewesen wäre, aber immerhin würde er einen Namen haben, jemanden, zu dem er gehörte, etwas, das seinem Leben Gestalt gab und die Lücke füllte, die sie selbst spürte. Ihr Bruder kniete sich auf den Boden, hinter ihm kauerte Belle, den Arm um seine Schulter geschlungen. Der Rahmen stand verlassen gegen das Sofa gelehnt.

Von der Tür her waren Schritte zu hören. »Da seid ihr also alle.« Elaine kam herein, Brad im Schlepptau. »Was treibt ihr?«

»Wir sehen uns bloß dieses Bild an«, erklärte Jo, während sie sich dafür wappnete, dass Ivy, die draußen gespielt hatte, aber hinter den anderen hereinkam und sich zwischen deren Beinen hindurchschlängelte, in ihre Arme stürzte. Dann verpasste sie ihr einen Schmatz auf die Lippen. Sie schmeckte nach Erdbeermarmelade. Jo zog ihre Tochter an sich, und Tom richtete sich auf.

»Robert Patten, glaube ich«, sagte er. »Aber sicher bin ich mir nicht.«

Belle beugte sich vor und las mit zusammengekniffenen

Augen. »Ja«, bestätigte sie. »Das steht da. Hope Fairweather, dann ein Herz mit einem Pfeil durch und dann Robert Patten.«

Sie sahen einander verdutzt an. Der Name sagte ihnen nichts.

»Kommt mir überhaupt nicht bekannt vor«, sagte Jo, wünschte aber fast, es wäre anders. Tom wirkte trotz seiner oft beteuerten Gleichgültigkeit, was die Identität seines leiblichen Vaters betraf, geknickt. Jo drehte den Kopf, um ihre Haare aus Ivys Fingern zu befreien.

»Lasst mich mal sehen.« Elaine trat ins Zimmer und kniete sich neben Belle. »Darf ich es umdrehen?« Als sie das Porträt sah, bekam sie einen Lachanfall. »Das ist mein Mädchen! Meine Güte, waren wir damals umwerfend! Das Alter bekommt uns überhaupt nicht. Robert Patten? Aber ich bin sicher, dass ich den Namen kenne. Er ist mir irgendwie vertraut ...«

»Wirklich?«

Jo hörte die Hoffnung in Toms Stimme, während Belle unterstützend den Arm um ihn legte.

»Ist das nicht ...« Elaine zögerte, ihre Armreifen klimperten, als sie eine Hand ans Kinn hob. »Ist das wichtig?«

»Nur für mich«, meinte Tom. Belle drückte seinen Oberarm.

»Ich hole rasch mein Tablet. Nur um sicherzugehen. Ich will keine Hoffnungen wecken oder ins Fettnäpfchen treten. Bleibt hier, ich bin gleich wieder da.« Weg war sie, mit flatternden Röcken. Brad kam herein, und seine Augen wurden beim Anblick des Gemäldes ganz groß. »Ist das Hope?« Er ging in die Hocke und betrachtete das Bild. »Wow!«

Tom wusste nicht recht, was er tun sollte. Einerseits betete er sich vor, was er immer gesagt hatte: Er brauchte nicht zu wissen, wer sein Vater war. Doch jetzt, wo er so kurz davorstand, es herauszufinden, wünschte er sich nichts sehnlicher als das. Belle stand dicht neben ihm, während sie auf Elaines Rückkehr warteten. Er war froh, dass sie da war. Das Gemälde von Hope bedeutete ihm nichts. Wenn Belle nur den Rahmen haben wollte, war das kein hoher Preis für die Neuigkeit von seinem Vater. Hätte sie nicht so ein Theater gemacht, dann hätte Jo das Bild nicht aus dem Rahmen gelöst, und sie hätten es nie erfahren. Dafür musste er Belle dankbar sein.

Seine Schwestern waren auf die kleine Terrasse hinausgegangen. Ivy thronte auf Jos Hüfte. Er konnte ihr Geplapper hören, auf das die anderen beiden antworteten. Ivy stand nicht, wie er einst angesichts von Lucys Sehnsucht nach einer eigenen Familie befürchtet hatte, zwischen seinen Schwestern. Im Gegenteil, sie schien die beiden noch enger zusammenzubringen. Seine Schwestern meinten, er merke nicht, was zwischen ihnen vorging, aber er kannte sie besser, als sie glaubten.

»Komm, setz dich.« Belle führte ihn zum Sofa. Sie schob den Rahmen aus dem Weg, damit er Platz nehmen konnte.

»Also, was ist mit Lucy?« Sie sprach so leise, dass die anderen sie nicht hören konnten.

»Nicht jetzt!« Er rückte von ihr ab. »Können wir nicht eins nach dem anderen besprechen?« Merkte sie nicht, wie unsicher er sich fühlte? Er kniff die Haut am Daumen zusammen. Atmen. Ruhe.

»Ich weiß, aber bald kommt der Makler. Es ist ihr so

wichtig«, beharrte sie. »Zumindest sollten wir es in Betracht ziehen.«

»Warum?«

»Weil sie deine Schwester ist.« Sie sah ihn mit einem komischen schiefen Lächeln an. »Ich weiß schon, ich war mit ihr und Jo nicht immer einer Meinung, aber sie sind mit dir verwandt. Und sie verdient es mehr als ihr anderen, einen Nutzen aus all dem hier zu ziehen. Denk an das, was sie verloren hat. Sprich wenigstens mit ihr, denk darüber nach.«

»So habe ich dich noch nie über sie oder Jo reden hören.« Unwillkürlich schöpfte Tom Argwohn.

»Dinge verändern sich«, erklärte sie mit nachdenklichem Blick. »Ich finde, es ist eine schöne Idee, und wenn ihr verkauft, werden wir diesen Ort alle schrecklich vermissen. Lucy weiß, was sie tut, und sie kennt die Gegend. Antonio ebenfalls. Wir werden weiter hierher kommen können, und wer weiß, vielleicht springt ja sogar etwas für uns dabei raus. So würdest du die Schulden zurückbekommen. Ich finde, das sind alles gute Gründe.«

Er lachte. Das war schon eher die Belle, die er kannte und liebte. Aber *wir*? Dies war eine Entscheidung, die er allein treffen würde. Nein, eigentlich schon getroffen hatte. Nach seinen Vorstellungen war es ein Zeichen von Schwäche, nicht von Flexibilität, sich etwas anders zu überlegen. Sein Arbeitsleben verbrachte er damit, die richtigen Entscheidungen zu treffen, damit das Geschäft perfekt lief – er war also gut dazu in der Lage. Doch jetzt, in diesem Augenblick, wollte er einzig und allein, dass Elaine mit ihren Neuigkeiten zurückkam. Er beugte sich vor, hob Hopes Füller vom Tisch auf und drehte ihn zwischen den Fingern, um anschließend damit auf seine Handkante zu klopfen. Belle legte ihre Hand auf seine, damit er aufhörte. »Ich weiß nicht recht«, sagte er.

Bevor er weitersprechen konnte, kam Elaine zurück. »Es stimmt«, sagte sie, als sie hereinfegte und den Raum mit ihrer Präsenz erfüllte. »Wusste ich es doch. Schau.« Sie reichte Tom das Tablet, während die beiden Schwestern von draußen hereinkamen.

»Ich will spielen«, sagte Ivy und versuchte sich zappelnd aus den Armen ihrer Mutter zu befreien, um zu Tom zu laufen.

»Pssst«, sagte Jo. »Tom schaut sich etwas Wichtiges an.«

Lucy setzte sich neben Tom, der mit angespannter Aufmerksamkeit las, auf die Armlehne des Sofas. »Was ist das?«

Ivy kletterte auf Belles Schoß, um dem glänzenden schwarzen Objekt ihres Begehrens so nah wie möglich zu sein. Belle nahm sie in den Arm.

Tom war sprachlos. Er scrollte den Wikipedia-Eintrag hinunter, las so schnell er konnte und versuchte die Bedeutung des Gelesenen zu erfassen. Das Bild, das in die Beschreibung integriert war, sah er sich ganz genau an.

»Robert Patten ist ein ziemlich erfolgreicher Künstler«, erklärte Elaine, stolz, dass sie sich erinnert hatte. »Oder zumindest gewesen. Nicht in der Liga eines Hockney oder so, aber er kam Ende der Sechziger kurz nach Europa und ließ sich dann in den Staaten nieder. Das Bild hier muss von ihm sein, schaut mal. Unverkennbare Ähnlichkeit.«

Tatsächlich. Tom war zwar kein Experte, doch selbst ihm fiel sofort auf, dass die beiden Porträts im gleichen Stil gemalt waren. Das auf dem Display zeigte eine Frau aus einer anderen Zeit, die windumweht auf einer Klippe spazieren geht, eine Hand in ihrem Haar, lächelnd. Im Hintergrund schimmert das Meer, man sieht die Umrisse einer Insel.

»Du glaubst doch nicht …« Tom wagte es kaum zu denken, geschweige denn auszusprechen.

»Doch«, sagte Elaine. »Jetzt, wo ich dieses Bild hier mit eigenen Augen gesehen habe, zweifle ich nicht daran, dass es die gleiche Frau darstellt.«

»Mum«, hauchte Lucy.

»Es kann sein«, sagte Jo und beugte sich vor, um besser zu sehen. »Der Felsen da, das ist Es Vedra – eine der berühmtesten Stellen auf Ibiza. Und auf Ibiza haben wir gelebt, als sie Toms Dad kennenlernte. Schau dir ihre Augen an.«

»Sie ist es«, erklärte Tom. »Hundertprozentig. Aber warum hat keiner von uns je von ihm gehört?«

»Seine Erfolgszeit war kurz und liegt weit zurück«, erklärte Elaine. »Ich weiß von ihm auch nur, weil er in einer Dokumentation über Künstler vorkam, die ich kürzlich im Fernsehen gesehen habe. Ich habe mich an den Namen erinnert, als du ihn genannt hast.«

»Ich wünschte, sie hätte das da behalten und er hätte dieses hier mit nach Amerika genommen«, meinte Belle fröhlich. »Das da würde ich mir gern ins Wohnzimmer hängen.«

Niemand sonst lachte. Aller Blicke hingen an den beiden Porträts: Das eine groß und sehr präsent; das andere in der größten Vergrößerung, die das Tablet zuließ.

»Dann ist es vielleicht sogar was wert«, sagte Lucy. »Wenn ihr es nicht haben wollt, bekommt ihr auf diesem Weg vielleicht das Geld zurück, das sie euch schuldet.«

»Oh, ganz bestimmt ist es wertvoll.« Elaine stand mit Brad im Türrahmen, strahlend vor Freude, dass sie hatte helfen können. »Und das wird nicht schwer herauszufinden sein.«

»Aber es wird nicht verkauft«, schaltete sich Jo rasch ein. Sie konnte den Gedanken nicht ertragen, dieses Erinnerungsstück an ihre Mutter könnte in fremde Hände gelangen.

»Nein?«, fragte Belle wie aus der Pistole geschossen.

»Nein.« Tom gab Elaine das Tablet zurück. »Nein, wird es nicht.« Das stand für ihn felsenfest. Kein Geld der Welt könnte den Verlust dieses Porträts aufwiegen. Es gehörte der Familie. Selbst wenn es nicht bei ihm zu Hause hing, würde es bei seiner Schwester, die es haben wollte, gut aufgehoben sein.

»Aber schätzen lassen wirst du es doch?« Belles Blick war stechend.

»Ja, werde ich. Aber nur aus versicherungstechnischen Gründen. Verkaufen werde ich es nicht.«

»Vielleicht könnten wir es in die hintere Diele hängen.«

Tom unterdrückte mit Mühe ein Schnauben. Jetzt, da sie wusste, dass es wertvoll war, lagen die Dinge anders. Er konnte sich vorstellen, wie sie ihren Freunden das Porträt zeigte und erklärte: »Das ist von Toms Vater, seinem leiblichen Vater, den er nicht kannte. Er war ein amerikanischer Künstler.« Das damit verbundene Prestige und die Geschichte dahinter lockten sie. Aber so sollte es nicht laufen. »Nein. Es ist eine Leihgabe an Jo, weil sie es wirklich haben will, aber gehören tut es mir. Stimmt's?« Er sah Jo an, die zustimmend nickte. »Und du, Belle, kannst mit dem Rahmen machen, was du willst.«

Belle blickte einen Augenblick lang bedauernd drein und neigte dann den Kopf zum Zeichen, dass sie seine Haltung akzeptierte. Zufrieden mit der Entscheidung verzogen sie sich wieder auf die Terrasse. Tom ließ die anderen am Tisch sitzen, stellte sich an die Wand und starrte hinaus auf die Landschaft, über der sich weit der Himmel wölbte. Sobald er nach Hause kam, wollte er so viel wie möglich über Robert Patten in Erfahrung bringen. Sein Vater. Zu wissen, dass er ein realer Mensch war, erfüllte Tom ganz unverhofft mit tiefer Befriedigung. Frank würde diese Geschichte sehr interessieren.

»Willst du das mit dem Verkauf wirklich durchziehen?« Belle war leise hinter ihn getreten, und nun genossen sie gemeinsam den Ausblick. »Stell dir vor, das alles nie wieder zu sehen.«

»Belle, hör auf! Der Makler wird gleich hier sein.« Er drehte sich zu ihr um und umfasste mit beiden Händen ihre Taille. »Ich habe meine Entscheidung getroffen.«

Doch Belle löste sich von ihm. »Du hattest auch die Entscheidung getroffen, die Identität deines Vaters spiele für dich keine Rolle. Aber das hat nicht gestimmt, richtig? Ich spüre doch, dass das Wissen jetzt schon etwas bewirkt.«

War das wirklich so offensichtlich? Tom war stolz darauf, dass er seine Gefühle gut verbergen konnte. Dann erinnerte er sich an sein Verhalten Maria gegenüber. Alle hatten es bemerkt, obwohl er nicht damit gerechnet hatte.

Belle war noch nicht zu Ende. Er hätte wissen müssen, dass sie nicht so schnell aufgeben würde. Wenn sie etwas wirklich wollte, war sie wie ein Terrier mit einem Knochen.

»Denk doch an Lucy. Es ist deine Chance, ihr zu einem neuen Leben zu verhelfen. Das hier könnte jetzt zum Haus ihrer Träume werden. Zögere es zumindest so lange hinaus, bis sie einen Business-Plan erstellt hat. Vielleicht findest du sogar, dass sie ganz gute Ideen hat. Wenn es dann nach einer gewissen Zeit nicht läuft, kannst du immer noch verkaufen.«

»Und was ist mit Hopes letztem Wunsch?«

»Hope wird nie davon erfahren. Und die Umstände haben sich verändert. Wenn sie gewusst hätte, was an diesem Wochenende passiert, hätte sie zugestimmt.«

»Und Sri Lanka?«

Ein tiefer Atemzug deutete an, wie schwer ihr über die Lippen kam, was sie nun sagte: »So ungern ich es zugebe, ich glaube, meine Prioritäten waren vielleicht verkehrt. Lucy zu ermöglichen, ihr Leben zu ändern, ist wichtiger als unser Urlaub. Was zählt, ist doch die Familie, oder? Das hat uns dieses Wochenende gezeigt.«

Tom starrte sie an. Sie hörte nie auf ihn zu überraschen. Das war es, was er schon so lange von ihr hören wollte, obwohl er wusste, wie schwer es für sie gewesen war, weil Hope und seine Schwestern sie nicht so herzlich aufgenommen hatten, wie er es sich gewünscht hätte. Sie hatte es sich nie einfach gemacht. Aber trotzdem, rief er sich in Erinnerung, Veränderungen waren für ihn nicht leicht zu ertragen. Seiner Sache treu bleiben, das war es, was die Welt bewegte und für Ordnung sorgte.

»Oder vielleicht könnten wir das Gemälde als Sicherheit für einen Kredit verwenden.« Bei dem Gedanken heiterte sich ihre Miene auf. »Oder auch das Haus?« Jetzt strahlte sie richtig. »Dann könnten wir trotzdem nach Sri

Lanka fahren.« Sie konnte die Sehnsucht in ihrer Stimme nicht verbergen.

Er lehnte sich gegen den Tisch, an dem Lucy und Jo sich mit Elaine und Brad unterhielten. War er der Einzige, dem es so schwerfiel, Pläne umzuwerfen? Was hatte er eigentlich davon, so unflexibel an einer Entscheidung festzuhalten, wenn sich die Umstände änderten und er anderen durch ein Umdenken helfen konnte? Die Frage traf ihn wie ein Blitz. Es wäre so leicht, sie alle glücklich zu machen. Er müsste dazu nur seine Meinung revidieren und Lucy eine Chance geben. Und was kostete ihn das schon? Er ging zu ihnen hinüber.

»Ja, ich gewöhne mich langsam an den Gedanken«, sagte Jo gerade. »Aber es tut mir so leid für Hope. Dass sie mit diesen Geheimnissen leben musste und nie mit jemandem darüber sprechen konnte. Wie muss das für sie gewesen sein?«

»Sie ist damit zurechtgekommen«, sagte Elaine. »Sie hat ihr Leben so gut gelebt, wie sie konnte. Was sonst kann man sich wünschen? Und sie hatte Walter.«

»Wenn ich zurück in England bin«, fuhr Jo fort, »will ich herausfinden, wo Josh begraben liegt. Wenigstens muss ich wissen, wo er ist. Ich weiß nicht, warum mir das so wichtig scheint, aber so ist es.«

»Aber vielleicht findest du ihn nie.« Elaine blickte sorgenvoll drein.

»Doch, bestimmt. Ganz bestimmt, und wenn es das Letzte ist, was ich tue«, erklärte Jo. Sie alle wussten, wie stur sie sein konnte, wenn sie sich etwas in den Kopf gesetzt hatte. Genauso kompromisslos wie er selbst, dachte Tom.

»Du darfst dem nicht zu viel Wert beimessen«, beharrte Elaine.

Jo warf ihr einen Blick zu.

Doch Elaine ließ sich nicht abschrecken. »Ganz im Ernst. Vielleicht findest du ihn nie. Und überhaupt – wenn man das große Ganze betrachtet, ist es dann wirklich wichtig, Joshs Grab zu finden?«

Jo blickte schockiert drein. »Für mich ja.«

»Denk darüber nach.« Elaine nahm ihre Sonnenbrille ab, um ihren Standpunkt zu unterstreichen, und kniff gegen die Sonne die Augen zusammen. »Ich verstehe, was für ein Schock es gewesen ist und dass du das Thema für dich abschließen willst, vor allem, nachdem du das von deinem Vater weißt, aber du hast jetzt selbst ein Kind. Ivy bedeutet dir mehr als alles andere, oder?«

Jo neigte den Kopf. »Ja, das weißt du.«

Im Schatten des Hauses versuchte Ivy, gelangweilt von den Gesprächen der Erwachsenen, Baileys Fell zu glätten. Der alte Hund lag da, sein Schwanz klopfte auf die Steinfliesen und er genoss die Streicheleinheiten.

»Pass auf, dass deine Liebe zu ihr dabei nicht auf der Strecke bleibt, denn was jetzt zählt, ist sie. Deine eigene Familie und die Gegenwart sind wichtig, nicht das, was in der Vergangenheit geschehen ist.«

Mit einem schabenden Geräusch schob Lucy ihren Stuhl zurück und stand auf, um hineinzugehen. Obwohl sie die Hände hob, um die Haare aus dem Gesicht zu streichen, bemerkte Tom, wie einsam und verloren sie aussah. Er brauchte keinen, der diesen Ausdruck für ihn interpretierte. Noch heftiger traf ihn die Erkenntnis, dass es in seiner Macht stand, ihr aus dem Tief herauszuhelfen.

Elaine und Brad hatten Recht. Was zählte, war die Familie. Ohne sie war alles nichts.

Vom oberen Flur aus hörte Lucy Tom und Jo im Wohnzimmer reden. Belle war mit den Jungs und Ivy zum Pool gegangen. Gelegentlich drangen Rufe und Plätschern zum Haus herauf. Ansonsten war alles still in der Hitze des Tages. Elaine und Brad hatten ihren Kaffee mitgenommen und lagen in den beiden Hängematten unter den Olivenbäumen. Brad würde bald aufbrechen, um in London Amber zu treffen. Und Elaine, die ein so wichtiger Teil ihrer Familie und auch dieses Wochenendes gewesen war, musste auch bald abreisen.

Sich selbst überlassen, wurde Lucy von Erinnerungen und Gespenstern der Kindheit heimgesucht: Die Hindernisläufe, die sie und ihre Freunde hier im Winter veranstaltet hatten. Wie sie sich mit Hopes abgelegten Kleidern verkleidet hatten. Wie sie mit Freunden in ihrem Zimmer zusammengesessen und Musik gehört hatte, während von der Terrasse Gelächter und Rufe heraufdrangen. Der Kleintierfriedhof in der Nähe des Waldes. All diese Erlebnisse hatten sie zu dem gemacht, was sie war – und sie alle würden unter der Regie des neuen Besitzers verschwinden. Gleich würde der Makler eintreffen.

Was hätte sie mit der Casa de Sueños alles anfangen können! Ihre Vision war so klar gewesen. Stattdessen würden sie alle bald zum letzten Mal abreisen. Der Gedanke, in eine derart unsichere Zukunft zurückzukehren, in ein Haus, in dem sie nicht mehr wohnen wollte, war beängstigend. Doch irgendwie würde sie die Kraft finden, die sie brauchte, um allein zurechtzukommen. Sie blieb vor einem von

Walters frühen Meerespanoramen stehen. Es war nicht ganz abstrakt, stammte aber noch aus einer Zeit, in der er nicht daran dachte, für den Touristenmarkt zu malen. Sie liebte die Energie, die es ausstrahlte, die Art, wie er das Licht auf dem Wasser eingefangen hatte. Mit dem Finger fuhr sie die blasse Linie eines Fischkutters nach. Vielleicht würde sie das Bild zur Erinnerung mit nach Hause nehmen. Sie zog ihr Päckchen mit Aufklebern hervor.

»Lucy! Wo bist du?« Jos Stimme drang von unten herauf.

»Hier oben.« Sie ließ die Hand sinken.

»Du bist schon ewig da oben. Was machst du?«

»Komm runter. Wir müssen etwas Wichtiges besprechen«, rief Tom. »Es geht um das Haus.«

Lucy wagte es kaum, sich Hoffnung zu machen. Vom oberen Treppenabsatz sah sie hinunter zu den Geschwistern, die beide grinsten.

»Schnell, bevor ich es mir anders überlege!«

»Wie meinst du das, um das Haus?« Doch ihre Gesichter sagten bereits alles, was sie wissen wollte. »Wirklich? Wir verkaufen nicht?«

Jo nickte wie eine Verrückte. »Tom hat den Makler angerufen und abgesagt.«

Lucy spürte ihren Unterkiefer herunterklappen, während sie ihrem Bruder ins Gesicht sah, um herauszufinden, ob es wirklich wahr war.

»Wenn du das hier schaffen willst, dann hol am besten auch Antonio her, damit wir richtig besprechen können, was jetzt anliegt.« Tom hob die Hände und drehte die Handflächen nach oben – er gab sich geschlagen. Antonio mit einzubeziehen musste ihm ganz schön schwerfallen.

»Schließlich ist er derjenige, der weiß, was Mum vorhatte. Er weiß, wie man ein Hotel führt, er hat die Kontakte und vor allem kennt er das Haus in- und auswendig. Wir sollten uns anhören, was er zu sagen hat. Diese Pläne könnten vielleicht noch nützlich sein.«

»Oder du wirfst sie einfach weg und beginnst ganz neu«, fügte Jo hinzu.

»Ich werde jedenfalls nichts tun, ohne es mit euch zu besprechen.« Lucy merkte, wie sich auf ihrem Gesicht ein Lächeln ausbreitete, während sie die Treppe hinunterging. Sie bildeten zu dritt einen Kreis und umarmten einander. Zum ersten Mal an diesem Wochenende fühlte Lucy sich sicher, beschützt – so, als würde sie, was auch immer sie in Zukunft tat, all die Unterstützung bekommen, die sie brauchte.

»Familienumarmung, ihr Lieben.« Lucy konnte hören, wie Hope sie zusammenrief. »Familienumarmung!« Soweit sie sich erinnerte, hatten sie das seit ihrer Kindheit nicht mehr gemacht, aber sie spürte, dass es, wenn alles nach Plan lief, nicht das letzte Mal sein würde. Sobald sie wieder in England war, würde sie Arts und ihr Haus zum Verkauf anbieten. Wenn sie dann zusammengepackt hatte, was sie behalten wollte, würde sie alles Übrige verkaufen und hierherziehen, um ihren neuen Traum zu verwirklichen. Es ging doch gerade erst los.

Danksagung

Bei jedem Buch gilt es am Ende, sich bei vielen Menschen zu bedanken. In diesem Fall geht ein riesiges Dankeschön an:

Clare Alexander, meine unerschütterliche Agentin, die mich vom ersten Tag meiner Autorenkarriere an ermutigt und unterstützt hat.

Kate Mills, meine Verlegerin, die äußerst scharfäugig redigiert hat, und das fantastische Team bei Orion, wobei ich Jemima Forrester und Juliet Ewers noch eigens erwähnen will.

Sue James und Tessa Hilton für ihren unermüdlichen Einsatz.

Lizy Buchan, die beste Schriftstellerkollegin, die ich mir wünschen kann.

Hugh und Jane Arbuthnott, Diana Paget und Paulo O'Neill, die mir so großzügig Zeit geschenkt und geholfen haben.

Die Vierjährigen: Scarlett Arnstein, Bo Bennett, Florence Gray, Daisy du Cann, Sophie Ingham, Fiamma Roberts und Lily Tobias – für ihren Witz und ihre Weisheit. Und ihre Mütter, die sich die Mühe gemacht haben, alles für mich aufzuschreiben.

Und natürlich an meine liebe Familie und die Freunde, die alles erst möglich machten.